あのとき、文学があった

「文学者追跡」完全版

小山鉄郎

論創社

あのとき、文学があった――「文学者追跡」完全版

目次

N.Y.タイムズの村上春樹評――1990年1月

勤務先のK通信社文化部に出社すると、深夜届いたニューヨーク総局の同僚Tからの国際ファックスが机の上に置いてあった。

「村上春樹氏の『羊をめぐる冒険』が英訳され、十一月末（一九八九年）に米国で出版される。そのため、村上春樹氏が十月末にニューヨークを訪れ、米マスコミとのインタヴューに応じる予定だ。当社もインタヴューできるようになったので、関連資料を送って欲しい……」

こんな内容のファックスを読みながら、「そういう時代になったんだなあ」と思わず言葉になって口に出た。実は私の方も、『ブライト・ライツ、ビッグ・シティ』で一躍アメリカの人気作家となったジェイ・マキナニーが第三作『ストーリー・オブ・マイ・ライフ』の翻訳出版に合わせて来日、日本のマスコミのインタヴューを受けることになり、その数日前にマキナニーへのインタヴューが決まったばかりだった。

文化部の文芸担当として、近ごろの日本の雑誌やこれからの翻訳の予定などを見ているうちに、アメリカ文学の新しい波が押し寄せつつあるのを感じて、半年ほど前に、マキナニーやジョン・アーヴィング、ティム・オブライエン、ローリー・ムーアらアメリカの若手作家たちについてアメリカ文学研究者の柴田元幸、斎藤英治両氏に紹介の記事を交代で書いてもらったことがあった。それをニューヨーク総局で読んだTが「ぜひ、マキナニーなんかニューヨークでインタヴューしたいなあ。彼は京都に二年間住んだことがあるし、二作目の『ランサム』は日本が舞台だし……」と話していたのだ。

私もTからのファックスのあった一週間ほど前に、村上さんに、聞きたいことがあって、連絡を取ろうとしたが、ハワイに発つ前日で本人をつかまえることが出来ないでいた。その二人がそれぞれの翻訳出版のオーサーズ・ツアーで同時期に、お互いの国を訪れるというのだ。

早速、ニューヨーク総局を電話で呼んでもらうと、運よくTがつかまった。Tの話では、ニューヨークの紀伊國屋など日系の書店でも『ダンス・ダンス・ダンス』が売り切れで手に入らないので、至急送って欲しいとのこと。ニューヨークの自宅には、『羊をめぐる冒険』や『ノルウェイの森』はちゃんと持っているというTらしく、その声はどことなく弾んでいた。

「おい、こっちは東京でマキナニーをインタヴューするよ」というと、「えっ、ほんと」と言った後、彼は「何か、そういう時代なんだなあ」と私と同じ反応を示した。私も、おそらくTも、そういう時代が、いったいどんな時代なのか、はっきり分かっていたわけではないのだが。

その後の村上春樹さんの『羊をめぐる冒険』(“A Wild Sheep Chase”アルフレッド・バーンバウム訳)のアメリカでの評判は、十月二十一日付の「ニューヨーク・タイムズ」が書評欄で、写真入りで大きく取り上げ、そのニュースが転電されて、日本の新聞にも紹介されたので、知っている人も多いかもしれない。しかし、実は「ニューヨーク・タイムズ」ばかりでなく、「ワシントン・ポスト」「ウォールストリート・ジャーナル」「サンフランシスコ・クロニクル」「ロサンゼルス・タイムズ」などの全米の有力紙や「Elle」などの雑誌やまた書評紙に次々に取り上げられており、その数は既に二十を超えていて、さらにかなりの数の新聞や雑誌が取り上げそうな勢いなのだ。

米谷ふみ子さんが書評した「ロサンゼルス・タイムズ」は批判的だったが、それ以外のほとんどの紹介や書評は好意的なもので、高く評価するものも少なくない。特に「ニューヨーク・タイムズ」は書評を書いたハーバート・ミットガング氏がニューヨークでインタヴュー、さらに東京にまで追い掛けてきて再インタヴューという熱の入れよう。また「クリーブランド・プレイン・ディーラー」紙は十月一日、二十二日、二十九日、十一月五日と、ニュース欄や、書評、推薦図書などの形で四回も扱っている。

「若くて、くだけた味わいを持つ日本とアメリカのミックス」という見出しの「ニューヨーク・タイムズ」のその書評は、まず、この作品は「太平洋横断小説とも呼ぶべき小説であり、国際的フィクションの分野で大胆な新しい飛躍を成し遂げた作品だ。村上氏は若くて、くだけていて、政治にも関心があって、アレゴリカルな作家で、すべてのアメリカの現代小説やポピュラーソングも知っているようだ。都会を舞台にヤッピーな登場人物たちを描いて、繊細で恐ろしいほどミステリアスな感じを与えるが、にもかかわらず彼の小説は明らかに現代の日本に根差している」と書き出している。そして、その文体と想像力はアメリカの作家のカート・ヴォネガットやジョン・アーヴィング、レイモンド・カーヴァーに似ているし、その会話は一九六〇年代のバークレー校のキャンパスにいるかのようだという。さらに、『羊をめぐる冒険』をこれほど魅力的にしているのは、現代の日本とアメリカのミドルクラス、特にその若い世代の心の琴線に触れられる村上氏の能力と、彼らに受ける当世風で軽快な文体だ。村上氏の小説は太平洋のこちら側（アメリカ）の読者にとって才能ある作家を知るうえに歓迎すべきデビューである」と結んでいる。

太平洋の架け橋となるであろう小説というとらえかたは、「ウォールストリート・ジャーナル」にも、通じるところがあって、同紙はこの作品に出てくるアメリカの風物から判断すると、「太平洋の両側のベビーブーム世代には共通点がたくさんある」と記し、登場人物たちがソルティードッグを飲み、「ジョニー・B・グッド」を口笛で吹いて、「バッグス・バニー」がテレビで再放送されるのを観て、ミッキー・スピレインを読み、グルーチョとハーポについて話すことを指摘している。「ニューヨーク・タイムズ」の方には、「この小説にはキモノは出てこない。主な登場人物はリーヴァイスのジーンズをはいている」なんていうのもあって、これだけの国際的な情報化社会になっても、生活スタイルの変化というのはやはり、なかなか伝わりにくいこともよく分かる。

またこんな言葉もある。「彼らは繁栄の子供たちでトヨタやソニーが何を売り出すかよりも、ジャズのかかるバーで自分に思いをめぐらせて良い時間を過ごす方に関心がある」（「ニューヨーク・タイムズ」）、「よそ者には計り知れない日本独特の観念にいつまでもこだわり、自己拡大を志向する『我々—日本派』の作家たちには明らかに属さない、この日本人作家の作品を読むのは新鮮でもある。もし、『羊をめぐる冒険』が国際関係に対する暗黙のメッセージを持っているとするなら、それは我々が考えるよりも日本人が我々に似ているということだろう」（「ウォールストリート・ジャーナル」）

『我々—日本派』の作家たちとはいったいどんな作家の人たちのことを指すのかこの記事からはよく分からないが、これらの書評の記事の背景に感じられるのはアメリカ人からは〝見えにくい日本人の顔〟である。

最近ソニーがアメリカのコロンビア映画を買収、ニューズウィーク誌が「日本企業はアメリカの魂を買った」と報じるなど、アメリカで大きな話題となった。日本の大企業が、アメリカの文化の象徴であるハリウッドまでお金で買ってしまう時代になったのに、その文化を買い占めている日本人の顔がなかなか見えて来ない。そのいらだちや怒り、そして日本人の顔への飢えが行間からうかがえる。そんな状態の時に村上春樹という〝顔〟と『羊をめぐる冒険』という作品が現れて、この活字メディアの大きな取り上げぶりにつながったのではないだろうか。

出版元の講談社インターナショナルも「アメリカの一般の読者は海外の現代文学に対してかなり関心を持っているし、日本文化、日本人の考え方や感性にも強い関心がある。しかし、これまで、コンテンポラリーな作家の作品があまり翻訳されなかったので、一種の飢餓状態にあった。そこに村上さんの作品が出てきたので発売前から注目されていた。ともかくこれほどアメリカの文学界、出版界で取り上げられた日本の現代小説は初めてです」と反響の大きさに少し興奮ぎみだ。

初版二万五千部、重版三千部という破格のスタート。新しい書き手、新しい作品を探し求めて、ニューヨークに集まる世界中の出版社のハンターたちの中での評判も良く、既に英国、仏国、西独、イタリア、韓国などで翻訳出版も決まり、オランダ、スペインなどとも交渉中。さらにイスラエルやソ連（当時）からも引き合いがあるという。そして十一月末には、〝新人〟としては異例のペーパーバックのオークションも行われた。

村上さん自身は『羊をめぐる冒険』は最初の一石ぐらいのつもりで、本当の評価が試されるのは、一年後に出る『世界の終りとハードボイルド・ワンダーランド』と思っていたそうだから、本人にとっても予想以上に幸運なデビューだったようだ。そして村上さんにとってもさることながら、村上さんに続く若い作家たちにとっても、作品しだいではアメリカで十分迎えられる可能性があること、むしろアメリカはそのような日本の作家と作品の出現を待っているということを実例で示したことの意味は大きいのではないだろうか。

滞米中、会った人たちから今の日本文学に対するたいへん強い関心を感じたという村上さんは、「ラテンアメリカ文学がここ十年ぐらいアメリカの文学界に食い込んで、広く紹介されてきたが、それに似た関心を日本文学に対して持っているようだ。でもラテンアメリカの作家たちは自分の中に文学に対する飢えを持っていたから、アメリカの中に食い込んでいくエネルギーがあったのだと思う。自分も日本での現状に満足しないで、いつも飢えを自分の中に持っていたい。『羊』は七年前の作品で、僕も気張って書いていた。アメリカナイズされた世界も自分で意識して書いていた。今回確かに良い評価もあったし、批判的なものもあったし、誤解もあったと思う。だけど面白かった。物事はそういうものの総体として進む面があるし、まずは中央突破しかない。もっと広範な読者をつかむしかないと思う」と語る。

今の日本での新しいアメリカ文学の翻訳ブームは、カーヴァー、アーヴィング、オブライエンらを翻訳、紹介してきた村上さんの仕事を抜きにしては考えられないが、今回の自作の翻訳出版については「等価交換で自分の作品が海外へ出ていくのが夢だった。僕も訳すし、僕の作品も訳されるという形で。向こうの雑誌に僕の短編が訳されて載るというのも夢でした。それがある程度まとまって短編集になるというのも、可能性がないわけではない」。

「ちょっと坂本龍一が羨ましかった」という村上さんが、その坂本龍一のように世界に出ていく日は、日本の文学とアメリカの文学が等価に交換される、そんな時代の始まりなのだろうか。その等価交換というフラットな視線は、マキナニーへのインタヴュー中にも私は感じることができた。彼の師、カーヴァーのことに話が及ぶと、自然に「ハルキさん」の名前も、彼の口からでてきた。

一足先に帰国したマキナニーと村上さんが（両氏は初対面）、カーヴァー夫人のテス・ギャラガーをまじえて、ニューヨークで楽しく会食するというひと時もあったようだ。アメリカにもまだないそのカーヴァーの全集が村上さんの個人訳で近くスタートするし、村上さんの全作品集も刊行が始まるという。

ところで、ニューヨーク総局の同僚Tなのだが、ニューヨーク・メッツの本拠地シェイスタジアムでのローリング・ストーンズのライヴを村上さんと一緒に楽しんだと、今度はかなり弾んだ声で国際電話をしてきた。

（追記）

アルフレッド・バーンバウム訳『世界の終りとハードボイルド・ワンダーランド』（"Hard-Boiled Wonderland and the End of the World"）は一九九一年九月、アメリカで刊行された。

その後、「ニューヨーカー」誌に「TVピープル」が、「プレイボーイ」誌アメリカ版に「パン屋再襲撃」が翻訳掲載された。さらに短編集『象の消滅』（"The Elephant Vanishes"）が一九九三年に刊行され、第二短編集『めくらやなぎと眠る女』（"Blind Willow, Sleeping Woman"）が二〇〇六年に刊行されている。

『村上春樹全作品 1979～1989』（講談社・全八巻）は一九九一年に完結。『村上春樹全作品 1990～2000』（講談社・全七巻）が二〇〇三年に完結。村上春樹訳『レイモンド・カーヴァー全集』（中央公論新社・全八巻）は二〇〇四年に完結した。

開高健の最期——1990年2月

開高健さんが亡くなった。昨年（一九八九年）十月、病院に再入院してからも私の家にあるカレンダーのなかの開高さんは、十月はモンゴル、十一月はアラスカ、そして十二月は中国で、元気に釣り糸を垂らしていた。病状は予断を許さない状態だと聞いていたが、それでも最後の一枚になったカレンダーを見ると、エネルギーの固まりのようなイメージのある開高さんのことだから、もしかしたら、十二月三十日の五十九回目の誕生日を無事過ぎ、新しい年を迎えられるのではないかと思えた。

そんな思いも空しく、開高さんは、十二月九日午前十一時五十七分、食道腫瘍（食道癌）のため、東京都済生会中央病院で死去した。五十八歳だった。

いつも周囲の人たちを得意のジョークで笑いのうずに巻き込んでいた開高さん。こちらが、「文壇三大音声と言いますけど、本当に大きな声ですね」と言えば、すかさず「ただ大きく聞こえてもみんな違うんです。丸谷才一はラウド、井上光晴はノイジー、僕のはソノラスというのです。一緒にしないでください」と本当にソノラスな声で言って、一同を笑わせていた。そのときのちゃめっ気のある優しい表情と目が忘れられない。

その開高さんのジョークの背後にある本当の意味、闘病生活、完成した最後の作品『珠玉』のこと、開高文学の原点などについて、夫人で、詩人の牧羊子さんにお聞きした。

牧さんが東京都港区にある済生会中央病院に入院中の開高健さんの看病を終えて、神奈川県茅ヶ崎市の自宅まで帰って来ると、午前一時、二時になってしまうこともしばしばだった。十一月も押し詰まって、『珠玉』の校了ゲラが病院に届けられ、牧さんはそれを自宅まで持ち帰った。

「いつもは、あまり開高のものは読まないのですけど、帰宅して、ふとそれに目がいって、読み始めたんです。翌日のこともあって、もう少しゆっくり読みたいなあと思いながら。でも午前五時前ぐらいまでかけて一気に読んでしまったんです。読み終わって、〝キザし〟と思いました。明け方独りで〝このキザぁー〟と言ってしまいましたよ。他人が読んだら彼の小説はなんか気楽なもののように感じて、反発みたいなものもあるようですが、そのキザを通すために現世の肉体が受ける苦痛は並大抵なものではなかった。でも彼は闘病中も、病気のことを一切言わず、キザとおしゃれを通し続けましたね」

開高さんの体調がおかしくなったのは、昨年の三月十九日の午後。午前中は、ちゃんと食事をした開高さんが、昼食の時、「おーい、ちょっと来てくれ」と牧さんを呼んだ。牧さんが開高さんの仕事部屋に行くと、食事が喉を通らないということだった。その日は日曜日なので、翌日に、地元の徳洲会病院で診断を受け、食道に異常が見つかった。すぐ四月一日に済生会中央病院に入院、四月十七日に手術を受けた。病状が安定するまでに、時間が掛かったが、七月二十三日に退院することができた。七月二十六日まで、病院にいてもよいということだったが、退院の許可が出てすぐの、いかにも開高さんらしいイラチな退院だったという。病気前は、七十キロ前後あった開高さんの体重も、そのときには、五十四キロまで落ちていた。

「でも退院の直後は、私の作った食事のメニューもちゃんとこなしてくれて、すき焼の肉も二百グラムも食べるようになったし、私の作る漢方のスープも飲んでくれて、八月十八日の初めての外来の時には五十八キロまで回復して、医者にほめられたほどだったんです。夏でしたし、朝六時ごろ起きて、海岸を六千歩もあるいて訓練していました。そして不安が少しずつ消えていって、自信が還ってきた。そうすると、作家の常として、脳細胞の方がいらだち始める。本は読んでいたんですが、本だけではすまなくなる。彼は数年前から、宝石に入れ込んでいて、『珠玉』の第一話（「掌《て》のなかの海」）のアクアマリンの話は去年（一九八八年）の秋に書き上げてありました。第二話（「玩物喪志」）の〝ガーネットは見えている〟と言っていて、第三話（「一滴の光」）の〝ムーン・ストーンが見えない見えない〟と言っていました。みなさん遠慮して、電話もあまりかけてこないので静かで、やることもないので、締め切りに追われて書くのじゃなくて、楽しみながら書くのなら、ちょうど石の話がいいのじゃないかと言うと、それもそうだと言って、第二話を書き始めたんです。かなりゆとりをもって書いていて、いつもこんなふうに楽しみながら、書けたらいいなあと思いました」

しかし、開高さんは九月の第二週に入ったころから、病気前と同じように、食事に注文をつけるようになって、牧さんに隠れて、タバコも吸いだして、またみるみる体重が減少し始めたという。

「小説をひとつ書き上げ、自信を持って、小説の世界にのめり込んでしまった。肉体的にも自信を持ったのでしょう。自分の好きなものを食べたい、と言い出すことと創作の歯車が回転し始めることはきっと何かが相関しているのでしょう。おそらく、深夜起き出して、小説を書いていたのだろう。証拠はないのですが、お酒にも手を出していたのではないかと思います。悪いと思っても、小説を書くためには、苦痛をマヒさせるためにも、飲まずにいられなかったのではないでしょうか。あの第三話が三部作の中で、ほかの二作と違って見えるのは、たぶんそのせいだと思う。彼は言わばひとつの〝狂気〟のような状態にいて、彼の〝創作の場〟というものを自分の中に作りつつ、その中に自分を投じつつというふうに、創作にのめり込んでいったのではないかと思います。第三部を書いているときに、食道の手術をした人特有の、攣縮《れんしゅく》という発作が何度か起きたのですが、彼はそれもあまり気にしないでいた。何であそこへ転がり込むように、書いていったかは、何か直接の動機があるかもしれない。でもこれはミステリーですね。ただ、ああいう作品が結果としてできたということ、これには何か異常な光を感じます」

『珠玉』には、開高さんの死という事実の方から読んでしまうためなのか、やはり次第に迫り来る死の影を感じさせるような文章がある。第二話の、かつてのなじみのバーを訪れた時の「昔の連中は？」「点鬼簿っていうのかしら」「あちら岸だな」「みなさん引越しちゃって」というバーのママとの会話。第三話のタージ・マハールの廟墓のことなど。しかしまた、一方で病気の話はひとつも出て来ない、力のこもった作品として書き切っているのも事実だ。自分の病気のことをどのように思いながら、開高さんは『珠玉』の第二話、第三話を書き継いだのだろうか。

「この作品を書いている時点では、彼は自分の病気のことを知らなかったと思う。癌と思って、じくじくしていたらあの作品は生まれなかったと思う。はっきり知っていたら、創作の歯車は回り始めなかったと思う。ともかく彼は、あの作品と刺し違えるとは思っていなかった。自分は生き抜くつもりだった。この作品で終わろうとは思っていなかったことだけは保証します」

開高さんは『珠玉』を書いた後も、次の短編で、アラスカを舞台にして熊との一対一の対決のことを書くつもりでいたし、十月十三日、再入院した後も、モンゴル行きのためにいろいろな手配を病床から行っていた。そんな開高さんだったが、亡くなる一カ月ほど前に、牧さんから癌の告知を受けたという。

「開高の性格をよく知っているので、いつ彼に、病気のことを知らせるかは大変悩みました。それまで、病院では病気のことはしゃべるな、と言われていたのですが、彼に病気のことを告げると、彼はちゃんと冷静に話を聞いてくれました。その後も、あれだけ肉体的苦痛に対して、拒否し続けた男が、すさまじい闘病ぶりを見せました。それは自分が生きて自分の仕事をやりたい一念だったと思う。それはもうこれで良いというのなら、とてもできないような闘病ぶりでした。でも彼は最期まで自分からは病気のことは口に出さず、つらいこともぐっと堪えて、弱音を吐くことなく、男の美学を貫いた。彼の作品にも告白とか、彼の血とか汗とか涙を見せていないように、闘病生活も見事だったと思います」

開高さんは芥川賞の選考会の時も、自分が選考委員なのに、新聞記者たちと今度はだれが受賞するかで、賭けをして楽しんでしまうような人だった。病院での闘病中でも、牧さんがその日初めて病室に顔を出せば、「ジョークのオードブルは何ですか」。話が一段落すれば、「ジョークのデザートは何ですか」という具合だった。

「苦しいときでも、例えばジョークで、いつもエンターテインしようとした男でした。それはやはり、ベトナムで見た少年の処刑ですよ。あれから何をやってもいつも空しいという思いから抜け出せなくなってしまった。その思いが彼に付きまとっていた。荷風があるきっかけから官能作家みたいになっていったけれど、それよりも開高の方が熾烈だったと思う。その少年の処刑は、今度の『珠玉』の第二話のガーネットの中にも出てきますね。あれですよ。こういうことを言うと、みんなキザというふうに聞こえるので、そのことは彼の身体深くもぐりこんでしまった」

牧さんには、『輝ける闇』にもでてくる、この少年の処刑が、『珠玉』にもやはり大きく関係して感じられるようだ。

「その処刑を見て以来何をやっても空しい。ならば、いっそ、少年が倒れている横にある血液とか、現実のモノに執着して行ったのではないでしょうか。玩物喪志の素質はもともとあったかもしれないけれど、たとえひとときにせよ、たしかな現実として自分の歓楽を満たしてくれるもの、間違いのないもの、それと同価値にあるものがモノだった。例えば宝石だった。彼は石を通して、石の持っているネイチャーの不思議さに引かれたのだと思う。そこにもろもろのものを見ていたのでしょう。そして私はこの石の三部作の発想は、彼がひところよく語っていたサルトルの『嘔吐』だと思う。サルトルは結局『出口なし』になってしまったかもしれないが、サルトルが悶えたように、開高も悶え、それを蹴散らすために、肉体を賭けた冒険に挑んだのだと思う」

サルトルの『嘔吐』は海岸で拾った手の中の小石から嘔吐感が拡がって行くが、『珠玉』の第一部がアクアマリンの石を登場させた「掌《て》のなかの海」という作品であることからしても、牧さんの指摘のように、開高さんが、『嘔吐』を意識して『珠玉』を書いた可能性はかなりあると言えるかもしれない。『嘔吐』がひとつの自己発見の物語であり、『珠玉』もまた自己発見の物語となっていることからしても。

「開高が青い鳥を探しに行ったという感じでしょう。ちょっとごろ合わせ的ですけど、〝石は何処《いずこ》へ〟という感じですね。最後まで第三部のムーン・ストーンが見えない見えないと言っていたのが、彼の現実だと思う。ある光によって、普通の石が普通の石ではなくなって、変貌していく。光が射し美しいものになっていく。その光は時がたてば去るかもしれないが、そのとき、存在するものと存在しないものとが、矛盾しながら、しかも同一のもののなかにある。だから開高には、終始渇きがあって悶えていた。それはひとりの人間が一生かかって挑戦しても、悶えぬくしかしょうがないものではないかと私は思います。彼はそれを抱えていたから、なまじっかの言葉でそれを言いたくなかったし、言われたくもなかったのではないかと思う。だからいつも、ジョークを言ってばかりいた」

開高さんの遺骨が置かれた開高さんの仕事部屋には、遺影の前に、『珠玉』の掲載された「文學界」の新年特別号とともに、開高さんの短編「一日」の掲載されている「新潮」の昭和六十三年六月号が置かれている。その短編の中に、ベトナムの年端も行かない娼婦の一瞬の行動を描写するこんな文章がある。

> 少女はくすくす笑いながら苫から出ていき、河にネズミを捨ててもとにもどると、すわりこんでパイナップルの皮を一心になってむいた。手練の速業といいたいあざやかさであった。棒を投げる瞬間、手首を男の子のようにひねるのが一瞬、眼にとまったが、女の子はそういう物の投げ方をしないものである。恐らくこの少女は男の子やら女の子やらけじめのつかない、手荒い育ち方をしたのだろうと、見当がついた。

この文章を牧さんが、いかにも開高さんらしい文章として気に入っていて、この短編を掲載した「新潮」が置かれているのだ。

「たまたまこの作品を読んだとき、彼に、〝ここだね。あんた〟と言ったら、彼は〝よう分かってはりまんがな〟と言っていました。私はこの文章を書くために、開高はこの作品を書いたのだと思った。物を投げるときの少女の手首。それが少年のようだという。ここにベトナムの状況がすべて集約されている。少女がどんな育ち方をしてきたのか。なにもごたごた言わなくてもちゃんと見えてくる。ベトナムの背景、周囲のざわめきまで。開高の短編にはこういうものが必ずある。自伝的とか、モデルがあるとかいわれますが、私の読み方はそうじゃない。開高は少女の手首が少年のようにかわる一瞬をちゃんと見ていて、非常に乾いたかたちで、たいへん的確につかんでいる。だから私は、この人は詩人だったと思うのです」

そんな牧さんが、開高さんの作品の中で、傑作だと思っているものがある。それは芥川賞受賞直後に書かれた『流亡記』だ。

「本当に彼のものは読まないのです。でも彼が徹夜で書いた原稿を私に預けて彼は眠る。『流亡記』のときも、何の気なしに読み始めてしまった。でも読み終わってこれは傑作だと思い、起きてきた彼に〝傑作やぁー〟と言いました。こういう作品を書いていくのなら、彼のことは彼に任せておいても安心だという気がしました。すべてとは言わないけれど、この作品が彼の主流になっていくことを願って、よけいに彼の作品を読まなくなりました。

若いとき、街の本屋で、『えんぴつ』を立ち読みして、その中でひとりだけ文学があると思った。大阪の中之島公園で彼らが無料の公開討論会をやるというので、暇つぶしで私も出掛けたんです。でも、だれが開高かわからん。あの文体にふさわしい顔の男がひとりいたんですけど違う人でした。帰ろうかなと思っているところへ、ひとり下駄をはいた男が現れて、〝僕が開高だ〟と言った。これからみんなでお茶を飲みにいくというのでついて行ったのが最初の出会いです。その街かどの本屋で読んだ時、いいなあ、おもしろいなあ、と思った彼の文体の延長に『流亡記』を感じていた。彼は長編も書いたがやはり詩人で、『流亡記』はそんなことを思わせる作品だった。『闇』のシリーズはいろいろな評価を受けたけれど、私は『流亡記』から受けて、そしてあのとき、彼に期待した夢をまだ捨て切れずにきたんです。今、それを彼が十分果し終えたと言えるかどうか、そう言われると、ちょっと私は口ごもってしまう。

たぶん言い訳もあったのでしょうけれど、彼は〝世界中を歩いて蜜を集めているのや〟と言っていました。その集めた蜜を熟成させて、その後に出て来るものが『流亡記』の先にでてくる作品ならば、と思う。私の尽きない夢。私のセンチメンタリズムかな」

しかし、作家として『珠玉』を書き上げて終えた開高さんの人生について、牧さんの結論はこんな言葉だった。

「男の最期としては、こういうかたちもあるのだろうという気もしますね。彼についていた私が力足りず、こういうことになってしまって、言葉ではどうにも取り返しがつかないことなんですけど、彼は見事に自分のページを閉じた。しかも、最期までこれでいいという姿勢を見せることなく。戦場で言えば、ドンパチのさなかに、もうこれでこの戦線を突破したら、どうなるのかということを自分は分かっていて、敢えて、自分の肉体でもって、文学という危険な戦線を踏み越えて行ったのだと思う。そういう感じがします。最期を見てみたら、もう、怖かったですけれど、耐えられなかったですけれど、彼のその地獄での戦いが、もう華麗としか言いようのないものでした。力があって」

一月十二日、東京・南青山の青山葬儀所で行われる開高さんの本葬には、葬儀としては異例なことであるが、開高さんの遺影が三枚並べられる。一枚は書斎人としての姿。もう一枚は行動派、ナチュラリストとしての開高さんの姿。そして三枚目は、ベトナムでの開高さんの姿だ。その三枚の写真には、牧さんの「力強く。それを表現してほしい」という願いが込められている。

最後に牧さんが、読んでいるうちに、自分の気持ちを制御できなくなってしまったという弔電を紹介したい。

まきようこ様 (しゅぎょく)をよみ、なみだこぼれ、いのちのさいごのひびをこのようなめいさくをかくことに費したひとはほかにいたかとおもい、さらには、このさくひんをかくことによって、天へしゅっぱつするみずからのはなむけにするという、粋のきわみをえんじぬいたことをおもい、もはやくやみのことばもおろかになり、ただひたすらあたまをたれるのみ。

しばりょうたろう

(追記)

これは開高健特集のなかで、「文学者追跡」特別版、「彼は生き抜くつもりだった」として掲載された。牧羊子さんは二〇〇〇年一月十九日夜、神奈川県茅ケ崎市の自宅で死亡しているのが見つかった。胃潰瘍による出血死だった。七十六歳。▽井上光晴さんについては一九九一年一月の項と追記を参照。▽丸谷才一さんについては一九九〇年十一月の項の追記を参照。▽司馬遼太郎さんは一九九六年二月十二日、腹部大動脈瘤破裂のため大阪市中央区の病院で死去。七十二歳。

45度で交錯する視線——1990年3月

「尋ね人の時間」で第九十九回芥川賞を受賞した新井満さんが、その前々回「ヴェクサシオン」で同賞の候補になったとき、受賞作村田喜代子さんの「鍋の中」と大接戦となった。惜しくもその回の受賞は逃したが、選考会の取材が終わって社に戻ると、大接戦の余韻が残っていて、お酒を飲みながら記者仲間で「ヴェクサシオン」をめぐる話となった。

そのとき、先輩の元文芸担当の記者が、こんなことを私に言った。

「だけど、こんなことが可能だろうか。主人公の男が、耳の聞こえない恋人の女性と歩きながら、こんな込み入った話をするなんて」

「ヴェクサシオン」は斜視のCFディレクターの雨宮三郎と、耳が聞こえないが唇を読むことができるイラストレーター有泉遥子との恋愛物語だが、作中、二人が「白鯨」のようにも見える代々木のオリンピックプールのあたりを歩きながら、メルヴィルの「白鯨」の話をしたり、遥子が二人の間の子供を妊娠していることを三郎に告げたり、かなり込み入った会話をしながら歩く場面がある。二人が前を見て歩いているなら、遥子は三郎の唇を読むことができないし、唇を見ていれば、歩くことができないのではないか。先輩の指摘はそんな現実的な矛盾を突くものだった。

確かにこの部分は、現実的な不整合を抱えたところで、新井さん自身、単行本にする時、この部分に、「彼女が首を傾げながら三郎の唇を覗き込むように見つめた」という描写を挿入したりしている。だから単行本では、二人で歩き、時々立ち止まっては話すという感じが強くなっている。

しかし、私は選考会当日の深夜、帰宅する車の中で「ヴェクサシオン」を読み返して、「まったく先輩の指摘の通りなのだが、やっぱりこの二人は前を向いて並んで歩きながら、話をしているのだ」と思えた。そう思えることの方に、自分の今いる時代のリアルな感覚があるような気がしたのだ。

記者の常として、新しいものに目が行きがちなのだが、一九八〇年代に現れた文学作品を読んでいると、私がそのとき、そう感じた「ヴェクサシオン」のように男女が見詰め合わないで、男性と女性が同じ方向をみている「並行視線」というような視線にしばしばぶつかる。しかもこの「並行視線」の男女関係の中に、人間関係の中に、現代の重要な時間が共有されていて、驚いてしまうことがある。

具体的に一番分かり易い例は小説ではないが、あの俵万智さんの名高い歌「『嫁さんになれよ』だなんてカンチュウハイ二本で言ってしまっていいの」。この二人の男女は決して、向き合ってはいない。この二人は横並びで座っていて、ささやくようにしゃべっている。そして二人の視線は、同じ方向を見た「並行視線」だ。彼女が角川短歌賞を受けた「八月の朝」の冒頭の歌、「この曲と決めて海岸沿いの道とばす君なり『ホテルカリフォルニア』」などもまさに「並行視線」の男女だ。

小説では、村上春樹さんの『ノルウェイの森』の中で、主人公の僕と直子とが東京の町をあてどもなく歩き回る場面にも典型的な「並行視線」を感じるし、村上さんの処女作『風の歌を聴け』での、左手の小指がない女の子と二人で港の静かな倉庫街を通り抜けて、人気《ひとけ》のない突堤にある倉庫の石段に並んで腰をかけて海を見詰めるところにもそれを感じる。また、主人公「僕」が、この小指のない女の子と初対面のとき、意識を失うほど酔っ払って裸になっている彼女を見ても何もしないところや、『1973年のピンボール』の双子の女の子の間に入って寝てしまう「僕」にもやはり、「並行視線」の感覚がある。

池澤夏樹さんの第九十八回芥川賞受賞作『スティル・ライフ』は男同士の人間関係だが、やはり「並行視線」が出て来る。冒頭、バーの高い椅子に座っている「ぼく」と「彼」の前にはウイスキーと水のグラスが置いてある。彼らが水の入ったグラスをじっと見ているのは、チェレンコフ光を見るため。チェレンコフ光とは宇宙から降って来る微粒子が水の原子核とうまく衝突すると出る光りのことだが、星やなるべく遠くのことを考える「彼」に引きずられて、「ぼく」も、自分自身をはるか高いところから見下ろしている自分の存在に気付く。二人の視線はコップの中の遠方という同一方向に向かっていて、遠方から、また二人のもとに帰って来るような視線となっている。ここにも「並行視線」がはっきり感じられる。

こうやって、主に一九八〇年代の小説の中から一群の

「並行視線」の作品を数え上げて行くことはできるのだが、そんな視線が時代の中で、あるリアリティーをもっているのは、そこに私たちの現実の生活の変化があるからだ。俵さんの歌には、大衆のものとなったモータリゼーションが反映している。バスではなく、車に同乗する者は、好むと好まざるとにかかわらず、「並行視線」を強いられる。一家に一台どころか、ひと部屋に一台ずつとなりつつあるテレビの影響も大きいかもしれない。それは家の中心にあって並行的な視線を日常のものにしている。テレビゲームやさらにコンピューターの普及も、今後、並行した視線を、または単独視線というようなものを生み出す原因となるだろう。さらに、バーのカウンターで友人や恋人と語り合うのも、何も小説や映画の世界だけではないし、大劇場でのパフォーマンスを一緒に見て楽しむのも私たちの日常となっている。

しかし、文学作品の中に、この「並行視線」を生み出す最も強い原因は、そんな社会変化の中での、やはり人間と人間の関係の変化、特に男性と女性の関係の変化なのだろう。

そして、一見同じように見える男性と女性の並行視線のそれぞれの強さを比べてみれば、横並び同方向だが、その視線の強弱は明らかに女性の視線の方が強い。『ノルウェイの森』の直子は一緒に並んで歩きながらも、時々これといった理由もなく、「何かを探し求めるように僕の目をじっとのぞきこんだ」が、そのたびに「僕は淋しいようなやりきれないような気持ちになった」。カンチュウハイの二人も圧倒的に女性の視線の方が強い。

こんな男女の「並行視線」はこれから、いったいどうなっていくのだろうか。そんな興味をどこかに持ちながら、私は、九〇年代最初の第百二回芥川賞の候補作を読んでいた。

そして、やはりそこにも同じように「並行視線」はあった。例えば、最も若い候補である小川洋子さんの「ダイヴィングプール」に。孤児院の園長の一人娘の「わたし」とその孤児院で育った同じ高校に通っている「純」とが、二人並んで夜中に孤児院の洗面台で海水パンツを洗うところや、下校直前に突然降り出した豪雨をステップに並んで二人でしみじみと眺める場面など。そしてまた、「わたし」の「純」に対するたいへん強い視線も印象的だった。さらに、一番年長の候補である多田尋子さんの「白蛇の家」にも、どこか「並行視線」を感じさせるものがあった。

ところが、大岡玲さんの受賞作「表層生活」を読んで、私は驚いてしまった。なぜならこの小説には、「並行視線」ではなくて、「対向視線」を持った人たちが登場してくるのだ。〝計算機〟というあだ名のコンピューターの研究者である青年は「常に相手の眼や顔を正面から見据えて話す」。彼はかつての高校の同級生で今は、不動産屋が経営する花嫁学校の事務局次長である「ぼく」に頼んで、そこにフリーのライターである森真子という女性が講義を聴きにくる。この彼女がまた「真剣な眼差しで〝計算機〟を見つめている」という女性で、両者の視線はなんと「対向視線」となっている。これに「傍観者にとどまる」という「ぼく」も交えて、珍しい〝視線の対決〟がこの作品の中にある。

ある日、学校内の喫茶店に食事に行くと、真子と〝計算機〟がランチを向かい合って食べている。「ぼく」も呼びとめられて、仕方なく座るのだが、「ただし、椅子を通路側に微妙にずらすことで、彼とぴったりくっつくことを避け、森真子との距離に自覚的になることにする」。そして〝計算機〟はしばらく森真子と話すうちに、「常に相手の眼や顔を正面から見据えて話す彼が、いつの間にか窓の方に身体を四十五度程度振り向け、真子に右の横顔を見せて喋る」ようになってしまう。

さらに、一足さきにレジに立った「ぼく」が彼らの方を眺めると、彼女の背中の向こうに、僅かに〝計算機〟の輪郭の一部が見えるだけになっていて、彼は彼女のシルエットの中に、ほとんど入ってしまっている。

女性の強い視線に対して、「ぼく」も椅子を微妙にずらす、〝計算機〟も四十五度の角度に体を捻っている。男たちのこの視線の意味は何なのか。ここは大岡さんがたいへん意識して書いていると思えたので、本人に聞いてみた。

「これはかなり意識的に書きました。女性からの強い視線というのは、僕の最初の作品の『緑なす眠りの丘を』の時からあります。しかし、これまでのものは、女性の強い視線に対して、通りすがりの一瞬だけ視線を向けるという感じのものだった。女性の鋭い強い視線の意味を探ることを非常に怖がっているようなタイプの男が多かった。自分の内在的な意味付けを既に失っていると主人公は思っているために女性から強い視線を当てられると、自分の内在的因果関係をちゃんと提出しなくてはと思うが、しかしそれができない、という脅えが出て来てしまう。今までの僕の小説の中にも、それが典型的にあった。この作品にもそういうところがある。しかし、この作品には、女性が何事か要請しようとする視線に対して、男の方も何らかの責務を負おうという意識が微かだが、どこかにあると思う。女性の強い視線に対して、向き合うこともできないけれど、そっぽを向くことも潔しとしない。その中間的なところで、椅子をずらしたり、四十五度の角度で体を曲げて、横目で見ているのだと思う」

椅子をずらす＝四十五度の角度で体を曲げながら話す、と考えられるが、「ぼく」は女性を残して先に席を立つのに、〝計算機〟は少し離れたところから見ると、女性のシルエットの中に吸収されてしまうのは、どうしてなのだろうか。

「〝計算機〟は女性に対して、影響力を行使し、操作しようとしている男性です。女性と対抗して、向き合って屈伏させたい。自分のサディスティックな欲望にも整合性を与えたい人間です。でも〝計算機〟は崩壊寸前で対抗できない。ですから女性としゃべっているうちにだんだん押し込められて、その影の中に入ってしまう。彼からすれば四十五度の方に後退しているわけですね。〝ぼく〟の方は女性の強い視線に対して、何らかの責務を負おうとしている気持ちがどこかにある人間です。だから、〝計算機〟は対向視線側からきた四十五度ですし、〝ぼく〟は並行視線側からきた四十五度だとも言えますね」

大岡玲さんも、一九八〇年代はやはり「並行視線」の時代だったと感じているようだ。そこに近代小説を成立させてきた考え方の崩壊をも見ているようだ。

「西洋近代小説の伝統は内的時間の拡大だと思う。それが自分の内心に振り向けられるとき、自分の内部空間が拡がる。自省的に見れば、他者に対して内部空間が拡がっているだろうと考えざるを得ない。その対応関係の中で相手を忖度し、そこに一つの空間や場を作り、接近していくというのが西洋近代小説の一番大事なテーゼ。そのテーゼが日本だけではなく、世界中で崩れちゃって、それがいま並行視線という形で明確に現れているのかもしれない。また男の側から主導して来たテーゼが崩れたことも大きな意味合いをもっていると思う。男の作家が女性に対して、傍若無人に振る舞えた古代的な時代から、そうはできない近代の世界ができて、さらにそれが、女性の方がある意味では優位という時代になった。女性の強い視線に対して、男性が反作用的に提出する何物も持たない時代となって、これまで恋愛小説を機能させてきた男の側から見た女性の不思議さみたいなことが全然機能しなくなってしまうのだろうという気がします」

大岡さんは今、私たちの中にある「並行視線」をくぐった後に、その視線を何か別の意味合いに変えて、もう一度、視線を回復する試みとして四十五度の視線を提出しているようだ。一九九〇年代最初の視線は、強く真っすぐ差し込んで来る女性の視線を、四十五度の角度で受け止めて、それに何とか応えようとする男性の視線なのかもしれない。

男性側の四十五度という角度は、女性が真っすぐ男性を見詰めている視線を前提にしているのだから、両者の関係のイニシアチブは女性が握っている時代とも言える。

（追記）

『スティル・ライフ』でバーの二人が水の入ったグラスをじっと見つめるところは、二〇〇二年にノーベル物理学賞を受賞した小柴昌俊さんの素粒子ニュートリノ観測を反映した場面。一九八七年二月、大マゼラン星雲での超新星爆発で発生し、地球を貫いて届いたニュートリノの検出に小柴さんが成功。大学で物理学を学んだ作家らしく池澤夏樹さんは、この世界的な観測をいち早く作品に取り込んで、同じ一九八七年に同作を書いて中央公論新人賞を受け、さらに翌年この作品で芥川賞を受賞した。

池澤さんについては「1993年10月」の項も参照。

永山則夫の文藝家協会入会問題——1990年4月

「海燕」二月号で、秋山駿さんと川村二郎さんが「一九八九年の文学回顧」という対談をしている。一九八〇年代最後の年の文芸作品を振り返る対談らしく、最後におまけとして、秋山、川村両氏それぞれの一九八〇年代の作品ベストテンも付いている。その秋山さんのリストで八番目に永山則夫『捨て子ごっこ』、九番目に村上春樹『ノルウェイの森』と並んで挙げてあるのが目にとまって、すこし個人的な思いにひたってしまった。

それは、この対照的な作風の永山則夫、村上春樹両氏がともに、昭和二十四年の同年生まれであるからなのだ。そして、そんなことに立ち止まってしまう私も両氏と同年に生まれ、彼らと同様、一九八〇年代最後の年に四十歳になった多くの人たちの中の一人でもあるからだ。

世代論というのは、とかく閉鎖的で広がりのないものになりがちだが、日本文藝家協会（三浦朱門理事長）への入会問題をめぐって、激論となった永山則夫のこと（永山則夫さんでも、永山則夫被告でも私の中の永山則夫はぼやけてしまう。失礼は承知であえて敬称を省く）を書こうと思って、私の場合やはり同年に生まれたことを抜きにして書き始められないことに気付いた。

私は彼と同年生まれであるにもかかわらず、かなりの間、そのことを失念していた。昭和五十八年（一九八三年）三月、永山則夫の「木橋」の第十九回新日本文学賞の受賞決定が報じられた時も、私は社会部の事件記者として、急死した著名な政治評論家のことを取材中で、その政治評論家の事務所近くにあるホテルで、遅いランチを食べながら「木橋」の受賞を伝える新聞を見て、「へー」と思ったぐらいだった。しかし、その時の新聞記事のことは、頭の隅のどこかに残っていたらしく、一年後、文化部の文芸担当となった直後に出版された「木橋」を手にして、すぐ読み始めた。そして、強く揺り動かされてしまった。

「木橋」は津軽地方を舞台に、極貧のために新聞配達をして家計を助けているN少年が主人公の短編小説。新聞を配達するため、毎日渡る木橋が、ある日洪水で流されそうになる。増水した水の揺れ動く、その木橋のことがN少年は、なぜが気になってしょうがない。その彼の心情を縦軸に、極貧ゆえの周囲の差別や兄の暴力、父の家出、母の浮気などの中でN少年の行動が書かれている。

最後のところで、彼が気になってしかたのなかった木橋の揺れは、自分が幼児のとき、長い長い橋の真ん中に置き去りにされて、いったん捨て子状態になったときの橋の揺れだったことに気付く。私はこの結末まできて、自分がN少年と一緒に橋上で揺れているような感覚に襲われた。

そして「木橋」の巻末に収められた彼の年譜の冒頭の「1949（昭和24）年6月27日＝北海道網走市呼人番外地に生まれる」というのを見て、「そうだったのだ」と長い間彼が自分と同年であることを忘れていたのに気付いた。その時、自分の中の揺れている感覚がさらに激しく増幅されていくのを感じて、この作品の紹介の記事を書いたことがある。

その永山の入会問題が明日の文藝家協会の理事会で論議されるという日の夜、他社の記者である友人と話をしているうち、彼がやはり昭和二十四年生まれであることに気付き、永山をめぐる話となった。北関東の田舎出身の私と違って、東京育ちの彼は、永山が『なぜか、海』で書いた中学を卒業して集団就職で上京、渋谷のニシムラのフルーツパーラーに勤めていたことにこだわっていた。

「ニシムラのパーラーなんか、男の子が行きたくて行くところじゃないよ。女の子が行きたいというから行くんだよ。または女の子が行きたいのじゃないかと思って行くんだよ。女の子はパフェなんて注文して、自分もまだパフェなんか食べたい年なのにコーヒーなんて言って、砂糖もミルクも入れて飲みたいのにブラックで飲んだりする店だよ。そういう横で永山は働いていたんだよなあ」

そんな言葉に妙にリアリティーがあって、彼も同年ゆえに、永山の話に揺れているようだった。

さてその翌日、一月三十日東京・丸の内の中華料理店山水楼で開かれた、文藝家協会の新年会を兼ねた今年初めての理事会は、この永山則夫入会問題で激論飛び交う、文字通りの大揺れとなった。

文藝家協会の定款によると、

「正会員は、文芸的著述を職業とする者」（第五条）とあって、入会しようとする者は「第五条の資格を有し、且つ会員二名（内、理事一名）の推薦を得て所定の申込書によって入会金を添え入会を申込み理事会の承認を要する」とある。永山の場合は秋山駿、加賀乙彦理事が推薦人。この日は秋山理事は欠席。青山光二入会委員長も病気で欠席したため、杉森久英入会委員が入会委員会の経過について説明した。それによると、「六名の申込みがあって、五名は全員一致で決まった。永山則夫さんだけは青山委員長が推薦者の意見を聞きたいということなので、次の理事会まで決定を延ばしたい」ということだった。

激論はここからスタートした。それはこんな具合だった。

加賀　異議があります。どういう理由でペンディングにしたのか。文筆をしている人間ならば誰でも入れるのではないか。そのために推薦して、ちゃんと著作を持っているひとを推薦しているのに、入会委員会が推薦者の話を聞きたいという理由で先に延ばすというのはわからない。二月の裁判で死刑判決がでるので、時間がないわけです。一般の人と違うのです。入会委員会は理事会の下部組織なのですから今この場で決めてもらいたい。（注、死刑判決ではなくて、最高裁の弁論が二月六日にあった）

中野孝次　同じ意見です。永山という人は、ちゃんと仕事をしていると思う。どういうところにいるにしても、手続きが整っていれば、いいと思う。どういうことで延期にしたのか、不審に堪えません。

杉森　個人的な意見ですが、長年の慣例として、委員会の決定を理事会に持ってくるのが慣例どおりだと思います。

古山高麗雄　延期の理由をはっきりしてほしい。その上で論議しよう。

佐伯彰一　おかしいというのはおかしいのでは。被告人の場合は委員長がちょっとためらわれたというのは、常識としておかしくないのではないか。入会は判決があってからでもおかしくない。

杉森　委員長がいないので、推薦者の不満もあるでしょうが、次の委員会でもよいのではないでしょうか。

加賀　やっぱり、よくわかりません。この場合は緊急な事態だと思う。個人的にもバックアップしたい。急いでいると思う。二月初めに裁判があるので、理事会の結果を委員会に伝えるということでよいのでは。

三浦朱門　どんな人でも仲間が認める人は認めている。しかし、ある便宜のためであったら具合が悪い。

加賀　法廷闘争を支援するために推しているというのではなく、永山という小説家が文藝家協会員になれるかどうかということです。そう考えていただきたい。

杉森　参考までに申し上げますと、定款の第十条に「この法人の利益に反し、又は法人の体面を汚し、もしくは会員としての義務を怠った者は、理事会においてこれを除名する」というのもあります。

佐伯　どういう緊急な理由があるのですか。委員会を通さずに決めろというのはおかしい。判決の後でもおかしくない。

加賀　死病にとりつかれている人もいれば、死刑囚の人もいる。その人その人の立場を少し考えてあげるというのが、人間の道ではないかと思う。（注、永山は死刑囚ではなくて、当時は勾留中）

佐伯　はっきりとした殺人行為というものがあって、文学的行為は認められていても、委員会が躊躇してもおかしくはないと思う。

古山　簡単に言うと死刑囚だから時間をかけて考えてみようということですか。

小田切進　本日の入会委員会では緊急ということは聞いていませんでした。

吉村昭　受刑者だから入会を拒否するというのは良くないと思う。しかし、判決のために入会を急いでくれというのは、私は加賀さんと意見が違う。

古山　人を大事にする。人間を大切にするということと、判決のことと二つ加賀さんにあるということでしょう。

三浦　個人的には入っていただくのに賛成です。そして、このかたの入会はたぶん大丈夫だと思う。しかし、入会会員会を不審理にして決めるという勇気は僕にはありません。

古山　延ばすべきと思う。ルールは大切。

加賀　分かりました。お騒がせ致しました。

以上のような経過で、大筋で入会の方向、正式の入会は次の理事会で、という感じでその日の理事会は終わったように見えた。しかし、これはこの問題の第一ラウンドだったようだ。二月中旬の入会委員会のメンバーによる集まりでは、入会拒否の線が打ち出されたという。永山の作品の評価は問わず、やはり犯罪者であることや、定款の第十条との関係や、被害者の遺族の気持ちなどが重視された模様だ。この雑誌の出る直前に開かれる三月の理事会でも、また引き続き、激しい議論がたたかわされるのではないだろうか。

文藝家協会入会問題のことも、さることながら、永山作品を読むたびに感じる自分の中の揺れが気になって、東京拘置所で永山則夫に会ってみた。彼は、文藝家協会が自分のことで揺れていることは、拘置所内で読んだスポーツ新聞で知っていた。永山は人に勧められて、自分で入会を希望して入会申請をしたと語っていたが、入会自体にそれほど強くこだわっている感じではなかった。「入会すれば、世間的には作家の仲間入りということになりますね」と私が言っても、その言葉に取り合わず、初対面の人には必ず話すらしい、マルクスの考えを発展させた自分の考えを語り始めた。その考えで今の社会にあるいろいろな問題を解くことができるのだ、小説もその考えの中の一つだということをとても熱心に語りだした。

時間が限られているので、こちらの聞きたいことをうまく聞けるかな、と思ったとき、彼の方から年齢の話になって、同年生まれであることが分かると、

「何か聞きたいことありますか」と話の主導権をこちらに渡してくれた。同年生まれというのは不思議なものだ。なぜ小説を書いているのか、ともう一度聞くと、「あのときは、そういう気持ちだったということを伝えたいんです」。小説の力は何だと思いますかと聞くと、「人を感動させること。このことはどんな小説にも共通している。自分もそう思って書いている」という答えだった。

この日は東京に大雪警報が出た日だったが、新作「異水」を書き始め、朝のうちに六枚程書いたという。「異水」は大阪の守口駅前の米屋に働いていた時代を舞台にした作品のようだが、地図で見ると働いていた米屋がなくなっていて、現在その跡にプリンスホテルが建っていることに驚いていた。「あのお米屋さんどこに行っちゃったんだろう」と言っていたのも印象的だった。

時間がきて立ち上がって、ドアを開けながら振り返ると、お互いの視線が合って、永山は「大雪のなか、わざわざ来ていただいて、ありがとうございます。気をつけてお帰りください」と言った。厚いガラスにあいた幾つかの小さい穴を通して聞こえてくる少し聞き取りにくい声とガラスの向こうの彼の歪んだ顔を見たとき、少しわかったことがあった。

私が生きている、この摑みがたい現代社会を私は同年生まれの彼に問うことができず、彼もまた私にこちらの社会を問うことができない。隔てられてあるそんな遠い時間と場所から、彼の作品が手紙のように今の私に送られてくる。そのことのねじれが同年の私を揺するのだと思えた。

永山の作品に動かされる私にも、これほどの小説を書く人が何故、四人もの人を、という思いはやはりある。その懸隔に戸惑う。そして、永山の作品を読んだ者なら気がつくのだが、処女作「木橋」より、「捨て子ごっこ」の方が格段に視野が広がっている。

彼の作品はみな自伝的なものばかりだから、作品群のなかで時間が進んでいけば、当然、事件を起こした時の日々も作品の中に現れる時がくる。

文学の力は「いかに人を感動させるかだと思う」とい

う永山が、広い視野を得て、「あの時」を書くことがあるなら、いったいどんな作品を書くのだろう。それを読んでみたいと思うのは私だけではないだろう。永山則夫が文藝家協会に入るか入らないかはともかくとしても。

(追記)

一九九〇年四月十七日の第二次上告審の最高裁判決で永山則夫の死刑が確定。一九九七年八月一日、東京拘置所で死刑が執行された。四十八歳。

川村二郎さんは二〇〇八年二月七日、心筋梗塞のため横浜市の自宅で死去。八十歳。▽青山光二さんは二〇〇八年十月二十九日、肺炎のため東京都世田谷区の老人福祉施設で死去。九十五歳。▽杉森久英さんは一九九七年一月二十日、肝臓癌のため東京都目黒区の病院で死去。八十四歳。▽中野孝次さんは二〇〇四年七月十六日、肺炎のため神奈川県鎌倉市の病院で死去。七十九歳。▽古山高麗雄さんは二〇〇二年三月十四日、神奈川県相模原市の自宅で死亡しているのを、家族が発見。八十一歳。病死とみられる。▽小田切進さんは一九九二年十二月二十日、多臓器不全のため横浜市の病院で死去。六十八歳。▽吉村昭さんは二〇〇六年七月三十一日、膵臓癌のため東京都三鷹市の自宅で死去。七十九歳。

「内向の世代」作家にとっての家——1990年5月

これは勿論、政治の話をしようとするのではないのだが、地方記者時代、横浜市の取材を担当していた時、当時の市長だった飛鳥田一雄氏が、社会党委員長に転出して行くという事態があった。突然の事で慌ただしく、記者たちも飛鳥田氏もお互いにゆっくりと話す機会もないままだった。そこで二年ほどたってから、五十四年の暮れだったと思うが、転出当時の横浜市の担当記者たちが飛鳥田氏を囲んで話をする機会を持ったことがあった。

その時、「東京はどうですか、飛鳥田さん」と近くにいた記者が聞いたのだが、それに対する飛鳥田氏の答えがとても印象的だった。

「東京は地上二、三十メートルの所に浮かんでいるよ」というのが答えだったのだ。そのとき飛鳥田氏は衆院選挙で当選したばかりだったのだが、選挙中に東京の千代田、港、新宿区という東京の中心部を不自由な足で歩き回ってみたら、自分には東京がそう感じられたというのだった。

つまり、東京の中心には、昔の狭い敷地の上にそのまま建設した鉄筋コンクリート七、八階建てのペンシルビルが林立していて、エレベーターで最上階までいくと、ビルの持ち主で有権者である老人が独りで住んでいる。元大工のその老人としばらく話して、エレベーターを降り、隣のペンシルビルのエレベーターに乗ってまた最上階までいくと、帯を作らせたら東京でも一、二の技術を持った老婦人がこれも独りで住んでいた。二人は幼なじみだが、直接合うには、エレベーターを昇り降りしなくてはならず、隣同士なのに、もうあまり会うこともない。そして、それぞれの子供たちは独立していて、郊外に住んでいる。「東京でそんな老人たちに会った。東京は中空に浮かんでいるよ」と言うのだった。

この東京の中心で狭い土地の上に伸びた中空に、独り住む老人たちというイメージは、事情はともかくその孤独なイメージと土地へのこだわりが重なって強烈な印象を私に残した。その後、私も東京勤務となり、ときたまこのようなペンシルビルを見掛けると、この老人たちのイメージが浮かんでくることがあった。しかし、それも、そのうち忙しさに紛れて、そのようなことを思わなくなっていた。

ところが、今年に入って内向の世代の作家の文学賞受賞が相次いで、つまり後藤明生さんの『首塚の上のアドバルーン』の芸術選奨文部大臣賞、高井有一さんの『夜の蟻』と、古井由吉さんの『仮往生伝試文』の読売文学賞の事だが、この三人の作品のことを考えているうちに、久しぶりに、またペンシルビルに独り住む老人のことを思い出してしまった。それは三つの作品の主人公たちがいずれも、鉄筋コンクリートの建物の中に住んでいながら、現在住む場所や住居へのこだわりを持ち続けている人たちだったからだ。

インタヴュー取材などのために、内向の世代の作家たちの作品と若い世代の作家の作品を交互に読んだりすると、書かれている具体的な内容とは別に、不思議な感覚の揺れを経験することがある。その揺れの原因の一つは、内向の世代の作家たちと若い世代の作家とでは、自分が住んでいる場所に対する書き方がまるで違う点にある。例えば内向の世代の作家たちは主人公が今どこに住んでいるのか、周囲の風景などをはっきりと書くのに対して、若い世代の作家たちが書く主人公の住む場所は、あるマンションのある階のある部屋という書かれ方で、殆ど場所や家の形は記されていないことが多いからだ。

例えば、後藤さんの『首塚の上のアドバルーン』の主人公は千葉・幕張の埋め立て地に立つ十四階建てのマンションの最上階に住んでいる。実際の後藤さんはそのマンションの十一階に住んでいるのだが、そこから北西の方向にS字にカーブする六車線道路に面した巨大な黄色い箱が見えて、その後ろにこんもりと緑の円い丘がある。私も後藤さんと並んで、この眺めを見たことがあるが、地上数十メートルの部屋からのパノラマはかえって距離感がなくて一枚の抽象画のように見える。そして、主人公はいったいそれらが何なのか確かめるために地上に降りて行くのだ。

高井さんの『夜の蟻』では東京の下町にある堀切菖蒲園の隣に住んでいる定年退職後の主人公とその妻が、いままで別に住んでいたひとり息子の提案で、家を鉄筋二階建てにして、主人公たちが二階に、息子夫婦と子供が一階に住むという三世代同居を始める。そして二階からは菖蒲園の花菖蒲を一望できるのが主人公の大きな楽しみになっている。

古井さんの『仮往生伝試文』にも、現代に生きる思いを日記体で記す古井さんらしき人物が登場。実際の古井さんと同じように、その住み家は、馬事公苑近くの十一階建てのマンションの二階にあることも分かる。階数へのこだわりは知人の通夜に出掛けて、「都心のマンションの四階の通夜だった」と必ず何階かを書くところにもあらわれている。「厠の静まり」という往生伝で始まるこの作品には、自分のマンションのトイレを実は厠と呼び、そう感じたいというような趣もある。

これに対して、若い世代の作家、例えば吉本ばななさんの『白河夜船』の女主人公はマンションに住んでいることは前提になっているようだが、具体的に「自分のマンション」というような言葉がでてくるのは、ストーリーが半分以上進んでから。自分の部屋は何階にあるのかを示すことは、最後まで必要とされていない。これは村上春樹さんの『TVピープル』にも共通していて、その中の「眠り」の主人公の女性はマンションに住んでいることははっきり記してあるが、何階に住んでいるかは書かれていない。また表題作では主人公の勤務先はビルの九階にあることはちゃんと書いてあるのに、やはり自分のマンションの部屋の階数は記されていない。さらに高橋源一郎さんの『ペンギン村に陽は落ちて』の序文も、家族が住んでいる家には子供部屋や自分の部屋はあるが、それがマンションなのか、独立した家屋なのかは明示していない、という具合。

内向の世代と若い世代の作家とでは、主人公たちの住むことに関する思いに、やはりかなりの亀裂が走っているようなので、三月十六日夕、後藤、高井、古井三氏の受賞を祝う会が東京・駿河台の山の上ホテルで開かれたのを機に三氏に場所や住まいへの思いを聞いた。

会で祝辞に立った日野啓三さんが、後藤さんについて「コンクリートの部屋の中に蟻が這って行く列を通してコンクリートの部屋の構造が分かる小説があって、新しい住居形態のなかの人間の感性があった。かつてこれを誉める評を書いたことがある」と述べた。後藤さんには『昭和文学全集』にも収録された、団地の中を蟻（実は黒い小さな虫）が這う、この「書かれない報告」など住む場所にこだわった作品は数多い。

これについて後藤さんはこう語った。「それは敗戦の体験だと思う。自分たちが地球上にどう存在しているか、敗戦ではっきり意識させられた。僕は外地からの引き揚げ者、古井、高井は戦災に遭っている。外部の力で自分たちの住んでいるところが無くなってしまった体験は強烈です。そこで真っ二つに切れているような感じなんです。なんでこういう所に住んでいるのだろうという気持ちはいつもあって、気持ちが常に二重になっている。だから今いる場所の事をしっかり書かないと自分が生存しているような感じがつかめないんです。場所の意識がいつも二重になっていて、歩いていても、頭の中にほかの場所の事がくっついている。その二重性みたいなものが我々の文学が分かりづらいと言われる原因だと思う。若い人は生まれた家が自分の家だから、意識の構造がだいぶ違うでしょうね。僕の場合は、なんで何の縁もない幕張にいるのだろうという気持ちがいつもある。内向世代の人には共通しているのじゃないだろうか。疎開した人達もきっとぼんやりした不安があったろうから」という。

古井さんは『昭和文学全集』の古井さんが収録された巻の「人と作品」を自ら書いていて、「敗戦の五月に、六歳半の年齢で、生まれ育った家の焼かれるのを、庭の防空壕から飛び出して目の前に見た。大屋根の瓦に鬼火めいた炎のところどころにゆらめくほかは……」と自分の空襲体験から書き始めている。

その古井さんはこういう考えだった。「マンションの何階ということを承知で書くんですよ。でも書いているうちに木造建築に住まっているような住居感とか、振る舞いとかが次々にでてきてしまう。最初は大層困ったんですが、これも自然だと思った。マンションの一室を木造建築のごとくに生きている。この矛盾はむしろ消さないで、最初きちんと設定してあれば、後でぶれてきてもかまわないと思った。マンションの便所を厠と言う気持ちはあるんです。いまのマンションに住んで二十二年です。いまの二階は十年、その前は七階に十二年いました。家には特定の音とか、特定の匂いがあるので、アットホームなのです。七階にいるときは、抽象的なもの、一般的なものしかなくてしんどかった。二階になって随分楽になりましたけど、でもやはり完全にはアットホームでなくて、記憶や幻想を動員して、日常生活のなかに空間を作っている。若い世代には、こんな所に住まうのか、という最初の感慨がないのでしょうね」。

三人の中では高井さんの意見が最も変わっていた。「住むところへこだわりはありますか」と聞くと、「どっちのこと？　僕自身のこと？　小説の主人公のこと？」という質問がすぐ返ってきた。『夜の蟻』の主人公は実際の高井さんの年齢より、七、八歳年上に設定されているし、堀切菖蒲園の近くに住んだこともない。私小説でないことは十分承知していたが、つい作者と主人公は同じような考え方と思い込んでしまっていた。そこで両方聞くことにした。

「個人的には、土地や住む所に関する執着はまったくない。借りマンションでも一生過ごせればいいと思っているくらいです。戦災の体験はもちろんたいへんなことだが、それにこだわるという気持ちも個人的にはない。小説の彼は明らかに土地に執着を持っている。長いこと住んだ土地に対して、自分の城という意識がある。彼は変化が一番怖いのだろうし、動くのがいやだと思っているのだろう。だから自分とはまったく反対の人間を造ったことになるかなあ」

『群棲』で現代の日常生活の不安と土地との関係を描いた黒井千次さんにも会場で話を聞いてみた。

「内向の世代は、住むことの意識の基本に土とか地面とかがあって、いま自分はそこから何階の高さ、何十メートルの高さにいるという意識がある。マンションの上にいても、自分をたどって行けば地面に行き着く。そこからこれだけ離れているという意識が鳥瞰図になり、遥かな眺めになる。しかし、必ず下に降りて行って地面の上を歩くことによって時間の中に入って行くのではないだろうか」

やはり、内向の世代の作家たちは総じて地面や場所との距離や関係を考えている人びとが多いということになるのだろうか。高井さんだけが、個人的な思いとしてほかの人たちと違う意見だったが、しかし、高井さんも読売文学賞受賞時の読売新聞のインタヴューでは「僕は場所が決まらないと小説が書けないたち」とも語っているので、もしかしたら私の質問の仕方がまずかったのかもしれない。

自分の土地にこだわって中空に独り住む老人たち。自分のいる場所を二重にも三重にも重ね合わせて空間化、時間化する人たち。マンションに住むのはもう当然だから敢えてどこに住んでいるか説明を必要としない若い人たち——鉄筋コンクリートの部屋に住む人びとのイメージは私の中でこんな具合にあったのだが、住む場所のことを考えながら若い世代の作家の作品を読み返すうちに、その中にも、ある微妙な混乱があることに気付いた。彼らの中にも、自分のいる場所の呼び方に揺れがある。

例えば、村上さんは「TVピープルが僕の部屋にやってきたのは……」と『TVピープル』を書きだしているが、妻と一緒に出勤するときは、「一緒に家を出て……」と書く。「眠り」のなかでも「そのまま家に帰った」という表現と「私は車を出て、部屋に上った」という言葉がある。意識的な作業だろうが、自分の住むところを「部屋」と「家」と二重に呼んでいるのだ。自分の住む所を徹底的に「部屋」と呼び続ける吉本さんの『白河夜船』の中にも一カ所だけ「家」という言葉が出てくるところがある。その「家」が出てくるページをしばらく開いたままにして、この揺れはいまリアルだ、と私は思った。私たちはまだ「家」と「部屋」を同時に呼べる言葉を見付けていないのだ。

（追記）

近畿大学文芸学部教授である後藤明生さんは、千葉県幕張のマンションを置いたまま大阪に転居、七階建てマンションの六階に住み、部屋からは大阪城が真正面に見えると語っていた。

後藤明生さんは一九九九年八月二日、肺癌のため大阪府大阪狭山市の病院で死去。六十七歳。▽日野啓三さんについては「1991年1月」の項と、その追記を参照。▽飛鳥田一雄さんは一九九〇年十月十一日、脳梗塞のため神奈川県鎌倉市の病院で死去。七十五歳。

在日文学者が日本語で書く意味――1990年6月

「二十四時間活動している通信社には締め切り時間がない」

――通信社の記者となって以来、こんなことを言われ続けてきた。夕刊、朝刊の締め切りが、昼と深夜に、はっきりとくる新聞社の記者と違って、通信社の記者は、起きた事件をその場で速報するのが使命、だから締め切りがない、そんなことも言われ続けてきた。確かに世界中のニュースをカバーする外信部などはその言葉通り、二十四時間休むことなく活動している。

昨年末の十二月二十六日はまさに二十四時間フルタイムでその外信部が動いた日だった。その日ルーマニアのチャウシェスク大統領夫妻が処刑されたのだ。外信部周辺は終日騒然としていたが、ほかの編集部の者も裁判前の夫妻や処刑直後の大統領の遺体を繰り返して放映するテレビに釘付けという一日だった。私が在籍する文化部の者たちも仕事が手につかないという感じで、テレビの前に集まっていた。

その時、外信部の者が、足早に文化部までやってきた。最初は、「ルーマニア絡みで何か文化部の論壇関連ニュースでもあるのかな」と思っていたが、次の瞬間には演劇担当の者と文芸担当の私が呼ばれていた。「えっ、誰か死んだの?」。演劇担当と顔を見合わせながら、私は仕方なくテレビの前を離れた。

それはサミュエル・ベケットの死だった。インタヴュー嫌いで私生活をあまり明らかにしなかったベケットらしく、その四日前に死亡、パリのモンパルナス墓地に埋葬されてからの死の公表だという。「誰か、死亡記事関連の談話を」というのが、外信部の要望で、私は『方舟さくら丸』で安部公房さんにインタヴューした時、「今ベケットの気持ちがよく分かる」と安部さんが語っていたことを思い出し、安部さんに電話を入れることにした。

その時、安部さんは「これは、日本人には一番分かりにくいことだが」と前置きして、こんなことを話してくれた。「ベケットはアイルランド人であることを抜きにしては考えられない。先輩のジョイスもそうだが母国語を奪われた作家だ。そういう作家だからこそ、文化、歴史を超え、国境を越える普遍性を獲得する、前衛的な文学を作り出すことができたのだと思う。それはやはり母国語を奪われた作家であるカフカにも同じことが言える」

電話の受話器を置いて、メモに取ったそんな安部さんの話を短い談話記事にまとめながら、明らかに私は動揺していた。その日は一九八九年という激動の一年を象徴するような一日だったが、おそらく安部さんに電話した時も私は少し興奮していて、そんな自分の興奮した心の空白に何かとても重要なことを指摘され、はっとして、簡単にやり過ごせない戸惑いを感じていたのだろう。

言葉と自分の生活する社会や歴史にズレがある時、どうやってその人はそのことを超えていくのか。その人にとって、たとえその言葉が第一言語であったにしても、そこに生きる社会とズレがあるとしたら。そして、そのことが私と今どうかかわっているのか。安部さんの話は、そんなことを私の中に残した。

三月二十日発行の季刊雑誌「在日文芸民涛」(代表・李恢成)の第一期終刊号に「90年代の世界と『在日』を考える」というタイトルで、金石範、金時鐘、金潤、竹田青嗣、李恢成の座談会が載っていて、この長い座談会を読みながら、私はまた安部さんのベケットの話を思い出した。それは、在日文学者が日本語で書くことの意味というのを大きなテーマの一つとして論じていたからだった。

私はこの座談会を読み、その中の一九四七年生まれの在日二世の文芸評論家である竹田青嗣さんのいくつかの発言に動かされ、何か、はっきりと新しい在日の文学者としての姿がそこにあるように感じられたのだった。竹田さんはその座談会でこんなことを言っている。

「僕らが使っている言葉というのは、日本の現実で生きている時のリアリティーを繰り入れたものですね。もう一つは在日として日本にいることのリアリティーですね。つまり僕らは日本語を使うけれど、その日本語は在日として日本社会に生きているという現実感に浸されたものなわけです」

「二世、三世となってくると、やはりその生の現実感は、韓国ではなく日本なんですね。つまりそこでは例えば差別や少数者であるという問題がある。またはじめは負のアイデンティティーから出発して生きはじめるということもある。すると少数者として差別の中で生きてきたという現実感の中から出てくる大きなテーマは当然日本の社会というのは何だということです。どこにいっても自分は異邦人として存在するという感覚の中で生きていて、そういう生のかたちの中で日本語がベースになっている。在日の文学の今後という問題で考えると、そこに一種の切断があると考えざるをえないわけです」

そして、私が強く動かされたのは、こういう発言をする竹田さんが、この座談会の終わりのところで「口惜しさを持たない在日世代が使う日本語と、いかにも流麗で練達な日本語でも、その口惜しさを抱えて使う人の日本語とは違う日本語になると私は信じます」という金時鐘さんの発言に対して、たった一言、「僕もそう思いますね」と同意するところだ。前の二つの発言と、最後のこのたった一言の同意が交差する地点に、竹田さんの生き難さがあって、それを超えていく竹田さん独特な考え方に、在日の文学者としてのこれまでにない新しい姿があると思えたからだ。

かつて私も、竹田さんの言葉の中に、私たちにはない言葉の揺れや広がりを感じて驚いてしまったことがある。昭和六十一年（一九八六年）から三年数カ月文芸時評を竹田さんにお願いして、私がそれを担当した。時評が始まる前に竹田さんの当時まだ唯一の評論集だった『〈在日〉という根拠』を読み、なにか不思議な悲しさを感じて、そのことが気になり、しばらくしてからその評論集を読み返した時のことだ。

竹田さんはその中で、自分のことを「私」と書き、その複数形を「私たち」と書いているのだが（最近は「わたし」「わたしたち」と記している）、この評論集の中で、最初の李恢成論では、この「私たち」が出てくると、それははっきり「在日の人たち」という意味だったのが、本のページが進むうちに、「私たち」という言葉を在日者という意味だけに閉じ込めたくない欲望というか、そんな力でその意味が揺れてきしみ出す。そしてついに金鶴泳論では、在日という意味も含みながらも、限定的なその意味を離れて、「生き難さを共有する人たち」という、より広い普遍的な言葉としての「私たち」として使われだしている。

つまり、一冊の評論の中で、「私たち」という言葉が大きく成長し変化しているのだが、私がある悲しみを感じたのは、おそらくその過程で竹田さんの中でも「普遍的な私たち」と、「在日の人たち」との二つの間を一つの言葉が揺れていたからなのだと思えた。

ある共同体のなかで、いわれのない不遇感を持って在る人たちが、それに対抗する別の共同体を希求するのは、当然のことだ。そのことを軽く考える人間ではありたくない。しかし、竹田さんの「私たち」という言葉が、「在日の人たち」という共同体の中の意味を超えて、普遍的な意味を持った「私たち」として出現してきたことに、私は驚き、強く励まされた。共同体を希求する道ではなく、あらゆる共同体を疑い、すべての共同体に異議を申し立て、どんな共同体も超えようとする「私たち」という言葉に新しい在日の文学者の在り方を感じた。そして、そのことに普遍的な文学者の在り方を感じたのだ。

三月三十日夕、東京・市ケ谷の私学会館で「民涛」の第一期終刊を祝うパーティーが開かれたのを機会に、竹田さんと「民涛」代表の李恢成さんに在日文学のこれからを聞いた。

竹田さんは日本語の中で育ち、考えるのも書くのも日本語だが、日本の人たちが日本語で考え、表現するのと在日の人との表現にはやはり違いがあるのだろうか。

「やはりズレはあると思う。日本人が日本語で書くというのは当然日本の文化的な世界があって、自分もその一員として、その中に入って行くということがあると思うが、言葉の文化に入り込むという感覚が僕の場合にはないんです。僕が日本語で書くということは、自分が立っている場所が何であるかということを知るために、そこを解体して、摑みなおす作業にすぎないんです。だから、僕が好きな夏目漱石にしても、太宰治にしても、自分の文化の世界に入って行くという作家ではなくて、この世界に入って行くこととは、いったい何だとか、この世界はいったい何だ、と考える人たちばかりです。このズレを口惜しさと呼んでもいいし、ほかの言い方をしてもいいかも知れないけれど、そんな違いがあることは感じます。僕の考え方の順序というのは、いつも普遍理論を求める。日本的だから日本に、在日だから朝鮮人の民族にこだわるのではなくて、そういう問題をすべて一から考えたらどうなるかということなんです」

李良枝、李起昇、香山純ら若い在日の作家たちが出てきていますが、それが新しい在日作家の大きなうねりにつながっていく、という感じはいまひとつですが。

「民族と在日という物語があまりにも強固でその物語を壊してしまう力のある人がいない。日本語で書くという時、勿論在日も含むけど、暗暗裡に日本の社会の中で、日本人にどうやって届くかということを含んでいる。民族と在日という物語を通して表現すると、日本人には届かないで、在日の内側に届いてしまう。少数の内側でどうやって苦しいかというのではなくて、この内側の苦しさはこっち側だけじゃなくて、そっち側にもあるよ、という形でないと、在日を超えて、日本人に届がない。少数の場所から、それを取り囲んでいる大きな場所にどうやって届けるかというのが文学の前提なのに、二つの場所を通底する言葉を造っていくという文学の重要な努力がどこかで閉じられていると思う」

李恢成さんには三年前「民涛」が創刊される直前にもインタヴューしたことがあって、今回第一期終刊号の出た後、話を聞きながら随分李恢成さんの考え方に変化のあることを感じた。それはこんな言葉だった。

「これをやりながら在日とは何かということに関して、考えが変わって来た。例えば帰化同胞も在日として考えるべきだと思った。『民涛』のスタッフの中にも帰化同胞の人たちがいて、彼らと接して、考え方の違いを学んだ。帰化同胞も朝鮮人の中に入れてあげるという発想があるとすれば、そんなのは僭越だと彼らに言われました。帰化した者にとって、自分は自分それ自体が目的であって存在なのだと言う。自分たちは蔑み見られる存在ではない。逆の民族差別を受けたくないという。そういう存在論を彼らは持っている。そういうことを考えると、もう単一民族論の枠を在日者はとっぱらわなくてはいけない。本国の人たちは北も南もそれができない。またここ数年本国の人たちとかかわってみて、われわれと違うなと思った。彼らはわれわれ在日者のことを知らない。われわれも彼らのことを知らない。そして知らないことを知ろうとする時は、お互いに対等じゃないといけない。しかし本国の人には外地にいる人たちを植民地の人のように見るところがある。良くも悪くも在日なんだなあと思いました。世界に五百万人いる流出民族としての同胞とともに、世界性を持った存在としての在日者というのを考えたいですね」

また李恢成さんは「日本からも、祖国からも在日は挟撃ちに合っている。ますます在日を守らなくてはいけなくなっている」とも語った。

李恢成さんの言葉は私にも良く届く。しかし、最後の言葉は私をなぜか悲しくさせた。私も現実的な問題としては、日本と在日というそれぞれの〝共同体〟の間に、相互を尊重しながら開かれた関係ができるまで、長い時間がかかっても、自分の立っている場で努力したいと思う。

しかし、文学としての問題ならば、私には少し別な悲しみがある。ともすれば、仲間内で認め合って満足しがちな、日本社会を異化できる場所に在日の文学者はいるのではないかと思うのだ。

なぜなら「いかにも流麗で練達な日本語でも、その口惜しさを抱えて使う人の日本語」は私たちの日本語とズレがあるからだ。そのズレが、文学の大きな力になる時があるはずだと思えてならない。そのズレの場所から、あらゆる共同体を異化し、その拘束を超えて、いまの私たちを揺るがす文学がぜひ生まれ出てきて欲しい。これは、李恢成さんの作家としての出発が私の学生時代と重なったため、李恢成さんの初期の作品を自分の青春と重ねながら読んだ読者としての熱望でもある。

（追記）

その後、『家族シネマ』で一九九六年度下半期芥川賞を受賞した柳美里さん。『蔭の棲みか』で一九九九年度下半期芥川賞を受賞した玄月さん。『ＧＯ』で二〇〇〇年度上半期直木賞を受賞した金城一紀さん。『駆ける少年』で一九九二年の泉鏡花賞を受けた鷺沢萠さん。さらに『血と骨』で一九九八年の山本賞を受けた梁石日さんなど、在日作家の活躍がある。

安部公房さんについては「１９９３年３月」の項を参照。▽李良枝さんについては「１９９２年８月」の項を参照。▽鷺沢萠さんについては「１９９３年９月」の項と、その追記を参照。

久間十義の三島賞受賞──1990年7月

「ドラエモンのやうに淋しく微笑んであなたのためにどこでもドアを」。第一回三島由紀夫賞を『優雅で感傷的な日本野球』で受賞した高橋源一郎さんの受賞第一作といえる『ペンギン村に陽は落ちて』が昨年十月に刊行され話題になっていた頃、短歌界では同じ月に刊行された一九六三年生まれ、金沢市在住の喜多昭夫さんの第一歌集『青夕焼』の中のこんな歌が話題になっていた。

テレビの人気アニメ「ドラえもん」はたくさんの魅力的な持ち物を持っている。たとえば、ちょっとだけ時間を止める「タンマ・ウォッチ」とか、必ずやり遂げる決意を固める「決心コンクリート」とか私にもいくつか欲しいものがあるのだが、喜多さんの歌の中に出てくる「どこでもドア」というのもドラえもんの持ち物で、世界中好きな所へ瞬時にして行ける空間移動ドアのこと。時間を過去や未来に自由に移動できる「タイムマシン」とは対になっている。

そして高橋さんの『ペンギン村に陽は落ちて』にも「連続テレビ小説ドラえもん」という章があって、思慮深いドラえもんや、アルバイトで病院の患者になるドラえもんが登場、「どこでもドア」のことも出てくる。

小説の世界と短歌の世界の交流があまりないため、同時期に出てきた、この双方のドラえもんを関係づけて語られたことはなかったが、文芸部門の記者としてジャンルを超えて新しい作品を読んでいると、しばしばこういう不思議な一致に出合い、立ち止まってしまうことがある。勿論、偶然の一致の場合もあるのだが、記者の常として、その不思議な一致の背景や背後にあるものを追及する方向に自分の興味が向かいがちで、この一致もしばらく私にとって重要な宿題となっていた。

『ペンギン村に陽は落ちて』にはドラえもんばかりでな

く、鉄腕アトムやサザエさん、ウルトラ一族ら漫画やテレビアニメの主人公がたくさん登場する。そして、この作品とほぼ同じ時期に出版された香山純さんの『どらきゅら綺談』にも漫画やアニメではないが、作品の中央にあの吸血鬼、ドラキュラ伯爵が登場する。八七年度中央公論新人賞を受けたこの作品は、お金はたくさんあるが、現代という時代が分からなくなってしまった老いたドラキュラ伯爵と小説家の卵である香山さんの奇妙な共同生活を描いており、その中で「ドラちゃん」と呼ばれるドラキュラ伯爵は本物の血がなかなか手に入らないので、トマトジュースとポカリ・スエットのカクテルで代用しているという少し哀しい存在だ。

私は受賞直後に、大阪で香山さんをインタヴューしたことがあるのだが、昨年出版後しばらくして、機会があってこの作品を読み返し、以前とは違う思いが自分の中に残った。それは高橋さんの作品や喜多さんの歌のドラえもんにつながっていくような思いだった。まさか「ドラえもん」と「ドラちゃん」とそれぞれが似た名前ゆえではないのだが。

なぜ、今、ドラえもんやドラキュラ伯爵が文学の世界に、敢えて純文学という言葉を使えば、その純文学のフレームを超えて、現代の作品の中に侵入してきてしまうのか。なぜ、若い作家や歌人が、そういうものを自分の作品の中に、今、引き寄せようとするのか。高橋さんや香山さんの小説や喜多さんの歌を読んで私の中に広がってきた思いは、そんな疑問なのだ。

そして五月一七日、『世紀末鯨鯢記』で第三回三島賞の受賞が決まった久間十義さんの作品のことを考えているうちに、その思いがさらに深まっていくのを感じた。久間さんは八七年度文藝賞佳作となった『マネーゲーム』でデビューした。これは余談だが、直前に中央公論新人賞を受けたばかりの香山さんが別の作品でこの時の文藝賞の候補にもなっていた。その『マネーゲーム』は未曾有の詐欺事件「豊田商事事件」をモデルに、五年前、報道陣の目の前で惨殺され、その一部始終がテレビでお茶の間に放映された同商事の永野一男会長を思わせる人物を主人公とした小説である。

「傲慢」「気の弱い男」「かわいらしさのある男」「親子、男女の愛なんて分からない」「金が無くては、この世の中どうにもならんと言っていた」などなどの紋切り型の〝証言〟とともに、テレビによって衝撃的な映像が、その日のうちに海外にまで大きく報道されたことによって、一瞬にしてすべての人たちの共有のイメージとなった人物を借りて主人公を創っているのだが、この小説からは逆に、豊田商事事件や永野会長の人物像を描くこととは違う、何か別のことを描こうとしている久間さんの姿を私は強く感じた。

私には、久間さんの『マネーゲーム』の「永瀬達朗会長」というこの主人公が、高橋さんの「ドラえもん」や香山さんの「ドラキュラ伯爵」にどこか重なって感じられるのだ。つまり、誰もが知っている共通したイメージがあり、しかし、それぞれの内面となると、ある定型的な紋切り型な内面しか持たされていない主人公たち。

ドジで気が弱く、すぐのびてしまう「のび太」の良き理解者として在る「ドラえもん」。黒マント姿で太陽の光りには弱い吸血鬼「ドラキュラ伯爵」。そして『マネーゲーム』の永瀬会長という人物も、小説のスタート点では、前に記したような証言や噂によって出来た紋切り型な内面しか持たされていないのだ。さらに「イエスの方舟事件」を換骨奪胎した久間さんの第二作『聖マリア・らぷそでぃ』、紋切り型の狂気についての言葉ばかりをメルヴィルの『白鯨』から引用した『世紀末鯨鯢記』と、いずれも誰でもすぐ頭に描ける共通のイメージと、ある紋切り型な内面世界から小説が始まっている。

現代という摑みがたい時代との格闘の中で、いま何故、そういう存在を若い作家たちが、小説のフレームを少しねじ曲げながらも作品世界の中に抱き寄せようとするのか。私には、やはりそこには若い作家たちが現在の世界を表現する時に直面する、共通する問題が横たわっているような気がしてならない。

高橋さんの『ペンギン村に陽は落ちて』では、三世代同居の幸せな家庭の主婦であり妻であり、娘であり母であるサザエさんが、馬鹿な夫、馬鹿な親、馬鹿な息子、弟、妹との平和な生活がある日突然、厭になって家を出て養老院の保母さんになり、そこで純愛をするという「愛と哀しみのサザエさん」が私は好きだ。高橋さんにインタヴューした時、こんなアニメの主人公を小説に持ち込むことについて、高橋さんはドナルド・バーセルミの短編集『帰れ、カリガリ博士』の中にバットマンを登場させた「ジョーカー最大の勝利」があることに触れながらこう語ってくれた。

「バーセルミの短編を読んで、凄いことやっているなあと思ったんです。アニメの主人公たちはこれ以上軽いとナンセンスになってしまうようなぎりぎりの所に設定されていて、一般にはコミック全体の世界が軽い世界のように見られている。バットマンも善悪二元論から暴力の問題までいろいろ入っているけれど、コミックだから重くならない。ところがこれを小説にすると、凄く重くなってしまう、コミックだから許されていた暴力の世界も、大変重くてクレージーなものになってしまう。バットマンに何かホモセクシャルな感じもでてきてしまって、とても生々しいものになってしまう。かつて重く書こうとして、重く書けた時期が文学にもあったと思いますが、今はちょっとどうだろうか。書ける人もいるだろうけど、僕の場合はやはり無理。僕の場合それをやろうとしたら、どこかへ舞台を別な場所に移さなくてはいけない。僕の場合それがこの作品ではコミックの世界だった」

久間さんも、なぜ誰もが知っていて共通のイメージがあり、なおかつ紋切り型の内面しかない主人公を設定するのか、三島賞受賞決定を機会に、聞いてみた。まず久間さんは今の時代をどう考えているのだろうか。

「かつて、いわゆる内面と言われたものは、ある偏差によって生まれていたと思う。僕は北海道の新冠町の出身ですけど、僕の小さいころの東京というのは、例えば高い東京タワーが建っていて、有楽町のガード下があって、その上を新幹線が凄いスピードで走っている。ビルの屋上では昼休みにバレーボールなんかをしている。ボールがそれて浅丘ルリ子みたいな女の人が、拾いにいくと、屋上のはずれにひとりいる石原裕次郎みたいな男がボールを拾ってやる。そうすると、『どーも』なんて言って、彼女がにこっと笑う。そんな東京があって、田舎にいるとそういう東京と、確かな格差があって、それに接近していく自分があったり、それとの偏差として存在している自分というものがあった。でも僕が大学進学で北海道から上京したころから、そういう東京は確実に無くなっていってしまった。田舎に帰っても女性のファッションも同じで、もう日本中が東京という感じ。東京に対する地方の偏差がなくなってしまった。すべてが相対化され区別がなくなって、人と人との区別もなくなってしまった。子供も大人も、一緒に『ニューステーション』なんかを見ていて、東欧情勢に対する言い方も、頭の良い子供と大学生の言うことがあまり違わない。そんな世界に今、生きている」

そのような中で、小説を書いていくとき、なぜ、著名な事件や紋切り型の世界からスタートさせるのだろうか。

「もう自分の内面を信じて、信じられた他人の内面に向けて書くということが、僕たちにはできなくなっている。僕の浪人時代だったと思いますが、古井由吉が『杳子・妻隠』を書いた。あのころから、人の内面を単純に信じられなくなったのだと思う。そこで古井は文章のかたちをどんどんマニエリスティックに高度に複雑化させていくという道をとったのだと思う。かつて『小説』と言われた時にみんなが共有できた小説像が、今は、壊れてしまっていて、そんな中で自分の内面を単純に信じたままでは小説をスタートできない僕たちは、まず小説の最初に共通のルール作りをしないと小説を始められない。このスタートラインからこういうルールで始めますよ、と。僕だったらみんなの知ってる社会的事件、それは高橋源一郎だったらサザエさんかもしれない。でも、そのルール作りは非常に個人的なものであっても可能です。また村上春樹が冒頭に小説の中とは違う話を持ってきて語り出すのも、そうだと思っています。短歌など定型のものが流行るのも、共通のスタートラインを決めやすいからだと思う」

高橋さんも言うように、不思議なことなのだが、定型的な内面、紋切り型の内面を持ったものが小説世界の中に抱き寄せられ、作品が動きだすと、本来そのものの持っている馬鹿馬鹿しさとは逆に、ある孤絶感や哀しみが出現してくる。その失われた内面というようなものが現れるのはどうしてなのだろうか。

『世紀末鯨鯢記』では、『白鯨』の狂気に関する言葉で、できるだけ紋切り型のものを使ったのですが、自分のものがうまくいっているかどうかまるで分からないけれど、定型的なもの、紋切り型のものが作品の中の客観的な相関物として働くことはあると思う。人と人との区別が今は、ある趣味の違いくらいになっている。その時、あるものを比較する項として、定型的な主人公が登場すると、その主人公に自分の楽しさや苦しさを接続し、比較することによって、僕らの感情が今、どこにあるのかということが分かる。すべてが相対化して一見それぞれの偏差が消えているのだけれど、そのとき微妙な偏差が我々の中に出現してくるのだと思う。さらに、そのとき著者も読者も味わったことのない新しい感情に遭遇することができ、紋切り型として感じられなくなったとしたら、作品は成功したことになりますけど、これはたいへん難しいことですね……」

インタヴューの話が途切れた時、久間さんは、「昔、『哀しいね』と言っていた言葉を、今、『物理的だね』と言っているかもしれませんよね」とつぶやいた。私は何故か久間さんのこの言葉に動かされた。その時「豊田商事事件」も「イエスの方舟」も「白鯨」も、そして「ドラえもん」も「サザエさん」も「ドラキュラ伯爵」も、今、そういう新たな言葉と内面を探し当てるために、仮のものとして、しかし切実なものとして、若い作家たちに要請されているのだとはっきり思えた。

さて、冒頭で紹介した喜多昭夫さんの歌集には「白衣着て駆けあがり来し屋上に空飛ぶ鯨をわれは思ひき」という歌もあり、これも評判になった。さらに歌集の最初のページには「額の上《へ》にひとくれの塩戴きて白き鯨は陸《くが》めざすべし」という一首もあって、久間さんの『世紀末鯨鯢記』の鯨への関心との〝偶然一致〟におもわず微笑んでしまう。

再び永山則夫の入会問題――1990年8月

文学担当の記者をしていると、当然バリバリの現役の作家や評論家の方々にインタヴューする機会がたくさんある。そして、小説を書き始めたばかりの人や、これから小説を書こうとしている人と話す機会もかなりある。そんな人々と話していて、話の内容が、その人とは考え方を異にする人、また世代の離れた人が、以前私に語ってくれた事と通底してきて、私の中で何か開かれた回路のように広がって感じられて来る時がある。こんな時こそ文学を担当する記者にとって、最大の愉悦の時だ。一人一人は、それぞれの場から表現し、語っているのだが、それを横断的に取材していると、ときたまそんな瞬間に出合う。その時文学全体が、生き物のように、生きている粘り強い総体のように感じられてくる。その文学について語る小説家や評論家の人々、これから書こうとしている人たちが、何か強靭な連続体のように感じられる時、やはりそういう時は、文学担当の記者でよかったとつくづく思う。

そして今、少し気が重いのだが、一度このコラムで書いたことのある永山則夫の日本文藝家協会への入会問題をまた取り上げてみようかと思ったのは、彼の入会申請、そして同協会の入会拒否と本人による突然の入会申請の取り下げ、そして筒井康隆、中上健次、柄谷行人それに井口時男四氏の退会などに発展したこの問題を取材しながら、一連に起きたことが、どこか性急で、本来粘り強くある文学者たちが何か、バラバラになって在るような印象を自分の中に強く残したからだ。

永山の入会問題そのものは、いろいろな経過があるにせよ、本人の入会申請取り下げで、やはり一定の結論が出ていると私は思う。しかし、その過程で論じられた文藝家協会とは何か、という事や今後同じ問題が出てきた時にどう対応するのかなど、やはり重要な問題を残していると思うので、間近で取材してきた者としてもう一度、経緯を振り返ってみたい。

永山則夫の同協会への入会申請については、最初の発案者が、この私ではないかという説がどうも文壇の一部を流通しているらしく、この問題をよくフォローしている他社の記者から「何か、そんな話になっているようですね」と笑いながら話しかけられたこともある。私も文芸担当の記者の一人として文芸界に起きる様々なことをできるだけ正確にフォローしたいと思っていて、この問題もかなり取材していることは事実だが、でも何でそんな勘繰りが出てくるのか、ほんとうに憂鬱だ。

私の取材では、永山の入会申請について最初に言い出したのは桐山襲さんのようだ。今回、直接桐山さんに会って、そのことを確認した。その動機はこんなものだったという。

「このままでは、小説を書いている永山が死刑になってしまう、なんとか文学を続けさせたいと思っているうち、自分も推薦入会で文藝家協会に入会したし、永山も文藝家協会に入ったらいいかもしれないと思った。永山の文学を評価している秋山駿さんと、死刑問題に理解がある加賀乙彦さんに、そういう趣旨での推薦人になって欲しいという手紙を書き、永山には編集者の人が私の思いを伝え、永山も入会を申請することに同意した。私は永山に会ったこともないし、手紙のやり取りもない。また永山の作品と自分の文学観はかなり違うものだけど、死刑になるのに、小説を書き続けたいと思っている人だから、一番、文藝家協会の援助を必要としているのは、永山だと思ったし、今もその思いは変わらない」

永山入会問題の発端の経緯については、今回加賀、秋山両氏にも確認したが、永山の入会申込書が協会に届いたのは、一月理事会の前日一月二十九日だった。翌日の理事会では、欠席した青山光二入会委員長が、加賀さんの意見を聞いてから判断したい、という希望で永山の入会だけが、ペンディングになった。以前書いたようにこの後、つまり〝激論〟となった。「文筆をしている人なら誰でも入れるはず。推薦人の意見を聞いて決めるというのは分からない。裁判が近いのでこの場できめて欲しい」という加賀さん。「殺人行為があったのだから委員会が躊躇してもおかしくない」という佐伯彰一さん。「受刑者を理由に入会を拒否するのはよくない。でも裁判のために急ぐのもどうか」という吉村昭さん。そんなところが主な意見だったが、最後に三浦朱門理事長の「個人的には入会に賛成です。たぶん入会は大丈夫。しかし、いま決めるのは入会委員会を不審理にすることになる」という発言でその日はまとまった。そこにいた者の印象では近く入会が決まるのではという感じだった。

ところが二月十四日に、当初から永山の入会に強い懸念を示していた青山委員長が特別にこの問題だけを検討する入会委員会を招集、そこで入会拒否が打ち出された。十二人の委員中出席した十人の全員一致だった、という。そして今度は二月二十三日付の消印で、永山から加賀さんの所へ入会申請の取り消しの手紙がくる。

さらにこの後、入会委員会と加賀氏との情報交換がないまま、三月五日の理事会を迎え、当日の入会委員会で入会拒否を再確認、理事会で発表された。その理由は協会の定款十条にある、協会の「体面を汚した者は理事会において除名する」という条項の準用で、「殺人は体面を汚す最たるもの」という判断だった。

続いて、加賀さんから永山の入会申請取り消しの手紙が読み上げられた。手紙の趣旨は、長い間の著作活動で、永山には著作権が発生しており、著作活動をしている者なら誰でも入会できる経済利益団体と聞いて、入会の申し込みに同意したのに、殺人者だから入会を認めないとか、裁判を有利にするためとか言われている。それに嫌気が差しての取り消しのようだった。

その後、佐伯彰一さんから「なんで、手紙が来ている事を協会に通知してくれなかったのか」という発言があり、加賀さんからは「臨時入会委員会の開催も教えてもらえず、その後推薦人の私が協会の書記局や心当たりの入会委員に電話をしてもその結論を教えてもらえなかった。前回、次の理事会で決めるということだったので、この場で発表するしかないと思った」という発言があった。そしてこの後、長くて気まずい言い合いになったのだ。

この長く気まずい討論をメモに取りながら私は憂鬱な気持ちになってしまった。臨時の入会委員会を開くまでの重要な案件ならば、委員会に推薦理事の出席を求めて一緒にその問題を討論することはできなかったのか。そうすれば加賀さんの対応も随分違っていたのではないか。

かくて、この日は、永山の入会拒否の決定と永山の入会申請の取り消しが同時に報告されるという奇妙な結論をこの問題に残して終わった。

ところが、五月五日、新潟安吾の会に参加した筒井康隆、柄谷行人、中上健次の三氏が入会拒否決定に抗議して退会を表明、後で井口時男氏も続いた。そして同月十四日にあった今年の文藝家協会の総会では、川村湊さんたちから、拒否理由がよく分からない、入会拒否決定を取り消して欲しいという意見が出され、異例の長時間にわたる議論が行われた。さらに、六月の理事会でも、総会であれだけの意見が出たのだから、もう一度永山問題を考え直すべきだと加賀さんが発言、またもや「これでは朝まで話しても結論が出ない」（三浦理事長）という状態になり、入会を拒否された人のことを検討する小委員会を作るかどうかを七月の理事会で検討する事となった。

以上が、永山則夫の文藝家協会入会申請問題のこれまでの経緯だが、振り返ってみて部外者ながら私なりにいくつか思うことがある。まずその一つは、三浦理事長自身が個人的には終始入会賛成で、入会反対の青山入会委員長と大きく意見を異にしながら、結論だけが早く決まってしまったことだ。総会の時も、この問題の説明に立った三浦理事長は「文学者である事と犯罪者である事はあまり関係はない」「定款十条の協会の名誉を汚す、というのは世間的な基準ではなく、文学者として剽窃をしたり、他人の発表活動を妨害したり、圧迫したりすることだ」と発言している。

さらに総会後の懇親パーティー席上、三浦夫人の曾野綾子さんが雑誌「新潮45」四月号に書いているコラム「夜明けの新聞の匂い」についての感想を三浦理事長に聞いた。その時、三浦理事長は「我家でこの問題についての話の内容はあんなものです」と言っていた。そのコラムには「作家というものは、どんな人でもいい、というのが私の考え方である。麻薬中毒であろうと、アル中であろうと、色気違いであろうと、ギャンブラーであろうと、塀の中の出身者であろうと、孤児院の出であろうと、皇族だろうと、聖徳の高い人であろうと、そんなことはどうでもいい。つまり日本文藝家協会にとって鍵になるのは、その人が現実に書いているかどうかだけである」等々永山入会問題についてのことが書いてある。

この言葉と青山委員長が同じ雑誌の六月号に書いた「永山則夫をめぐる空騒ぎ顚末記」の中の「殺人者は、文藝家協会に限らず、あらゆる公的な団体に入会したり加入したりする資格がない」という言葉との懸隔はかなりのものがあると思う。

永山入会拒否・永山入会申請取り消しの報告がされた三月の理事会の後、三浦理事長、青山委員長が並んで記者会見をした。その時、三浦理事長は組織の長として委員会の結論を尊重する趣旨の発言をし、この時も三浦理事長は個人的には入会賛成の気持ちは変わらないことも自ら確認した。その記者会見を取材しながら、組織論としてはその通りなのかもしれないが、何かが〝放棄〟されているような感じがしてならなかった。

また論議の過程で、文藝家協会は税金、健康保険、著作権保護、文学者の墓などについて活動する職能団体的な性格が強調されることが多かった。私も毎月の理事会を取材しながら基本的にはそう思う。そしてまた、職能団体だからこそ、一定の条件をクリアすれば誰でも入会できるのではという考えが出てくるのだと思う。しかし、長く文藝家協会を取材していると、その基本的な職能団体の土台の上に、どうしても文芸的な活動の面から、本質的な問題も考えざるを得ない部分を少し持っているのがこの団体なのではないか、と思う。だからこそ協会には「言論表現問題委員会」などという委員会もあるのだと思う。

また犯罪者と文学という面からマスコミがヴィヨンやヴェルレーヌを例に出したことにも青山委員長は顚末記で反論していた。永山の作品がヴィヨンやヴェルレーヌに並ぶものではないし、「ヴィヨンやヴェルレーヌもランボーも、永山のように人を殺してはいない」という意見だった。(注、ヴィヨンは二十代に喧嘩で人を殺害しているし、後年別の殺傷事件にも連座している)

私も永山の作品が、ヴィヨンやヴェルレーヌ、ランボーと並ぶものとは思わないし、時代もまた大きく違う。ただ気になるのは、澁澤龍彦訳のマルキ・ド・サド著『悪徳の栄え』がわいせつ文書として裁判になった時、文藝家協会自身が協会名あるいは言論表現問題委員会名で何度も、サドの文学的思想的価値を高く評価する声明を出していることだ。声明文は『日本文藝家協会五十年史』にすべて収録されているが、それによると最後に声明が出されたのは昭和四十四年十一月。その年の春、逮捕された永山はすでに東京拘置所の中にいたことになる。それから二十年以上が経った。だから声明の持つ意味をそのまま現代に持ってくることはできまいが、協会自身が出したこの声明の重さは、犯罪者と文学というものを文藝家協会の場で考える時、全く無視するわけにはいかないのではないか。

また、こんな事も考えた。傍観者である記者の私が協会についていろいろ勝手に発言するのは簡単で、運営を任された理事の方々は様々のことを考慮せねばならず、その考えや行動はすぱっと割り切れるものではないのかもしれない。六月の理事会で加賀さんが「もう一度この問題を考え直して欲しい」と言った時、青山さんが「入会委員会はもう一度やっても結論は同じです」と発言した。この時、私自身の思いがよく分かったのだが、二月十四日に開かれた臨時の入会委員会に、もし当日出席した委員全員が永山の作品を一作ずつでも読んで集まったら(青山さんの顚末記によると、河野多恵子さんと大庭みな子さんは読んでいて、青山さんは読んでいなかった。ほかの委員については不明)、もし委員全員が貴重な時間をさいて永山の作品を読み、そして集まり、苦渋した末に永山の入会を断ったのであったら、と思う。その時、確かに「結論は同じ」でも何かが違う。ささやかだけど、とても大切な何かが違う。

（追記）

桐山襲さんは一九九二年三月二十二日、悪性リンパ腫による肺炎のため東京都千代田区の病院で死去。四十二歳。「1992年6月」の項を参照。▽大庭みな子さんは二〇〇七年五月二十四日、腎不全のため千葉県浦安市の病院で死去。七十六歳。▽中上健次さんについては「1992年10月」の項を参照。

記者より「探偵」への報告——1990年9月

一般に流布されている永山則夫の写真には二種類しかない。十九歳で逮捕された時の顔をうつむかせた、痩せた少年の写真と、髭をたくわえ、真っすぐ正面を向いて、少し太りぎみの中年の永山の写真の二つだけである。永山と同じ昭和二十四年生まれの私は、自分も十代の時は、彼と同じように痩せていたことを思い出して、東京拘置所で永山と会った時、同年の誼《よしみ》でこんな事を聞いてみた。

「捕まった時、体重はいくらだったの。いま何キロあるの」と。

永山は少し微笑みながら、「捕まった時は、四十五キロしかなかった。毎日立ち食いソバしか食べていなかったから。それでも捕まって取り調べがつづき、運動もせずに食べてばかりだったので六十二キロまでなってしまった。いまも運動不足で、六十八キロある。いま、食べ物の差し入れは一切遠慮している」と真っすぐ見詰めて答えた。

「僕も十代の頃は……」と私が言いかけた時、永山は短い対面中、唯一、あの逮捕された少年の時の写真のように、うつむいて、胃か十二指腸のあたりを手でおさえながら、「でも潰瘍でここを手術しているんだよ。胃は三分の一しかない。それをマスコミは全然書いてくれないじゃないか。それを僕を……のように……」と言って黙ってしまった。

拘置所の面会室のガラスに空いた小さい穴を通して、伝わってくる彼の声は聞き取りにくく、……の部分はほとんど聞こえなかった。

厚いガラスで隔てられているけれど、同年生まれの者として、同じような体重の変化をして、ここまで生きてきたね、そんな気持ちで永山に話し掛けようとしていたのだが、そのうつむき顔の短い沈黙が、私の中のそんな永山へのイメージを打ち砕いてしまった。私はすぐ別な話題を選んだのをよく覚えている。

絓秀実さんの「現代小説の布置――『永山則夫問題』の視角から」(「群像」八月号)を読んで、私は、あの時、うつむいて一瞬沈黙した永山則夫の顔を思いだした。その時、心に刻んだこと、それは当たり前のことだが、人はイメージではなく、それぞれの固有の時間を生きているのだ、ということをまた思いだしたからだ。

絓さんは、その長い評論「現代小説の布置」の中で、永山の文藝家協会の入会問題は、これをイヴェント化しようとした出版社の編集者によって仕掛けられ、リークされた情報を得た記者によって、それがスキャンダライズされ、その流れを受けた評論家がそれを保証するような評論を書いているというふうに、論を展開している。

しかし、この問題を間近で取材してきた者としては、その立論の根拠が、絓さんの思い込みによる事実誤認や単なる努力不足によるとんでもない間違いであることを分かりやすく証明できる。そのことは、以下記すとして、絓さんの論の展開が、編集者や記者の実際の姿に思いを届けることなく、自分の中のイメージだけに基づいて、思い込みと勘繰りだけで、メディア像というものを作り上げて、メディア批判をしており、そのようなメディア批判にかえって、とても危ういものを感じた。

ひとりひとり自分の身をさらして書いている作家や評論家の人と違って、私のように記者として、メディアの中で書く者は常に、自分も含めたメディアに対する批判に耳を傾けるべきだ、と心している。

しかし、メディアの中に、私たち記者も「生きている」のであって、メディアのなかにただ「在る」のではない。メディアの中にあって、何かに抗してその中を「生きている」のだと思う。イメージが、その生きている者に思いを馳せることなく、自分のなかで独り肥大してなされる批判は、とても危うい。しかも、それが、事実誤認ばかりの「砂上の楼閣」のような論であるとしたら、自己肥大したイメージだけが、浮遊している結果になってしまう。私のこのコラム「文学者追跡」も絓さんの評論に取り上げられており、このコラムの信頼性にも関係するので、まず誰にでも簡単に分かる絓さんの事実誤認のいくつかを指摘してみたい。

①「群像」編集部の話によると、絓さんは編集部の指摘を受けるまで、永山則夫が文藝家協会に入会したらいいのではないか、と最初に言い出したのは桐山襲さんであることを知らなかったそうだ。それ故、絓さんは永山入会問題の最初の基本的な発端をまったく取り違えたまま、評論「現代小説の布置」を書き始めており、そのため事実に

関しては論全体が絓さんの思い込みとしか思えないものになっている。絓さんは、永山の本を出版している文芸出版社のA氏（絓さんは、「現代小説の布置」の中で、A氏をすぐ某氏と略記する事と、その某氏は複数の可能性もあることを記している。A氏を某氏とするのが略記になるのかどうか分からないが、こんな複雑な表記になっている理由はよく分からない）、さてこのA氏＝某氏（複数？）が永山入会申請を彼の周辺に「リーク」し、「永山と加賀、秋山のあいだを仲介した某氏に、この問題を擬似イヴェント化しようという意図が見受けられる」（注、加賀乙彦、秋山駿両氏は永山則夫の文藝家協会の入会手続きの推薦人）と絓さんは書いている。

私の取材ではこれはまったく事実に反している。なんでこんな基本的な取り違えが起きたのかわからないが、ともかく絓さんの「現代小説の布置」には、桐山襲さんが、そもそも言い出したのだということがまったく欠落している。だいたい桐山さん発案者説は、それほど秘密の事ではなく、この問題が起きた直後に、どうも桐山さんが言い出したことらしい、という程度には、一部の社を除いてほとんどの新聞社、通信社の文芸記者たちは知っていた。絓さんが、知り合いの記者にでも問い合わせれば、すぐに分かったことだと思う。

さらに記者に聞かなくても、この永山入会問題の発端については、この問題が起きた時に、既にいくつかの新聞社系の週刊誌が、このことを言い出したのが、少なくとも、A氏＝某氏ではないことに触れている。たとえば「週刊朝日」（二月十六日号）には「死刑囚永山則夫が文藝家協会員に？　作品か人柄か文壇の大御所の大論争」という記事のなかで、「『永山ファン』の若手（文藝家協会）会員から、被告の入会を求める機運が起きた」という記述があるし、「週刊読売」（三月二十五日号）の「永山則夫被告の入会を拒んだ文藝家協会の〝見識〟」という記事の中には、「雑誌『文藝』の担当編集者が言う」という前置きがあって、続いて「名前は言えませんが、ある作家の方が、加賀乙彦さん、秋山駿さん（ともに理事）のお二人に、『永山さんを入会させたいので、推薦人になってくれませんか』ともちかけ、お二人が引き受けて下さるというので、私の方から永山さんに、入会すれば著作権保護もやってくれるし、社会的認知にもつながる、と説明したんです」と書いてある。

担当編集者（A氏）は協会の若手会員でもないし、作家でもないので、普通に読めば、A氏が永山入会の発案者ではなさそうだぐらいのことは、この「週刊朝日」「週刊読売」の記事からも十分に推測がつくはずだ。

また先日、桐山襲さんに直接インタヴューして、この問題の発端を確認した時、桐山さんが、私に語ったことと、「週刊読売」でのA氏の発言にはあまりズレがない。桐山さんは「このままでは、小説を書いている永山が死刑になってしまう。なんとか文学を続けさせてやりたいと思っているうち、自分も推薦入会で文藝家協会に入会したし、永山も文藝家協会に入ったらいいかもしれないと思った。永山文学を評価している秋山駿さんと死刑問題に理解のある加賀乙彦さんに、推薦人になってくれるように頼み、自分の思いは編集者を通して永山に伝えた」と語っていた。そして、「その後の実務的な対応を編集者に頼んだ」とも語っていた。しかも、桐山さんの話では、この秋山、加賀、担当編集者（A氏）への依頼は口頭ではなく、すべて文書で行われているそうだから、このことを裏付けるかなり客観的なものが残っているのではないかと思われる。

絓さんはこの問題のもともとの発端を取り間違えているため、それを根拠にした推論がどんどん事実とズレて行ってしまうことに、しかも、その原因が自分の事実誤認にあることに気がつくことができない。たとえば、この「現代小説の布置」の中の評論のキーである文章にこんなものがある。

「某氏は、加賀には『永山氏が日本文藝家協会に入会したいというので』と言い、永山には逆に『ぜひ入ってほしい』という、異なった言説を使い分けている。これが、『永山問題』を擬似イヴェント化することを目指した言説の戦略的配置——言葉の使い分けとしての——にほかなるまい」

「現代小説の布置」というタイトルと「言説の戦略的配置」という言葉を並べてみればここに、絓さんの立論のキーがあることがわかる。この少し後には「メディア（＝某氏）によって仕掛けられた言説の水路」という言葉もあるように、すべてA氏＝某氏が「擬似イヴェント化」し「仕掛けている」と信じきっている絓さんには、これが〝言葉の使い分け〟〝言説の戦略的配置〟と思えるのだろうが、A氏＝某氏が桐山さんの依頼で永山に会って桐山さんの思いを伝え、永山の了承を取り付けたあと、そのことを加賀さんに伝えているのではと考えれば、それぞれの言葉をなにも〝言葉を使い分けている〟なんて考えなくても十分理解できる。桐山さんに頼まれて、担当の作家のためにもなると思うことをしているという、編集者としては、ごく当たり前のことをやっているだけという感じにしか、私には受け取れない。

文芸担当の記者にとっては、永山問題は永山の入会申請を誰が言い出したかは、当面たいした問題ではなく、ほとんどの記者が、桐山さんらしいことを知りながら、この問題がどんな展開をみせるかのほうをフォローしてきた。私もこの種の問題で誰が言い出したかなどということは、それほど重要なこととは思っていない。

しかし、絓さんのように永山入会問題が誰かによって「仕掛けられ」、「リークされ」、「擬似イヴェント化」されたことだという事を調べ上げて、論じたいのなら、そのそもそもの〝仕掛け人〟が間違っていたら、それだけで、それ以後の論がすべて、ダメなクリティックとなりかねないのでは、と思う。

「週刊朝日」や「週刊読売」が永山問題を報道した頃には、まだ絓さんは永山問題に関心がなかったのかもしれないけれど、文藝家協会から、「理事会議事報告」を取り寄せて調べる程の熱意があったら、簡単に手に入るこれらの資料も入手して読んでいれば、だいぶ論の組み立てが違ったのではないかと思う。

また「群像」編集部の指摘で桐山さんが最初の発案者であることを絓さんが知った時点で、論を立て直せば、「言説の戦略的配置」も随分違っていたのではないかとも思う。なぜ間違っていることを知りながら、誤った他人を仕掛け人として糾弾する文章をそのまま発表したのか、それを掲載した「群像」の編集方針ともども私にとって大きな疑問だ。それとも絓さんが、その間違いを知ったときには、訂正がきかない時だったのだろうか。そうだとしたら、いまからでも遅くないから訂正したらどうだろうか。

②さて、絓さんの論によると、「永山問題」を擬似イヴェント化することを目指した言説の戦略的配置に乗って某氏からリークされた「永山問題」は、新聞記者によって、スキャンダライズされていく、ということになるらしい。そこで私が登場するのだが、ここでも絓さんは発端のところで、また大変な事実誤認をしている。私が勤務する共同通信社の名前が、この「現代小説の布置」の中で、最初に登場するのは、こんなところだ。

『永山問題』が最初に報道されたのは、一月三十日の理事会(この問題をはじめて討議した日)の翌日であり、それがスキャンダラスな事態の発端となった。しかし、報道したメディアは、共同通信と産経のみであったことが確かめられる。他のメディアは、理事会当日、そこに同席していた文芸担当の新聞記者が、結論の出ない入会申諧者の名前は事前に公表しないという協会従来の原則にのっとって、報道を差し控えたようだ」

絓さんは「共同通信と産経のみであったことが確かめられる」と書いているので、きっとどこかでしっかり〝確かめた〟のだろうが、事実と違う。この日、理事会を取材した社のうち、これを報道したのは共同通信、産経新聞、東京新聞、毎日新聞の四社だ。共同通信の記事は主に全国の地方紙に載るが、この時は東京新聞の記事も共同通信の記事を使って報道している。（この場合、原則的に、その日の理事会を取材していた東京新聞の記者にも連絡がいき、その記者の判断を聞くのが通例）。どこでどうやって確かめたのか、よく分からないが、ともかくはっきりした間違い。いまからでも遅くないから、近くの図書館にでも行って新聞の綴じ込みでもめくってみれば、簡単に確かめられることだから、ちゃんと確かめた上で訂正してください。誰にでも、うっかりした間違いは、たまにはあるものだから。

「共同通信と産経のみ」という表現とその後の論の展開からすると（つまりその後、産経のことがあまり出てこないので）、共同通信、そしてこの私だけがこの問題に並々ならぬ関心を持っていることを導きだしたいのかな、という気もする。例えば、絓さんは、永山入会問題が起きてから、すぐ私が東京拘置所にまで永山に会いに行ったことについて、「小山のこの問題に対する情熱――しかし、それはいかなる情熱か」なんて書いている。しかし、ここにも絓さんの記者というものに対する思い込みによる誤解がある。東京拘置所まで永山に会いに行った文芸記者はなにも私だけではない。他社の文芸記者も永山に会って取材している。記者という職業は、机の上であれこれ空想していても仕方がないので、直接、人に会っていろいろなことを聞くことを最優先のことと考えている。「それはいかなる情熱か」ということに対する答えは簡単だ。記者は人に会うことに対して情熱的であり得る。

一月理事会を取材していたのは、八社だと記憶しているが、ともかく、そのうちの半分の社がこの問題の報道に関係していることになり、「共同通信と産経のみ」という、そういう絞り込みは明らかな事実誤認。「他のメディアは、理事会当日……」以下の文章も、事実を〝よく確かめて〟から書き直せば、随分違ったものになるはずだ。そして、書かなかった「文芸担当の新聞記者が、結論の出ない入会申請者の名前は事前に公表しないという協会従来の原則にのっとって、報道を差し控えたようだ」なんて絓さんは随分、制度をしっかり守る制度重視の考え方が好きのようだが、そんな理由で、報道を差し控える記者がいるはずがない。

ともかく「この某氏からリークされた『永山問題』は、新聞記者によって、スキャンダライズされていくのである」というのが絓さんの立論の第二段階の言葉だが、その絓さん自身が「それが今回のスキャンダラスな事態の発端となった」と明言する、その第二段階の発端で、また間違っていたら、その後の論の展開も心もとない。

③ここで絓さんが言う「リーク」という言葉についで考えてみたいのだが、例えば、今年出たばかりの『例文で読むカタカナ語の辞典』というのを見ると、リークとは「ニュースになるような秘密・情報を漏らすこと。また周囲の反響を試すために意図的に情報を流すこと」とあって「制ガン剤関連情報を新聞などマスコミにリークする。するとガン関連株が時には急騰することがある」（読売、88・4・21夕）、と「〝組閣グループ〟は意図的に候補者名をリークし、世論の反応を見て修正作業した、ともいわれる」（毎日、88・2・20朝）という例文が載っている。

二つの例文を読めば明らかのように、「リーク」というものに値する情報は、「ニュースになるような」、それを聞いた記者がすぐ書かずにはいられない情報のみに当てはまる。絓さんが、「某氏が（永山の入会申請を）リークした」と考えてしまうことの背景には、永山の文藝家協会への入会申請問題が、当初から大きなニュースだったと絓さんが思い込んでいることがある。これは絓さんが、おそらく問題が大きくなった時点から、この問題を考えているために、陥り抜け出せなくなった誤解の原因だと思う。

永山の文藝家協会入会申請それ自体は、もともとそれほどのニュースではない。作家が文学者の団体に入会することは当たり前のことであって、たいしたニュースではない。マスコミ的に大きな話題となっている作家たちが、入会を認められても、文芸記者たちはそのことをほとんど記事にしない。文学者が文学者の団体に入るのは当たり前だからだ。永山問題が大きなニュースになっていったのは、作家である永山が文藝家の団体に、簡単には入会が認められず大きな議論になったからだし、結局、実質上、作家が文藝家の団体から入会を拒否されたからだ。

記者になりたてで、何がニュースで、何がニュースでないのか分からないころ、「犬が人を噛んでもニュースではないが、人が犬を噛んだらそれはニュースだ」というニュースのセオリーを先輩から教えてもらう。これはかなり乱暴なセオリーだが、永山問題はこのセオリー通りで、「作家が文学者の団体に入ってもニュースではないが、作家が文学者の団体から入会を拒否されたらそれはニュース」なのだ。

私も、永山の文藝家協会への入会申請について、一月三十日の理事会以前に知っていたし、他社の何社かも入会申請が出されていることを知っていたようだ。このことは今回協会事務局に確認したが、事務局が一月理事会より前に数社（数は事務局が明言していないので不明）からの問い合わせがあったことを認めているからだ。このことをもって、絓さんは「某氏からリークがあった」というのだが、この見方に、絓さんのメディアというものに対するいかにもナイーヴな思い入れの強さを感じてしまう。

なぜ事前に知っていた数社が、私の所属する共同通信も含めて、一月理事会があるその日まで一行も報道しなかったか。理由は至極簡単で、永山が文藝家協会へ入会申請したぐらいなら、べつにたいしたニュースではないからだ。そしてそのまま、入会が認められれば、私の感覚ではベタ記事、大きく扱われてもせいぜい二段程度の記事で短く報道されるぐらいの話だった。この感覚は他社の記者でもあまり変わらないと思う。

絓さんは私が「文學界」四月号の「文学者追跡」で書いた「永山の入会問題が明日の文藝家協会の理事会で論議されるという日の夜、(永山のことを)他社の記者である友人と話しているうち……」という文章を引用して、これを「小山がすでに——某氏から?——リークを受けていて、それをスキャンダライズしようと意図していたのではないかと推定しうる傍証」としている。つまり理事会前に私が永山の入会申請を知っていたということを特定して、それが「リーク」によるものだという事を言いたいようなのだが、こういう思考パターンに陥ってしまうところに、メディアに対する絓さんのロマンティックな危うさがある。

メディアというものはもう少し複雑だ。できるだけ早く情報を摑み、できるだけ正確なニュース性の判断をするのは、記者の使命。私も永山の入会申請を理事会前に摑んでいたが、私も含めこれを事前に摑んだ社が、事前に書くほどのニュースではない、とそれぞれ独自に判断していた。記者はニュースになるような事は、すぐ書いてしまうものだが、私がなぜ、他社の友人(文芸担当記者ではない)と永山のことを理事会前日、話していたかといえば、その時点では、それはたいしたニュースではなかったからだ。大ニュースを書かずに放置したまま他社の記者とそのことを話している記者なんていませんよ。

つまり、リークとは、ニュース性のある情報についてのみ言われる事であって、絓さんのように考えていくと、発表された情報以外はなんでも「リーク」となってしまう恐れがある。記者たちは得た情報を、自分の経験を通して、それぞれ独自にそのニュース性を判断しているのだ。何か情報を摑んだら、記者はそれを〝スキャンダラス〟に報道していくと考えている絓さんのような思考はメディアに対してかなりナイーヴかつ一面的で、メディアの内側にいるものとして、私にはあまりにも馬鹿馬鹿しい。

永山問題が大きなニュースになったのは、まさに一月三十日の理事会の永山の入会問題をめぐる激論からだ。私は七年間文藝家協会の取材をしているが、これほど激しいやりとりは、初めての経験だった。だから、この日以降、いろいろな新聞や週刊誌がこの問題を取り上げるようになったのだ。それまではたいしたニュースでもなかった。そのことを取り違えると、すべてが仕掛けられた永山問題というふうに、一面的に思い込んでしまう人もいるのだろう。

絓さんはその理事会で、私が「永山問題が賛否両論まきおこすであろうと予想していた」と記しているが、いくらなんでもこんな予想は無理。だって、この日の理事会は中華料理屋での新年の記者との懇親会を兼ねた席だし、だいたい発言を求めた推薦理事の加賀乙彦さんはじめ、出席理事たちにとってもあれほどの議論は、本人たちにも意外なハプニングだっただろうから。ハプニングまで予想できたら、私ももう少しいい記事が書けたと思うぐらいのものだ。

④二月二十四日臨時に開かれ、永山入会拒否の意志一致がはかられた入会委員会について、非公開である入会委員会の中身を私が取材したことについて、絓さんは、「協会入会のシステムに熟知しているはずの小山が、奇妙な記者魂（?）と正義感（?）から、かかる取材を行ったことも、断固として非難されねばなるまい」という〝制度重視〟の発言をしているが、これほど制度重視の意見は入会委員会のメンバーの当人たちからさえも聞いたことがない。絓さんが何の必要があって、どんな理由から〝制度重視〟に、それほど、こだわるのか理解に苦しむ。何か絓さんが、制度の監視人のような役割を果している感じさえ受ける。公開されている会合であれば、自分がその場にいなくても、後でその会の様子を簡単にフォローする事ができる。つまり、公開であることで、大切な何かが保証されている。非公開ではそうはいかない。非公開で、なおかつ重要な事が決定される会合があるとすれば、その中身を取材しないでは、記者の役割がつとまらない。だから、この臨時の入会委員会の中身を取材しているのは、もちろん私だけでなく、ほかの記者たちも取材していた。警察取材や検察取材と文藝家協会の取材を同じように考えるつもりはまったくないが、絓さんの発想の延長には、当局の言う通り取材しなくては、「断固として非難されねばなるまい」という声まで、あとわずかという感じだ。

ここでも絓さんの重要な推論の間違いを指摘しておきたい。「小山は、入会委員会の委員（おそらく、委員長の青山光二）から、論議の結果を聞き出したものと思われる」とあるが、事実と違う。青山さんから、私はこの入会委員会について、取材していない。青山さんに電話ででも確認すれば、すぐ分かると思うので、確かめられたらいい。

こういう事を記すのは余分なことかもしれないが、私が青山さんを取材しなかったのは、こんな理由だ。この入会委員会は非公開、つまり取材するものにとって、中身はブラック・ボックスである。そして、青山さんはその委員会のまとめ役。ブラック・ボックスを取材するとき、まとめ役の人に取材するとどうしても、何か方向性のある情報が出てきがちだからだ。(実際の青山さんが、そういう人だということではけっしてない)

私は複数の入会委員に取材してそれらの話が重なったところだけを書いた。絓さんは「新聞記者の取材に調子に乗ってあれやこれやと答えたのであろう」と記しているが、これもだいぶ、事実と違う。取材した入会委員のみなさんは、いずれも大変口が重かった。その委員の名誉のために言っておきたい。

⑤さらに、たくさんの間違った絓さんの推論があり、客観的に証明できることも多いが、あと一例だけにする。例えば絓さんは、このコラム「文学者追跡」(四月号)で書いた一月理事会の激論の部分について、自分が協会から取り寄せた「『理事会議事報告』とかなりの異同が見られる」と記している。私のコラムの内容が事実と違うのではないか、というニュアンスを読者に伝えたいのかも知れないが、私は自分のメモには自信がある。絓さんは「理事会議事報告」という凄い資料を手に入れたと思って興奮してらっしゃるのかもしれないが、「理事会議事報告」とは「理事会の模様をテープに録音して、文書に起こしたもの。しかし、すべてを文字にすると膨大になるので、全部を起こしたものではない」(協会事務局)というものだ。私たち記者は、毎月の理事会の一部始終をライヴで見て、聞いている。絓さんは「かなりの異同が見られる」と記しながら、具体的にどんな異同があるのか、ほとんど例を挙げていない。これはこのコラムの客観的信頼性にもかかわることなので、ぜひ具体的な例を挙げていただきたい。

事実と違うことがありすぎて、ここに書き切れないが、絓さんにとっても、もう十分ではないかと思う。ただ最後に、絓さんが、私が永山の入会申請について、誰かから、A氏から(?)ひそひそ話ででも聞いたのではないか、と勘繰るといけないので、そのことだけ、述べておきたい。

私は、これを何人もの人がいる場(文学関係以外の人も複数いたし、A氏はいない)で、いくつもある話題のひとつとして聞いた。その時も、私は「永山の作品は認めるが、四人も殺した事との懸隔に戸惑う」という、「文学者追跡」(一九九〇年四月)に記した通りの発言をしている。また事件記者時代に、たくさんの悲惨な事件の被害者の家族を取材した経験があり、個人的な意見だが、死刑廃止についても軽々には言えないと思っていて、その時も、即時死刑廃止という意見の人と少し議論になったのをよく覚えている。この永山問題に対する私のスタンスはこの時から、あまり変わっていないと思う。

以上が絓さんの「現代小説の布置」で私にかかわる部分の、事実誤認または、それに基づく誤った推論に対する、記者として私の知り得た事実の報告である。この後、「メディアが設定して来た言説の布置に対して、作家や批評家が全く抵抗しえず、ただただ奴隷的に従順に、それに従って……」と絓さんは論を進めていくが、それについては、そこであげつらわれた人から反論があるだろう。私は、自分にかかわる部分で、これまで明らかになった数々の事実誤認の山で、この評論全体の持つ意味も失われていると思うので、これ以上は触れない。

さて、絓さんの事実誤認を正すため、長々と事実について書いてきたが、絓さんの「現代小説の布置」については、事実誤認もさることながら、どうしても言っておきたいことが、二つ三つある。

まず絓さんにとって、生きている人を理解するとはどういうことなのだろうか。絓さんは私が永山を東京拘置所に訪ねた時、私が、「入会すれば、世間的には作家の仲間入りということになりますね」と言ったことをとらえて、永山が世間的にはまぎれもない作家であるのに、「協会入会をもあえて積み重ねようとする小山は、つまり、作家は相互の差異を消去して『仲間』化すべき存在だというふうに考えていると見ないかぎり、その思考を理解できない」と記して、これを「『文学という名』による囲い込みとしてのファシズム」と呼んでいる。

絓さん、ほんとうに私が永山に言った言葉をこのようにしか、解せないのだろうか? そうだとすると、やはり悲しむべきことだと思わざるを得ない。私には絓さんの言葉はこんな具合に感じられる。道で人に、出会って「今日はいいお天気ですね。とても良く晴れて」と私が言うと、その人が空の彼方を指さして、「何を言っているか、あそこに雲があるではないか、快晴とは雲量2以下の天気の状態のことである。この状態をよく晴れてなんて、ものを知らな過ぎる。天気のことを語るのにこんなことも知らぬのか」と言い返されたような感じだ。その時、私は、ぽかんとして、ただただ「ああそうですか」と言うだけだろう。それでも、その人でも、「君はすべての天気の相互の差異を消去して、すべての天気を『仲間』化すべき存在だというふうに考えている」とは言わないだろうし、それは

『気象という名』による囲い込みとしてのファシズム」だとも言わないだろう。

永山が文藝家協会に入ろうが、入るまいが、小説を書いている永山が作家であることは当たり前のことだ。また、たとえ永山が文藝家協会の会員になろうが、それが当時まだ未決だった永山の判決に何の影響もないことなど、私は裁判所の取材担当をしたこともあるので、結さん以上に知っているつもりだ。だいいち、永山自身がその二つのことをちゃんと分かっている。それを前提にして話しているのだ。「今日はいい天気ですねえ」と挨拶する者もされる者もそんなことは当然知っていて言っているように。

私は拘置所のなかで、目の前にいる初対面の永山に対して、彼の作品を読んだことのある読者として、それでも彼が文藝家協会に入ることによって(その時は彼も入会を望んでいたから)、彼の気持ちが少しでも落ち着き、執筆にプラスになればと思って、作家として頑張ってくださいという意味で、「入会すれば、世間的には作家の仲間入りということになりますね」と言ったつもりなのだ。拘置所でも面会は実際には、十五分間しかないから、この日は大雪だったが、「今日は雪がたくさん降っていますね、何日ぶりですかね」というようなゆっくりした話をする時間がない。そんな中でも、やはり作家の人を励ましたい。

こんなことを書くのは恥かしいのだが、あえていえば、小説を書く人、文芸評論を書く人への尊敬の念、そしてその行為への尊重の気持ちがなくては、文芸担当の記者は長くつとまるものではない。私は永山だから、頑張ってほしいと思ったのではなく、その気持ちは、何となく自分と、感性が違うなと思っている文学者に対してであっても、また私より年下の若い作家や、評論家の人に対しても変わらない。あの小説のあの場面のディテールが良かったという、励ましもあると思うけれど、永山との短い対面のなかで、私は、「入会すれば、世間的には作家の仲間入りということになりますね」といって励ましたかったのだ。

申し上げたいことの二つ目。私の場合はまだこうして、ある意味での反論を書くことができるが、どうしても触れておきたいのは、担当編集者A氏のことだ。私はこの永山問題が大きくなってから、A氏と何度か、話をする機会ができた。それまでは、お互いに顔を知っている程度だった。彼を見ながら編集者の仕事というのもたいへんだなあ、と正直思った。編集者はその作家のためを思って、奔走する。評論を書くのに評論対象の作家の作品で手に入りにくいものがあれば、探し求めて、本を届ける。たまたま担当して、その作家や評論家が、病気になれば、いい病院はないかと、心当たりを探す。だから担当の作家が死刑判決を受けそうだとなれば、担当の編集者として、なんとか書き続けられるように、奔走する。（注、絓さんが考えるような奔走ではない。いろいろなことを永山と電話で連絡するというわけには行かないから、いちいち拘置所に行って話し合っているというようなこと）

でも私はそういう奔走ぶりは、編集者という職業として当然ではないだろうかと思う。私は編集者ではないので、その内側の苦労は十分にわからないにしても、人間としては、担当の作家や評論家のためにと思って奔走する気持ちはよく分かる。それは、ものごとを「仕掛け」、「イヴェント化」し、「リーク」し、「スキャンダライズする」という事と、対極にある行為だ。そういうふうにしか物事を考えられない人の考えと対極にある思いによって支えられた行為だろう。編集者はなぜそういう事を黙々と行うのか。そのことに対する私の理解は、こういうことだ。

ものを書くという行為は本質的に孤独なことだ。だから、作家や評論家は、ファンを必要とする。理解者を必要とする。一人でもいいから読者を必要とする。私たち記者のようにメディアの中で書く者と違って、作家や評論家がものを書くという行為が持つ本質的な孤独さを、現場でもっともよく知っているのが、編集者なのだと私は思う。そして編集者は、彼らの最初の読者、あるいはたった一人の読者の役割を果しているのだと思う。だから、編集者は黙々と担当の作家や評論家たちのために奔走するのだ、と私は思っている。

A氏は永山の死刑が確定したラジオニュースを喫茶店で聞いて、別の仕事の打ち合わせ中にもかかわらず、突然、泣き出したそうである。私はそのことを打ち合わせの相手の人から聞いた。いかにも、訥弁で控え目ながら一所懸命に自分が担当の永山のために奔走していたA氏らしいエピソードだが、この話だけでも、A氏が仕掛けたとか、イヴェント化しようとしたという言葉に何のリアリティーもないことが分かる。「仕掛け」たり「イヴェント化」しようとした者が、その作家のために人前も憚らず涙を流すだろうか。

絓さんは、「編集者・新聞記者が持っているある種の権力の前では、書き手は『芸者』的に弱い立場であり、それが反作用的に――『芸者』的な――キャリエリズムを発生させるのだろうか」などと「現代小説の布置」の中で書いているが、この言葉とA氏、あえていえば、まだ若いA氏の涙との間にある遥かな距離を、ふつうの生活者ならただちに理解できるだろう。

絓さんは、ほんとうに編集者や新聞記者の前では、書き手は「芸者」的に弱い立場だと思っているのだろうか。

それほどまでに新聞記者や編集者は書き手に対して権力者であるだろうか。私も文芸記者なので、作家や評論家の人たちに原稿を依頼することが、度々ある。編集者と作家や評論家のやり取りの場に、実際接することもある。そんな経験からしても、絓さんの言葉が、新聞記者や編集者と作家や評論家との現実の関係をリアルに反映しているとは、とても思えないのだ。

私の生まれ育った上州にもかつて、ガマの油売りがよく来た。ご存じの正宗の名刀で半紙が、一枚が二枚、二枚が四枚、四枚が八枚……となって、嵐山は落花の舞いとなるのが好きでよく見た。正宗をちょいと腕にあてると男の腕が切れて血が出てくる。このへんからはあまり好きでなかったけれど、でもいつもずっと見ていた。そしてガマの油をつけると血がとまる。ガマの油の効用はまだあって、切れ物の切れ味をぴたりと止める。正宗にガマの油をまたちょいと塗ると、半紙一枚が容易に切れない。引いても切れないし、叩いても切れない。これが子供のころ不思議だった。少し大きくなって、正宗に刃の付いた部分と刃の付いてない部分があるんだという事を教わって、なるほどと疑問は解けたけれど、ガマの油売りを追い掛け回す楽しみも同時に失ってしまった。

今回、絓さんの長い評論「現代小説の布置」を私のことや新聞メディアについて触れているところだけでなく、全文を何度か通読して、なぜか、この「ガマの油売り」の事も思い出した。それは長い評論の中に、絓さんなりに刃を研いで半紙を切り刻もうとしている部分と、切る気がなくて刃の付いてない部分とが一つの刀のなかに混在していたせいかもしれない。

それはともかく、「現代小説の布置」のなかで、少しは薬効のある、私に届いたことを記せば、「メディアが制度のように機能してはいけない」ということだろうか。

しかし、例えば、一月の理事会の論争を報道しなかったメディアに対して、絓さんは「他のメディアは理事会当日、そこに同席していた文芸担当の新聞記者が、結論の出ない入会申請者の名前は事前に公表しないという協会従来の原則にのっとって、報道を差し控えたようだ」という判断を示している。この判断はまったく矛盾していて絓さんの主張どおりならば、永山は結局入会できなかったのだから、その日報道しなかった社は、その後一度も永山の名を出して報道できないことになるからだ。もし絓さんが、そのとおりの新聞記者を望むならばそういう新聞記者は絓さんにとって、どういう位置を占めているのだろうか。私には、そこに現れた絓さんの「制度重視」の姿勢が全体の論旨との関連でよく分からない。

　また二月十四日の非公開の臨時入会委員会を取材したことに対する「奇妙な記者魂（?）と正義感（?）から、かかる取材を行ったことも、断固として非難されねばなるまい」と記して、やはり極端な「制度重視」の考えを示しているのも、いったい誰の言葉なのか、頭の中で、どうしてもうまく像が結び付かない。なにかたくさんの絓さんが方々にいる感じなのだ。

　「『文学という名』による囲い込みとしてのファシズム」「ファシズムの温床たる文学の表象」と絓さんは「ファシズム」という言葉を連呼する。しかし「ファシズム」という言葉は、こんなに安易に使われていいものなのだろうか。

　自分の気に入らないものを「ファシズム」と呼べば、自分の正しさが保証されると考える人たちはほかにもいるが、絓さんもそういう幸せな人たちの「仲間」なのだろうか。

　普通の人たちは黙していても、そういう言葉を口に出さずとも、普段のなかで、そこに陥らないように、それぞれの生を生きている、と私は思う。

　そういえばガマの油のガマは四方を鏡に囲まれて、鏡に映ったおのれの姿に驚いて、とろりとろりと脂汗を流すそうだが、絓さんが「ファシズム」と糾弾する周囲のたくさんの「敵」の姿が、鏡に映った自分の姿ではない、という保証はありません。


（追記）

　これは絓秀実さんの「現代小説の布置――『永山則夫問題』の視角から」（「群像」一九九〇年八月号）に反駁するために「文学者追跡特別版」として掲載された。ここに指摘した「現代小説の布置――『永山則夫問題』の視角から」のなかの多くの事実誤認について、その後、絓秀実さんからの具体的な反論はない。

日本語翻訳者の成熟――1990年10月

一つ一つの話題は、それほど大きなニュースではないにしても、それぞれに関連した話題や発言がいくつも重なって来ると、やはり、そこに一つの時代の波が押し寄せ、ある確実な変化が訪れているのではないかと、思えてくることがある。今、私が漠然とそんな事を感じているのは、日本の文学作品の海外へ向けての翻訳のことだ。最近なんとなく、日本文学の外国人の研究者や翻訳家についてのニュースや彼ら自身による発言が目につく。

例えば、講談社が創業八十周年の記念事業として設立した「野間文芸翻訳賞」のニュース。選考委員は大江健三郎、大岡信、佐伯彰一氏らに加え、ドナルド・キーン、それにアメリカの「ニューヨーカー」編集長のロバート・ゴットリーブの五氏で、第一回の受賞者は三島由紀夫の短編集『三熊野詣』を訳したジョン・ベスター氏だった。そのほぼ同じころ、キーン氏の谷崎潤一郎賞の選考委員就任も正式に決まった。外国育ちの欧米人が日本の文学賞の選考委員になるのは初めてのことだ。

さらに、津島佑子さんの小説の翻訳者として知られるジェラルディン・ハーコートさんが、アメリカのフィートランド財団の翻訳賞を受賞したというニュースもあって、代理で授賞式に臨んだ津島佑子さんがその模様などを「新潮」九月号に「ある国際作家会議と翻訳賞授賞式」というエッセイで紹介している。

こういうニュースに加え、「群像」九月号は「野間文芸翻訳賞」への景気づけの意味もあるのだろうが、「翻訳の日本文学」という特集を組んで、ジョン・ベスター、ジェラルディン・ハーコート、ラルフ・マッカーシーの三人による「翻訳の難しさと楽しさ」という座談会と満谷マーガレットさんの評論「ミシマからハルキまで――日本文学翻訳の現況」という評論を載せており、「中央公論」八月号にはアメリカ・デューク大の日本文学准教授テッド・ファウラーの「日本文学はなぜアメリカで売れないか」という論も出ている。

さらに遡れば「新潮」一月号の特集「世界のなかの日本文学'90」を加えることができるかもしれないが、これらのニュースや発言の中で、若い新しい世代の外国人の日本文学翻訳者や研究者の発言や翻訳に対する姿勢が、これまでの世代の翻訳者たちとはっきりと違うように感じられてとても印象的だ。

例えば満谷マーガレットさんは、川端、谷崎、三島の審美的世界に対して、「〝紹介〟の時代が過ぎた今、この三十余年の間にでき上がった固定観念を壊すことに緊急の課題がありそうだ」と述べ、さらに七〇年代に訳された円地文子『女坂』や有吉佐和子『華岡青洲の妻』のようなフィルターを通して見られる、「どんなにしいたげられても、歯を食いしばって、じっと耐える、男社会の哀れむべき被害者」――このような日本女性への既成のイメージを壊すことの必要性を説いている。

またテッド・ファウラーさんは、満谷さんと同じように、川端、谷崎、三島の翻訳文学における日本近代小説の「御三家」によって日本の小説は「繊細にして」「捉えがたい」美の世界を追求する文学だと理解されており、それが日本文学のすべてだと思い込み、必ず「美の世界」への期待を寄せて評価するという偏った読み方がされていることを指摘。現在でも、その傾向が見られると言っている。

また日米教育文化交流会議の出版小委員会が三、四年前に計画した「ライブラリー・オブ・ジャパン」というお役所が作った「日本の名著」の翻訳計画リスト、それは福沢諭吉『福翁自伝』で始まる三十一冊のリストだが、それを表で示しながら、「ほんの一、二冊を除き、どれも少なくても二、三十年前の、半分以上は五、六十年も前の日本を代表するような本ばかりだ。これでは、いくら作品が名著でも、いまの日本を窺い知るには多少無理があろう」とも指摘している。

満谷さんやファウラーさんら新しい研究者、翻訳者たちに共通しているのは、ただ日本の代表的な作品を名訳で海外へ紹介したいというのではなく、自分の知っている日本の実相を文学の翻訳を通して伝えることによって、外国人の持っているエキゾチックな日本人像を変えたいという姿勢だし、さらに進んで、日本人の書いたものが、日本人の作品という限定を離れて、そのまま世界に通用する普遍的な作品として読まれるように望む姿勢だ。

満谷さんが、「ミシマからハルキまで」の中で、これまでの翻訳者のタイプとは違う、〝門外漢〟として挙げた二人の翻訳者の、ジェラルディン・ハーコートとアルフレッド・バーンバウムの二人に会って、新しい翻訳者の生の声を聞いてみた。

ニュージーランドのオークランド大学で、海洋生物学を専攻、一九七三年、二十歳の時に来日、東海大の大学院でやはり海洋生物学を専攻したというハーコートさんは、以来ほとんど日本で生活している。商業翻訳の仕事をしながら、日本人の友達から薦められた日本の小説を日常生活の中で読むうちに、現代女性作家の小説に興味をもち、自分でも翻訳するようになったという。これまでにも津島佑子『寵児』、郷静子『れくいえむ』、山本道子『ベティさんの庭』、中山千夏『子役の時間』などを訳してきた。

とくにアメリカでは一昨年、ハーコートさんの編集・訳の津島佑子短編集『The Shooting Gallery（射的）』がパンテオン社から「パンテオン　モダンライターズ」シリーズの一冊として出版され、好評を博した。このシリーズは、サルトルやボーヴォワール、デュラスも入っている定評のある文芸シリーズだが、この本は、これまでのアメリカの書評とは少し違う反響だった。

「この本にはいろいろな書評があったのですが、私には『ヴィレッジ・ヴォイス』に載った書評が一番嬉しかった。マティーニを飲んだような味わいの小説だという言葉があって、heady（刺激的）という言葉もあった。マティーニというのは典型的なアメリカ人、特に、ニューヨーカーの飲物ですけど、津島さんの小説を、そう表現するのは、日本人の書いた小説だという読み方はしていないということで、最高の誉め言葉だと思った。訳したかいがありました。この書評はいろいろ面白くて、冒頭にこの主人公はマダム・バタフライではないと書いてある。そしてマティーニの話があって、最後に、男の自惚れっ気を抜くのが、津島さんの得意なところだという指摘があって、近くにいる自惚れ男にこの本を投げ付けてみたら、と勧めている。この書評を書いているのが、男の人なのでこの事も面白かった。でもマダム・バタフライを出して、それを否定するというのはまだ少しそのことにとらわれているということなのですが。それまでマティーニを飲んだことがなかったので、試しに飲んでみたんですけど、一杯目はなかなか行けました。続けて二杯目を飲んだら、今度は本当に頭が痛くなってきた」

この短編集が好評なため、来年の二月には、『山を走る女』が同社から、第二作として刊行されることが決まっているし、それにあわせて、イギリスでは評判になったが、アメリカでは七年前に出版され、反響がいまひとつだった『寵児』が、講談社インターナショナルからペーパーバック版で再び刊行される。

　またさらに、短編集にも収録された短編「行方不明」が、イギリスのケンブリッジ大学が出している高校生向けの「ショート・ストーリー・ワーク・ショップ」の教材としてこの秋から使われることも決まった。

「短編小説を読んでディスカッションするための教材なのですが、家出をした娘を持つ母親の心境を描いたこの作品に、あなたは家出を考えたことがありますか、あなたが家出をしたらあなたの両親はどんな気持ちを持つと思いますか、この小説の舞台は日本ですが、ユニヴァーサルな物語です、と書いてあって、それ以外は何も書いてない。翻訳だということ、私の名前は出してくれるのだろうかということが心配になるくらい何も書かれていない。この事はマティーニの話より嬉しかった。津島さんも喜んでいた。全然日本というフィルターを通して考えていない。こういう編集をした人に感心しました。英国と英連邦の高校生たちがそういう形でこの短編を読むことは、訳者として何より嬉しいことです」

　アルフレッド・バーンバウムさんは昨年アメリカで評判になった村上春樹さんの『羊をめぐる冒険』（“A Wild Sheep Chase”）の翻訳で知られる翻訳者だ。一九五七年アメリカ生まれだが、五歳の時来日、日本とアメリカを何度も往復している。早大の大学院時代は日本美術史を専攻した。

「これまで海外に紹介された日本の小説と現代人が読んでいる本との間に、ものすごいギャップがあって、訳されてきたものに何となく傾きがあったと思う。いわゆる純文学でもなく、大衆文学でもなく、乾いていて、一見軽いもの、ユーモアのあるものを紹介すべきだと思う。そうしないと、日本人はみんなすごく暗くて、笑えない、陰険な民族というイメージしかないと思う。村上春樹を訳したのは、まずユーモアがあって非常に文章がヴィジュアルだったから、日本の小説の訳しにくいのは、感情が小説のベースで、見た世界ではなくて、感じた世界を書いているからですね」と話す。

『羊をめぐる冒険』が好評だったため、来年二月には『世界の終りとハードボイルド・ワンダーランド』がバーンバウム訳で出るが、『羊をめぐる冒険』の好評の理由についても、訳者はクールな判断をしている。

「アメリカの出版界にとって十五年ぐらい日本の小説の沈黙状態があって、それを破って出てきたのが一番大きかったのでは。凝った文学臭いものではなくて、一般読者をターゲットにしたのも良かったと思う。でも確かに一冊目は良かったけれど、春樹さんにとっても僕にとっても、本当の評価は二冊目からだと思いますよ。つまり、日本人だから読むんじゃなくて、小説そのものが面白いから読むのが一番なんですから」

その村上さんのアメリカ二冊目に合わせて、バーンバウムさん監修の日本の若手作家の短編アンソロジーも講談社インターナショナルから同時刊行される予定で、今その翻訳作業に追われている。そこには村上春樹、島田雅彦、山田詠美、小林恭二、橋本治、高橋源一郎、竹野雅人、清水義範、まきのえりらの短編が収められる。これら大変ヴァラエティーに富んだアンソロジーをアメリカに投げ込み、翻訳文学を通して多様な日本人像を伝えようとしているバーンバウムさんだが、日本の小説についての見方は大変厳しいものがある。

「日本の文学は今、大変な危機にあると思う。まだ本は売れているが、日本社会の中で、本の果していた役割は随分弱まってきていると思う。少なくとも変わって来ている。いつの日か本が求められなくなる時もくるかも知れない。日本語の可能性を信じる作家の人が少なくなってきているのじゃないでしょうか。日本の文学はますます外国文学への依存を強めて行くような気がする。カタカナの言葉を外国語からそのまま持ってくる人が、ほとんどで、漢字と平仮名で新しい発想で、言葉を造語していくような力のある人が少ない。造語というものは英語では求められ評価されることだが、日本語ではそうではないですね」

また、そのアンソロジーの中に収録される村上さんの「TVピープル」がバーンバウム訳でアメリカの「ニューヨーカー」誌の九月十日号に掲載されるという話もある。日本人の作家の作品が同誌に載るのは恐らく初めてのことだろう。それについても「実験的な作品なので、アメリカでも受けることを祈っています。でも僕からすると、春樹さんももっと実験してほしい。もっと飛んでほしい」という訳者の声はあくまでクールだった。

津島佑子さんの小説は英語圏ばかりでなく、フランスでもたくさん訳されている。「エディション・デ・ファム」社から『寵児』『光の領分』『黙市《だんまりいち》』など既に五冊も翻訳が出ており、今年も『夜の光に追われて』が翻訳刊行され、その評判も良い。「レトル・アンテルナショナル」(国際文芸)というヨーロッパ圏に広く行き渡っている雑誌に近く津島さんのエッセイが掲載される予定もある。津島さんに電話で聞いてみた。

「『光の領分』を読んだフランス人から、自分のことが書かれているような気がするという手紙を貰ったのですが、正直嬉しい。ハーコートさん訳の本をジンバブエの本屋さんで見かけて、思わず買ってしまったという日本人女性からの手紙もやっぱり嬉しかった。英語の世界の大きさも痛感しました。もちろん自分が望んでいるわけではないのですが、そんな時代になったのだなあとつくづく思いますね」

「学生時代、デュラスやサロートを読んだように、フランスの若い人も津島さんの小説を読んでいるのかなあ」と私が言うと電話の向こうで津島さんが笑っていた。


（追記）

バーンバウムさん訳の『世界の終りとハードボイルド・ワンダーランド』については「１９９０年1月」の項の追記を参照。バーンバウムさん監修の若手作家短編アンソロジーは“MONKEY BRAIN SUSHI”というタイトルで一九九一年、刊行された。

谷崎賞の顚末——1990年11月

あれから一年が経った。賞が始まって以来、初めて二年連続受賞者なしとなった昨年の谷崎潤一郎賞の選考会から。その時、中上健次さんの『奇蹟』が最終的に残ったが、丸谷才一選考委員の強い反対で惜しくも受賞に至らず、選考経過の説明に現れた大江健三郎さんの話では、中上作品の「てにをは」から比喩の用法まで、丸谷さんが厳しく批判、相当な覚悟をもって拒否し続けたという。

中堅以上の作家のその年の代表的な作品に贈られる谷崎賞は実力作家たちが最も欲しい賞のひとつだ。その賞が二年連続ない。しかも最後に残った作品が、文壇の風雲児、中上健次の作品で、言葉の用法について事細かく批判されている。具体的な中身をより詳しく聞こうとする記者たちに、大江さんが『奇蹟』の本を開きながら、何頁の何行目のここの部分が指摘されて……と何カ所か例を挙げて詳しく説明していた姿を今でも思い出す。

しかし、その後、新聞などが比較的中上さんに好意的な書き方だったということもあってだろうが、あれから一年、中上さんはこの問題については、ほとんど沈黙を守ったと言えるのではないだろうか。ともかくこの問題に関しては過激な中上さんではなかった。

過激な中上さんを知りたいむきは、最近刊行された埴谷雄高さんの『雁と胡椒』の中の「批評の惨酷性と真実性」というエッセイを読むといい。その中に、五年前の十二月の早朝、中上さんから埴谷宅に電話があって、「俺は中上健次だ。六億円、俺によこせ」「お前を殺してやる」と言われ、埴谷さんが、「何をいってやがる、この野郎。てめえに殺されるために、これまで生きてきたんじゃねえんだ、この馬鹿野郎！」と言い返す、物凄いやり取りが書かれている。

中上さんは深夜や早朝、電話を掛けまくるのが得意なようで、吉本隆明さんの家にも何度か電話を掛けて、二女の真秀子さん、つまり後の吉本ばななさんに「お父さんはもう寝ました」と撃退されたこともある。夜が白々と明けてからも、掛け続け、安岡章太郎さんの所へ掛けて、電話に出た安岡夫人に、「あら中上さん、パパはもう朝の散歩に出ました」と言われて目が覚めたこともあるようだ。

埴谷さんとのやりとりはかなり激しいもののようだし、深夜、早朝、電話でいろいろなことを言われた人びとは迷惑極まりなかったろうけど、でもこれらの目茶苦茶なエピソードはいかにも中上さんらしい。今の作家や評論家の人の中で、こんな事をやるのは中上さんしかいないだろうし、中上さんもそれが分かっていて、なんか先輩の作家や評論家の人たちの懐の中で、一時、悪童となってそれを楽しんでいるという感じだ。勿論、当事者は怒り心頭に発しているだろうが。

昨年の十二月十五日未明。それは中上さんが得意な時刻だが、その時、東京・目黒区の丸谷さんのマンションの前で、火事装束に身をつつんだ一群の集団が現れ、その中心に山鹿流の陣太鼓を打ち鳴らす中上さんの姿が見えた。いやいや、それは私の見た夢だったかもしれないが、丸谷さんもそんな中上さんを見かければ、思わず「おうよ」と紀州の言葉で呼びかけたかもしれない。しかし、そのような文芸記者の太平の眠りを覚ますような事件は起きず、基本的にはこの一年間中上さんはこの件について沈黙を守り、丸谷さんからもその後、この件に関する発言はなかった。

しかし、この一年、中上さんが谷崎賞とまったく関連がなかったかというと、妙なところでその余波をうけている。つまり、今年の平林たい子文学賞の小説部門に『奇蹟』が選ばれ、これを当時海外にいた中上さんが考えた末、辞退するということが起きた。勿論これは同賞始まって以来の事だし、辞退の理由についても様々に憶測することは可能だが、中上さんの話では谷崎賞で論じられた『奇蹟』という作品を大切にしたい、ということだった。

そうやって、また今年の谷崎賞がやってきたのだ。その候補作は中上健次『讃歌』、田久保英夫『しらぬひ』、林京子『やすらかに今はねむり給え』の三作。しかも今回、谷崎賞は選考委員に異動があって、これまでの丸谷才一、大江健三郎、吉行淳之介（今回欠席）の三氏に加え、米コロンビア大教授のドナルド・キーン氏、河野多恵子氏が新たに参加した。丸谷さんがどのような選考をするのか、欧米人として初めて日本の文学賞の選考委員となったキーンさんがどういう作品を推すのか、唯一の女性の選考委員であり、また中上さんが辞退した平林たい子文学賞を主催する平林たい子記念文学会の理事長でもある河野多恵子さんが新選考委員に加わったことが、どのように影響するのか、など何か少し因縁めいた注目の選考会となった。

九月十三日、東京・紀尾井町の料亭福田家で行われた谷崎賞の選考は、蓋を開けてみると、受賞作は中上さんの『讃歌』でも、田久保さんの『しらぬひ』でもなく、それは林京子さんの『やすらかに今はねむり給え』だった。選考経過の説明に現れたのは、キーンさんと大江さん。まずキーンさんが、林作品について、「長崎の原爆の話ですが、ただ記録的に書いたのではなく、体験に基づいてうまく書いた。原爆の小説をいくら読んだ人でも、新しく感激する作品だ」と受賞理由を述べた。

続いて、大江さんが、各作品について、議論した順に経過説明。田久保さんの『しらぬひ』は丸谷さんが今までの作品に比べ、構成がしっかりしていると評価、逆に河野さんからは、構成を無視して横に増殖していくような細部の面白さは後退しているのではという批判が出た。

続いて、「皆さんが関心を持っているのは中上さんだと思いますが」と大江さんがわざわざ前置きして、中上さんの『讃歌』について、大変詳しく語った。

「選考の中で、キーンさんも自分は中上さんが谷崎賞にふさわしい作家だと思うと言っていました。それは僕も丸谷さんも全委員が同じ気持ちです。しかし実際の作品となると、文章は昨年の作品と比べてよく分かる作品になっているが、登場人物が共感できる人物ではないという意見が複数の人から出た。また前半はジゴロが活躍する話ですが、後半、紀州の路地から出てきた老婆が出てくる。僕のように彼の全作品を読んでいる者には、そのことが理解できるが、確かにこの作品だけを取り上げて、ジゴロと老婆との出会いの背景を除いて考えてみると、前作『日輪の翼』が十分理解できるとは思えない。その点が評価を集めることができなかった理由です」

さらに受賞作については、河野さんから「いま原爆を書くことは、原爆を批判しても、しなくても、どうしても通俗に近付いてしまう。そういう苦しみを林さんは『祭りの場』に始まって、現在まで大いに努力して乗り越え、だれが見ても、高度に文学的な感動に達している」という発言があったことが紹介された。

また大江さんは、こんな意見も付け加えた。林さんの作品には否定的な意見がまったく出なかった。あえて言えば、弱点のない作品というのが強みだった。中上さんのように強い点もあれば、一方で批判されるべき点も持っている人は不利と言えば不利。強さという点でも、林さんのは、素直な感じでいて、良く読むと芯の強さがある。

記者たちからは、中上さんは自分でも谷崎賞が欲しいことを公言しているが、先輩作家として、中上さんへのアドバイスは何かありますか、という質問が大江さんに向けてあった。

その答えは「こういう席で言うのはいけないのでしょうが、賞というのは二次的三次的なものです。優等生のような作品を書いて、自分の力をためて作品を書く必要はない。中上さんのように長い間、連続性をもって議論される作家はかえって貰った人より名誉があると思っている」というものだった。

キーンさんへは、以前読んだ中上作品と比べてどこがいけなかったのだろうか、という質問があった。「一番の理由は、小説の人物に親近感がまったく感じられなかった。自分とつながりのあるような人物、感情移入できる人物がいなかった。遠いところにいる人間の演劇をみているような気がしました」とキーンさんが答えて、会見は終わった。

記者会見を取材しながら、言葉少なだが、ストレートに発言しているキーンさんが、とても印象的だった。選考会の場では、林さんの作品の良さを大いに力説したというキーンさんに初めての日本の文学賞の選考委員体験について直接インタヴューしてみた。

林作品を強く押した背景には、まずキーンさんの個人的な体験が反映しているという。

「あらゆる体験の中でも、恐らく戦争というものが、私に一番影響を及ぼしたもので、いつまでも戦争というものは忘れられず、大きな謎みたいにして私の中に残っています。どうして人間は全然憎んでもいない人間を平気で殺せるのかということを、小さい時から、今までずっと考えています。そして長崎の原爆のことはよく覚えているんです。私はグアム島の海兵隊にいて書類の翻訳をしたり、捕虜尋問の通訳をしていました。その時、ラジオ放送で当時のアメリカ大統領が非常に喜んで、二つ目の原爆を落としたと言った。私は非常なショックを受けた。一つ目の原爆は何か必要があったかもしれない。私にはよく分かりませんが。でも二回目の長崎の原爆は何にも必要がないと当時でも思っていた。もし戦争を終わらせるだけでしたら、広島でもう十分で、長崎についてはどうしても納得がいかなかった。昭和二十八年日本に留学して、日本の初めての国内旅行に九州を選び、長崎まで行きました。徳川時代の出島についても興味があったのですが、長崎に特別の関心がありました。林さんの小説を読んで、また同じような関心を持ちました」

でも、林作品を積極的に推したのは、ただそんな個人的な関心だけではない、という。

「一番感心したのは、古典的な悲劇のような小説だからです。最初の一頁目から最後はどういうものか分かるんです。そしてますます結末に近づいて行くにしたがって、緊張感が高まる。これが私が感激した原因だと思う。全然違う小説ですけど、三島由紀夫さんの『金閣寺』は同じようなものです。つまり一頁目から、最後は若いお坊さんが放火すると分かっている。でもそれがあるから、だんだんたまらないほど、緊張感が高まるんです」

中上さんについて聞くと、「文体では中上さんのように力強いものより、私は谷崎のような文体の方が好きで、楽しい。でもこれは私個人の問題なのです。外国人すべてを私が代表しているなどと思ったら大間違いです。外国でも日本文学者の間で、中上健次の文学は非常に高く評価されている。どんどん翻訳は出ているしコロンビア大学では彼の作品についてゼミナールも行われたほどです。私が以前読んだのは『枯木灘』と『岬』ですが、力強い文学だと思いましたが、同時に登場人物にたいへん人間味があって、とても感心した。今度の小説はそういう共感がなかなか持てなかった。中上さんはたぶんわざとそういう書き方をしているんでしょうけど、だんだん変わっていくような気がします。そのうち本当にこの賞をとるでしょう」ということだった。

マルケスが好きだというキーンさんに、「そういえば、『予告された殺人の記録』も冒頭に悲劇が記されていて、結末に近づくにしたがって緊張が高まる小説ですね」と話した。そう語りながら、私は受賞者林さんの幸運を思った。個人的な長崎への思いを持ち、しかも候補作品をただ原爆の小説として読むのではなく、三島やマルケスの作品と重ねて読む選考委員に出会ったことに林さんの幸運を思った。

また、選考会当日の選考委員の記者会見を取材しながら、中上さんの名誉を思った。なぜなら、選考会自体も中上作品についての議論が長かったようだが、会見も中上作品についての説明や質問が圧倒的に多かったからだ。

まだ駆け出しの記者時代、地方の警察署の記者クラブのソファーに横になって、私も『岬』『枯木灘』を読んだ。読了して、こんな小説を書く人はいったいどんな人か、と思いを馳せた。その時、私が思い描いた人に近い中上健次を先日、目撃した。谷崎賞選考会のあった前日、東京・新宿のゴールデン街にある有名な文壇酒場「まえだ」のママの病気からのカムバックを祝う会が西新宿のホテルで開かれ、中上さんと佐木隆三さんの二人がパーティーの司会役を務めた。その時の中上さんの司会ぶりがとても素晴らしかった。広い会場に溢れるほどの人が出席していたが、中上さんは、その中で一番低い位置に自分を置いて司会役を果していた。かつて私が思い描いた中上健次がそこにいた。

自己イメージのない中上さんの姿だった。

「中上さん、有無を言わさぬ作品を書いて、谷崎賞を取ってください」。文壇の治安のためにも。


（追記）

丸谷才一さんは二〇一二年十月十三日、心不全のため東京都内の病院で死去。八十七歳。▽埴谷雄高さんは一九九七年二月十九日、脳梗塞のため東京都武蔵野市の自宅で死去。八十七歳。▽吉本隆明さんは二〇一二年三月十六日、肺炎のため東京都文京区の病院で死去。八十七歳。▽吉行淳之介さんについては「1994年2月」の項と、その追記を参照。▽中上健次さんについては「1992年10月」の項を参照。▽田久保英夫さんは二〇〇一年四月十四日、食道がんのため東京都渋谷区の病院で死去。七十三歳。▽「まえだ」のママ、前田孝子さんは一九九一年三月十八日、食道癌のため東京都新宿区の病院で死去。六十歳。

佐藤泰志の惜しい死——１９９０年12月

佐藤泰志さん。今月はこのコラムで佐藤さんの自殺のことを書かなくてはいけない。このコラムを始めた時、こんなつらいことを書かなくてはいけないなんて、考えもしなかった。今も佐藤さんの家に電話をすれば「はい。佐藤です」とゆっくりと、とても丁寧に答える声が聞こえそうだし、お願いした書評が、にんべんを「数字の３」のように書く独特の癖字で書かれ送られてくるような気がする。

今の私には正直言って、「何故そんな馬鹿なことを」という気持ちと、何故かそうは言い切れない自分とが同時にある。なぜなら、死んでしまった佐藤さんに弱さがあったにしても、近くにいた文芸記者として、また少しは親しかった友人として、私は佐藤さんが死ぬことを止められなかったからだ。そのことに、なにか責任を感じる自分がある。

十月十一日の昼過ぎ、知り合いの編集者の方からの電話で、私は佐藤さんの自殺を知った。それを聞いた時の驚きとそれを受け取りたくない逃避とで、急に自分の中で現実感が希薄になり、私は茫然となった。

この日、十一日は本年度のノーベル文学賞が発表になるという日で、文芸担当の記者が一年で一番忙しい日だった。膨大な原稿の点検やたくさんの人への様々な依頼、次々に入ってくる外電のノーベル文学賞に関する予想記事のチェックなどを手分けしながら、日本時間午後九時の発表に（現在は午後八時の発表）、作業の頂点を持って行くことは何度体験しても、時間が足りない。特に今年は、例年より一、二週間も早い発表で、更に忙しい一日だった。しかも、外電では、大江健三郎、安部公房、井伏鱒二の各氏の名前が予想リストの中に登場していたのだ。

そんな慌ただしさの中で、佐藤さん宅に電話をし、応対に出た喜美子夫人から佐藤さんの最期を聞いて、記事を書かなければならない。こういうことは、何度似たようなことを体験しても、つらい。出来れば誰かに代わってもらいたいようなことだった。

　私は文芸担当の記者として七年間、佐藤さんにはたくさんの書評を書いてもらってきた。「佐藤さん自殺」の記事を書いている机の上にもこれから佐藤さんに頼もうと思っていた本が、置いてあった。「この本の書評を頼んでいたら、いつものようにその時、短い雑談でもしていたら……」そんな思いがその日、何度も繰り返して、胸をよぎった。

　これまでの私の知るかぎりでは、佐藤さんは十月九日の午後十一時過ぎに自宅から紐を持って飛び出して、翌十日の午前九時頃、自宅から五十メートルほど離れた雑木林で首を吊って死んでいるのを発見された。これまでにも何度か自殺未遂のようなことがあったので、こういうことがあるかも知れないと喜美子夫人は思っていたという。なかなか佐藤さんが家に戻ってこないので、喜美子さんが佐藤さんを探し始め、近くの交番に届けに行ったのが、十日の午前一時半過ぎで、死亡推定時刻は十日午前三時から同四時の間のようだったので、それまでに佐藤さんを発見できなかったのが、悔やまれるという。

　佐藤さんは、九日の昼頃、恋ヶ窪駅近くのパチンコ屋二階の喫茶店で、遺作となった「虹」を「文學界」の担当編集者のW氏と会って渡している。作品が仕上がった喜びだろう、「ゲラが出たら久しぶりに編集部に伺うかもしれません」とも話していたようだし、佐藤さんの死に計画的な影は見えない。

　あとに夫人と三人の小さい子供が残されたが、生前、佐藤さんの家族を思う気持ちは特別なものがあったと思う。この日、九日は喜美子さんの三十九歳の誕生日で、「女房の誕生日だから、この作品が女房へのプレゼントになる」といって受け渡しの日を、佐藤さんが自分で決めたという。

国学院大学の同級生だった喜美子さんと学生時代に一緒に住み始めたころ、フルートを吹く喜美子さんが周りの家のことを気にすることなくフルートが吹けるようにと引っ越しをしたのが、佐藤さんの小説の舞台の一つとなった東京・国分寺だった。八〇年に「もうひとつの朝」で作家賞を受けた時には、受賞者の写真としては異例だが、生まれたばかりの長女朝海ちゃんを抱いた姿で雑誌に出た。私が新聞用にコラムを頼めば、末尾の一字署名に「朝」という長女の名の一字を佐藤さんは使った。次女佳乃子ちゃんからとった「佳」のときもあった。「すばる」で書評する時の一字は喜美子さんの「美」が多かった。それ故に、彼を良く知り、愛する人たちほど、彼が自分で選んだ死への戸惑いが強い。

何人かの佐藤さんと親しかった人たちに、話を聞いた。

佐藤さんは、函館西高校二年の時、有島武郎記念会と北海道新聞などが主催する有島青少年文芸賞の優秀賞を「青春の記録」で受賞。三年生の時も連続して、「市街戦の中のジャズメン」で優秀賞を受けた。選考委員で、「北方文芸」の編集人沢田誠一さんはこの時の印象をこう語っている。

「三年生の時の『市街戦の中のジャズメン』という作品はとてもいい小説でした。しかし、喫茶店にたむろしてたばこを吸っている高校生たちが主人公だったので、そのまま高校生の作品として、新聞に載せるというのは少しどうか、ということになった。でも、とてもいい作品だったので、私が『北方文芸』を近く創刊するから、それにぜひ載せたいという手紙を泰志君宛に出したんです。だから、その小説は『北方文芸』の第二号に載った（「市街戦のジャズメン」と改題、改稿している）。高校生の時から、既に作家になる素質を見せていました。最近も新聞で彼の書いた書評を読んだばかりで、ちゃんとまともにやっているなあと思ったところでした。本当にびっくりして、かわいそうになり、つくづく惜しいと思いました。繊細で、少し気の弱いところもあったから、泰志君のような人を今の世間の荒波は生かしてくれないのかなあと思いました」

ちょうど二年前、佐藤さんから私宛に、書籍小包が送られてきて開けてみると、福間健二さんの詩集『最期の授業／カントリー・ライフ』が入っていた。そして〝自分の二十代からの友人である福間さんをよろしく〟というとても丁寧な手紙が添えられていた。自分の本のことで、そんなことをしたことは佐藤さんは、一度もないが、友だちのことになると熱心になるのだった。

十種類をこえるアルバイト体験が買われたのか、「日刊アルバイトニュース」に、村上春樹さんの「村上朝日堂」の次の連載エッセイを毎週書いたこともあって、そのタイトル「迷いは禁物」は福間さんの詩集から取られている。「すばる」連載の「海炭市叙景」の各章のタイトルも福間さんの詩からという。その福間さんにとっての佐藤さんは。

「僕が十代に小説を書いたことがあったりしたもんですから、『新潮』の編集者の人が小説を書かないかと言ってきたんですけど、僕は自分の代わりに泰志を紹介したんです。その時、彼が書いたのが、新潮新人賞の候補になった『移動動物園』。受賞作高城修三『榧の木祭り』はそのまま芥川賞を受けたし、増田みず子『死後の関係』も候補作だった。この三人があらそって、泰志は惜しいところで逃した。それは本当に僅かな差だったし、そう考えれば、その後の増田みず子のように、これをきっかけにしてどんどん文芸誌に書いていくこともできた。しかし、彼は文学はお金のためにやるのじゃない。本当に書きたいことを書けばいい、と考えてしまうところが、良い意味でも悪い意味でもあった。横で見ているとチャンスが来ていると思うのに、それに乗って行けないところもあったと思う」

そして、今度の自らの死の選び方については、「納得できないですね。もういいやという危機を何度も何度も切り抜けてきたはずですし、今回の状態が彼にとって谷底の状態だとは言えないと思う。不遇でくやしかったろうけれど、『どうだ』というものをだからこそやってほしかった。友人としてはそう思います。休めばやり直せたはず。なんで、作家に踏み止どまってくれなかったのかと思う」

なぜ、本当に佐藤さんは踏み止どまらなかったのか。佐藤さんの小説が行き詰まっていたのだろうか。私にはどうしても、そうは思えない。確かにあまり大きな賞にはめぐまれなかったが、佐藤さんの作品には素晴らしいものがたくさんある。中でも、三島賞の候補になった『そこのみにて光輝く』は佐藤さんの代表作だと私は思う。特に第一部が好きだが、この小説には美しく繊細な悪い奴たちがたくさん出てくる。佐藤さんには、繊細なだけではなく、うまく引き出された時、強く光って弾けるような強さがあった。高校時代たばこを吸っているのを見つかって停学になり、いったん復学したが、授業料を稼ぐためパチンコ屋に行って、また教師に見つかって再び停学になるという無頼時代もあったようだし、そんな体験も反映しているのか、佐藤さんは自分の中に硬質なものを秘めていたと思う。

独特な短いセンテンスを幾つも重ねていく文体が得意だったが、その文体も佐藤さんの長い作家としての努力の結果だった。「高校時代、大江健三郎の小説を読み、書き写して、すっかり身につくようにまでなった。しかし、作家を志してから、その文体をどうやって壊すかに苦労した。小説を自分の資質と呼吸で書きたかったから」とかつて語っていた。

そんな佐藤さんには、最近いろいろな出版社から書き下ろしや一挙掲載の話がきていたし、一時的に原稿がうまく仕上がらないことはあったかもしれないが、新鋭作家としては、仕事の注文はまずまずだったのではないかと思う。責任感が旺盛だったから、それにパーフェクトに応えようとして、重荷になったのだろうか。しかし、それも推測の域を出ない。

そして、遺作が「文學界」（本号）に「虹」、「文藝」（文藝賞特別号）に「星と蛍」が発表になっている。さらに、故郷函館を思わせる街を舞台に様々な人々の生の姿をスナップショットのように描く「海炭市叙景」や「秀雄もの」と呼ばれるおそらく佐藤さんの像にかなり近い連作をはじめ、単行本未収録作品もかなりある。これはいずれ近いうちに単行本として出版されるだろう。

佐藤さんと会って夜遅くなると、家が同方向なので何度か車で送って行ったことがある。別れるとき、「佐藤さんの家は実に作家らしい家だなあ」と私が言ったことを佐藤さんは気にいっていたのか、気にしていたのか。いろいろな人に、私にそう言われた、と言っていた。私はそれを人づてに聞いた。でも私は佐藤さんが微笑みながらそう言っていたのだろうと思いたい。私と佐藤さんの関係はそんな具合にあったと思う。

遺族が函館での葬儀を終えて、帰京した翌日、私は佐藤さんと親しかった編集者たちと、その作家らしい家を訪ねた。線香をあげ、廃材で作られた物置を改造した佐藤さんの仕事部屋に、入れさせてもらった。窓を開けてそこから入るしかない、その仕事部屋は、「痩せてないと、途中、通れませんよ」と夫人が声をかける、その通りの部屋だった。

十月九日の夜、佐藤さんが家を出て行って以来、そのままという佐藤さんの机の上は意外と片付いていた。原稿用紙の書き損じを大切にまとめて裏返し、右上をホチキスで止め、書評を書く際の下書きにしているらしい紙束。その上に、おそらく書評のために読んだ奥泉光『滝』が置いてあり、さらにその上に黄色い百円ライターが一つおいてあった。下書きの紙の上の字は、タイトルと著者名のほか、「その言葉を」という『滝』収録の作品名が記されているだけで中断していた。机の正面の壁の上方には、佐藤さんらしく、長男綱男君が小学校二年生の正月に書いた鉛筆書きの書初めが大切に貼ってあった。

原稿も上がり、夫人の誕生日でもあり、佐藤さんはしばらくやめていた酒を少し飲んだ。そこでささいな喧嘩になり、家を出たようだが。それにしても、それから亡くなるまでに四時間もあれば一合程度の酒はとっくに醒めていただろう。佐藤さんの椅子の横にたたずむと不思議にそれを使っていた人の落ち着きが伝わってくる。この落ち着きの中に、佐藤さんは戻って来なかった。もう何故という詮索は止めよう。佐藤さんは闇の向こう側に行ったのだから。

自分が忙し過ぎる時、佐藤さんと話すと、忙しさに抗する何かゆったりとしたものをいつも感じた。私個人にとっても、掛け替えのないものを失った気持ちが強い。そして文芸記者としても、私は現代の小説にとても大切な人を失ったと思う。

この夏、佐藤さんから「僕も同じ昭和二十四年生まれです」という手紙をもらった。すぐ私が「知ってますよ」と電話すると、佐藤さんも私も苦笑いのような感じになった。お互い「厄年ですね」という言葉をかみ殺していたのだ。その日を昨日のように思い出す。

（追記）

新潮新人賞候補作を収録した『移動動物園』（新潮社）、「秀雄もの」の『大きなハードルと小さなハードル』（河出書房新社）、『海炭市叙景』（集英社）が佐藤泰志さんの死後、刊行された。福間健二さんが出している詩誌「ジライヤ」（第六号）が初期作品や詳細な年譜まで含んだ佐藤泰志追悼特集を編んでいる。

その後、『佐藤泰志作品集』（クレイン）が二〇〇七年に刊行されたのをきっかけに、佐藤泰志作品の再評価の動きが出てきた。二〇一〇年には故郷・函館の市民たちが中心となって集めた募金で、映画『海炭市叙景』（熊切和嘉監督）が製作・公開されて高い評価を受け、『海炭市叙景』の小学館文庫も刷りを重ねている。

函館市文学館の佐藤泰志コーナーには『佐藤泰志作品集』や文庫版『海炭市叙景』も展示に加えられ、同館のパンフレットにも佐藤泰志の本の写真が載っている。

病気という体験——1991年1月

「何でも聞いてください。僕は構いませんから。聞きたいことを何でも質問してください」

——日野啓三さんも、井上光晴さんもまったく同じ言葉から話し始めた。

日野さんは九〇年の夏、悪性腫傷で右の腎臓を摘出したばかり。井上さんは八九年夏にS字結腸ガンの手術を受けたが、その後肝臓に転移して、日野さんと同じ頃肝臓の四分の三を切除する手術に成功したばかりだ。そして日野さんはその体験を「中央公論文芸特集1900冬季号」に「文明季評——'90年冬」として「東京タワーが救いだった——腎臓ガン手術からの生還」を発表しているし、井上さんも「文學界」十二月号に「ふたたびの秋」という巻頭のエッセイで自分の二度目の手術について書いている。

日野さんは八十五枚もの長さで、手術のこと、その間の自分の心の揺れやその後の幻覚体験などを詳細に記しており、井上さんのそれは二度の手術の経過や入院中に読んだ本のことなどを見開きの文章の中でたんたんと述べている。両者の書き方は対照的だが、二人とも自分が悪性腫瘍であることをしっかり受け止めて、それらの文章を書いていることは共通している。私は強い印象を受けた。作家にとって、病気とはどんな体験であるのか、どんな契機となるのか、それぞれに聞いてみたのだが、その二人の最初の言葉が、冒頭に記したような発言だったのだ。

日野さんに八九年の暮れに電話取材した時、「しばらくまとまった形で小説を書いてないので、九〇年は小説を書きます」と問わず語りに話し始めた。こちらが、「どんなことを書くのですか」と質問すると、「いまとてもアフリカに興味がある。東京の真ん中を歩いていると、何かそのままアフリカに行きたいような感覚におそわれる」。日野さんの答えはそんなだった。

九〇年に入って、日野さんは本当にアフリカに行く準備を進めていた。飛行機の予約はまだだったが、すでに予防注射も受けていた。ふと数年前に胆石ができかかっていると健康診断で言われていたのを思い出して、軽い気持ちで、胆石のエコー診断を受け、そこで右の腎臓の異常が見つかったようだ。その後の診断から手術が必要となり、七月二十六日に東京・信濃町の慶応病院の泌尿器科に入院、八月九日には右腎臓の摘出手術を受けた。

そして、日野さんは退院後あまり時間を経ずして、この「東京タワーが救いだった」を書き始めたという。

「入院中は闇雲《やみくも》に不安だとか、空しくてしょうがないとか、はっきりと実態の分からない濃密な強い気分があった。しかし、それも済んでしまうとそのことはあまり意味がない。単なる気分だから。でもその時は、それがとても濃密な気分で一番重要なことです。現実の常識では考えられないことが自分の身に起こったりすると、自分なりに理屈をつけ、筋道を付けようとするでしょう。できるだけ早いときに書いておこうとしたのは、その体験を物語化する前に、筋道を付けないで、論理目茶苦茶で書いてみようと思ったからだ」

日野さんはその中で、術後、痛み止めのモルヒネ系の薬のために見た多くの幻覚について、書いている。目を閉じればものすごい量の訳の分からないものが、自分に向かって大変な高速で次々に走ってくる。目を開けるとビデオが映っていて、見ると日野さんの自伝のビデオだった。集中治療室から自分の部屋に戻れるようになると、夜、窓の外に見える別棟の手すりに人間のようなものが腰掛けていて足をブランブランさせていた……。

「目を閉じた時の幻覚は、キューブリックの『2001年宇宙の旅』のボーマン船長が、自分だけ脱出して誘導されてどこか知らない所へ行くとき体験する、あの訳の分からないイメージや光のシャワーの感覚に似ていた。目を開けたとき見た自伝のビデオは勿論実際にはこんなものは作ってないんだけれど、実につまらない内容で、何でこんなつまらないものを見なくてはいけないのだと思いながら、それでもそのビデオを見ていなくてはという幻覚だった。別の棟の手すりにいる人間のようなものは、頭の中でちらっと、例えば昔の中学校の同級生なんかを思い浮かべるとそこにそいつがいて、ニッコリ笑っていたりした。それらはちょうど映画の『ゴーストバスターズ』に出てくる、あのちょっとユーモアのあるゴーストのような感じだったねえ」

日野さんが入院していた慶応病院の新棟六階の部屋の窓からは東京タワーが見えるし、部屋を一歩出れば廊下の窓から建設中の都庁の新庁舎をはじめ新宿副都心の超高層ビル街が絵葉書のように見える。そして東京タワーの周囲には夜になれば、熊や虎の形の輪郭をした光がぽつぽつと現れ、それらは星座のようにも感じられたという。そのさまざまな幻覚の中で、常に変わることなく、幻覚化しなかったのは東京タワーだけだったようだ。

三十代の日野さんの評論集『幻視の文学』の中に、サイゴンの中央市場前広場にぼんやりと座りつくした時の自分の溶解体験に触れた「事実と虚構」という文章があるが、病院でのさまざまな幻覚体験の中で、あらゆる意識の統制が壊れ、溶解して行くさなかに、日野さんは「また『ベトナム』と同じところに落ちこんだなあと思った」という。

「しみじみ今度の体験は自分にとって、ベトナムでの体験に似ていると思った。ベトナムで見た一番凄い体験は、開高（健）と一緒にサイゴンの中央市場前広場で早朝に見た公開銃殺です。ほんの数メートルのところで二十歳くらいの青年が、殺されていくのをただじっと見ていた。見ていて、本当に膝がガクガク震えた。何かに反抗するということは、なぶり殺しになることでもあるのだ。政治的、歴史的現実というものは凄いものだなあと思った。横にいた開高に『もう僕は大説はいいよ。小さい説でいいよ。小説を書くよ』と言ったのをよく覚えている。それまで僕は評論を書いていた訳だけれど、そのとき論理が壊れて、すべてのものが溶解していった。その体験はもう評論の言葉では書けないと思った。小説なんか書いた事もなかったし、これから小説が書けるかどうかも分からなかったけど。その後、夜のサイゴン中央市場前広場に、ぼーっと独りたたずんでいると、自分が溶解し始め、あらゆるものが幻影になり、また幻影がそのまま世界のように感じられた。その時、ぱっと何かが弾けると『いま広場が溶けている』とか『いま私の中でベトナムがうめいている』というような言葉が、次々に自分の中で出てきた。今度の時はそれが幻影だった。ベトナムのような体験の中で人間の意識というのはかなり溶解し崩壊するけど、病気においても同じことが起きますね」

井上光晴さんにお話を聞いた日は、ちょうど手術後第一作にあたる長編「紙咲道生少年の記録」の原稿を「群像」に渡したばかりという日だった。小学校六年生の十一歳の少年の連続暴行殺人事件の話だという。

「勿論フィクションですよ。この作品は僕自身に対する意地ですね。〝僕はそう簡単にまいるもんか〟という意地。退院直後から書き始めてちょうど二百枚。病気に対する現実的抵抗の産物ですね。普段は晩には仕事をしないのに、これだけは夜十時半ぐらいまで書きました。出来不出来の評価は別にして、やわではないと思いますよ。だって鼎の軽重を問われたくないという気持ちはありますから」

井上さんは九〇年の七月十一日に東大附属病院第二外科に入院、転移した肝臓の手術を受け、肝臓のほぼ四分の三に相当する八百五十グラムを切除、手術に成功した。この種の手術をした人としては珍しいくらい残った肝臓の肝機能も正常で、病院側が井上さんの血を資料に欲しがるほどだという。

「生死にかかわる病気というのは、なにも作家だけの特別の問題じゃなくて、そういう状態に置かれた人間すべてに迫ってくる。誰でもそうでしょうけど、なるべく苦痛を少なくしようと思うし、恰好をつけようとする。何かしら意味を求めようとしますよね。普通の人は意味を求めても、それを客観化する手段を持ってないですけど、作家は病気と自分との関係を世間の人が見ていることに対して、表現することで自己弁明ができるし、自己主張ができる。そこだけが違う。でも作家じゃない部分の僕もやはり恰好つけていたようですよ。手術に向かう時、知り合いや家族に向かって、僕は横になったままVサインをしていたらしい。すでに予備的な麻酔をうたれていて朦朧としていたので、僕自身は覚えてないのだけれど。つまり見られているという意識はそんな時にもあったんですね」

『ゆきゆきて、神軍』の原一男監督が今、井上さんの記録映画を撮影中。もともと井上さんのやっている全国の文学伝習所の活動などを映画に収めていたが、たまたま途中で井上さんの病気が再発したため、原監督が東大病院に頼んで、井上さんの肝臓手術の一部始終をフィルムに収めた。井上さんは自分の手術の映像を見るのは厭だから、まだそのフィルムは見ていないそうだが、「映画のスタッフの人たちは、ある意味では僕の病気のことを喜んで、病院に撮影を頼んだのでしょう」と笑いながら、そのドキュメンタリー映画のことを話す。ガンの告知のことについても、「面倒臭いので、最初の時から全部本当のことを聞きました」「楽天的なのかなあ」と明快にユーモアも交えて語る。そしてエッセイ「ふたたびの秋」にもほとんど自分の感情の揺れは記されていない。それらのこと、それは井上さんらしいこんな理由からのようだ。

「僕なんかはじめから全部フィクションで考えちゃうんですよ。事実とか、現実とか、自然とかあまり信用してないんです。記録映画に撮られている僕は、僕の〝点〟にしか過ぎない。病院の面会時間が過ぎて家族の者も帰った後の索莫とした感じで、病気と向かう気持ちは誰にも分からないですからね。そういうものはそのまま表現できないものですよ。それはフィクションでしか表現できないものだ。索莫たる感じになったと言ってみてもそれだけの話でね。でもやがて僕の中でそれが蓄積されてフィクションになっていくわけですよ。何かそれに代わる表現になる。ある意味ではそれはピカソの絵みたいなものです。あんなピカソの絵のような現実はないんです。でも切実に何かを表現しようと思うのですよ。僕は子どもの時からあらゆるものを見てきたので、心情を吐露した言葉なんていうものを信用できないんです。その人にこういうふうに言わせるものは何かということを僕は考える。小説となって作品の中で言われているさまざまなことの絡み合いをその奥で支えている何かが一番の問題であって、ある部分だけを見て言葉を平面的にとらえて、なるほどなんて思ってもらうと僕は困る」

「何でも聞いてください。僕は構いませんから。聞きたいことを何でも質問してください」

――その言葉通り、私も聞きたいことを聞いた。日野さんも井上さんもざっくばらんに何でもしゃべってくれた。そして、何度も笑いで話が中断した。しかもその笑いは、その席にいない者が生け贄となるような後味の悪い笑いではなく、誰がその場にいても皆で笑うような上質な笑いだった。しかし、インタヴューしながら私がずっと感じ続けていたのは、目の前にいる日野さんや井上さんに対する「詰めることのできない距離感」でもあった。普通インタヴューがうまくいけば、話の途中から話す者と聞く者の距離が少し近く感じられてくる。それが、今回はその「詰めることのできない距離感」が私の中に強く残った。

井上さんの家からの帰り、途中まで井上さんに送ってもらったのに、私は道を間違えて井上邸に近い多摩川べりの道に出てしまい、暫く土手沿いを歩いた。それは久しぶりに歩く川沿いの道だったが、数日後こんなことを私は思い出した。

私は子供のとき川沿いに住んでいたのだが、ある時その川の水源をたどってみたくなり、川を溯ったことがある。大変な時間をかけて、自転車と徒歩でたどるとその行き止まりは山のなかにある大きな沼だった。満面に水を湛えたその沼から流れ落ちるかなり大きな滝が川の始まりだった。日常の中で、川は水平方向にさらさらと流れ続けるものと思いこんでいた子供にとって、その川の水源が、静かで水がまったく動いていないように感じられる沼と大きな音をたてて垂直に落下してくる滝であることはただ驚きだった。

「詰めることのできない距離感」。それは、水平に流れ続けるその川のように、私が日常の言葉で日野さんや井上さんに質問していて、それに答える二人はその流れの背後にある、あの静かな沼や激しく垂直に落下する滝のような所から言葉を発していたからなのだろうか。

（追記）

「東京タワーが救いだった」は『断崖の年』（中央公論社刊）に収録されている。『紙咲道生少年の記録』は、一九九一年五月十五日、井上光晴さん六十五歳の誕生日に、長女の井上荒野さんの処女作品集『グラジオラスの耳』と一緒に福武書店から刊行された。井上さんのガンはその時、肺にも転移していた。

井上光晴さんは一九九二年五月三十日、癌性腹膜炎のため東京都調布市の病院で死去。六十六歳。▽日野啓三さんは二〇〇二年十月十四日、大腸癌のため東京都世田谷区の自宅で死去。七十三歳。

文学賞の流行——1992年2月

恒例の「文學界」一月号のアンケート特集「わたしのベスト3——一九九〇年・文学の収穫」のなかで、勝又浩さんだけが小説以外の部門のトップに和田利夫『明治文芸院始末記』を挙げているのを見て、幾つか思うことがあった。まず、いつも思うことだが、この種のアンケートでは、年末に刊行された本は、その内容が良くてもかなり不利のようだということ。つまり、その年のアンケートには間に合わず、翌年のアンケートにはどうしても記憶が薄れがちになってしまう。一九八九年十二月十五日刊行のこの本もそんな中の一冊かもしれないと思えた。『明治文芸院始末記』は、文芸の保護と奨励を謳い文句に、実は文芸の統制を真の狙いとして、明治政府が打ち上げた文芸院設立構想に対して、明治末の文人たちが、どんな具合に対応したか、当時の新聞、雑誌を綿密にあたって作家たちの素顔を浮かび上がらせた研究だが、夏目漱石、森鷗外を主人公に配して、明治の文壇人の政治をめぐるドラマに新しい光をあてた楽しい読物でもある。そして、この中で書かれている、大倉高商・ホテルオークラで知られる富豪大倉喜八郎に文芸奨励金を懇請する石橋思案の姿や、官選の文芸委員会による第一回文芸選奨の顚末など文学賞のルーツともいうべきこれらのことが、最近のたいへんな文学賞ブームと不思議に重なって私には感じられたのだ。

『明治文芸院始末記』によれば、明治四十五年の第一回の文芸選奨の最終候補は夏目漱石『門』、島崎藤村『家』、永井荷風『すみだ川』、正宗白鳥『微光』、谷崎潤一郎『刺青』、与謝野晶子『春泥集』、シェークスピア訳者としての坪内逍遙、『プラトン全集』訳者としての木村鷹太郎の八氏。選考委員は文芸委員森鷗外、上田万年、上田敏、幸田露伴、島村抱月ら十二人と文部省側から二人だったが、選考会のあった明治四十五年三月三日、なんと八回投票しても決まらず、とうとう〝選奨なし〟のまま閉会。これでは世間の物笑いの種になることは必定、何とか恰好をつけようとして、文芸功労者として坪内逍遙を表彰する案が急浮上、賞を辞そうとする逍遙を何とか説得して、事なきを得たようだ。

いつの世も文学賞の受賞者を決めるということは、たいへんであるのに変わりなさそうだが、それでも逍遙は政府への面当てだろうか、賞金二千二百円の半分を文芸協会に寄付、残りは二葉亭四迷、山田美妙、国木田独歩の遺族に渡して、明治の文人の気骨を示したという。

さてそれから約八十年後。現在の文学賞ブームにはたいへんなものがある。この四、五年をみても出版社（テレビ局とタイアップしたものも含む）によって新設された賞は、今年で四回目を迎える三島由紀夫・山本周五郎賞をはじめ、柴田錬三郎賞、フェミナ賞、小説すばる新人賞、日本ファンタジーノベル大賞、時代小説大賞、日本推理サスペンス大賞、野間文芸翻訳賞など。また朝日新聞の朝日新人文学賞というのもある。

これに最近の地方自治体の文学賞の創設ラッシュがブームを一段と加速させている。松山市が市制百年を記念して創設した坊っちゃん文学賞、伊藤整没後二十年を記念した小樽市の伊藤整文学賞、小泉八雲来日百年記念の松江市の小泉八雲賞、宇治市の紫式部文学賞、堺市の自由都市文学賞、彦根市の舟橋聖一顕彰青年文学賞、三島由紀夫の『潮騒』の舞台神島がある鳥羽市は海にちなんだマリン文学賞、岡山県の内田百閒生誕百年記念の岡山・吉備の国文学賞……といった具合だ。

これらを加えて、いったいどれだけの文学賞が現在あるのか、興味本位で調べてみたのだが、日外アソシエーツの『最新文学賞事典』（一九八九年十月刊）によると詩歌、児童文学まで含めて、六百五十九の文学賞が挙げられている。この内、現在廃止、中止状態にあるもの、重複して数えられているものを除くと、その数は三百四十五。これにその後の新設の賞を加えると三百六、七十ぐらいにのぼるのではないだろうか。つまり一日一賞の割合。まさに文学賞花盛り、これを知ったら、漱石・鷗外ら明治の文人たちも、さぞびっくりするだろう。

それぞれに多額（賞金一千万円や五百万円も珍しくない）の賞金やほかにないユニークな特徴を打ち出しているのだが、だいたいこれらの文学賞は、幾らくらい金がかかるのだろうか。最近、受賞作月本裕『キャッチ』が刊行されたばかりで、自治体の応募原稿による新人文学賞としては、最も話題となった「坊っちゃん文学賞」（賞金二百万円、隔年募集）の場合を例にとると、もろもろの宣伝費を含んで、一回の賞のためにかかる費用は二年間で計七千五百万円の予算だという。これはかなりの額と感じられるが、賞の担当の松山市企画課の話では、「全国から一千三百八十六点もの応募があり、たいへん好評だった。松山から全国に向けて情報を発信できたことは大成功」ということだった。現在も第二回目に向けて、同じくらいの予算で取り組んでいるという。

そしてさらに最近では、企業による文学賞の創設も目立っている。東京・渋谷にある東急文化村が昨年九月に「Bunkamura ドゥマゴ文学賞」を創設。さらに一昨年暮れに亡くなった開高健さんの一周忌を記念してサントリーがバックアップする「開高健賞」も昨年の十二月七日発表されたばかりだ。

そこで、今回はこの二つの企業の作った文学賞について、どんな思いで賞を創設したのか、文壇の外にいる人たちの声を聞いてみた。

「Bunkamura ドゥマゴ文学賞」のドゥマゴとは百年以上の歴史を持つパリの著名なカフェの名。古くはランボー、ヴェルレーヌ、またブルトンやバタイユらのシュルレアリスト、さらに実存主義の時代にはサルトルたちの執筆の場所でもあった。店の常連客たちの手で一九三三年から始まったのが「ドゥマゴ文学賞」。第一回の受賞はレーモン・クノー『はまむぎ』。そして「Bunkamura ドゥマゴ文学賞」は同文化村内に「ドゥマゴ」と提携したレストランがあることから創設された姉妹文学賞だ。まったく賞を受けたことのない新人作家の作品（小説、評論、戯曲、詩）を対象に選考、賞金は百万円。さらに本家の「ドゥマゴ文学賞」の贈呈式への招待もある。毎回一人の選考委員が、独断で選ぶのも特徴で、第一回の選考委員は蓮實重彦さん、第二回は吉本隆明さん。第一回の発表は今年九月だが、昨年秋の創設発表時の記者会見の時には、早くも水村美苗『續明暗』が有力とか、山下洋輔『ドバラダ門』ではないかなど、いろいろな予想が飛び交っていた。

「Bunkamura ドゥマゴ文学賞」の井上俊子事務局長は同賞についてこう語る。

「本場のドゥマゴ賞の選考風景も見てきましたけれど、一般のお客さんもいる開店中の店の隅の方で、選考委員たちが集まって選考していました。こういうカジュアルさは受け継ぎたいと思います。それに加えて、独創性、前衛性、また体制順応的でないものというのが受賞作のイメージです。この賞を作るので少し文学賞のことも勉強しましたが、一般公募の文学賞の選考委員と発表済みの作品についての賞の選考委員とが重複していて、これでは何か人間関係みたいなものができて、異なった意見を出しにくいのではないかと思いました。この賞では、なるべく選考委員経験のない人に一人で独断でやっていただくことにしました。文壇とまったく関係のない一企業が作った外側からの賞ですから、最初は文壇からまるで無視されても構わないと思っています。賞が決まっても本の帯にさえ印刷されないかもしれない。でも一年や二年でどうこうとは考えてはいません。ほかのメディアとのタイアップのようなことも考えていませんし、出版に関しても利害関係は何もありませんから、私たちなりに考えて、新しい良い作品が読者に投げかけられたらと思っています」

一方、開高健賞の方は司馬遼太郎、谷沢永一、向井敏、佐治敬三サントリー会長、堀出一郎ティービーエス・ブリタニカ社長らが運営委員。選考委員には谷沢、向井の二氏に加え、大宅映子、奥本大三郎、椎名誠、立松和平、C・W・ニコルの各氏。今年十月末が締め切りで、来年の一月に最終選考が行われる。

作品の対象はフィクション、ノンフィクション、評伝など冒険心とユーモアに富んだ、創造的な人間洞察のある未発表の新作。また枚数も五十枚から五百枚で英語での応募も可能とかなり受賞作品のイメージが幅広く、従来型の新人賞とはだいぶ趣を異にしている。

このことについて小玉武サントリー文化事業部長は「小説だけの賞にしようという議論は最初からなかったですね。いろいろな議論は勿論ありましたが、小説の賞はたくさんあるし、なかなか質の高い小説は出にくいかもしれない。発表雑誌『アステイオン』の性格からしても、小説の新人を育てていくことはそんなに簡単なことではないと思う。開高さんは単に小説だけではなく、ルポルタージュ、ノンフィクション、コマーシャル、映像関係などあらゆるジャンルに創造的な人だったので、様式にとらわれず新しい文学の出発になればと思っています。勿論新しい形の小説も歓迎です。国境がこれだけなくなった時代ですから、国際的な賞にもしたい。ですから英語での応募も受け付けます。これから『ニューヨーク・タイムズ』『ニューズウィーク』などに募集の広告を出すつもりです。いろんな企業がお金を出して、冠付きの賞を作りますが、その賞が成功するかしないかは、単にお金の出し方ではないと思う。やはり本当に熱意を持ってその賞に取り組むかどうかです。この賞にかかわっている人たちはみな開高さんと一緒に働いたものばかり。何とかこの賞を成功させたいという気持ちだけはいっぱいなんです。未発表新作というのは冒険ですが、開高健の熱烈な読者は今もいるし、必ずある程度の応募はいただけると思う」

両賞とも既成の文壇とはある程度の距離を取りながら、

独自の新しい文学賞を探るということは共通しているようだ。

先日必要があって、二年前亡くなった色川武大さんについての資料を調べているうち、こんなことに気付いた。勤務先の通信社にファイルされている色川さん関連の新聞、週刊誌などの切り抜きは、数えてみると全部で五十三枚。一枚目は「黒い布」で第六回中央公論新人賞決定を伝える昭和三十六年九月十三日付け朝日新聞の切手二枚くらいの大きさの記事、それにそれから一週間以内にあった朝日新聞と毎日新聞の「時の人」欄のインタヴュー。このたった三枚の後、四枚目の切り抜きまでは時間が十六年もとんでいた。つまり『怪しい来客簿』で第五回泉鏡花賞が決まったことを伝える昭和五十二年十月十五日付けの読売新聞まで、資料の中には色川さんのものはなかった。この間、「阿佐田哲也」の切り抜きが何故ないのか、私には分からないのだが、一方でなるほどそうかもしれないという気持ちも強かった。

泉鏡花賞決定を伝える記事も十六年前のものとほぼ同じ大きさの僅か八行の記事だったが、その直後から、いろいろなインタヴュー記事などの切り抜きの増え方は圧倒的だ。一年を経ずして「離婚」で直木賞を受けたことも大きかったろうが、この切り抜きの量の大きな変化をみるだけでも、その後の色川さんにとって、泉鏡花賞という地方自治体（金沢市）が主催する賞ながら、存在感のある賞が果した役割は少なくないものがあると思えた。

せっかく多額のお金をかけて、次々に新しい文学賞が誕生するのだから、そこから良い新人が一人でも二人でも出てくる賞に育って欲しい。既成の作家や評論家に与えられる賞なら、その人たちにとってその賞が転機となるような存在感のある賞になって欲しい。文学賞が回を重ねてきたとき、その賞を振り返って誰がその賞を受け、その後どう活躍しているのかということだけが、その賞を評価する唯一の基準であることは昔も今もこれからも変わりないだろうから。果たして開高健賞や坊っちゃん文学賞……はそんな賞に成長していくのだろうか。

最後にこれは余談だが、昭和三十六年中央公論新人賞を受けた色川さんが、朝日新聞の「時の人」欄のインタヴューの最後で、「好きな作家は」と聞かれて、新人賞受賞者特有の緊張と色川さんらしいはにかみを見せながらこんなふうに答えている。「古いとわらわれますが、夏目漱石」。

（追記）

第二回坊ちゃん文学賞は、高校三年生の中脇初枝さんの「魚のように」が受賞。第一回Bunkamuraドゥマゴ文学賞は、山田宏一さんの『トリュフォー　ある映画的人生』が受賞。第一回開高健賞は該当作なし、奨励賞に小林照幸さんの「毒蛇」（「ある咬症伝」を改題）が選ばれた。

その後、「開高健賞」は主催が集英社に移って「開高健ノンフィクション賞」として続いている。「岡山・吉備の国文学賞」は「内田百閒文学賞」と名を変えて続いている。「マリン文学賞」は小説部門をやめ、詩部門は続いている。

一方で「フェミナ賞」「時代小説大賞」「日本推理サスペンス大賞」「朝日新人文学賞」「小泉八雲賞」「自由都市文学賞」など、その後、終了した文学賞も多い。

和田利夫さんは一九九三年九月二十八日、S字結腸癌のため東京都千代田区の病院で死去。六十六歳。▽谷沢永一さんは二〇一一年三月八日、心不全のため兵庫県伊丹市の病院で死去。八十一歳。▽向井敏さんは二〇〇二年一月四日、急性虚血性心不全のため千葉県船橋市の自宅で死去。七十一歳。▽佐治敬三さんは一九九九年十一月三日、肺炎のため大阪府吹田市の病院で死去。八十歳。▽立松和平さんは二〇一〇年二月八日、多臓器不全のため東京都内の病院で死去。六十二歳。▽色川武大さんは一九八九年四月十日、心不全のため宮城県栗原郡瀬峰町（栗原市）の病院で死去。六十歳。▽司馬遼太郎さんについては「1990年2月」の項の追記を参照。

「至福の空間」を求めて――1991年3月

戦後初の二十代の女性芥川賞受賞者が誕生した。「妊娠カレンダー」で第百四回芥川賞を受けた小川洋子さん。区切りのいい第百一回から「完璧な病室」「ダイヴィングプール」「冷めない紅茶」「妊娠カレンダー」と四回連続の候補で、芥川賞を手にした小川さんは、昭和三十七年生まれの二十八歳。二十代の同賞受賞者としては、第七十五回昭和五十一年上半期の村上龍「限りなく透明に近いブルー」、第七十七回昭和五十二年上半期の三田誠広「僕って何」以来。女性では、なんと戦前の第八回昭和十三年下半期の中里恒子「乗合馬車」、第十四回昭和十六年下半期の芝木好子「青果の市」以来のことである。

昨年の夏、岡山県倉敷市の自宅で小川さんにインタヴューしたとき、話が一段落すると、「冷めない紅茶」で惜しくも芥川賞を逃したばかりだったので、話題は自然に芥川賞のことになった。「今度候補になれば四回目。とり頃ですね」と私が記者らしい無責任なことを言うと、小川さんはしばらく静かに笑っていて、おもむろに「芥川賞が第百回の時、記念の写真集が出たんですが、それに第一回から第百回までの受賞者と候補者のリストが載っているんです。うちの母がその欄を熱心に見ていて、この人は何回目に貰っている。この人は何回目……と言っているんですが、母の研究によると四回目に貰った人が多いみたいですね」と語って、また静かに微笑んだ。小川さんのその時の静かな笑顔と微妙に距離感のある落ち着いた話ぶりがとても印象的だった。

そして、「妊娠カレンダー」が四回目の候補になり、選考会の前々日に、小川さんと電話で話す機会があった。「どうですか」という私の曖昧な質問に、小川さんは「今回は不思議に落ち着いています。書いてから時間がだいぶ経っているためかも知れませんね」とかなり分析的に答えてくれた。
選考会当日の一月十六日夜、受賞が決まった後、小川さんは倉敷市役所で記者会見に臨み、それを済ませて倉敷国際ホテルのバーで、東京から駆け付けていた編集者たちと祝杯を挙げたようだ。小川さんは海燕新人賞から出て来た作家だが、小川さんの受賞は海燕新人賞から初の芥川賞作家の誕生でもあって、同じ頃、東京では「海燕」編集部の人たちが祝杯を挙げていた。深夜、家に戻ったばかりの小川さんに「海燕」編集部の人たちが電話を入れたので、私も電話に出させて貰った。お祝いを言うと、小川さんは「もちろん嬉しくないことはないんですけれど、何か変な感じですね……」という言葉から話し始めた。その落ち着いていて、微妙に距離感のある言葉を聞きながら、電話の向こうに小川さんの静かな微笑みが見えるようだった。その三日後、上京した小川さんに、受賞作のこと、文学のことなどをインタヴューした。

――中里恒子さんが二十九歳の時。芝木好子さんが二十七歳の時。小川さんはちょうど二人の大先輩の中間の年齢ですが、ともかく二十代の女性受賞者としては戦後初。そのことからまずお聞きしましょうか。

小川　これまでの三作含めての評価だったということも言えると思うのですが、私がまだ若いので、これまで私が書いた部分よりまだ書いてない部分について、これからこういうものも書くのじゃないかという期待を込めた評価もあったのでは、と勝手に解釈しています。これからどういう方向へ向かって行ったらいいかということをしっかり考えるべき若さで、賞を貰ったという気がしています。

――受賞決定の記者会見のとき、選考委員の日野啓三さんが選考経過の説明にきました。その説明のなかで、小川さんの受賞作「妊娠カレンダー」の主人公は発癌性の疑いのある防かび剤を使用したグレープフルーツのジャムを姉にどんどん食べさせることで、最後には姉のおなかの中の赤ん坊まで破壊されていると考えるのですが、そのとき主人公はそれが自分の妄想であると自覚している、と読んだ選考委員。いや主人公は、赤ん坊が破壊されていると確信していると読んだ選考委員。というように選考会での意見が分かれたそうです。前回の候補作「冷めない紅茶」の時も、登場人物が幽霊なのか幽霊でないのか、選考委員の意見が分かれた。どうも小川さんの作品は、いつもどっちなのかが議論が分かれる。むしろ、そのどっちなのかというのが分かれて議論になるところに小川作品の一つの特徴があるような気がするんです。

小川　読んでいる途中で読者に、ふっと「あれっ、今、自分はどの地点に立ってたんだっけ」というような、迷いを感じさせたり、何か歪みに迷い込んだような気分に陥らせたいという私の意志はあります。

そこの曖昧さが、それをまた曖昧と名付けていいのか、ちょっと問題があるかもしれませんが、そこの曖昧さを書き込まないと小説の意味がないと言ってしまわれると、私の小説は本当に意味がなくなってしまうんですね。私はだから、そこの曖昧さを説明するという意味ではなくて、その曖昧さそのものの世界を書くということなんです。現実社会では曖昧であっても、小説世界の現実でそれがきちんとした存在感を持ち、読み手の魂にまで届いてくれれば、それはもう曖昧とはいえない。理論的に納得させる必要もなくなる訳です。

――いろいろな境界を取り除くということですか。それでは、逆にどっちがどっちなのかって言われると困っちゃいますね？

小川　そうです。生きているか、死んでいるか、正常か異常かという境界線のない世界の話ですからね。それを無理やり現実の世界にひっぱりおろしてきて、結局妹は頭がおかしいのか、おかしくないのか。あるいはK君たち二人は生きているのか、死んでいるのかという、その判断をつけるためには、彼らを一度小説世界からひっぱりだしてこないとその判断はつかない。つまり、つける必要がないと言い切れるところまで私は書きたいんです。そのためには、小説の中の現実に余程のパワーがないといけない。日常の生活をそのまま小説の枠に横すべりさせるだけでは、何も見えてこないと思うのです。日常を異化させるなり、離陸させるなりしないと。そこまで書けているかどうかがまた問題ですけれども。

――その世界を小説のもっているリアリティだけで書き切ってみたい、ということですか。

小川　はい。達成されているかどうかは、もちろん非難をあびることは覚悟の上で（笑）。

――デビュー作「揚羽蝶が壊れる時」にも主人公の妊娠のことが出てきます。学生時代にも何か妊娠について書いたとか。妊娠ということに随分、興味があるようですが。

小川　妊娠に興味があるというよりは、自分が書きたい世界を表現するのに妊娠を題材にもってくるとすんなりはまるような、そういう気がして今回それをメインに用いてみたんです。妊娠というのは肉体的な、生理的な変化が起こるわけですね。その起こり方というのはまったくこちらの理性を無視してどんどん起こっていくわけです。妊娠をうまく乗り越えて行くというと変ですけど、うまく付き合うためには、理性なり、意識なりと肉体なりをうまく折り合いをつけて行かないといけない。皆さん無意識に折り合いを付けてめでたく子どもを産むんだけれども、しかし、それができない人が必ずいる。折り合いをつけるために人間だけがもつ何か特殊な努力のようなものを施さないと、うまく折り合いがつかない。そこに破綻を生じた人間を書いてみたかった。そこから「正常な妊娠」「異常な妊娠」というような境目のところを表現できるんじゃないかなということです。

——作品のほとんどに食べ物のことがたくさん出てくるのも小川作品の特徴ですね。しかも、食べ物が出てくる時というのは必ずいい状態ではなく、マイナスの意味ですね。食べ物に対する嫌悪とか、有機体に対する嫌悪がありますか。

小川　いままでに書いてきた、私がいままでとりあげてきた小説の中の人物というのは、ひとつの傾向として、透明なもの、濁りのない完全無欠なもの、ありもしないものを求めてしまうところから始まっていて、結局それは獲得できないものだということをいやおうなく知らされる。何によって知らされるかというところで、私は結構食べ物を使ってそういう完全、完璧な清潔さを求めることの不可能さを登場人物たちに体験させているのだと思う。

食べている時の人間には非常に興味があるんです。あるいは、食べ物に対する興味があるんです。普通ならセックスによって何かエロティックな肉体的な人間の感覚を書くという方向に行くかもしれませんが、私はあえてそこを少しずらして、いま食べ物の方へ向かっているところなんです。ただ食べ物とセックスというのは私の中で非常に深く結び付いているんです。

——食べることもエロティックなことも、ある破壊的なことに向かうということですか。

小川　完全無欠なものを求めてしまう人物が、有機的な物や行為、つまりどんどん変化して濁ってゆく物や行為と向き合わなければならない時、どうしようもなく不快や不安を感じて、破壊やあるいは逃避の方向へ向いてしまうということです。

——逆に食べられなくなると、それは非常に美しくなっていくことかも知れない。

小川　ええそうですね。「完璧な病室」の死んで行く「弟」の中にそれはありますね。ただその美しさというのも、現実生活の基準で判断される美しさではなく、小説世界の持つリアリティーの中に存在する美しさです。

——同じ妊娠でも「揚羽蝶が壊れる時」の時と違って受賞作「妊娠カレンダー」には悪阻《つわり》のことが詳しく出てき

ますね。小川さんの話を伺っていると、悪阻ということは小川さんの小説を書くうえで格好の材料のような気がします。食べていることが仮に非常にエロティックなこと、ある意味では破壊に向かうようなことだとすると、その食べ物を普通に食べている人が突然食べられなくなっていくことは、仮のものですが、いったんは美しい透明なもの、完全なものの方に近づいて行くことですね。

受賞作「妊娠カレンダー」でも悪阻になって食べられない時の姉さんに対しては主人公の妹は「姉はますますきれいに見える」とか、「自分を責めない方がいいと思うよ」とか、すこし優しそうな言葉をかけたり思ったりして、その食べていない姉さんに対して、比較的折り合いがいい。ところが、ある日突然悪阻がなおって姉がまた食べ出すと、今度は例の「グレープフルーツ」の〝毒ジャム〟を徹底的に姉に食べさせるようになる。悪阻のことを書いてみようというのは自分の経験、実際に妊娠、出産を経験したこととも少しは重なっていますか。

小川　あの場面を悪阻を経験しないで書くということは不可能かもしれないですね。もちろん私の体験を書いたのとはまったく違います。自分が悪阻を体験したことをどんどんねじったり、よじったりしていろんな手続きを踏んでああいう形になっていますけれども。しかし、非常にユニークで何か書き手を惑わせるような現象ですね、悪阻というのは（笑）。今まで悪阻は、あまり文学に取り入れられた例というのはないのでは？　何かおもしろい世界がものすごく含まれていると思います。

――いったん食べられなくなっちゃうし。やはり、小川さんの書く世界に合っている題材なのでしょうか。

小川　食べられないということが、「完璧な病室」の弟や「揚羽蝶が壊れる時」の祖母のように、死に向かう食べられないというものの持つ、何か一見うるわしいような、その主人公にとって美しさというのと、「妊娠カレンダー」の「姉」が悪阻で食べられないというのは、やはりちょっと種類が違います。

悪阻の場合はやはり「食べたい。食べなくちゃならない」と思うけれども、食べられないということで、しかも、自分がこれだけ苦しい思いをしていても赤ん坊は生きている。赤ん坊はまったくそれと無関係にずっとどんどん増殖している。つまり肉体と直結した「食べられない」という状態なのです。だから「妹」は一見お姉さんに優しい言葉をかけていますけれども、それは本当に「食べてないお姉さんって美しい」と思っているのではありません。「妹」は姉のそういう、食べたいんだけれども、肉体が発する作用によって食べられない状態にならされて、神経が参っているというところまで、感じとっています。そこに妹の嫌悪が含まれているのです。

——いまの食べ物とセックスもそうですが、総じて肉体的なもの、フィジカルなもの、有機的なものに対する嫌悪というものが自分の中に、すごくありますか、やっぱり。

小川　私の中にそういうものを嫌悪してもどうしようもできないということを分かった上で、その上で嫌悪しているところがあります。

——そう言えば、実際のセックス場面というのは、デビュー作の「揚羽蝶が壊れる時」ぐらいしか出てこないですね。ちょっと幻想的なセックス場面だったけれど。

小川　そうなんです。あれ以降、意図的というほどセックスの場面は書いてないんです。

——逆に、「完璧な病室」ですと、完結したばかりの「シュガータイム」だと一緒に横になっても髪の毛を撫でるだけの関係とか、「冷めない紅茶」ですと、主人公がK君と再会して長い坂を一緒に二人並んでしゃべりながら、どこまでも下っていく。その場面には「坂は、まだまだ続いていた」という言葉もあり、「どこまで続くのだろうと、心配になるくらい長い坂」という言葉もある。セックスの場面を書くのではなく、恋愛的な感情のはじまりの「至福の時」がいつまでも続いて欲しいという意識と、しかし、それは永遠には続かないのだという自覚とで書いていますね。

小川　男女関係でも肉体的なつながり方に重きを置くと、それを突き詰めると感覚的、生理的にいやになる瞬間がいつか必ずやってくる。男女二人の間の、肉体的なつながりにいく前の、非常にひとときの、一瞬の完全な喜びというか。そういうところへ、みんなを押し込めちゃってるんですね（笑）。

——「完璧な病室」には「恋愛の始まりの部分はとても短い。すぐ恋愛の渦の真ん中に落ちていってしまう。そうなると、もう引き返せなくなる。肉体的な関係の行き違いが気持ちを濁らせたり、お互いの優しさを競争で計り合うようになる」という言葉がありますね。

小川　あの辺、結構説明的に書いちゃってますよね、手の内を（笑）。

——モラトリアムという意識もかなりあるのですか。

小川　いままでの小説の世界というのが、設定というか、シチュエーションがみんなモラトリアムの状態にある人物を意識的に用いていますね。その方が、言葉は悪いかも知れないですけど便利というか、効果的というか。モラトリアムだからこそ、容易に境界線上の危うい地帯へ踏み込んでゆけるんです。

――作品のなかで、主人公の感情が非常に動かされる存在として、肉親がたくさん出てくるでしょう。「完璧な病室」の「弟」とか、「シュガータイム」の義理の兄弟とか……。

小川　従兄弟だったり。

――そうですね。「ドミトリイ」は従兄弟ですね。「ダイヴィングプール」だってあれは血のつながりはないけれど、ある意味では兄と妹みたいに育った二人です。こういう肉親に対する興味はどういうところから出てくるのでしょうか。

小川　つまり、兄弟や従兄弟だと肉体関係が生じないわけですよね。ですから彼女たちがもとめている至福の時がすごせる。だから登場人物たちは、外の世界の男よりも、身近な男に引き込まれていく。そこを書いているので必然的にそうなっているんでしょうね。

――最初の作品の「揚羽蝶が壊れる時」では、何が「正常」か、何が「異常」か、主人公が何度もこだわり考える。正常と異常の境界線がはっきりしなくなるまで考える。小川さんの作品のなかには異常と正常とか、モラルとインモラルとかの境界を消したりずらそうとするものが多い。そこには、こういう二項対立的な考えでは、今の現実の世界に触れることができない、という意識があるのでしょうか。

小川　時代なり、世界がそういう方向へ動いてきている。だから今、自分はそういう境界線の曖昧さを書いているんだという意識はないんです。私はそういうふうに、一歩離れて時代なり世界を見るというよりも、やはり一個の人間に向かって同じ視線で、その人をずんずん奥へ奥へ突き抜けていったところの世界を書いているので、そういう時代の認識という意味から境界線を消した世界を書いているわけじゃないんです。

――境界線の別の消し方というか、「含まれあっている」という言葉も書いていますね。妊娠の状態も、そういうことに近い状態でしょうか。

小川　その「含まれあっている」というのは「シュガータイム」にそういう表現が出てくるんですけど。登場人物たちは肉体的なつながりを嫌悪している人物たちですから、含む含まれるとか、そういう感覚で一体感を得ているのでしょうか。直の感覚じゃなくって、頭のなかでの「含まれあっている」という感覚をつくり出して安心しているというか。妊娠の場合は自分以外のものが自分の中にあって、自分と他者の境界線が非常に曖昧なところにありますね。そういう意味での含まれあいですね。

――「妊娠カレンダー」の最初に姉と妹の子供のとき

の遠い記憶の世界が出てきますね。それは至福のような時ですね。妊娠した姉はそこからどんどん遠いところに行ってしまう。妹にとってそれは許しがたいこととしてあるのでしょうか。

小川　ここで問題なのは、果たして妹が正常なのかということです。妹の視点を信じていいのかどうか。それは非常に危ういことで、「姉がどこか自分の手のとどかない場所へいってしまう。そういう存在になってしまうことが許せない」と言っていることを読者に納得させようと私はしているわけではないんです。そこに妹の悪意の理由を説明させているわけじゃないんです。まったく妹の悪意というのは目的のない悪意なんですね。

――妊娠しているということで、そこに生命の一部というか、肉体みたいなものがある。そこにもう既に悪意や嫌悪があって、その嫌悪感のなかには何かかなりの狂気や正常でないものがあるということでしょうか。

小川　そうです。ですから姉の神経症的な狂気を妹は完全に上回っている。もっとそうあるべきだったと、私は思っていますけれども。

――「妊娠カレンダー」にも「洋梨型のゴム袋は、なまめかしい昆虫のようだった」という比喩がありますが、「冷めない紅茶」が前回候補になった時も、喪服が不気味な生物のように繁殖していったり、電話機がエロティックな動物の姿態を連想させたり、イメージ喚起力のある独特な比喩の使い方が話題になりましたが、言葉にこだわるほうですね。

小川　書くときに言葉にはこだわるんです。ひとつの言葉を小説のなかに持ってきて、その言葉が普通に持つ意味とは違った、新たなまったく別のイメージを読み手が受けてくれたら、という思いはあって言葉にはこだわります。例えば「紅茶」という言葉で、みんなが常識的に感じるイメージを打ち壊すようなイメージを小説では、言葉に持たせることができると思います。

――そういう独特の比喩は考えて溜めておくんですか。

小川　いえ。

――その場でじっくり考えるんですか。

小川　ええ。でも溜めておければいいですね。だけど、ああいうのを普通の生活の中で考えていると気が狂いそうかなぁ（笑）。

小川洋子さんは、昭和三十七年三月三十日、岡山市生まれ。国家公務員の父、母、弟の四人家族。岡山県立岡山朝日高校を経て、早稲田大学第一文学部文芸科を五十九年卒業。岡山に帰って川崎医大秘書室勤務。東京で就職しなかった理由は、すべての試験に落ちたからという。早稲田大学の平岡篤頼先生に「これで病院の小説が書けるじゃないか」と言われたそうだが、その言葉どおり受賞作「妊娠カレンダー」や「完璧な病室」など病院の出てくる作品は多い。六十一年川崎医大退職、結婚。ご主人は川崎製鉄の技術者。長男と三人暮らし。倉敷市在住。六十三年「揚羽蝶が壊れる時」で第七回海燕新人文学賞。

――早稲田大学の文芸科卒ですよね。どんな生徒だったんですか。

小川　二十枚程度の習作をときどき先生に提出して評価してもらうような授業形態だったけれど、単純なA、B、Cの評価で言えば私は非常に成績が悪かった。私よりもっといいものを書いている人が大勢いましたから。

――何故でしょう。

小川　どうしてでしょう。今と目指している方向はそれほど違ってないんですけれども、そこへのアプローチの仕方がまだちょっとよく分かってなくて非常にひとりよがりだったり、傲慢だったりして。極端に言えばあの頃は、人に分かって貰おうという気持ちが全然なかったんです(笑)。人に何か分からせようという気持ちが全然なくて……まだまだ未熟な時代ですね。大学時代というのは(笑)。

――どんな理由で文芸科にいかれたんですか。

小川　どんな学科にいっても小説はもちろん書けると思いますけれども、特に私は、現代の日本文学がやりたかったんです、日本文学科にいっちゃうとやはり『古事記』から始めなくちゃならない。私は「今月発表された小説」、そういうものを取り上げる授業に出たいということで、文芸科にいったんです。

――具体的には誰が、目標とする作家だったのですか。好きな作家はいましたか?

小川　ちょうど村上春樹さんのデビュー直後で、私が大学に入った時がほぼ重なっているんです。それで、彼を読んだ時に非常に新しいものを感じて、自分も書きたいという気持ちになった。何か読んでいて、いつの間にか書き手の目で読んでしまったという意味で、村上春樹さんの小説は唯一リアルタイムで読みました。

――『風の歌を聴け』が出たのが一九七九年。

小川　私は八〇年の春入学です。

――そうすると高校時代から、いわゆる、書くか書かないかは別にして文学の方向へ進みたいと思っていたんですか。

小川　ええ。文学とかかわっていられるところにいたいと思っていましたね。

――何か文芸部とかそういうところにいたんですか。

小川　早稲田のなかの「現代文学会」というところで、そこは書くというよりも読書会が中心だったので、書くほうは文芸科のほうでやって、読むほうはそのサークルで。

――村上春樹さんのどういうところがよかったんですか。書き手の立場で読んだということですが。

小川　まず彼の小説を読んで、彼の小説というのは結局、何もない感覚というか、昔は確かに何かがあったはずなのに、今はそれが見えてこなくて空しいというか、その漠然とした何もなさというところから始まっているんですよね。ほんとうは小説というのは何かあるところから始まるものなんだけれども（笑）、何もないところからはじまっているというのが非常に私の感覚にピンときて、「あっ、ここからでも小説は書けるんだ」と思ったんです。

――今、書いている小説。紆余曲折はあるでしょうけれど、そこからつながっていますか。

小川　そのつながりを説明すると、とても複雑になります。つながっていると言うと、つながってないんじゃないかと言う人もいると思いますけれども（笑）、実はでもつながっているんじゃないでしょうか（笑）。

――他に好きな作家の方はいましたか？

小川　これは何度も言っていますけれど、金井美恵子さんの『愛の生活』は私のバイブルとでも言うべき存在でして（笑）、自分が作品を書いているときは他の本の読書はしないんですけれども、金井さんの『愛の生活』だけはいつもテーブルの上に置いて、何か行き詰まったり、頭の中が真っ白になっちゃった時には『愛の生活』をどこでもいいから数行読むと、何かが自分の中に蘇ってくるんです。言語能力のようなものが。

――それは凄い。ほんとうのバイブルですね。でも金井さんの文章と小川さんの文章は少し違うような感じがしますが。

小川　文章とは違いますね。言葉の一個一個。小説を分解した時にころがってくる言葉にインスパイアされるんですね。この言葉をこの場面でこういう感覚を表現するために使うという、その経路が非常に私は合うんです。

――金井美恵子さんの初期のものは、かなり彼女の詩人としての側面が残っている。現代詩の言葉と意味をちょっとずらしていくところが、かえってぴったりくるのですか？

小川　きたんですね。それに私も一番最初、文学に詩から入りましたから。

――高校時代ですか。

小川　ええ。萩原朔太郎ばかり読んでまして。

――だいたい病的なんですね。
小川　はい（笑）。
――「冷めない紅茶」「ドミトリイ」など、もろに生と死のボーダーというか、こっちの世界とあっちの世界の境界を想定して、書いている。これは偶然なんですけど、同郷の内田百閒を思わせるところがありますね。
小川　みなさん、そうおっしゃる。私、読んでないんです。言われてからも読まなきゃ、読まなきゃと思っているうちに、全集まで出てしまって。結局自分が一番新しいと思ってやっていても誰かがやっているんですよね。そういうことは、もちろん分かった上でまた新しいと思って書いているんですけど（笑）。
――ほかに好きな作家は。
小川　ほんとうに私の読み方というのは目茶苦茶で全部つながりがなくて、武田泰淳だとか、ジョン・アーヴィングだとか、リチャード・ブローティガンとか、そういう人たちが結構自分の中ではつながっているんです。
――結婚が比較的早いですよね。
小川　二十四歳の時です。
――書き始めたのは結婚してから？
小川　そうです。「揚羽蝶が壊れる時」で海燕新人賞をもらったのは結婚して二年たった時です。
――それまで、学生時代には書けなかったんですか。
小川　学生時代書いたものは習作のようなものばかり。いまはゴミみたいになっています。やはり趣味で書くというのは、自分を甘やかしますからね。いけるところまでいかないんですよね。途中で諦めてしまって。「海燕」にも賞を貰う前に一度応募して落ちたんです。
――学生時代ですか。
小川　ええ、そうです。四年の時ですか。ですから運良く新人賞をもらったからこそ、今があると思っています。ずっと趣味で書いていて、「完璧な病室」が書けたかというと書けなかったと思いますね。
――百閒のことはともかく、人間の生と死の入口、出口のことがいつも出てきますね。
小川　今、そこに一番興味があるんです。つまり人間は死ぬ。生と死の間に距離なり幅なりがあるということなんです。私の生と死に対するイメージは、死の裏側が生で、生の裏側が死だということじゃないんです。すぱっとナイフで切るようなものじゃない。生の流れの中に、ある地帯があって、そこの地帯をさまよっているうちにいつの間にか死にたどりついてしまったというイメージなんです。だから、そこを書いていくと何か人間が見えてきそうな気がして。村上春樹さんが、生の中に含まれた死というようなことを言っていますけど。

――「螢」と『ノルウェイの森』にゴチックで書かれた、例の「死は生の対極としてではなく、その一部として存在している」という言葉ですね。小川さんのデビュー作で、お祖母さんが死にそうになってボケてきたので施設に入れる。お祖母さんを隔離したと思っていたら、自分の方がもしかしたら隔離されているのではないかと思う。逆の考え方もできる。それで、両方が含まれあっている。初期からそんな具合に考え続けて……。

小川　そうですね。初期からそうですね。つまり、前から繰り返している通り、境界線へのこだわりなんです。私の小説はすべて、現実社会の境界線を信用しないところから始まっているのです。

――最近作の「ドミトリイ」の中でほとんど誰もいなくなった寮の中で、三人の登場人物のことを思う場面がありますね。片足で両手のない先生、数学の得意な寮生、ハンドボールのうまい従兄弟。小川さんにとって、あの三人はあの寮に残る資格あり、ということでしょうか。

小川　あの人たち以外に登場人物がいませんので（笑）。その主人公の女の人が従兄弟や先生に対してもっている感情というのは、非常にいとおしいという気持ちなんです。いとおしむ感覚です。けっして同情と言ってしまっては表現できないことです。どうにかしてあげたい、どうにかならないの、という相手をいとおしく思う気持ちは、苦しみでもあるんですけれども、そういう感情を先生は数学の得意な彼に持っている。「私」は先生に対して持っている。従兄弟に対しても持っている。そういう意味で彼らが残っているんです。あの世界に。

――「シュガータイム」の終わりの方で、女性の主人公が、付き合っていた男性の長い沈黙の意味を考えようとする章がありますね。小川さんの作品には一貫して「静かな時」というのが流れているんですけれど。一番大切なことは言葉では伝わらない。無言のなかで伝わっていく大切なものがある。それがいとおしむということでしょうか。

いとおしい。その感情が発してくるものに対しては、直接は何も手を貸すことができない。

小川　向こうからの見返りも要求しない。そういう感情そのものを言葉で説明するのではなくって、動作なり状況で説明したいというのがあるんです。それは物を通してであったりする。例えば、「ドミトリイ」だったら先生にケーキを食べさせる場面がありますね。また先生の呟き込んだ呟きを聞いている場面だったりとか。そういう感覚を場面の中で言葉ではなく、物や動作なりで伝えたいという気持ちです。

――「ドミトリイ」での思いというのは、やっぱり生命への哀惜なんでしょうか。そしてほとんどなくなろうという時にしか、その哀惜が生まれないのでしょうか。

小川　なくなろうとしている時にしか、主人公の彼女は感じていないんでしょうね。なくなろうとしているからこそ感じている。さっき、肉体的なもの、有機的なものへの嫌悪という話が出ましたが、「ドミトリイ」の先生は肉体の一部を失うことにより、哀しみを背負わされている。更に生命までも脅かされている。つまり、先生の困難はすべて、肉体が原因になっている。彼女は肉体に痛めつけられている先生の「生」をいとおしんでいるのです。肉体への嫌悪と「生」への哀惜、これが非常に微妙なところで裏表になっているのですね。

――つまりなくなったものが自分の前に出現してくれれば、それが一番ですか。小川作品のなかでは「冷めない紅茶」が一番美しい世界。自分にその世界を美しく書くことを許していますね。

小川　ええ、そうですね。なぜ許せるかと言えば、彼らは死んでいるからなんですね。死んでいるにもかかわらず、自分の前にいるからですね。

――厄介な命題を抱えた人ですね（笑）。

小川　はっはっは。

――言葉で説明するのじゃなくて、動作や物で説明したいとおっしゃっていましたが、最初は言葉で説明していた？

小川　ええ、説明してましたね。「揚羽蝶が壊れる時」には随分説明的なところがあるし、「完璧な病室」にも少し説明的なところがあると思う。

――自分としては、どの作品が一番気に入っていますか。

小川　ええっ。それ、言わないといけないですか（笑）。

――書かないから。

小川　うーん。次の作品ですね（笑）。気に入るというのと違いますけど、いちばん大切な作品は何かというと、やっぱりいま書いている作品、明日書く作品だと思いますね。

――作品を書くとき、どんな着想で、どんなところから書き始めるんですか。

小川　まず、どうしてもこれを書きたい、と思わせてくれるような小説の核となるものとの出合いがあります。その核は、例えば「生と死」や「正常と異常」や「悪意」というキーワードを持ってはいますが、そう簡単には説明できない。だからこそ小説を書く訳ですが。その核とどこで出合うか、それは自分でも予測できない。ただ、大げさな言い方ですが、核が発生するのは私の人生からなんですね。今まで散々、現実社会の境界線への不信感を喋ってきましたが、でも結局、核は現実の中に存在しているのです。それから次は場面ですね。「妊娠カレンダー」なら姉と妹の異常さの絡み合いをポコッと思ってですね。それで一行目はどこから書き始められるかと考えて、あっ、こういう場面を書こう。あの、ジャムを煮詰めている場面はこんな気持ちで、色は何色で、天気はどんな天気でと、場面がいろいろ出てくるんです。それでこういう病院で、その病院では過去と全然変わっていない時間が流れていて、というふうに、その場面の設定なり配置換えなりをしてから書き始めます。あとからその場面の底に流れているものをずっとたどっていくとストーリーになる。

——そのあたりも村上春樹さんの小説と近いですね。

小川　ええ。まったくタッチが違うようですが。

——村上春樹さんの作品の中で、いちばん心引かれるのはどういうものですか。

小川　長編と短編とちょっと種類が違ってくるんですけど、長編では『世界の終りとハードボイルド・ワンダーランド』が好きです。短いものだと「午後の最後の芝生」かな。

——「午後の最後の芝生」は記憶をめぐる話ですね。小説の始まりの方に、「記憶というのは小説に似ている。あるいは小説というのは記憶に似ている」という言葉があるし、そういえば小川さんも記憶を大切にしていますね。

小川　ああっ、そうですね。「妊娠カレンダー」でも、病院の記憶というのが、いつの間にか一回りして最後にまた出て来るというのが。それがまた輪廻とハッキリ言ってしまう勇気はちょっと私にはないんですけれど。

——「妊娠カレンダー」については姉に毒性のあるかもしれないグレープフルーツのジャムをどんどん食べさせるという妹の「悪意」について、これからもたくさん言われるでしょうね。「冷めない紅茶」で同棲している男に「ライオンゴロシ」というトゲのある果実を食べさせることを主人公が妄想するところがあるし、「ダイヴィングプール」で幼い子に腐ったシュークリームを食べさせるところなど、たくさんの「悪意」が出てくるのも大きな特徴です。なかでも「妊娠カレンダー」の悪意は無目的な純粋な悪意ですが、こういう純粋なかたちでの悪意というのは小川さんのなかにあるのだろうか。われわれにもある？

小川　うーん。皆さんあるんじゃないですかねぇ。可愛さ余って憎さ百倍という言葉があるくらいだから。可愛いのなら憎いはずないのだけれども（笑）。ただ、その悪意をどう表現するか、それはとても難しい問題です。今までも随分試行錯誤を繰り返しているのですが、悪意を働いている現場そのものを描写することが、必ずしも悪意の本質を表出させるとは限らない。悪意を隠そうとしたり誤魔化そうとしたりする心の動きの方に、その本質があるかもしれない。今、そんなことを考えています。

——今後はどんなものを書くつもりですか。

小川　これからは長いものを書きたいと思います。やはり百枚のものと長いものとは歴史が違いますし、ジャンルが違うといってもいいかもしれませんので。長編というのは、自分にとって未知のものという感じがしています。

——いままでは一番長いのは「シュガータイム」ですか?

小川　あれは二百四十枚ですが、連載ですので、一回二十枚で、毎回二十枚の短編として書きましたので、あまり長編という意識がないんですよね。たとえば私が長編を書こうと思って、いつも思い浮かべるのは、武田泰淳の『富士』なんですけど。小説の中の世界の枠組み自体がすでにもう現実からはずれているああいう小説。この小説の枠組みだけでしか通用しない、とんでもない出来事が繰り広げられていく、そういうものをぜひ書いてみたいですね。

——すごいな。

小川　偉そうなことを言ってるんでしょうか(笑)。

——すごい。そこの観点を突き詰めていくというのはすごい。

小川　武田泰淳の長いもののそういう骨格のとんでもなさが、非常に好きなんです。私は長編のおもしろさはそんなところに感じるんです。だから、ジョン・アーヴィングとかブローティガンとかにひかれるんだと思います。

——何か、いろいろな作家の方が小川さんの中ではしっかりつながっているのだということが分かりますね。

小川　大学時代に大江健三郎さんの「イーヨー」ものが出て、大江さんの作品もよく読みました。

——大江さんの作品のどんなところにひかれたのですか。

小川　大江さんの中に出てくる、小説の世界と現実世界の境界線、イーヨーの現実と他の登場人物の現実との境界線みたいなものに興味があったんです。

——その話もつながっていく。なんかどんどんつながっていく感じです。

小川　ほんと。つながりましたね、今。

小川さんの近作「ドミトリイ」には両手と左足のない「先生」と呼ばれる寮の経営者が出てくる。そして、この先生は「人」を見る時、「器官としての身体」に興味を持っていて、「人」を思い出す時も手、足、首、肩、胸、腰、筋肉、骨などで構成された身体のイメージが浮かぶのだという。そして「顔」を思い出すことはないのだと付け加える。この「先生」の姿や考えを思い浮かべるうちに、私にはなぜか「先生」の姿がトルソー彫刻のように思えてきた。そして、このトルソーのような「先生」を通じて、何かに触れようとする小川さんの姿に、現代の文学に対する深い自覚的な思いを感じた。今回、小川さんにインタヴューしながらその思いは、さらに深まっていった。

現代文学を現場で取材していると、今、さまざまな「言葉」がせめぎあっていて、その潮目にいるような感覚にとらわれることがある。その中で一群の若い作家たちが目指していることは、あえて簡単に言えば、〝一番大切なことは「言葉」では伝わらない〟という思いではないだろうか。そして、その人たちの困難はそのことを「言葉」を通して描かなくてはならないところにあるように見える。

このため、若い作家の人たちの作品には、「言葉」を抑えた沈黙の時間や、静かな時が数多く出てくる。また「物」を通しての表現が頻発する。それは「物」の前では、すべての「言葉」がいったんは死ぬしかなく、それまでの思いは「言葉」ではなく、「物」の力に託されるからだが。登場人物たちが、向き合って「言葉」を交わし、一気に接近していくという関係ではなくて、関係を並行的に進めながら、ささやくように「言葉」を交わして、それぞれの位置を確かめようとするのも、彼らの「言葉」に対する思いとそれにともなう「困難」と無関係ではない。なかに何もないガランとした空間がしばしば描かれることも、これらのことと関係があるだろう。そして以上のいくつかの特徴は小川さんの作品の中にもはっきりと現れている。

しかし、小川さんは「ドミトリイ」のトルソーのような「先生」を描くことで、その世界をまた一歩進めたと思う。そのトルソーのような先生の姿を通して、われわれの「言葉」の背後にある「人間」というもの、「人間性」というようなものを疑い、ズラし、反転しようとする強い意志のようなものを若い小川さんのこの作品から感じ、私は動かされた。

ドイツの美術史家ハンス・ゼードルマイヤーの『中心の喪失』によれば、それまで全体的な「人間性」の反対側のものとして、頭も手も足もない断片にすぎなかったトルソーを独立した芸術形式に反転させたのはロダンのようだが、その本のなかでゼードルマイヤーはこんなことを記している。

「トルソが独立した作品として本来の意味をもつように

なるのは、単に人間的なものの限界をこえてゆこうとする衝動によるものである。トルソもまた生からの後退という見方をあらわしている。そうして同時にそこには、彫像の、〈自然〉からの解放、人間的なるものからの解放という現象がはじめて現れることになるのである」

私には、このゼードルマイヤーの言葉が小川さんの「ドミトリイ」の世界に重なって感じられる。「人」の顔に興味を持たない「先生」は、両手がなく、片足もない。それは、「人間性」の中心的な表情から遠く遠く離れたところにある存在だが、それゆえに「人間性」の網の目から逃れて、今、何かに触れようとしている。

〈追記〉

このインタヴューは「文学者追跡」特別版として掲載された。文芸誌「海燕」は寺田博さんを初代編集長に福武書店（ベネッセコーポレーション）から、一九八二年一月号より一九九六年十一月号まで刊行された。「海燕新人文学賞」は「海燕」の新人文学賞。「海燕」については「1993年5月」の項も参照。

寺田博さんは二〇一〇年三月五日、結腸癌のため東京都三鷹市の病院で死去。七十六歳。▽中里 恒子さんは一九八七年四月五日、大腸腫瘍のため横浜市の病院で死去。七十七歳。▽芝木好子さんは一九九一年八月二十五日、乳癌のため東京都中央区の病院で死去。七十七歳。▽平岡篤頼二〇〇五年五月十八日、虚血性心不全のため東京都新宿区の病院で死去。七十六歳。

「文学者」の討論集会とは何か——1991年4月

「私は、日本国家が戦争に加担することに反対します」。二月二十一日午後二時、東京・有楽町の日本外国特派員協会に作家、評論家らで構成する「文学者」の討論集会の人たちが集まって記者会見、冒頭のような湾岸戦争に反対する簡単なアピールを発表した。発表する側には、作家では中上健次、津島佑子、森詠、島田雅彦、松本侑子、いとうせいこう、高橋源一郎、田中康夫、文芸評論家では柄谷行人、川村湊、そして経済学者の岩井克人の計十一人の作家、評論家、学者たちが勢揃いして並び、取材側の席は新聞記者やテレビ、出版関係者で満員だった。そして外国人ジャーナリストの姿もあった。

今回の湾岸戦争に反対する文学者のまとまった声としてはこれが初めてのアクションだったし、私にとっても、文学の現場を取材していて、こういうかたちでの反戦の記者会見は初めてのことだった。

発表された声明は二種類あって、声明（1）は冒頭の短い声明。これには記者会見した人たちのほか青野聰、井口時男、岳真也、小林広一、笹倉明、鈴木貞美、鈴木隆之、立松和平、ジェラルディン・ハーコート、山崎行太郎の各氏らを含め計四十二人が署名している。

さらに会見をした十一人に青野聰、石川好、鈴木貞美、立松和平、ジェラルディン・ハーコートを加えた十六人で構成する「文学者の討論集会事務局」名で発表された声明（2）がある。少し長くなるが全文を引用してみる。

「戦後日本の憲法には、『戦争の放棄』という項目がある。それは、他国からの強制ではなく、日本人の自発的な選択として保持されてきた。それは、第二次世界大戦を『最終戦争』として闘った日本人の反省、とりわけアジア諸国に対する加害への反省に基づいている。のみならず、この項目には、二つの世界大戦を経た西洋人自身の祈念が書き込まれているとわれわれは信じる。世界史の大きな転換期を迎えた今、われわれは現行憲法の『戦争の放棄』の理念こそが最も普遍的、かつラディカルであると信じる。われわれは、直接的であれ間接的であれ、日本が戦争に加担することを望まない。他国がそれを強いることも望まない。われわれは、『戦争の放棄』の上で日本があらゆる国際的貢献をなすべきであると考える。

われわれは、日本が湾岸戦争および今後ありうべき一切の戦争に加担することに反対する」

つまり、記者会見の趣旨は、憲法の「戦争の放棄」を理念として、湾岸戦争や今後あるかもしれない一切の戦争に日本が加担することに反対するということであった。会見では、署名は個人の資格で行われたこと、出席した十一人全員の発言、九年前の文学者の反核声明との違いについての質問もあった。それらは後に記すとして、声明発表に至るまでの経過をまず私の知り得たかぎり追ってみた。

一月二十九日の夕方、川村湊さんを勤務先の通信社でインタヴューして、取材も終わったので、帰る川村さんをエレベーターのところまで送りながら、「これからどちらに?」と私が聞くと、川村さんが「新宿です。韓国の作家(金源一氏)がきているので、日本の作家や評論家と一緒に話そうと安宇植さんが言っていて、その会です」。そんな会話があって別れたのだが、その会に出席した川村、中上健次、島田雅彦の三氏が会が終わった後に流れて、話しているうちに「湾岸戦争に対して、言葉を扱う者が何も言わない何もしないというのはよくないのでは」となったようだ。

私がこの日のことを日付まではっきり覚えているのは、同日の夜、井上靖さんが亡くなったからなのだが、その井上さんの訃報が流れている頃、ちょうど三氏が文学者として湾岸戦争についての態度をはっきりしようと話し合っていたことになる。

その場で島田さんが平和憲法を拠りどころにした反戦の四原則をまとめた。これは『文学者』の討論集会に向けて」という島田さんの長文の意見の中に入っているので、それから紹介すると①私たちは、あらゆる戦争における核兵器、および化学兵器の使用に反対する②私たちは、あらゆる宗教戦争に反対する③私たちは、自治権を持つ地域に対するあらゆる政治的干渉、侵略に反対する④私たちは、日本国家が戦争に加担することに反対する。

という四原則なのだが、この後にすぐ次のような文章が続いていることも記して置かねばいけないと思う。

「こうして列挙してみると、いかにも白々しく、偽善的に響くので、思わず苦笑いしてしまった。いずれもすでに世界の到るところで起きてしまっていることを自分は認めないと宣言しているだけのことで、『反対する』の四文字は空虚に空しく響く。だからといって、ニヒリストになってみても始まらない」。

この日の結論は、この四原則をＦＡＸで各メディアに送ろうということになった。だが後日になって、ニューヨーク・タイムズに意見広告を出したらなどの声も出てきて、これを聞いた柄谷行人さんが「まず日本のなかで議論を重ねるべきだ。この戦争の問題で討論集会をしたらどうか」という考えを述べ、討論集会開催の方向に発展していったようだ。

そして問題の性質上、緊急に討論集会を開かなくてはならないため、会場設定の問題や発起人の本人了解などで若干の不手際があったが、最終的には、柄谷行人、川村湊、島田雅彦、田中康夫、中上健次、渡部直己の六人が発起人になって、戦争に対する「『文学者』の討論集会」が中堅・若手を中心に約百五十人に呼びかけられ、二月九日午後六時前から、東京・六本木の国際文化会館で開かれた。

討論集会には約九十人が参加。「直接米国に行って反対の意志を示そう」という人から「作品を書く中で戦争反対の考えを貫きたい」という人まで多様な意見が出たそうである。終了後、三十八人がその場で「日本国家の参戦に反対する」という短い声明に署名した。

しかし、一回の討論集会では時間が足りず、一週間後の十六日午後一時から、東京・西新宿の朝日カルチャーセンターで、第二回目の「『文学者』の討論集会」が約四十人が参加して開かれ、六時間にわたって議論。その結果、討論集会とは別に、冒頭の「私は、日本国家が戦争に加担することに反対します」というアピールに個人として署名することになった。だが、外国に向けて声明を出す場合には、もう少し長い、声明の背景を説明するものが必要ではないかという意見が出され、声明（２）が事務局によって作成されたようだ。

こうやって二月二十一日の記者会見になり、一人一人の発言があったのだが、今回の声明や署名には幾つかの特徴がある。それはまず、これまでこの種の運動に参加したことのない文学者の参加が多かった点だ。

例えば、津島佑子さんの「平和運動や反戦運動とかは一度もしたことのない人間ですが、まったくの傍観者として、テレビの前で文句を言っているだけで、また机に向かって小説を書くというのでいいのかと感じていた。日本語を使うものとして傍観者でいるわけにはいかない。集会で私なりの気持ちを表明することが一番大切であると思った」という発言が典型的だった。

島田さんの四原則の後に続く文章にも現れているが、署名に対するクールな見方をしっかり持ちながら、「にもかかわらず」署名するという人もかなりいた。例えば「署名とか、声明とかが戦争に対して実質的な意味や効果は持っていないと思ってきたし、今もそう思っている。戦争の前にさらされるというのは普通の人でもみんな同じだが、その時にほかの人に何か言える立場にあるのであったら、何か表明して戦争に抗うべきではないかと思う。そこのところで斜に構えたり、傍観したり、解釈したり、自分の頭の良いということを得々と語ったりするのではいけないのじゃないのだろうか」（川村湊）という発言もあった。

また声明（2）の「戦争の放棄」に触れる声も目立った。島田雅彦さんは「戦争が起きると平和という言葉がインフレを起こす、ブッシュも平和のために戦うと言い、フセインも平和のために戦うと言う。平和のための戦争という言葉がまかり通ってしまう。僕は平和という言葉よりも、むしろ『戦争の放棄』ということによって平和をまもろうという理念を、平和のために戦争している人たちの説得への論拠にしていかなくてはいけないと思う」と発言。「この戦争で、我々はアメリカにもイラクにも日本にもどの国の側にも立てないという無根拠が露呈した。その全ての立場が無くなった時に、戦争賛成か、絶対平和を選ぶか、まったく無視するか、その三つしかない。しかし、どこにも根拠が無いなら無根拠のままで絶対平和を選ぼうと決意した。そのよるべき立場は平和憲法しかない。これまで日本という国は実にいやな国だと思ってきたが、今なら新しく日の丸を選び直してもいいとそんな気持ちで個人的にはいる。自分がTシャツに日の丸を書いてその上に、平和憲法の条項を書き、街を歩くことは全然恥ずかしくない」（いとうせいこう）、「不毛な反戦集会とか、現実的な力を持たないという言い方が必ず出てくるのだが、本当に現実的なのは我々が言っている『戦争の放棄』の方ではないのか。本当に現実的なのは、考え続けていくことではないのか」（高橋源一郎）、「テレビを見ていたら、パトリオット、熱狂的愛国者と書かれた看板の前で両手をあげてアメリカの大統領が出て来るシーン。昔の社会主義の国のテレビ報道と変わらないのではないかと思った。二元連立方程式の一極が崩れた後で、もう一極が同じ大きな声で『理想』や『正義』を語る空しさというのを我々は感じた。我々は肉体が日本人であるということは否定できない。それを認めた上で精神は世界市民としてものを考えなくてはいけない。そのためには、いざとなったら全員が死ぬ覚悟もあるという平和憲法というのは、二元連立方程式が世の中で崩れ去って、多元連立方程式になってその解法もいまだ解明されない時には一番説得力のあるラジカルな原理じゃないかと思う」（田中康夫）などの声もあった。

　また九年前の「文学者の反核署名」の時、これを批判した中上、柄谷両氏が今回中心的に参加しており、この点については記者側から二つの署名の違いについて質問があった。

　これに対して中上さんは「反核署名の時は、米ソ冷戦構造の中で署名すること自体がその世界戦略の中に繰り込まれ、そこでは羊のように人間が脅えてしまい、言葉を失ってしまうことだった。今その冷戦構造が変化して我々が剥き出しの状態にいる時、俺は生きているんだ、個人として自分の言葉を持っているのだということを言いたいために、同時代の作家や評論家に呼びかけ、討論して署名した」と述べた。また柄谷氏も「今回我々がやってきたことは、反核の時と全部逆のことです。反核の時はこれに署名するのは人類の義務であり、署名しない者は人間じゃないというようなことだった。これが嫌だった。今回はまず徹底的に討議した。どんなことができるか、署名するとは何かとか。結果として短い声明への署名となったが、そのプロセスの方が大切だ。我々は人類の義務とか普遍的な反戦運動とかでやっているのではない。特定のこの戦争について、日本がそれに参加するという現実の中で、これに反対することは人類の義務とかいう一般的なことではなくて、個人の決断としてやるしかない。だから署名が、『私は』となっているのです」と語った。

　私が取材した二回目の討論集会と記者会見の中で、私にとって最も印象深かったのは、岩井克人さんの姿勢だった。岩井さんは「呼びかけの時は集会名に『文学者』とカギが付いていたのだが、後でそのカギが取れてしまって少し戸惑ってここにいる」と前置きした後、「一番重要なことは短いステートメントにしてそれに署名する。文学者なら、それぞれに当然それからはみ出してしまうところがある。一度出した声明は死んだ言葉として流通してしまうが、それに対して、何年かかけて落とし前をつける。人によっては、その人の全身の中に入り込むということだと思う。これからが文学者の仕事だと思う」と述べた。

　終始言葉少なに、当たり前のことを主張する岩井さんからは、そのシンプルな発言ゆえに、かえって語られていない岩井さんの「文学者」としての思いが伝わってくるようだった。

（追記）

中上健次さんについては「１９９２年10月」の項を参照。▽立松和平さんについては「１９９１年２月」の項の追記を参照。▽安宇植さんについては「１９９３年11月」の項の追記を参照。▽井上靖さんは一九九一年一月二十九日、急性肺炎のため東京都中央区の病院で死去。八十三歳。

文庫版日本文学全集の「新しさ」――1991年5月

「週刊朝日」三月二十二日号の週刊図書館欄に「ちくま日本文学全集をめぐる賛否」というタイトルで、筑摩書房がこの二月から刊行を始めた文庫サイズの文学全集『ちくま日本文学全集』についてまったく対照的なコラムが載っている。これが今ちょっとした話題だ。

この『ちくま日本文学全集』は鶴見俊輔、安野光雅、森毅、井上ひさし、池内紀の五氏を「編集協力」にして、第一回の配本が「芥川龍之介」と「寺山修司」の二冊からスタート。とくに「寺山修司」からスタートしたことが話題となって、好調なスタートを切った。

そして週刊図書館の「文庫から」というコラムでは、建築評論家の藤森照信さんが、森鷗外、夏目漱石、芥川という常連のほかに寺山をはじめ、夢野久作、内田百閒、尾崎翠、色川武大らが入っている人選の新しさについて触れた後、「これまでの文学全集の基調をなしていた教養主義という学校図書館御用達主義をできるだけ払拭しようという気持ちが読みとれるのはうれしい」と、この『ちくま日本文学全集』の企画を積極的に評価している。

ところがこのコラムのすぐ右隣の「活字の周辺」というコラムでは、〈半可通〉なる匿名子がまったく対照的な意見を述べているのだ。

「第一回配本『寺山修司』という日本文学全集の企画には度胆を抜かれた向きも多いようだが、ここ数年、十代、二十代の若者に寺山ブームが静かに進行していたことは確か。その仕事も再評価されつつある。編集した面々の見識を高く買いたいところだが、しかしこれは文庫であれ何であれ『日本文学全集』と銘打っているのである。全五十巻の内容を見ればあまりに趣味的という批判も出てこよう。とりわけ戦後日本文学の扱いには首を傾げざるをえないということになりそうだ。哲学者と数学者と装丁家、言ってみれば文学の素人が編んだ日本文学全集。それなりの魅力が備わっていようが、それはしかし他方に正統的な全集があった場合の話。若い世代への迎合だけが眼につくという感じだ。国文学者はむろんのこと、評論家など馬鹿にされきっているわけである」と、これはかなり厳しい評価である。

これだけ対照的な評価が、見開きのページの両側に載っているのだから、読む方も驚いてしまうし、話題にならない方がおかしい。

これは編集部が話題作りに正反対な意見を持ったコラムを同時に掲載する企画を立てた結果なのかと、うたぐり深い記者らしい推測をしてみたが、どうもそうではないようだ。

一方の筆者である藤森照信さんの話によると「まったく偶然です。なぜなら、このコラムの原稿を渡したのは締め切りの前日なんです。しかしこの『文庫から』のコラム欄は、ほかの人の書くものとぶつかることがほとんどないコラムだったので、今回、事前に何を書くのか編集部に言ってないのだから。むしろ編集部としてはこういう事を企画してやりたいでしょうけど、無理だろうなあ。みんな原稿が遅いから……」ということだった。

さて、その話題の『ちくま日本文学全集』。売れ行きの方はたいへん好調のようだ。同全集は筑摩書房の創業五十周年記念出版ゆえか、五十人の明治から現代までの物故作家を選んで、一人一巻の編集。筑摩書房の話によると、第一回配本の「寺山修司」「芥川龍之介」は初刷各六万部だったが、発売一週間前に各一万五千部増刷。さらに発売一週間後に「寺山修司」の方は五千部増刷になった。

そして第二回配本の「太宰治」「宮沢賢治」第三回配本の「内田百閒」「坂口安吾」が各六万五千部だという。

安野光雅、森毅、井上ひさし、池内紀の四氏の編集による同社のヒット企画であるアンソロジー『ちくま文学の森』シリーズは全十六巻で総計で約百万部。そのうち一番売れているのは「美しい恋の物語」の巻で現在約十三万部。その「美しい恋の物語」でも十万部を超えたのは発売から十カ月後だったという。「寺山修司」の巻の発売一週間で八万部という数字は「当社のベストセラーの初発のスピードと同じスピードを維持した数字」(松田哲夫ちくま文庫編集長)とか。

文庫サイズで柔らかい上製本である地券表紙に各巻にそれぞれちがう安野光雅さんデザインのカバー。文庫サイズだが、活字は普通の四六判用の大きめな活字にしてあり、平均四百八十ページでゆったり組んであるので、収録枚数は六百枚程度。ルビや注がついているのだが、淡いサンドベージュで印刷してあり、ルビの必要ない人には気にならない工夫がしてあるなど、好調の背景には収録作家の人選のユニークさだけではない要因もあるようだ。

この新しい文学全集の好調の原因や企画意図、さらにいま文学全集の可能性はどんなところにあるのかなどこの全集を編集した池内紀さんらに聞いた。

その池内紀さんによると、この『ちくま日本文学全集』を編集する際の重要なポイントは、これまでに欠けていた読者側の視点からの全集を編むという態度だったという。

「これまでだったら、どういう作家を入れ、誰を監修者にして、どういう解説を付けて、と絶えず作る側の論理で、動いてきたでしょう。そして作ってしまえば、今度は宣伝力でもって、〃これを読まなければ、あなたただめですよ〃とか、〃これこそ日本文学の取って置きのスタンダード全集だ〃というようにまた、作る側の論理によって宣伝され、読者の方は読ませていただく、買わせていただくというような存在だった。そこには読者に対する視点が本当に少なかった。この作品は文学史上重要だから落とせないとか、後期の代表作だからとか文学史の中の意味付けや文学の枠の中での価値が絶えず優先して、読者がどういうものを本当に一番読みたがっているのか、そういう視点が少なかった。それを逆転させたと言うと大袈裟だけれど、ごく普通に読者の側に立って、こういうものを読みたいとか、こういう編み方をしたら面白いのじゃないかと思って編集した。そうすると古臭い作家だと思っていたのが、こんな面白く読める、その時発見があれば、おやっと思いますよね。つまり一言で言えば、作る側の論理ではなく、読む側の論理で、編んでみた全集ということになりますか」

また別な角度から、こんなふうにも語ってくれた。

「これまでの文学全集というのは絶えずより大きく、より強く、より意味を込めてという、言わば十九世紀的で、音楽で言えばベートーヴェンみたいだった。苦悩こそ大切だとか、理念や概念が優先していた。しかし、それは歪んだ時代であって、苦しみや苦悩や迷いとかが意味深く思われているのはどこか間違っている。楽しみが優先されるのが、本当なんだと思っている。気晴らしでいい、それは決して劣ることではない」

そして「活字の周辺」の匿名子〈半可通〉氏の「言ってみれば文学の素人が編んだ日本文学全集」という声に対しては、こんな話だった。

「この全集を編んでいく途中で、きっとこういう事を言う人が出てくるに違いないと予測する話をしていました。でもその時は称賛と受け取ればいいと言っていた。素人の編集、つまりアマチュアの読者と同じ位置に立った編集なんだということですが、それこそ我々が願っていたことですから。喜ぶべきことだと受け取っています。おそらく匿名子が怒っているのは、小林秀雄がないから怒っているのでしょう。横光利一とか、小林秀雄からの流れがないからなんでしょう。当然最初は名前があがっていたんですけど、ごく単純にいま読んで面白くないからという理由で落ちたんです。あらためて読み返したんですけど、ちっともピンとこないという意見があって、それで落ちたんです。小林秀雄が、いろいろな意味で大きな存在であったことは認めるけれど、みんなで読んで現時点で編者に訴えるものがない、それなら落とそうということで落ちたんです」

さらに「寺山修司」が第一回配本となったことについては、

「あまりこだわらない人ばかりなので、『寺山から始まると面白いね』と編集会議の過程で自然に既定の方針みたいになっていた。もちろん寺山から出れば、この全集のイメージがはっきりして、全体の引っ張り手みたいな働きをするという思いはありましたけど。寺山が一番憎んでいたのは自足した市民社会、マイホーム的市民社会。そのぬるま湯的な価値観を一番憎んでいて、彼はそれを壊したかった。また壊したからどうしろということを考える必要もなかった。だから一面ああいうタイプの人は時代が生み出したのだというところもある。それ故ある時代が終わっちゃうと理解しがたい部分もある。そこを編者が注意しなくてはいけない。編者が補っていかなくてはいけない。まただからこそ、集めることの面白さがあるし、編む楽しさがある」

また「文庫から」の筆者藤森照信さんは、この全集についてこんな感想を持っている。

「寺山修司ってあのしゃべり方が嫌いだったので、食わず嫌いだったけど、これはすっと読めた。中には自分ではあまり感心しなかった作品もあるけど、読みやすい編集で苦にならず楽しく読んだ。建築の世界もおなじですけど、アマチュアである消費者のほうはそのつど面白いか、つまらないか、良いか悪いかで判断する。プロである生産者は良いか悪いか決めるのにある文脈があって判断している。でもその文脈の中での評価を消費者に求めるのはどうかと思う。長期的に見れば、そのアマチュアである消費者の良い、悪いの判断がその分野に良い影響を与えることもあります。だいたい時代が隆盛期にあるときは、生産者の判断が、その分野に良い影響を与え、時代が飽和期に入ると消費者の判断のほうが良い影響を与えるようだ。建築ではね。今は飽和期の極地みたいな時代ですから、この文学全集は必然のことだと思っています」

三年前、『ちくま文学の森』が刊行され始めたころ、書店で立ち読みしながら、自分が大学に入学したころ刊行中だったアンソロジー『現代文学の発見』（學藝書林刊）のことを思い出して、懐かしい気分に浸ってしまった。その当時どの友人の部屋を訪れても、その『現代文学の発見』シリーズの何冊かはそれぞれの書棚にあったたし、私もそれまで知らなかったたくさんの作家とそのアンソロジーで出会った。あのアンソロジーには、そんな具合に当時の学生たちを虜にする何か不思議な力があった。

また「文学の森」シリーズの第三巻「幼かりし日々」が配本されたとき、岡本かの子の「鮨」、キャサリン・マンスフィールドの「少女」、ヘミングウェイのニック・アダムズものでは主人公が一番幼い「インディアン・キャンプ」などが並んでいる目次を見て、やはりそこに懐かしいような不思議な力を感じた。それは阿部昭の『短編小説礼讃』を読んだ時にも感じることのできた思いだが、今思うとそれは、「愛着」の力というものではなかっただろうか。

そして『ちくま日本文学全集』の「寺山修司」の巻を読みながら私はあるもの悲しさを感じ、やはり、そこに編者の「愛着」の力を感じたのだ。

読み終わったその「寺山修司」を私の書棚に並んでいる筑摩書房刊の『現代日本文学大系』の「芥川龍之介」の巻の横に置いてみると驚くほど小さい。この菊判の大きい文学全集は、昭和四十三年、私の大学入学の年に刊行が始まり、自分が向上心の固まりのようだった時代に刊行が続いていた。だからこの全集を見ると読みきれなかった作家たちの重みで、少し胸が痛い。そして同じ出版社から出た『ちくま日本文学全集』を並べてみれば、ふたつの全集の間に流れた時間の大きさに溜息が漏れる。

このとても小さな全集は、今、若い読者の書棚にどんな感じで並んでいるのだろう。

「でも、楽しみの裏には必ずかなしみがあるのだけれど、中年はすぐそういうことを言うと若い人に言われるかなあ」。「気晴らしでいいのだ」という池内さんが、話の途中で唯一、独白のようにつぶやいたそんな言葉が印象的だった。

この文庫サイズの全集が新しい多くの読者と著者を結び付ける導き手となるのか、やはり新しい時代の教養となってしまうのか、その分れ道は、池内さんのそんなつぶやきのなかにあるように思えた。

（追記）

森毅さんは二〇一〇年七月二十四日、敗血症性ショックのため大阪府寝屋川市の病院で死去。八十二歳。▽井上ひさしさんは二〇一〇年四月九日、肺癌のため神奈川県鎌倉市の自宅で死去。七十五歳。

村上龍の映画熱――1991年6月

今年二月十二日夜、東京・丸の内の東京会館で第百四回芥川賞の贈呈式があった。賞の贈呈、選考委員挨拶、受賞者挨拶とすべて終わり、受賞者たちを囲んで懇親パーティーに移って、ある選考委員の人が選考委員席から私の方に歩いてきた。私も取材が終わって、その委員の人と立ち話となったのだが、その時、その委員が会場を見回しながら、「なんか作家や評論家の人がすこし少ないような気がするのだけれど……」とつぶやいた。

私もそう言われて、周囲を見まわしたが、その日は小川洋子さんという戦後初の二十代の女性芥川賞作家誕生という話題もあって、いつもの芥川賞直木賞の受賞パーティーより賑わっていて出席者は随分多かった。しかし、私たち新聞、通信社、出版関係の人たち、そして特にその日はテレビ関係者がいつもより多く目立ったが、私たちから簡単に見通せる範囲には、作家や評論家の人たちの姿は確かに少なかった。「そのようですね。でもこれは最近のいろいろな文学賞の授賞式に共通の現象ですから」と私が答えると、「うーん。そういう時代なんだろうか……」と、またその選考委員がつぶやいたのが、耳に残った。

それからしばらくして、日曜日の夜、村上龍さんのトーク番組「Ryu's Bar 気ままにいい夜」を自宅で見ているうち、またその時の短い会話を思い出してしまった。それは村上さんは毎週テレビで見ることができる作家なのに、文学賞のパーティーでは一度も見かけたことのない作家であることに気がついたからなのだ。

勿論、村上さんが絶対に文学賞のパーティーに出ないという人ではないと思うが、それでもほとんどそういう場に、姿を見せない作家であることは確かだと思う。文芸記者としての私の取材メモを見ても、インタヴューなどで会う機会を除いて、村上さんをパーティーやレセプションで見かけたのは、たった二回しかない。

一度は一九八七年十月五日夜、都内のカフェバーを借り切って行われた「Ryu's Bar」の制作発表のための記者会見を兼ねたパーティー。もう一度は、八九年八月二十九日夜、東京のシンガポール大使館で開かれた、村上龍監督映画「ラッフルズホテル」の完成を祝うパーティーだ。この二回は、むしろ村上さんが中心のパーティーなのだから本人の姿があるのは当然のこと。ともかく、それ以外のいわゆる文壇のパーティーでは、村上さんを一度も見かけたことがないのだ。

そんな村上龍さんに、何か聞きたいことがあって探そうとすると、本人はF1のレースを見るため地球の裏にいたりする。映画担当の同僚記者が「シンガポールで会いましたよ」なんて言ったりする。本当に簡単にはつかまえることができないのだが、なのにテレビの「Ryu's Bar」では毎週会うことができて、村上さんの冗談にげらげら笑っている自分を発見したりする。テレビを前にどこか自分の中で不思議な感じがあった。

その「Ryu's Bar」もこの三月いっぱいで終了。そして村上さんは今、ベストセラーとなった自作『トパーズ』を自分で映画化、撮影中である。小説を連載する。テレビに出る。映画を撮る。F1レースを求めて世界中を動く。そして文壇のパーティーには姿を見せない。そんな村上龍さんをようやくつかまえる機会があったので、それらのことについて聞いてみた。

「別にパーティーが嫌いというわけではないんですよ。自分が好きで、会うと話をするような人がいい賞を取ったりすると、時間が許せば行ってみようかなとも思うのだけど、そういうのめったに無いですからね。昔はパーティーに限らず、銀座でも、新宿でも六本木でも夜に酒飲んでいたりすると、出会いがあった。喧嘩も含めて、自分とは違う価値観を聞けたりしたんですけど、そういうの、もうないですよね。酒を飲むというのは、ある社会性をはずれることだけれど、表現している人たちが集まるような所へ行って話すと何かのヒントになったりする出会いが、錯覚だったかもしれないけれど、昔はあったと思う。今はまったくないですものね。パーティーにしても、銀座にしても要するに安心するために行くという感じ。違うものに出会うという感じがなくては僕には面白くも何ともないんです。別にキザで言うのではないけど、パリやニューヨークだと出会いがあるんですよ。一人一人が自分をあらわにして会う感じがある」

「Ryu's Bar」は百七十六回、三年半も続いた。スタート時のパーティーでは、ホストの村上さんは、ホステス役の岡部まりさんが落ち着いてニコニコしていたのとは対照的にやや緊張しているように見えた。その後、村上さんが見る見るテレビカメラの前でも自然に振る舞えるようになりファンを増やしていったのが信じられないくらいに。

その村上さんにとって、このトーク番組の持つ意味はどんなものだったのだろうか。

「三年半もやったのは、やっぱりどこか楽しかったんでしょうね。でも自分の中で大きな意味を持つことではなかったと思う。そんなに生意気な奴ではなさそうだ、というぐらいの社会的な認知はあったかな。嬉しかったのはロバート・デニーロに会えたこと。終わってすぐ『トパーズ』の映画を撮っているので、『Ryu's Bar』のことを考える余裕が今はないのかもしれませんね」

自分の短編集『トパーズ』の映画化で、村上さんが監督する映画はこれで四本目だ。つまり「限りなく透明に近いブルー」「だいじょうぶマイ・フレンド」「ラッフルズホテル」そして「トパーズ」。三島由紀夫の「憂国」や、世界の作家が分担してオムニバス映画を撮る企画で石原慎太郎さんが短い映画を撮った例はある。「でも四本も撮ったら作家の道楽なんて言われないでしょうね」と村上さん自身が言うように、これだけ映画を撮り続ける作家はいない。『トパーズ』の後にもさらに、来年もう一本別の映画を撮るという計画もあるようだ。そんな村上さんにとって映画はどんな意味を持つのだろうか。

「『トパーズ』の映画を撮っていて一番良かったのは、映画に出ている二、三人のSMの女の子が、『トパーズ』を書いたということを恥じさせるんですよ、そのことですね。『トパーズ』でSMの女の子を主人公にして、小説を書いちゃったということ、それが五十万部も売れて、またある種の社会的な評価が僕に与えられたり、お金も入ってくるということに対して、僕が非常に恥の意識を持たざるを得ないんです。僕は結局SMというものを借りて自分のことしか語っていなかったということを知らされ、もっともっと本当に真剣に考えて書かなくてはだめだなあと顔が赤くなる思いでしたね。自分がだめになってくると、自分の精神とか、自分の中にあるものが偉いんだと思っちゃうでしょう。でも謙虚さの中からしか、ものは生まれない。小説家というのは、自分がニュートラルで、巫女みたいに自分の中を何かをスルーさせて語っているわけでしょう。ところが駄目で、もう書くことがないという状態の時というのは自分をスルーしていくものがない。彼女たちに出会って、本当にエネルギーがあって自分が尊敬できたり、興味があったりすることがまだ日本にあるという感じを受けました」

映画と小説の違いや両者の関係についてはどう考えているのだろうか。

「やればやるほど、同じだなあと思うようになってきました。小説を書くように映画を撮ればいいんだけれど、これまではスタッフのことを気にしたり、映画というメディアのことを気にしたりしてしまったのが良くなかったですね。僕が商業映画みたいなのを撮れるわけはないので、自分が本当に楽しめる映画を撮ればいいんですけど、そういう態度がなかったんですね。でもそうやって映画を作っていると日本の今のテレビとか、映画に合わない人たちが集まってくるんです。テレビの演技というのは演技ではなくてある種の安心感だと思う。凄くテンションの高い部分を別の人間になって表現するというのじゃなくて、ある安心感の中に自分の才能を嵌め込んでいく作業です。物凄い訓練を必要とするオペラやバレエなどの鍛え上げられたものへの尊敬はまったくなくて、恥じを捨てればできるようなものばかり。イージーすぎますよね。あれではいい役者もすぐ駄目になってしまう」

「小説でも映画でもスポーツでも、何でもそうですけど、ああこれだったら自分の持っている情報量でやれると思っちゃったらもう終わりです。そこでゴミ箱をあさる野生の熊になっちゃう。野生動物は、常に危険を察知しているからこそ、ある種の能力が研ぎ澄まされたり美しくなったりするんだけれど、ゴミ捨て場に行けば食い物はいつでもあると思うと、すぐに他の動物にやられちゃうでしょ。何でもこれはもしかしたら駄目かもしれないと思うようなことをやり続けていかないと。ああこれでOKなんて思ったらもう駄目なんです。確かに映画を撮っていると、小説を書く本数は減るから収入も減る。でもそんなもの比べものにならないほど、他人に出会える。そして自分を不安状態に置ける。自分が何者であるかというのがあらわになっていく。自分が美しいと思うものは何かということがどんどん試されていく。だから自分の限界が分かる。それを小説にフィードバックすると映画を一本撮った後と前では自分の中の情報のビット数が違うという感じです。自分の限界を思い知らされることをやってないと、特に小説家はあっという間に駄目になってしまうのではないですか。昔の作家はそれを家庭を壊すとか、病気とか、酒を飲むとかでやってきたのでしょうけど、今はもっと不安なものに向き合わなくてはいけないと思う」

映画「トパーズ」には名のある俳優は一人も出ていない。文学関係者で出ているのは、島田雅彦さんただ一人。足フェチの男で女の子をいじめるパンクの歌手だが、何故か女の子をいじめながらオペラを歌う。タイトルが出る前に島田さんの顔が出てくる極めて重要な役のようだ。その島田さんに村上龍さんと映画について聞くと、「自主製作に近い映画で、スーパー16ミリのカメラを龍さんが自分の金で二台買ったと聞いたこと、それに脚本も僕のアイデアで変えることもできると言ってくれたことで引き受けました。楽しかったですよ。もの書きが映画を撮ることはいいことだと思う。いわゆる映画における描法、紋切り型というものを打開するという意味でもいいと思う。ヌーヴェルヴァーグの人たちもみんな批評家ですし、ヴィム・ヴェンダースやジム・ジャームッシュたちも文学的なアプローチをしている。そこから最も純粋な形で出てくるものは文学にとってもいいものだと思うから」

また村上さんは得意なテニスに例えて自分の思いをこんなふうにも語ってくれた。

「ウィンブルドンのテニスの試合がテレビでどんどん見られるようになると、もう日本のテニスなんか誰も見なくなってしまいますよね。そんな時に日本のテニスプレーヤーが自分の最終的な目標をどこに置くのか、日本でそこの成績を残して、お金をためてベンツに乗って満足するのか、『ウィンブルドンで勝ちたい』と思うかどうかです。『ウィンブルドンで勝ちたい』なんて言うと日本人は、まず笑うでしょ。でも『ウィンブルドンで勝ちたい』と言う奴が出てこないと、ウィンブルドンで勝つ日本人は出てこないんです。日本は日本文学と世界文学、また日本映画だけの特集とか、何でもジャンル分けして、日本の中だけで論じがち。でも日本文学や日本映画がなくなってもいいじゃないですか、文学や映画が残れば。日本を嫌っているように聞こえるかも知れませんが、違うんですよ。日本をある意味で好きで、興味があるからこんなことを考えているんですよ。ウィンブルドンほどの伝統も、レベルもないかもしれないけれど、なんとかそれに近いものを提供したいと思っていろいろなことをやっているんです。そうしないと日本は生き残れないと思っているからなんです」

村上さんが次々に打ち込んでくる、こんなエネルギッシュで、説得力のある言葉を受け止めているうちに、ビリビリと身体がしびれ出して、自分がこれまでとは違うものに変化していくような感じだった。

「映画監督の条件はノーとはっきり言えることですね」。これは「トパーズ」に出演した島田さんの言葉だが、私もなるほどと思った。これからも文芸記者たちは、村上龍さんをつかまえるには文学賞のパーティー会場ではなく、ますます映画の撮影現場に出掛けて行かなくてはならないだろう。村上さんのイエスとノーの明るくはっきりした声を頼りに。

『明暗』の結末をめぐって——1991年7月

夏目漱石の最後の作品で、漱石の死によって未完に終わった『明暗』の結末を考える仕事が続いている。『明暗』の続編を実際に書いてしまった水村美苗さんの『續明暗』は昨年大きな話題となったし、「海燕」で評論〈日本文学の未来〉を連載している小島信夫さんは現在「続明暗へ」という章で『明暗』の結末とその現代的な問題を考え続けている。

三年前、水村さんが当時発刊されたばかりの「季刊思潮」に「續明暗」の連載を開始した頃、まったく同時期に大岡昇平さんが『小説家夏目漱石』を刊行、その中で『明暗』の結末について」を書いて『明暗』の最後を推理。また大江健三郎さんが評論やエッセイを集めた『最後の小説』を大岡さんの『小説家夏目漱石』と同日刊行して、その中の「『明暗』の構造」という評論で、やはり『明暗』の結末を考える作業を行っていた。

この同時期にあらわれた『明暗』の結末を推理する仕事にある驚きを感じて、大岡、大江、そして当時プリンストン大で日本文学を教えていて、アメリカから一時帰国していた水村の三氏に連続インタヴューをしたことがある。私がある驚きを感じたというのは、勿論共通した問題に挑む仕事が同時に出て来たということもあるのだが、それよりも三人の『明暗』の結末の推理の仕方に、現代的な共通する考えがあったからだ。

それは『明暗』の主人公津田の妻「お延」を『明暗』の中で重視する考え方なのだ。『明暗』中絶以来七十数年。このまとまって出てきたお延重視の考え方に、やはり私たちの中での男性と女性の関係の変化、男女関係のリアリティーの変化が反映しているようにも思えたのだ。そして小島信夫さんの「〈日本文学の未来〉——続明暗へ」も、やはりまたお延重視の展開になりそうである。

『明暗』は大正五年五月二十六日から同十二月十四日まで朝日新聞に百八十八回連載された。津田とお延の新婚夫婦の愛と自己愛の葛藤を描いているのだが、津田にはお延との結婚前に愛した清子という女性がいた。津田は理由も告げずに心変わりして自分の前から去った清子のことをお延に告げられずにいる。小説としては津田が痔の診断を受けているところから始まり、やがて、痔を手術。そして、津田が勤務先の社長吉川の夫人にそそのかされて、お延に嘘をついて、手術後の静養を理由に、湯河原温泉にいる清子を訪ね、再会するところで小説は永遠に中絶している。

そしてこれまでの代表的な『明暗』の結末推理をいくつか列挙すると、まず小宮豊隆は「漱石が清子において描き出そうとした女性、例えばダンテにおけるベアトリーツェのようなものではなかったか」という考えで、お延の方は「津田によって裏切られ、自分が他から笑われていると気がついた時、お延は必ず死ぬ、――もしくは死に得る女だったのである」という推理。中村草田男も小宮と似た「津田は清子と結ばれて、津田に裏切られたお延が自殺する」という説。唐木順三の「我意をもたない清子の存在がやがてクローズアップされてくるだろう」という説もある。

これらはみな、お延を軽視して清子に大きな比重を置いている。そして津田という男がまるで疑われていないことでも一貫している。

これに対して例えば大岡説は、お延が吉川夫人との会話から津田と清子のことを察して湯河原まで駆け付ける。『明暗』の最後の暗示に従って、津田と清子が滝を見に行くと突然滝の上にお延が現れる。これは『草枕』の那美さんや『三四郎』の美禰子など漱石が高いところに女性を登場させるのが好きだから。

そして大岡さんは『明暗』のラストについて、「お延は二人を見おろした瞬間、もう二人の間にどんなことがあってもどうでもよくなってしまう。不意の大変心です。津田は手術したばかりの痔の出血でその場に倒れてしまう。それをお延は妻として看病、清子にも冷静に処する」とその時、説明した。

津田の大出血は手術跡が癒り切らないのに、湯河原へきたことから、小説文法上避けられないし、お延の突然の変心は『明暗』冒頭の「精神界も全く同じ事だ。何時どう変るか分らない」という大伏線と対応している。つまり大岡説では津田は二人の女の変心によって罰せられる「うぬぼれ屋」ということである。

また大江さんは昨年、全面改版された岩波文庫の『明暗』の解説を執筆しており、そこで『最後の小説』の中の「『明暗』の構造」の考えを整理して、分かり易く大江流

『明暗』の結末のプランを提出している。

その大江さんは『明暗』の世界の構造分析をして推理をする。お延は津田をあくまで愛する事によって、津田にもあくまで自分を愛させなければやまない人で、それによってしっかりした家庭を築いていこうという女性。これを「明」の世界と大江さんは考える。津田は吉川夫人にそそのかされて幻のような清子に会いに行くが、この世界を「暗」と考える。この「暗」の世界で崩れそうになった夫を救うため、お延が「暗」の世界に踏み込んで、ついに「明」の世界に助け出すという計画。

最初「明」の世界にいる時の津田は、自発的な意志においては自分自身を決定しない、いわば幼児的なニュートラルな人物だが、いったん「暗」の世界をくぐって、あらためて「明」の世界に戻った津田はもとのままの津田ではない。お延を積極的に愛し返す男になっている。そしてお延も愛の聖杯を勝ち取って「明」に津田とともに戻ることになる。

『明暗』の持つメッセージについて、再び大江さんに聞いた。

「これから新しい男性たちがいかに生きていくべきかという問いに対して、漱石がそれまで書いてきた男性たちの姿をみるとまだ新しい人間像を発見し得ていなかったのだと思う。それで漱石も苦しかった。その漱石の最後の作品である『明暗』で、明るい庶民の出のお延が大きい力を発揮して、イニシエイションのように津田を『暗』の世界からお延が救い出して、『明』の世界に連れ戻す。作家としての終わりが近付いていることを自覚した作家は、自分を取り巻く同時代の社会を超える新しい人物を作ってみたくなるものです。漱石はそんな人間に対する未来をお延に託したのだと思います」。

「私はお延中心で行きたい。お延は漱石が初めて内側から書いた女性です。今の若い人にもいるタイプで、お延は子供なんかに全然興味がなくて、自分が愛されたいというようなことばかり考えている女性です」——『續明暗』の連載スタート当時、水村さんはこう語っていた。その『續明暗』は今年の芸術選奨新人賞を受賞した。それはこんなストーリーだ。

吉川夫人に呼び出され、その言動から津田と清子のことを知ったお延が、やはり湯河原に駆けつける。湯河原では津田が清子に突然の変心の理由を聞こうとしている。その時、清子は「貴方つて方は斯んな所迄いらしても、まだ眞面目になれないんです」「今回だつて眞實、何がなんでも……私に會ひにいらしたんだつたら、左うしたら、私だつて、此胸にちゃんと感じると思ひますわ。左うしたら……」と言うのだ。しかし、そんな会話をしている二人の前に突然お延が現れ、清子は先に帰ってしまう。残ったお延はしだいに沈黙していき、独り滝に向かってしまう。お延は滝で身を投げることは思い止まるが、深い決意もなくふらふらと人にそのかされるままに、自分を裏切った津田に対して、絶望する。津田を信用したい、だからどうか最後の所では信ずるに足る人であってほしいという切実な訴えに、津田は毫も本気で応えようとしなかったのだ。そしてお延が独り山に登り、その頂きに立つ所で『續明暗』は終わっている。

お延の絶望も深いが、清子の断言も鋭い。お延の去ったあと出血する津田は同時に二人の女から両頬を張り倒されたように罰せられている。この五月まで、米国ミシガン大学の客員助教授として日本文学を教えていた水村さんに『續明暗』について聞くと。

「お延はしだいに沈黙してしまうので、お延の言いたいことを清子に言わせたところもありますね。お延対清子という関係ではなくて、お延・清子対津田というふうになっていますね。最後の山の上から降りてきて、津田の看病をする、津田と別れて実家に帰ってしまう、または自殺してしまうなど幾つかの結論がこのあと可能。でもそれを選ぶ決定権はお延にあって、お延がどれを選んでも津田はそれを受け入れるしかない、というふうな終わりになっています。このへん女性の読者は喜んでいるようですね。最後に『天』が出てくるのも、『天』との一体感ではなくて、『天』への拒絶感によって人間界に戻るということを言いたかったのです。完璧な絶望から湧いてくる力というか、そんなものでお延を人間界に返したかった」。

大岡、大江、水村三氏を同時に取材した頃、小島信夫さんの〈日本文学の未来〉も「海燕」で連載がちょうど始まったところだった。その時、電話で小島さんと話す機会があって、かなり長く『明暗』の結末について、話を聞かせてもらったことがある。お延のことを熱心に話す小島さんにやはり小島さんもお延なのだと思った記憶もある。その〈日本文学の未来〉も「續明暗へ」に入って六月号で六回目。五月号では「『明暗』やそのあとのことなど、手にとるように見えてきたという気がした」と記しており、いよいよと思って、六月号を手に取るとこの号では小島さんはピーター・ブルックの「テンペスト」の観劇に出掛けている。「うーん」。私は思い切って小島さんのところへ電話することにした。

「清子によって津田が変わっていくとは考えられない。清子は普通の人間で、誰かに感化を与える人間とは思えない。お延はそれまでの明治の諦めてしまう女とは違って、諦めない女。お金にも愛にもこだわる。お金がなければやっていけないし、愛がなければやっていきたくないという女性。でも津田は実体のない幻のような清子のことに夢中。しかも、彼は行動しているようで実は少しも動けないで、ただ黙って見ているだけ。こういう日常生活の中にいる男女を真正面に据えて考えた作品はそれまでなかった。漱石に出てくる男はみな津田のように手ごたえのない男が多いのだが、それ以降の『白樺』の人たちの小説にでてくる男たちもみな津田のようなタイプの人間ばかり。現代の小説まで津田のように動きのとれない男が続いている。相変わらず日本の男は津田で、ますます女はお延にという感じかなあ。そして今、お延は鉱石のままある女としてそこにあるという感じなのじゃないですか。みんなこの日常の女を磨いてみたら、意外とよく光り出すのじゃないかと」

「でも『明暗』自体はあれ以上発展させるのがなかなか難しい作品で、あまり出来のいい作品とは言えない。八方ふさがりで動きようがない。すべてを作者が見通して書いている日本で最初の本格小説なのだが、こういうのが日本では、なぜかうまくいかない。例えば伊藤整の『汜濫』とか。全員の心理をすべて書いて全体を動かそうとしたけれど、うまくいかない。ああいう本格小説がうまくいくには日本人には何かが足りない。うまくいくには、それぞれの心理や主張の底でそれを統一していくものが必要であって、対立をアウフヘーベンしていくものが日本人の中には欠けている。漱石も自然とか、天とか『明暗』の中で、言ってますけど、それはごく普通のことで、その対立を統一するほど強力なものではないです。これは現代でもまったく同じですね。『明暗』などからぼくが考えている〈日本文学の未来〉はそういうようなことです」

今回、『明暗』を読み返してみたのだが、私も清子には魅力を感じることができなかった。素直に読めばやはり、お延は漱石に愛されていると思ったし、お延は魅力的だ。清子に、というか我意を持たないという清子的なるものに思いを託した人たちと自分との遥かな時間と距離の隔たりを感じざるを得なかった。

そしていろいろな話を聞きながら、今、お延重視で『明暗』を考えていくことは、あの「則天去私」という言葉の破壊、あるいはその言葉の意味の新しい再構成につながっているのではないかとも思えた。我執を捨てて、自然や天と一体化し調和するというような意味での「則天去私」を破壊し、違う意味に変えていくことにつながるのではないかと感じた。

折しも、今年の「新潮」新年号から江藤淳さんの「漱

石とその時代　第三部」の連載がスタートした。その連載の最後にどのような『明暗』論を江藤さんが書くのだろうか。「則天去私」の漱石神話を壊した『夏目漱石』で文壇に登場した江藤さんが。

（追記）

「日本文学の未来」は「海燕」一九九二年二月号で連載完結。『漱石を読む―日本文学の未来』（福武書店）として、一九九三年に刊行された。

小島信夫さんは二〇〇六年十月二十六日、肺炎のため東京都国分寺市の病院で死去。九十一歳。▽大岡昇平さんは一九八八年十二月二十五日、脳梗塞のため東京都文京区の病院で死去。七十九歳。▽江藤淳さんは一九九九年七月二十一日、神奈川県鎌倉市の自宅ふろ場で手首を切って自殺しているのが発見された。六十五歳。『漱石とその時代』は完結まで残りわずかのところで未完に終わった。最後の『漱石とその時代　第五部』（新潮選書）は一九九九年に刊行された。

『漱石とその時代　第五部』の巻末に解説を書いた桶谷秀昭さんは、その最後に『明暗』について触れ、江藤さんの自死がなければ、デビュー作『夏目漱石』で記されたこととは異なる結論が、『漱石とその時代』の終わりに描かれたであろうことを述べている。

私も江藤さんが『漱石とその時代　第五部』を連載中、文学関係のパーティーの際、江藤さんに「最後の『明暗』については、どのように考えているのですか？」と聞いてみたことがある。その時、江藤さんは「僕は谷崎さんと同じだ」と、ひと言だけ語った。谷崎潤一郎の『明暗』批判は有名である。

「文学者の討論集会」異論——１９９１年８月

湾岸戦争に反対する文学者の討論集会が、今年二月に開かれ、柄谷行人、中上健次、島田雅彦、高橋源一郎さんらが集まって「私は、日本国家が戦争に加担することに反対します」という声明を発表したことを、まだ記憶している人が多いと思う。日本外国特派員協会で記者会見して、憲法の「戦争の放棄」を理念として、湾岸戦争や今後あるやもしれないすべての戦争に反対する意志表明をしたのだが、その後、この集会に参加しなかった文学者たちから、この集会に関連してそのアピールとは違う考えが幾つか出されている。

なかでも、私が立ち止まってしまったのは、ひとつは加藤典洋さんの「これは批評ではない」（「群像」五月号）という批評。そして、もうひとつは大江健三郎さんの、憲法を改めるかどうかを問う国民投票まで含めた政治的なプログラムの中で、今の平和憲法をもう一度選びとろうという発言である。

加藤さんの「これは批評ではない」の文章には、何か不思議な力がある。だがその伝えようとする所をつかまえるのは簡単ではない。

「わたしは批評家ではない。そしてこれ、わたしの書くものは批評ではない。わたしの眼は西瓜糖でできている。耳もそうだ。水晶体は西瓜糖をベニザケの油で溶かし、雪の中で一晩冷やしたその上澄みをさらに雪室に一冬寝かせ、凍らせたものを使っている。わたしの右手に鱒の棲む無数の川が流れている」

「これは批評ではない」という変わったタイトルは、一本のパイプと「これはパイプではない」という言葉が一枚の絵の中にかかれているマグリットの作品について考察したフーコーの「これはパイプではない」のパロディーだ。まったく一筋縄では行かない論評で、単に批評と読む者にはこれは「批評ではない」。筆者を批評家と見る者に対しては「わたしは批評家ではない」という構造になっている。

だが、著者のユーモアと静けさに心を傾ければ、いたる所でそれらに出合うことができる。ところが、その言いたいことの全体を探ろうとすると、それはさまざまの場所で伏流し、また別の場所で湧き出て、また流れており、その流れの全体を追うことができないのだ。このようにはっきり全体を追うことができない文章なのに、強い印象を残すのは何故なのか。その事に立ち止まってしまう。

また大江さんの発言はニューヨークでの、インタヴューにおけるものだ。これまで一貫して護憲の立場で行動してきた大江さん自身の護憲の姿勢は変わらないが、憲法改正も射程内に入る国民投票を実施して、平和憲法を選択し直すということは、護憲派が負けて改憲という場合も可能性としては有り得る。それも考慮の上での発言で、護憲派の中心的作家である大江さんが、初めてそのような形での憲法論争を提案しているのは驚きだった。

そして最初に記したように、加藤さんの「これは批評ではない」も大江さんの発言も湾岸戦争に反対する文学者の討論集会で声明を出した人たちとは違う考えの上になされているのだ。加藤、大江の両氏に聞いた。

加藤さんが「わたしは批評家ではない」と書いているので、これを批評家廃業宣言のように受け取った人もいるようだ。

「素朴にそう受け取った人もいるし、わざとそう取った人もいるみたい。原稿を渡した時、そういう反応も出てくるかなと思っていました。でもそう受け取られることを思って書いたわけじゃない。自分にとっていま書ける形で書いただけなんです」

『アメリカの影』でデビューした加藤さんは、自分の評論活動の一人称を「ぼく」と記し、一人称複数を「僕たち」の反転形である「ぼく達」という特殊な表記法を使ってきた。この特殊な一人称複数形「ぼく達」に加藤さんのここ十年の評論活動の重要な問題が込められているが、今回この表記を捨てて、「わたし」という一人称で初めて書いている。その「わたし」を使ってフィクションの形で評論を書いている。それは何故なのだろうか。

「ほぼ十数年『アメリカの影』の中で、『民主主義』とか、『ぼく達』という言葉をあえて使った。それまでの十年間は自分にとって一人称複数が使えない十年間だった。学生の頃に自分の中に生まれた民主主義や僕たちという言葉に対する反感を、どうやったら扼殺できるか、滅菌消毒できるか、ということだった。自分の中にあるそういうものへの反感を始末しないと外の冷たい風に身をさらせないと思った。民主主義というのを馬鹿にしているのは、戦後日本的な甘えの中で、大きな温室にいる人たちが、シニカルに言っているだけなのだと思った。でも自分の突き詰めもまだ足りなかったと思う。つまり、外国にいて言うのは簡単なことで、日本の中でもう一度たどり直さなくては、と思って十年やってきた。でも今回の湾岸戦争の時、何を書いてもトカトントンという音が聞こえてきて、何かがガラガラと崩れてしまう。そういう事にぶつかった。その時、批評的一人称『ぼく』『ぼく達』では書くことができなかった。しかし、それらを離れれば、フィクションの形ならば書けると思った。そうやって書いたのが『聖戦日記』(「中央公論文芸特集」一九九一年春季号)と『これは批評ではない』です」

加藤さんは講談社のPR誌「本」で竹田青嗣さんと往復書簡形式の「世紀末のランニングパス」を連載中。その七月号に書いた「モラルについて」の中で、この文学者の反戦声明に加わった人の中に、自分から見て、けっしてそのような動きにだけは同調しないはずの文学者が、ごく少数いたことに深い衝撃を受け、今回の戦争に地滑り的なものを感じて、「これは批評ではない」を書いたと記している。それはこんな思いだったという。

「現実のある核心の部分を取り出して、問題化し、それを考えて、解決するために理論を立ててみることに元気が出るのは、その問題を考えることが、現実に何かの形で触れるという確信があるからです。例えば、ある人が自分の子供の病気で悩んでいて、いい病院を探すとか、いい医者を紹介してもらうとか、それでうまく病気が治るかどうか分からないが、治る可能性がある時は、探したり考えたりすることに元気が出るでしょう。しかしその可能性がなくて、問題として取り出しているものと、現実とが切れていて断絶しているという確信の方が強い時は、一応の答えは出るでしょうけど、あまり元気は出ない。平たく言えば何をいっても同じという感じ。書いている人たちがそういう断絶を自覚しながら、そう書くしかないから書いているというような感じを文学者の反戦声明というものから受けた。今回反戦声明を出したポストモダンの人たちは民主主義とか反戦ということを、ついこの間まで冷ややかに見てきた。その人たちが、でも、今まではそうだったけど、それじゃあだめだと言うのはニヒリズムのあらわれだと思う。現実と切断されていて、自分にとって無力感がありあり感じられていて、しかしそのことを書くしかないから書きましょう、という書き方だけはぼくにはできなかった。そうやって書くことは語り得ることではあっても、それでは切断されている事態の中での批評行為にはなり得ない。書くことと、語ることには誤差がある。語り得ないことも書くことができるように、書くことの領域のほうが広い。語るのではなく、書かねばならないと思った」

大江さんは改装された日系人クラブでの記念講演のため、六月十日ニューヨークを訪れた。大江さんの発言は、その機会に私の勤務先の通信社の文化部ニューヨーク駐在の同僚Tが行ったインタヴューに応じたものだ。その内容は前記通り、改正も有り得る大きな憲法論議を起こして、国民投票をし、大江さんは護憲派の立場から平和憲法をもう一度選び取って、海外派兵などに完全に歯止めをかけるという考えのようだ。

六月十九日の朝、Tから国際ファックスで送られてきたばかりのインタヴュー記事を読みながら、私はやはり強い印象を受けた。大江さんの考えの転換に、何か大江さんが自らの身を賭しているような思いも感じたのだ。

昨年十二月十日から、東京新聞に七回にわたって掲載された大江、久野収、宇沢弘文の三氏による座談会「1990年は問いかけた」の中で久野さんの意見に対して、大江さんはこんな発言をしている。

今の憲法は国民主権だが、国民が勝ち取ったものではなく、贈られたもの。いずれは名実ともに新しい国民主権の憲法を作る運動をしなければいけない――以上のような久野発言に対して、大江さんは「それを作りなおさなくても、今の憲法のままで、それを望んでいるし、日々作っていると言えないでしょうか。憲法が生きていないということは憲法自体の問題ではなく、（略）政治機構のいびつさの問題であって、それを国民が監視できない点に問題があるのでしょう」と、はっきり改憲論議に反対の意見を述べている。

この座談会は、国連平和協力法案の廃案が確定してまもない頃に行われており、その後の大江さんの意見の転換の背景には、掃海艇の派遣などで揺らぐ憲法への懸念が強くあるようだ。またインタヴュー記事が届いた日の深夜、ニューヨークのTから電話が入り、大江さんが、文学者の反戦声明についても参加者とは違う意見を持っていることを知った。六月二十一日夕の新潮四賞と川端賞の授賞式パーティー席上、大江さんに発言の真意を聞いた。

「ニューヨークに着いた日はニューヨークで湾岸戦争の凱旋のパレードが行われて、すごい騒ぎでした。日本の政府が今のように憲法を勝手に解釈して、掃海艇を派遣するというのは一番いけないと思う。アメリカでしばしば講演をしますけど、このままだと日本は憲法で海外に自衛隊を送ることはできないのだということが話せなくなる。柄谷さんたちの文学者の反戦声明も、ただ憲法を守れというのでは、僕たちが進歩的文化人と言われ批判されながらもやってきて、でもうまく行かずここまできてしまった、そんな失敗の繰り返しになるのではないかと思う。憲法が勝手に解釈されて掃海艇が派遣されるような状態では、ただ憲法を守れと言っても有効ではないと思う。憲法を改正するかどうかの大きな論議を起こして、国民投票して決めたらいいと思う。僕は護憲の立場から積極的に論議に加わるし、反対の人もそれぞれの場から論議に加わればいい。その結果、自衛隊の海外派遣にははっきりとした歯止めをかけたい」

話を聞いている横には、東京新聞の記者もいたので、当然昨年末の久野さんとのやりとりも話題に出た。それに対しては大江さんは「あの後で考え直しました」と答えていた。

授賞式パーティー席上での話なので、大江さんが自説を転換した理由を、それ以上詳しく聞く余裕がなかった。しかし大江さんは、Tの取材には、憲法改正論議のはらむ危険性は十分認識していること。東西の冷戦構造が崩れ、多くの戦争が起こり得るという状況の中で日本が戦争と平和についてははっきりした態度をとるべきだとも答えているようだ。これらの大江発言は今後論議を呼ぶだろう。

大きな交差点に車が差しかかると、右折する車も左折する車もそれぞれに車線を移動させていく。勿論、直進車もあれば、そこでUターンしようとする車もあるかもしれない。

しかし、進行の途中、交差点の真ん中で車を停めてしまった者がいたら、どうなるであろうか。しばらく待ってもまったく動き出さなければ、そのうちしびれを切らせた一台の「ピッピー、ピッピー」というクラクションの音を合図のように、ほかの車も一斉に警笛を鳴らし始めるかもしれない。「これは批評ではない」を読むと、この批評が交差点の真ん中に停車してしまった車のように思えてくる。

そして私もその批評をうまく受け取れなくて、ピッピーとクラクションを少し鳴らした口である。だが少し途方に暮れて、読み返した『世紀末のランニングパス』の「モラルについて」の中で出合った韓国の反体制詩人金芝河の言葉が私を助けてくれたのだ。加藤さんは「モラルについて」の最後に金芝河が韓国で続発した学生らの自殺事件を批判し、自制を求める文章の幾つかを引用している。それは例えばこんな言葉だ。

「いかなる場合にあっても生命は出発点であり、かつ到達点である。君たちの生命はそれほど軽いものなのか。一個人の生命は政権よりも重い。これがあらゆる真の運動の出発点になるべきだ」

こんな一見愚直な言葉が何故か私にはよく届いた。加藤さんもまた時代の交差点でブローティガンや坂口安吾、村上龍の小説について、その事を思うと好きで少し楽しいという自分の本当の気持ちだけを手掛かりに、今よく生きようとする「これは批評ではない」を書こうとしたのだろう。そこには戦争下を生きるユーモアと元気の源が感じられる。


（追記）

『世紀末のランニングパス』（講談社）は一九九二年に刊行。さらに『二つの戦後から』と改題されて「ちくま文庫」に入っている。

久野収さんは一九九九年二月九日、肺炎のため静岡県伊豆長岡町の病院で死去。八十八歳。

記者が作家になる日——1991年9月

どんな職業にも、その関係者の中で通用する格言のようなものがあって、新聞社や通信社の記者たちの間にも、それはある。私にも気に入っているそんな格言のようなものが二つあって、まずその一つは「知らぬは記者ばかり」というものだ。

本来記者はプロの傍観者であり当事者ではないのに、つまり自分の中には、ある種の知識が蓄積しているだけで、ある状況の中で生きた、または生きざるを得なかった体験が蓄積しているわけではないのに、何か大いなる誤解のもとに、その事象に詳しいような気がしてくる。そんな時、最高の解毒剤が、この「知らぬは記者ばかり」という言葉である。いつも私はこの言葉が脳裏に浮かぶたびに、ひとり苦笑している。

そしてもう一つ好きな言葉に「記者はひとり」というものがある。この言葉は記者になりたての頃には、その意味するところがなかなか実感できないのだが、記者としてある年数を重ねてくると、ふとこの言葉に思い当たる機会がある。しかもこの言葉が頭に浮かぶ時は必ずある意味で危機的な状況の時なのだ。

メディアの中で記事を書く者は、ある集団の中で原稿が発信されていくので、日常的にはあまり孤独な状態というのはない。私が記者として書く記事の場合でも自分を含めて五人ぐらいの目を経て、ニュースとして配信されていく。ところが記者が重要な問題を追いかけている時、取材源を同僚の誰にもしゃべれないような状態になってしまうことがあるのだ。取材源が誰であるかを同僚に対しても攪乱しながら取材を進めたり、またニュースを手にしていることも同僚たちに秘匿して、ひとりでニュース性の判断をし、取材源との関係やさまざまなことを考慮しながら、記事にするかどうか、難しい判断をしなくてはならない状態に置かれる時がある。「発表になるまで待とうか」という、安全な集団性への道を選ばせせようとする悪魔のささやきも聞こえてくる。しかし、時間が経てば、発表になるニュースならまだしも、なかには自分がそれを書かなければ、そのことがまったく表面化しないものもある……。

こんな時、「記者はひとり」という言葉が、浮かんでくるのだ。本来メディアをバックに集団で記事を書いているように見える記者たちが、最も重要な問題を追いかけようとする時、そのメディアの集団性からはじき出されてひとりの個人に還元されてしまう。「記者はひとり」という言葉の中には記者活動に伴うそんなパラドックスが秘められている。

今回、辺見庸さんが「自動起床装置」で、第百五回芥川賞を受けた。私の勤務する共同通信社の現役の先輩記者でもあるその辺見さんの受賞までを取材しながら、私の中には何度か、この「記者はひとり」という言葉が浮かんできた。勿論、辺見さんと話していたり、取材していることが私にとって危機的な状況だからなどということではない。それは、記者が重要な問題を追いかけるとメディアの集団性からはじき出されて個人に還元されてしまう、「記者はひとり」というパラドックスを辺見さんは極限まで突き詰めてしまった記者だからなのだ。その結果、辺見さんは「ひとり」になってしまったのだ、と何度も思い、そのたびに「記者はひとり」か、と溜息のように、その言葉が出てきた。

新聞社や通信社の記者から作家になった人は少なくない。しかし、記者としての仕事を極限まで追及して、その結果、「ひとり」になってしまったこと、それが作家としての誕生につながったというタイプの人を私は辺見さんのほかに知らない。辺見さんと私は少しの因縁もあるので、個人的な思いも含めながら、記者が作家になる日について聞いてみた。

辺見さんが地方勤務地の横浜支局から本社外信部に異動になる際、後輩の私がその後任だった。つまり私と辺見さんは入れ替わりなので、横浜支局で重なって仕事をするという経験はほとんどなかった。だが、私が支局に着任した日だったと思うが、自分の使っていたデスクを片付け終わった辺見さんが、「よかったら、この机を使うか」と言って机の鍵を私にくれた時のことを、なぜか今でもよく覚えている。辺見さんはその時も少し猫背ぎみにして、ぼそぼそと話した。それは、あまり親密ではない人と話す時の辺見さんの癖なのだ。そして私はこの敏腕記者の机を譲り受けることに少し緊張していた。

以来、横浜支局在任中は、辺見さんの使っていた机の上で自分が記事を書いていることを誇りに思ってきた。これはかなりオーバーな表現だと受け取られるかもしれないが、偽りではない。それほど中国での辺見さんの記者としての活躍は素晴らしかった。中国の刑法草案の全文のスクープなど新聞を広げると毎日、辺見さんのスクープ記事が載っているという感じで、これでは他社の北京特派員は毎晩眠れないのではないか、と思えるほどだった。

中国近代化の曙の時代を早く正確に伝えた報道で、一九七八年に記者としては最高の賞と言える日本新聞協会賞を得た。その受賞後も中国ベトナム戦争の開戦と終戦の両方をスクープ。世界的にも他国の記者が大きな戦争の開戦終戦を抜いた例はほとんどなく、これもフランスの国際ジャーナリスト賞の候補になった。欧米紙・通信社の記者が自社の記事より、共同・北京電の方が正確で早いという理由で、辺見北京特派員時代は、しばしば共同北京支局を訪れたという話も別な同僚から聞いたことがある。

しかし、辺見さんには二度目の北京支局勤務の時、一九八七年、大きな難局が訪れる。光華寮問題や教科書問題などで日中関係が揺れる中で、中国政治局の内部文書をすっぱ抜き、そのことから発して中国政府から国外退去の処分を受けるのだ。手にした特種を記事にしようという決断。中国政府からの「ニュースソースを明かせ、さもなければ……」という警告。そして国外退去になるまで約二カ月の間。この時、辺見さんは記者として、人間としてまったく「ひとり」だったに違いない。この間、辺見さんは八キロも痩せている。現時点からずっと遡っていくと、この国外退去の日が作家辺見庸の胚胎の日に当たるのだろう。その国外退去のことについて、辺見さんはこう言う。

「自分の中では、あるクリティカルな状況の時に、人が連帯できるという集団的な幻想というのが、ものすごく壊れている。その端緒は学生時代かもしれない。記者としての仕事でも、きわどいものを抜くときには、だんだん危なくなってくると周囲もコミットしなくなって、責任の所在もしだいに皮を剥いでいくと最後に自分しか残らなくなってしまう。孤独感と恐怖感にとらわれるようなところにいってしまう。近年強烈にそれを感じたのは、やはり国外退去になった時だなあ。まったくひとりだった。相談しようとしても共通のボキャブラリーがないんだ。もどかしいくらい自分の悩みが会社の言葉にならない。しかし、実際動いている社会の中では、連帯という言葉や集団的な関係性がまだあるという幻想の中で人は生きていると思う。そうじゃなければ生きていけないし、仕事なんかもしてられないから。でも国外退去の時に、自分の持っていた多少の国家幻想や集団幻想、ジャーナリズム幻想みたいなものが、ほとんどそんな幻想はないと思っていても、それでもどこかに持っているそんな幻想が、予想した通りに微塵に砕けたという感じだった」

辺見さんはこの国外退去について、まだ表現の対象にしたことはない。だがその事態のさなかでも国外退去の問題をジャーナリズム一般の問題として考えるよりも、辺見さん個人の問題として悩み続けたようだ。

「最終的に国家安全部に連行された時は本当に三年ぐらいは獄中生活を覚悟した。これは鉛筆と紙を貰って獄中記を書くしかないと思った。でもこの問題を自分としてジャーナリズムの問題として考えたことはない。自分にとって大事な気掛かりはみな個人の問題になっていってしまう。女房と子供は先に帰しておいてよかったと思った。親友ではないが自分を慕っていてくれた中国の若い男の子とか、自分が取材した人間たち。彼らのところには全て調べがまわっているだろうし、彼らの顔と顔と顔が浮かんできたのだ。でも決してそれらの顔と顔が自分の中で群れになることはなかった。国外退去のような問題に関しては欧米の記者と日本の記者とは、感覚がまるで違う。APでは五十人ぐらいでパーティーを開いてくれた。自分が到着すると拍手で迎える。こっちはすっかりしょげかえっているのに、一種の英雄扱いなのでしらけたけども。一方で日本の記者たちは複雑だった。庇ってくれる人間もいたけど、公然とはそういうことはできない。いろいろなことで、他人をも、自分をも弱いとも思った。でもそういうことが、どうしてもきたないこととは思えなくて、人の哀しさみたいに感じられた。連行される時は、自分は死んではいけないと思ったし、何としても生きていなくてはと思った。国外退去になり、帰国してからは、しばらくホテルにいて、その時は不思議に落ち着いてきた。自分の人生で一番落ち着いていたかもしれない。あんなに自分が個人でいられた時はなかったから」

極論すれば、この時、「敏腕記者」としての辺見さんは死んだと言っていいのではないだろうか。なら辺見さんはその後どうやって生きたか。どうやって生きようとしているのだろうか。中国を追われ日本に戻り、その後のハノイ支局長時代の辺見さんが「中央公論」九〇年五月号に書いた「ハノイ『ホテル・トンニャット』の変身」を読んだ時、いわく言いがたい感動に襲われ、その思いをハノイから帰ったばかりの辺見さんに伝えたことがある。辺見さんはそのハノイからの報告のエッセイの中で、伝統はあるが絵に書いたようなハノイのボロホテルを舞台に、夜になるとキリキリキリと泣くベッドや浴室のグツグツと笑う給水タンク、ベトナム製の極度に歪んだ鏡、グイーングイーンと音を立てるバネ式自家発電の懐中電灯へと自分を変身させて、自らをそれらの物と化して、一緒に笑っていた。辺見さんの変身したハノイのボロホテルの精神は常に「生き延びる」ことだったという。

「中国にいる時、中越戦争の捕虜交換を日本の記者としては初めて取材したことがある。すごく体調が悪かったし、あちこちに地雷が埋まっていて危険を伴う取材だったが、忘れられないことがある。中国側に捕まったベトナムの若い女性が、釈放されるのだが、こんな少女が小銃を持って戦っていたのか、と思うほど奇麗な髪の長い女の子だった。中国側は記者を意識して彼女の髪をとかしてやったり、アイスキャンデーをやったりする。そしてタオルとか下着とかが入った中国側のくれた黒い鞄を持ってベトナム側に帰って行くのだが、ほかの者はみなその鞄を国境線を越えた所で捨てて、鞄が山のようになっているのに、彼女は捨てないで、そのままテクテク歩いていく。だけど彼女もベトナム側の警備兵にその黒い鞄をむしりとられて、鞄は草地に投げ捨てられる。そうすると、鞄から緑色の上海製の安い香水瓶がこぼれ落ちて、草地を転がっていったのだ。それを彼女の視線が追うんです。ずうっと。でも彼女もそれを取りにいけなくて、やがて諦めて去っていった。

それから十年ほどして、自分はハノイに行った。ある時、爪きりを買いに行った店で、ふと見ると、目の前にその上海製の緑色の香水瓶があった。開けてみると、それは安いポマードみたいな匂いだった。絵で言えば、最初のそんな素描みたいなもの。絵が完成すれば、消されてしまうはずの弱い線の方が、いま自分の中でどんどん濃くなってくるという感じだ」

辺見さんの受賞作「自動起床装置」には主人公の「ぼく」が、起こし屋の先輩である「聡」の人を起こす時の心やさしい呼び声に、頼りない自分を結んでいく場面が二度出てくる。「ぼく」はそのことに喜びを感じるのだが、しかし、「そのことを、ぼくは一度も聡に話しはしなかった。話しておけばよかったと思う」。この微妙な距離感が、作品全体の登場人物の距離感も決めているのではないかと私は思う。この初々しい主人公「ぼく」に「ひとり」の様相が濃く、その心やさしい呼び声に喜びを感じるほどの聡に対しても、「連帯」の話しかけの回路は切断され、そのようなものは排除されている。この「ひとり」の感覚が全体に届いていて、この作品で眠る登場人物の全てが「ひとり」の様相を持っている。

後輩記者として、文芸記者として、作家辺見庸の誕生を近くで見ていると、いったん死んだ辺見さんが、死にながら変身して、いまを生き延びようとする力を、この「自動起床装置」の主人公の初々しい「ひとり」の中に強く感じるのだ。

安岡章太郎の洗礼——1991年10月

「近ごろ父の書くもの、少し変わったと思いませんか……」

——二年前の十月十六日、滋賀県大津市で開かれた「琵琶湖フォーラム」の会場で、横の席に座っていた安岡章太郎さんの長女安岡治子さんから、「ご存じかもしれませんけれど……、父がカトリックの洗礼を受けたんです。母と私も一緒に」と聞かされた時のことを、私は忘れることができない。その時、私は驚きでしばらく言葉を失ってしまった。そんな私に、治子さんが同意を求めるように、冒頭に記したような言葉を加えたのだ。その治子さんの言葉に頷きながら、私はまたさらに言葉を失ってしまった。

「琵琶湖フォーラム」は日本とソ連（当時）の文学者たちが湖の汚染などについて話し合う会議で、私も取材にきていたのだが、ソ連側作家の代表としてバイカル湖の環境保護運動のリーダー、ワレンチン・ラスプーチンが来日、ラスプーチンの研究家である治子さんも東京からきていた。しかし、それはゴルバチョフ大統領（当時）の大統領会議メンバーでもあったラスプーチン氏の誠実な姿勢がよく伝わってくる会議ではあったが、司会や通訳のまずさから、私にはほとんど取材不能な会議と化していた。

その状態に同情してか、一般席に座っていた治子さんが記者席にいた私の横に来てくれて、通訳やソ連の文学者たちの背景説明をしてくれたのだ。しかし、それでも取材する側からみると、随分と手持ち無沙汰なフォーラムで、そのため治子さんとそんな話をする時間もあったのだった。

実は治子さんからの話を聞く以前にも一度、「安岡さんがカトリックの洗礼を受けたのでは……」という噂を耳にしたことがあった。だがその時私は、「まさか」と思って、その後も何度か安岡章太郎さんを取材する機会があったのに、そのことを確かめずにいた。いや、むしろ噂についても忘れていたという方が正確かもしれない。その「まさか」と思ったままそのことを忘れていた、そのことが、洗礼の事実を知ったことと同じくらい、私に言葉を失わせていたのだと思う。

思えば、安岡章太郎さんが胆嚢の痛みを堪え過ぎて心筋梗塞を起こして東京都目黒区の国立東京第二病院に入院したのが、一九八六年の十二月八日。顔にはチアノーゼが出ていて、いつ亡くなってもおかしくない状態だった。数日して病院で会った治子さんは「私がしっかりしなくては——」と話していたが、その治子さんが、翌年の春、自分の病気で入院。その間、安岡さんは心筋梗塞を併発しているため、もともとの胆嚢の手術がなかなかできず、ようやく手術ができたのが入院から六十日後の二月十日。その後も、入院が長引いていたさなかでの、治子さんの病気だった。

結果的には、治子さんも心配されたようなこともなくすぐ退院したし、安岡さんも相前後して退院、心筋梗塞を起こした場所が心臓にとってあまり重要でない部位だったこともあってすっかり健康を取り戻した。

だが自分があの時、死んでいて何の不思議もないという体験や長い闘病中に、一人娘の治子さんが別な病院に入院するという事態は、他人には推し量ることのできない重さを持っていたに違いない。その間の光子夫人の心身の疲労ぶりは傍目にも大変なものがあった。

「あの頃のご家族、みんな大変でしたものね」。私がそういうと、治子さんは遠藤周作さんを代父に、井上洋治神父によって洗礼を受けたことを述べた後、「父が毎週のようにミサに行って、神父のお話を聞いているなんて、ちょっと信じられないですよねえ」と明るい笑顔でそう付け加えたのだった。

その安岡章太郎、遠藤周作、井上洋治の三氏が「群像」九月号で、「宗教と風土」という座談会をしており、その冒頭で、代父の遠藤さんが「お子さん（安岡氏のこと）から、自分がカトリック信者であることを人にあまりいってくれるなという発言がありましたので、私も一切黙っていたんですが、この間ある雑誌で彼と対談をしたときに、自分で、洗礼を受けたことを発表しました」と安岡さんの受洗について公表している。

この発言の中のある雑誌とは、岩波書店のPR誌「図書」六月号のことで、同号には岩波書店から刊行中の『安岡章太郎随筆集』にちなんで遠藤、安岡両氏で行われた対談「仲間の縁《えにし》」が掲載されている。安岡さんもこの対談はちょうどいい機会だから、自分の洗礼のことをしゃべろうと決意して、洗礼の事実を知る知人たちにもその旨を予告して家を出た。遠藤さんもそれを知っており、両者ともかなり緊張して対談に臨んだようだ。

ところがここで予期せぬ出来事が起きてしまう。「仲間の縁」の中で、安岡さんのこういう発言がある。「そう。しかし、人との出会いは運命だね……。おれが君に会ったときには、君があとでカトリックになるなんて想像もしなかった」――という発言なのだが、この「君があとでカトリックになるなんて」というところは実際の対談では「僕があとでカトリックになるなんて」という発言だった。著者の手の入ったゲラでも「僕があとでカトリックに」というふうになっていたのだが、「安岡がカトリックのはずがない。カトリックは遠藤」という編集部の独自の判断で、対談者の知らないうちに「僕」が「君」に変わってしまったようだ。対談の中には遠藤、安岡両氏の出会いは昭和二十一年慶応大学の教室であること、遠藤さんが幼年期に洗礼を受けたことなども出てくるので、これと「君があとでカトリックになるなんて想像もしなかった」という安岡発言はまったく矛盾したものなのだが、編集部は一時の私と同じ状態で、「まさか」という気持ちだったようだ。

三年前、安岡さんが『僕の昭和史』で野間文芸賞を受けた時、選考委員として挨拶に立った遠藤さんが「何事も人の縁」「縁というのは」と、ほとんど「縁《えにし》」という言葉だけ繰り返し言う奇妙な挨拶をしたが、その時の遠藤さんの脳裏には安岡さんの洗礼のことが強くあったようだ。そんなこともあってようやく二人が洗礼のことを公表を前提に話す、そのために緊張して臨んだ対談「仲間の縁」は、こんなハプニングのために中途半端な形で終わってしまった。この対談「仲間の縁」の仕切り直しとして行われたのが、安岡、遠藤、井上三氏による座談会「宗教と風土」である。

安岡さんは病気から回復して、およそ一年後の一九八八年の六月十八日、東京都港区白金にある治子さんの母校聖心女学院の聖堂で、遠藤さんを代父に、井上神父から洗礼を受けた。洗礼名はトマ。その安岡章太郎さんにカトリックの洗礼を受けたことについて聞いた。

「『図書』が間違っちゃったのは、僕が〝隠れキリシタン〟だったのが悪い。『群像』を読んで、高知にいる僕の従兄がカトリックに入ったことを初めて知って、三日も酒を飲んで酔っ払っていたそうです。彼の妻も子供も兄弟もみなプロテスタントで、以前、彼から『安岡の家は神道だったのに、いまや神《かん》ながらは、私ひとりになってしまった』と酒を飲んで電話を掛けてきたことがあって、その時もカトリックに入ったことは言えなくて、そのことはとても気になっていたのですが……」

受洗の理由について座談会では、「それなりに色々理由があったからですが、同時に、そこに女学生趣味的なものを感じるところが非常にあります」などと語っているのだが。

「洗礼を受けた動機というものは、結局、自分自身の内側の問題で、口に出してひとに言えるというものじゃないですね。キリスト教というものが異文化であることは間違いがない。でもなぜその異文化にひかれるのか、その理由はうまく説明できないなあ。明治の初期、自由民権運動の時にキリスト教があれだけ広まったのですから、それだけ訴える力がキリスト教にはあるのだと思いますが」

安岡さんがカトリックに入ったことには、病気の体験も大きかったのだろうか。

「病気が治りたいと思って信じたわけではないなあ。でもそれまでは死ぬということを真剣に考えていなかった。それまでは自分が生まれてきて、自分の意志で生きているというつもりでいた。しかし、病気をしてからは絶対にそうではないと思うようになったなあ。非常にはっきりとね。別な言い方をすると、頭が良いということを一回でも言われると男の子は忘れられない。ちょうど女の子が美人だと言われると一生忘れないようにね。病気してから、それが間違っていることがはっきり分かったね。頭が良いということは決して自分の誇りでもなんでもない。つまり親から貰ったものにすぎない。血管が太いと病院では看護婦が『あなたの血管は太くて良い』なんて誉めてくれる。教師にとっては頭が良いのは都合が良い。看護婦が血管が太ければ良いように。その程度のことなんだよ、高々ね。親から貰ったものにすぎないのだということ、それまで考えていなかったなあ」

安岡さんは、そう言いながら新潮文庫版の『流離譚』を取り出して、その巻末の小林秀雄の解説を紹介しながら、「これを読み返したんだけど、これには参った。本当に」と繰り返し語った。小林秀雄の解説は昭和五十七年の「新潮」一月号からの転載だが、そこにはこんなことが記してある。『流離譚』の最後の方で、主人公の安岡家三兄弟の一人、嘉助の娘真寿が、その娘の美名吉に先立たれる場面があって、美名吉が亡くなる時、讃美歌を口ずさんで「亡ぶるこの世、くちゆく我が身、何をかたのまん……」とそこまで唱って声がでなくなったのを、枕元で母の真寿が後を引き取って「何をかたのまん、十字架にすがる……」と唱ってやる。安岡さんはそれに続けて「それにしても、その讃美歌の、亡ぶるこの世、くちゆく我が身、何をかたのまん……という言葉は、とくに臨終の床にある人の口からもれることを想像すると、まことに悽愴なものがあり、傍らに坐っている人は居た堪れぬ思いがしたかもしれない」と書いているが、小林はこれを紹介しながら、最後にこう記している。

「だが、居た堪れぬ想いをしているのは、実を言えば、作者自身なのである。読者は、そういう風に読まざるを得ない。作者は十字架へ向って歩く二人の足どりを辿る。他にどうしようがあろうか。逆の道は、作者には開かれてはいない。辿りついたところで、作者は、この長編の書き出しに戻り、彼に親しい『土佐の顔』と『土佐の訛り』を確めたであろう」

「本当にこれには参りました。これが書かれた時には勿論、僕があとでカトリックになるなんて想像もしなかった。これは小林さんが書いた文章で発表されたものとしては、おそらく最後のものに近いものです。長い小説だから読むのも大変だったろうけど、非常に深く読んでいてくれたのだと、本当に驚いています。なぜカトリックに入ったかというのは言えるものではない。小林さんが言っているみたいに、こういうものだと思うなあ」

「近ごろ父の書くもの、少し変わったと思いませんか……」。二年前、「琵琶湖フォーラム」の会場で安岡治子さんが言ったその言葉が、安岡章太郎さんのどの文章を指していたのか、私は知らない。治子さんもその時、それ以上に具体的には語らなかった。だが私には、それは昨年刊行された『酒屋へ三里、豆腐屋へ二里』の中に収められた文章のことではないだろうかと思える。

この本には病気による二年間にわたる中断をはさんで、病前病後の文章が収められているのだが、その中に「黄葉から青葉へ」という病後に書かれた一文がある。病室に新聞配達にくる中年の男が「私」は気に入らないので新聞を止めようとするのだが、彼がときたま小学二、三年生の男の子を連れながら新聞を配りにくるし、その子が配達にくる時もある。それがなんとなく不憫でその新聞を止めることができないのだが、ある時だだっぴろい病院の庭でその子が一人で遊んでいるのを窓の外に見つけるのだ。

それを見ている「私」は、少年には母親はいないのかと、哀れにも思う。少年は精一杯面白そうに遊ぶ振りをしているように思っていたのだが、その時、「私」は自分の考えが間違っていたことに気付く。子供はやはり自分自身の遊びに熱中しているのだ、子供なりに自分の世界をつかみ、そこに自分の生きる場所をつくり上げているのだ、と気付く。

そして安岡さんは、最後を「私は、ひたすら中庭で遊ぶ子供のまはりが次第に夕暮れの色に沈んでくるのを眺めながら、自分自身がそれと重なり合つて溶け込んで行くのを、無意識のうちにも感じてゐた」と結んでいる。

私はこれを読んだ時、かつて「ガラスの靴」を初めて読んだ時の思いにつながっていくような、何かとても懐かしい感情に包まれた。ここに安岡さんらしい生き生きとした低い視線の静かな復活を私は、強く感じる。


（追記）

安岡章太郎さんは二〇一三年一月二十六日、老衰のため東京都世田谷区の自宅で死去。九十二歳。▽遠藤周作さんは一九九六年九月二十九日、肺炎による呼吸不全のため東京都新宿区の病院で死去。七十三歳。

須賀敦子のこと——1991年11月

「この賞で、こういう形のものは初めてでしょう。いま純文学の小説理念なども壊れたりぼやけたりしている。純文学か、そうでないか。また小説かエッセイか。そのようなことより、読んでいいなあと思うものを選びたい」

山田詠美さんの『トラッシュ』と並んで今年の女流文学賞が決まったイタリア文学者須賀敦子さんのエッセイ『ミラノ　霧の風景』について、佐伯彰一選考委員の記者会見でのそんな発言をメモに取りながら、自分の中で、重なってくる言葉があった。

それは「群像」十月号の井口時男、川村湊、渡部直己三氏の座談会「九〇年代の文学をめぐって」の中の井口時男さんのこんな発言だ。井口さんはその中で、大江健三郎さんの小説について『「雨の木《レイン・ツリー》」を聴く女たち』のあたりから「私」という装置を設定してエッセイの文体を導入している、という考えを述べた後、こんなことを言っている。

「エッセイの文体はそこで一つ一つ考えていきますから、簡単にいってしまえば、あれは語りに流されないようにするための文体の装置だという気が僕はしているのです。だから、語りというものが絶えず思考によって、考える運動によって分断されていく。そこに物語の中に考えるという異物が常に入り込んでくる装置だろうという気がしています。

実際、今文芸誌などを読んでいて、最近つくづく感じたことだけれども、いわゆる小説らしく上手にでき上がった小説よりも僕が読んで面白いのはエッセイです。すべてのエッセイというわけじゃないけれども、エッセイ的な書き方のほうが言葉が生きている場合があるというのが、最近の僕の実感なんです」

文芸評論家として、次々に生まれてくるたくさんの作品に触れ、ふともらした実感なのだろう、井口さんの発言が印象的だったのだ。

須賀敦子さんの『ミラノ　霧の風景』は直前に講談社エッセイ賞も決まっていて、エッセイによる女流文学賞も初めてだが、文壇的には未知な人と言ってもいい須賀さんの、ダブル受賞というのも極めて珍しいことだった。

ダブル受賞が決まった選考会を取材して以来、そんなエッセイと小説との関係という問題が自分の中に残っていて、話題の『ミラノ　霧の風景』を読み出したのだが、一読して、静かだが、奥行きが深いこの作品の力に動かされてしまった。

そして、この『ミラノ　霧の風景』の素晴らしさについて、二つの賞の受賞決定より何カ月も前に、熱心に語る友人知人が周囲にいたのに、その言葉に触発されるようにしてはこの本を読むことのなかった自分を恥じたし、先見の明のあったその人たちの目の確かさを少し羨ましくも思った。だが、そのような恥じや羨望の感情が卑小なものに思えてくるほどの読後感を『ミラノ　霧の風景』は、自分の中に残している。話題の須賀敦子さんに取材して、初めてのエッセイ『ミラノ　霧の風景』について聞いた。

須賀敦子さんは昭和四年、兵庫県生まれ。現在、上智大学比較文化学部の教授で、専攻はイタリア文学。翻訳家としてはナタリア・ギンズブルグの長編小説『マンゾーニ家の人々』で二年前ピコ・デラ・ミランドラ賞を受けている。

ざっと経歴をたどると、戦後、聖心女子大の第一期生として英文科を卒業。大学に残ることをすすめられたが、「大学に残るのはどうしてもいやで」、そのうえ親が言う「結婚というのも、どうしてもいやだった」。慶応の大学院に進み社会学を学んだが、「このままでは、どうしてもだめだ」と一年でやめた。

「自分には英文学しかできない」。「英文学を英国でやるのは、当たり前だけれど、外国から見た英文学というのは面白いのではないか」というユニークな動機で、フランスへ渡った。貨客船でジェノワまででも四十日。乗組員を含め約五十人の中でただ一人の女性だった。

パリに二年滞在。「やっとヨーロッパが分かりかけてきた頃帰国」。日本にかえって来て、NHKの国際局の嘱託で三年間勤務。NHKに残ることをすすめられたが、NHKに残ることが、また「どうしてもいやだった」。「自分には何も無いのに、嫌いなものだけはたくさんあった」

フランスにいた時、イタリアに二カ月間イタリア語を学ぶため滞在。「前世はきっとイタリア人だと思うほど、イタリア語は覚えやすかった」。そして「どうしても、そのイタリアというものをきわめてみたい」と思って、二十八歳の時、イタリアに留学。この留学が須賀さんのその後の人生の方向を決めた。

ローマで生活していた須賀さんは、ミラノからやってきたグループのなかにいたペッピーノさんと知り合い、三十二歳の時、結婚。彼は三十五歳だった。ペッピーノさんは、カトリック左派と言われる人たちがレジスタンス運動の後に生みだした書店をやっていた。

ミラノ滞在中、須賀さんは別の出版社から、樋口一葉から庄野潤三までの七百ページ以上のアンソロジー『日本現代文学選』をはじめ、谷崎潤一郎『武州公秘話』や川端康成『山の音』など十冊近くをイタリア語に翻訳出版している。しかし一九六七年、夫が四十一歳で病気のため、急逝。須賀さんは五年半の結婚生活で、また独りになった。まだ三十八歳の若さだった。

「ざまあー見ろ。そう言われたような感じでしたね。自分独りで一所懸命やると言ってきたのに、結婚で何かこのレールに乗っていればどこかに着くと不覚にも思っていた。私にしてはだらしなく堕落していたとも言える。彼の死でその不覚をつかれて、物凄くびっくりした」

父親は早く帰ってこいと言う。「とんでもない。親に背いて日本を出たのに、今さらおめおめと帰るのは、どうしてもいやだった」

須賀さんは夫の死後もミラノで生活、その間も日本文学のイタリア語訳の仕事を進める。しかし、イタリアも一九七〇年前後は政治の季節で、出版界全体が急速に左傾化していく。

「どうしても、私はそれについていけない。それに主人が死んだことで、いろんな人が非常に親切になった。人生は親切にされているだけのはずはない。喧嘩する相手がいない、憎まれないというのは怖いことです。親切にされるだけというのが、どうしてもいやだった」。そんな須賀さんの帰国は、夫の死の四年後だった。

『ミラノ　霧の風景』はそのミラノ時代の須賀さんが出会った人々やイタリアの文化、風景を抑制されているが、イメージ喚起力の強い文章で鮮やかに描いたエッセイだ。帰国後も須賀さんの「どうしても」という未完の人生は続くし、現在も続いているようだ。その須賀さんの未完の話を聞いていると、時の経つのを忘れるほど面白い。

だが、この『ミラノ　霧の風景』から私が受けた読後の印象は、敢えて言うと、須賀さんの未完の人生とは逆の印象なのだ。『ミラノ　霧の風景』は、作品世界の中で完結していて、一つひとつがはっきりと立体的にあるべきところにすっくと立っている、という感じなのだ。

その須賀さんはイタリア体験を初めてエッセイの形で

書いたことについて、こう言う。

「帰国してみると日本語は何か柔らかくてとりとめがなくて、この国の言葉でもう一度書けるのかと不安な感じでした。でも何かの形では書きたいとはずっと思ってきた。どうしても書けないので、まず翻訳から始めたのです。自分のやってきたことがかなり特異なことと思っていたので、思い出ではなくて、一般の人に何か私が伝えられるものがあるのかどうかが分からなくて鬱々としていた」

『ミラノ　霧の風景』の中に「チェデルナのミラノ、私のミラノ」という章があってミラノのモードや上流社会のゴシップを軽妙な都会的タッチで描きだすことで有名な評論家カミッラ・チェデルナのことを須賀さんは書いている。

「チェデルナの本を読んでいたら、なぜか書けるような気がしたんです。チェデルナはくだらないことでも平気で書いている。私には書くことに気負いのようなものがあったのかもしれませんね。鷗外の史伝を読んだ時も、ああこういうのもちゃんと文学と言えるのだなと思いました」

須賀さんが、かつて読み、強い感銘を受けたマルグリット・ユルスナールの自伝の影響もあるようだし、バルガス＝リョサの『果てしなき饗宴、フローベルとマダム・ボヴァリー』などからヒントを得た章もある。

「ユルスナールの自伝を読んで、自分の文化的な背景を書いて、こんな具合に何でも入れながら書けばいいのだなあと思った。バルガス＝リョサの『果てしなき饗宴』は三部の構成になっていて、一部が自分とフローベルとの関係、二部が伝統的ないわゆるテキスト解釈、三部が現代的な共時的分析になっています。イタリアの詩人ウンベルト・サバの詩について書いたところには、そんな書き方の影響があるかもしれない。これを書きながら批評というものがナラティヴの中に入っていったらいいということをずっと考えていました。私はストーリーというものが好きで、ストーリーの中にどうしてそういうものが入れられないのか、批評というものが入っていけるのではないかと思っていた。センチメンタルになるのが物凄く怖かったのだが、そんな書き方が出来れば、そういうものに堕してしまわないのではないかと思ったんです」

冒頭のエッセイの中に、突然、目の前に塀のようなミラノの霧が、次々に出現する視界十メートルの中をミラノ生まれの女友達が時速百キロ以上のスピードで車を運転して行く映画のような場面が出てくる。この霧が立体的なように、この作品では須賀さんがいる場所の高さや視線の高低、見上げたり見下ろしたりする斜めの視線が何げなく、だが必ず記してあるのも特徴で、こういう視線をもった文学作品は非常に珍しい。これが全体に立体的な印象を与える理由なのだが、こういう今までにない新しい視線に出合うと記者としての私はわくわくしてしまう。

「建築がすごく好きなんです。フランスにいた時も、お金の許すかぎり建築を見て回った。今度生まれ変わったら建築史家になりたいほどなんです。だから、そんな影響があるかもしれませんね。日本に帰ってきてから、ダンテの『神曲』を読んでいるのですが、それが建築的、構築的なんです。必ず場所の定義があって、そこから迫っていく」

またエッセイのほとんどすべての登場人物が死んだ人々であることも、この『ミラノ　霧の風景』の大きな特徴である。

「死んだ人は一つの環を描き切っていて、その人の軌跡が見える。生きている人はまだ変化する可能性があって、不安なところがあるが、死んだ人は一つの完成に達しているというか、一つの建物になったという感じがあるのです」ということだった。

最後に、女流文学賞の選考会席上、強く須賀さんの『ミラノ　霧の風景』を推したという大庭みな子さんの意見も聞いてみた。

「私はイタリアは全然知らないし、その文化も知らない。にもかかわらず、その世界がちゃんと浮かんでくる。会ったことも見たこともない人たちや風景がなるほどという感じで見えてくる。自分との距離もちゃんと取れていて、押しつけがましいプロパガンダにもなっていない。豊かな人にも貧しい人にも、あらゆる人に対してフェアだ。それは文学的には基本的なことだけれど、それがなかなか難しい。つい自分の出自に引き付け、片方に肩入れしてプロパガンダになってしまう。そんなところがまったくない。素晴らしいと思った」

言葉が通じていかない。どうやって伝えたらいいか分からない。何か自分の中に自分以外の人間に伝えたいことがあるような気がしているのに、それが何なのか、それを可能にする回路がどこにあるのか、非常に見付けにくい場所に今、いるような気がする。もしかしたら、伝えたいことがあると考えることが、間違っているのかもしれない。そんな思いにしばしばとらわれる。こんな思いにとらわれるのは、私だけだろうか。

だが、伝えたいことの姿を深く考え、探りながらストーリーを進めていく、それがエッセイという美しい形となって結実している須賀さんの『ミラノ　霧の風景』を読めば、自分が性急さの罪の中にあることがよく分かる。

私が須賀さんから受け取ったもの、『ミラノ　霧の風景』から受け取ったもの、それは、作品のなかでつねに真摯で本質的であろうとする、祈りにも似た生への情熱である。

そして、そんな情熱の中にあって、かつての生者たちが描き切った弧の放つ華やかな哀愁ともいうべきものだ。

（追記）須賀敦子さんは一九九八年三月二十日、心不全のため東京都新宿区の病院で死去。六十九歳。▽大庭みな子さんについては「１９９０年８月」の項の追記を参照。

〝沼正三〟会見記——1991年12月

「ご紹介します。沼正三さんです」——そんな言葉に促されて、私は〝沼正三〟さんと名刺を交換したのだが、受け取った名刺には「沼正三」の名は無く、天野哲夫と記してあった。そこには天野さんの勤務先である新潮社や自宅の住所や電話番号も書いてあったのだ。

二十一年前のベストセラー『家畜人ヤプー』の完結編が十一月末に刊行されるという。それに合わせて、前編にあたる「正編」の改訂増補《完全復刻版》『家畜人ヤプー』も十月下旬に刊行された。その作者〝沼正三〟さんにインタヴューする機会があったのだが、果たして沼正三に至りつくことができるのだろうか。私はそんな気持ちでいた。

「奇譚クラブ」昭和三十一年十二月号から二十回にわたり連載された「家畜人ヤプー」は、三島由紀夫がその二十回分すべてを切り抜いて持っていたというほど、知る人ぞ知る「観念小説の最高傑作」だったが、作者の方も当初から謎に包まれていた。紆余曲折を経て昭和四十五年に出版された時も三島由紀夫説、澁澤龍彦説、また医学的ペダントリーや正確な言語学的な知識のため医者や大学教授説、複数作家説まで飛び交った。そして代理人・天野哲夫さん＝沼正三説も根強かった。

その中で最も話題となったのは昭和五十七年、「諸君！」十一月号に発表された森下小太郎氏による倉田卓次東京高裁判事（当時）＝沼正三説で、これは「諸君！」発売当日の同年十月二日読売新聞夕刊に社会面トップで報じられた。倉田さんは全面否定、代理人の天野さんは倉田さんへの影響も配慮して「近く私が作者であることを明らかにする」と読売新聞で語っている。この時も天野説支持派と天野説疑問派とに意見が分かれたようだ。

この『家畜人ヤプー』では、二十世紀の末に地球で起きた第三次世界大戦の時、たまたま宇宙探検のため光速宇宙船で地球を出ていたイギリスの白人たちが、帰還後再び地球を飛び立ち、宇宙にイース帝国を建設する。それから二千年後、その後裔たちが航時遊歩艇《タイム・ヨット》で地球別荘に遊びにくるのだが、機械の故障で一九六×年に着陸。そしてたまたまそこにいた日本人青年麟一郎とドイツ娘のクララの恋人同士の二人を連れ去る。その宇宙帝国イースは白人女性による完全な女権社会で、黒人は奴隷、さらにヤプーと呼ばれる日本人は尿や便を口で受ける肉便器《セッチン》などとして完全に家畜化している。そしてその後、イース世界に白人の一員として迎えられるクララとヤプー化していく麟一郎との数奇な運命を描く壮大なマゾヒズムSF小説である。

今回もインタヴューの力点の一つは、いったい沼正三とは誰かという点にあった。だが、その問題をひとまず横に置いて、この主人公麟一郎同様『家畜人ヤプー』のたどった数奇な運命をたどってみたい。

『家畜人ヤプー』は「奇譚クラブ」に二十回第二十七章まで連載された後、昭和三十四年九月号で中絶。その理由は「くたびれてしまったのと、やたらと手直しや注が多く、雑誌側もそれにいちいち応じられないことが重なったため」と天野氏はいう。三島由紀夫の推輓で中央公論社で出版の話が進むが、「『風流夢譚』事件が起きたせいもあったのか、話は自然と立ち消えになってしまう」。その後、徳間書店から話があって、装丁もでき後はもう出版だけというところまできていた。それが最後のところにきて『家畜人ヤプー』（正編）の最終部分である第二十五章「『高天原』諸景」以降を削ってくれないかという話が起こった。

この「『高天原』諸景」以降には古事記、日本書紀の読み換えが行われている部分で、「天照大神は実は白人の女性アンナ・テラスである」などと記されている。「配本直前になって、この部分をとっても作品として成り立つから、とってもらえないかという話だった。この話は蹴ることになりました」

さらに桃源社からのアプローチもあったのだが、そこに天声出版の雑誌「血と薔薇」の編集者から電話があり、昭和四十四年「血と薔薇」第四号に続きの章が掲載される。そして天声出版を出た矢牧一宏が作った都市出版社によってようやく昭和四十五年二月、『家畜人ヤプー』の単行本は刊行が実現する。

しかし、今度は都市出版社が右翼に襲撃されるのである。昭和四十五年六、七月に関西系の右翼が押しかけ、「日本民族を侮辱するものだ」として威したり、社内を目茶苦茶にしたりして逮捕され、新聞や週刊誌に大きく報じられる。ところが皮肉なことにこれがきっかけとなってベストセラーになる。

今回刊行されたばかりの『家畜人ヤプー』改定増補《完全復刻版》に寄せられた沼正三の「はしがき」によれば、完結編を含め全四十九章となる『家畜人ヤプー』の完結編の「あとがき」で「日本と日本人が二十一世紀を果たして生き抜けるかについての疑念を表明し、祖国の衰退滅亡を願わぬでもない非国民的心情を告白した」ことが明かされている。

「お前が得意になって妾に喋ってたヤマトダマシイは、〈東洋の精神文明〉は、どうしたの？」

「クララ。自由平等や男女同権を定めた日本の憲法は、占領軍が作って与えたんです。人権自由は日本人独自のものじゃない。植民地の独立運動を支えた諸民族平等の理念だって、東洋にはなかった。人類社会の指導理念と言えるような大思想はみんな西洋の……」（略）「……じゃ、お前はイースの階級制度を、ヤプーの差別待遇を認めるのね。イースの白人に無条件降伏するのね」

「そう、その〈無条件降伏〉です。（略）」

「S&Mスナイパー」誌に今年三月号まで三十八回にわたって掲載された「続家畜人ヤプー」の最終章「無条件降伏」の中に、かつての恋人同士である主人公クララと麟一郎とのこんな会話もあるのだが、これもそんな〝非国民的心情〟と対応しているのだろう。日本民族派を強く刺激するものはこの作品に一貫して流れているようだ。これらについて天野さんはこういう。

「人権や民主主義というのは、全部手とり足とり西欧人から教えられたもの。何か十分に咀嚼しないうちから、自明のこととして民主主義のお通りだ！というのはいやですね。人命は昔は鴻毛よりも軽かった。だから喜んで死ねるということになっていた。それが途端に地球より重いというように、一挙にひっくり返されて言われた。納得できないですよ」

そしてマゾヒズムの世界観については、こんなふうに語った。「昔、若者たちが日本から出て初めて日本が分かったように、宇宙飛行士が地球から飛び立って初めて地球の姿を発見するように、正常な世界を飛び立って異常者になることによって、正常なる世界が見える。それは天動説と地動説との違いであるとも言える。科学史上は天動説が打ち破られて地動説が常識になったけれど、心情的にはなかなか天動説から抜け出せない。あくまでも中心はこちらにあるという考え方。だが地動説というのはこちらは片片たる辺域であって、中心は彼方にある。彼方に吸収される部分としてこちらがあり、生きている。頭の上での理解ではなく、そういう皮膚感覚をマゾヒズムというんです。そういう巨大で、無限な時間だとか、空間だとか、外側にあるものが中心だという感覚なのです」

また天野さんはこんなふうにも語った。

「日本の大革命を志した吉田松陰が、まだ日本国というものが現実にはありえない時に、つまり維新期の革命家の前に日本国がSF的な世界としてあった時、その統一されたSF的日本国家への願望のためには、長州藩の一つや二つなくてもかまわないと言っています。長州藩や薩摩藩に対して当時の人々は今の人が日本国というものに持つのと比べものにならないほどの帰属意識を持っていたはず、それを超えて夢みたいな幻の国の誕生のためにはそれがなくてもいいと言っている。そうでなくては革命なんかできはしません。宇宙飛行士が宇宙からみたら国境なんかなかったという発見と吉田松陰の描いた夢は同じです」

「……と沼は言うのですが」――昔の新聞や雑誌の切り抜きを見ると、天野さんはしばしばそういう間接話法を使っていたようだ。しかし、二時間近いインタヴュー中、一度も天野さんはそんな間接話法を使用しなかった。沼正三さん本人が語る語り方にほぼ近かった。

そして、「ご紹介します。沼正三さんです」と最初に紹介してくれた康芳夫さんがインタヴュー中、私の横にいて天野哲夫さんが沼正三であることを何度か述べてくれた。その康さんは『家畜人ヤプー』が都市出版社から刊行された時以来この作品とかかわっている人なのだ。しかし、彼はネス湖の怪獣探検隊を組織したり、ハイチで日本人空手家とベンガル虎との闘いを企画したりする有名プロモーターで、日頃は我々の平板な価値観の紊乱者である康さんを私は愛する一人であるが、こういう場合は、『虚業家宣言』という著書もあり、「ホラを実に転化させる。この醍醐味がたまらない」と豪語する氏からの情報はますます私の頭の中を攪乱させるばかりだった。

「平凡社の『現代人名情報事典』には沼正三、本名天野哲夫と載っていますけれど、自分からはっきり当人だと明言したことは一度もありません」と天野さんは言う。「当初は沼正三さんの代理人という形でしたが？」と聞くと「今も代理人です」という。

『家畜人ヤプー』（正編）の「はしがき」には完結編執筆について「作者としては、当初から続編を書くつもりでいたのであるが、それを拒んだのは、沼正三というペンネームの本人探しということで、知人ではあるが作品とは無関係なK氏に累が及ぶことを危惧したためであった」と記してある。天野さんはこのK氏が倉田卓次さんであることを認めた上で、複数説についても、「積極的にいろいろな部分について取材に応じてくれた人も一人二人います」。倉田さんがそういう助言をしてくれたことは「否定しません」と語った。

匿名性を保とうという著者に対して、その仮面を剥ごうという行為はあまり、愉快な行為ではない。著者が死んでしまえば作品に込められたものしか残らないし、作品だけが残れば十分とも言える。だが、みな生きているために、そこの場所だけに止まることができない。私も沼正三は誰なのかを知りたいし、代理人も匿名の周辺だけにとどまってはいない。

インタヴューの後、幾つかの取材を重ねてみた。『家畜人ヤプー』が出版される時などの著者校閲は天野さんがやっているし、天野さんが人前で沼正三のサインを『家畜人ヤプー』にしている事実もあるようだ。また沼正三＝倉田卓次さん説の直後に出た最新版『劇画家畜人ヤプー』（一九八三年一月刊）に天野さんが「残念ながら名乗り出て」という文を寄せており、森下小太郎氏の記事に対して『家畜人ヤプー』の筆者は私自身であることを、悔しいながら明記せざるを得なくなったのである」と天野さん自身が記している。また一九八四年四月二十日の山形新聞に天野哲夫の名でエッセイが載っており、著者の経歴に「主著に『家畜人ヤプー』『ある夢想家の手帖から（全六巻）』（以上沼正三名）……」とあって、さらに「〈注〉この略年譜は筆者が作成したものです。」とある。

つまり今の状況はほぼ天野さん＝沼正三と考えてもいいとも言える。それでも幾つか、私の中で気になることがあるのだ。それは天野さんが自分で沼正三であることをいったん明記したにもかかわらず、再び沼正三の代理人としての立場に戻りつつある印象を受けるからだ。一九八七年に天野哲夫の名前で刊行した『禁じられた青春』では「沼正三・代理人というのが私である」と記されているし、私のインタヴューに対する答えも同じだった。

また森下氏の倉田さん＝沼正三説にも、多くの手紙の引用などに強いリアリティーがあるし、それを伝える読売新聞の記事にもそのことの裏をとった形跡が記事に反映している。特に主人公の「麟一郎」という珍しい名前について、終戦直後の有名な同人誌「世代」の初代編集長である遠藤麟一朗と倉田卓次さんが知り合いであることなど、印象深い指摘もある。

そこで裁判官を退官して、現在は公証人である倉田卓次さんに電話で話を聞いた。

「本ができた時は贈ってくれました。あの騒ぎの時はたいへんでした。後で迷惑をかけたと天野さんが訪ねてきた。その頃までは文通があったのですが、それ以来文通もなくなってしまった。彼は『奇譚クラブ』にいろいろなペンネームで書いていましたし、私は彼が沼正三だと思っています。私はこの件は関係無いですよ。完結編については知らなかった。本になればまた贈ってくれるかもしれませんね」

至りつきそうで至りつくことができない。そのような場所やものは、いま魅力的である。『家畜人ヤプー』の著者も、そんなもののひとつなのだろう。

（追記）主人公「瀬部麟一郎」の名については、マゾッホの『毛皮を着たヴィーナス』の主人公ゼヴェリーンとの関連も考慮すべきだという指摘が、その後、天野哲夫さんからあった。

また倉田卓次さんは、この時の私の電話取材に対して、とても丁寧に答えていて、迷惑な電話だというような印象はまったくなかった。その後、雑誌「世代」の元メンバーや、その友人たちが会合している場に偶然遭遇したことがあるのだが、この中に倉田さんもいて、倉田さんのほうから、私に挨拶に来て、ほんの少しだけだが直接話したこともある。いずれも話を避けている感じはなかったことが、今も印象深く記憶に残っている。なお、倉田卓次さんには『裁判官の書斎』という名エッセイシリーズがある。

天野哲夫さんは二〇〇八年十一月三十日、肺炎のため東京都内の自宅で死去。八十二歳。▽倉田卓次さんは二〇一一年一月三十日、腎不全のため東京都豊島区の病院で死去。八十九歳。

全共闘世代への呼びかけ——1992年1月

早稲田大学の全共闘世代の人たちが一堂に集まるというパーティーが十一月二日夕、赤坂プリンスホテルであった。新聞やテレビなどで報道され、集まった人たちの声やその世代からの賛否両論が紹介されていた。印象ではやや批判的な意見が多かったと思う。私もその世代の一人ではあるのだが、あの頃は酔えば他人のことも考えずに旧制高校の寮歌を歌い出すおじさんたちやロシア民謡を合唱する人たちが、まだ周囲にたくさんいて辟易したものだった。「連帯を求めて孤立を恐れず」という勇ましくて、かっこいい言葉が若い人たちの間を流通していたころだし、橋本治さんも「とめてくれるな　おっかさん　背中のいちょうが泣いている」なんて言っていた。

それぞれに〝インディペンデント〟というのがセールスポイントだったのだから、〝全員集合〟というのに批判的な意見があったのは当然かもしれない。でも気がつくと自分も「今の若い人は……」なんて言っている時があって、内心「あっ」と小さい叫び声を上げることも一度や二度ではない。「今の若い人は……」という言葉の裏側には「俺たちの時は……」とか、「僕たちの時代は……」という言葉がぴったり張り付いていて、それはもうあの時、大きな声で歌っていた寮歌やロシア民謡のおじさんたちが自分の横ににっこり微笑んで立っているようで、ほんとうにぞっとする。

その「全共闘世代のみなさん。その後、いかがですか」という小説を富岡多恵子さんが書いている。それは、岩波書店が〈物語の誕生〉と銘打ってスタートした物語シリーズの第一回配本『水上庭園』のことだ。

この作品は、富岡多恵子さんのファンなら忘れることのできない、一九七〇年の夏、シベリア鉄道の中で出会った年下の西ドイツの青年との十八年後の再会とその二年後の、長い時間消えずにいたある情念の成就を描いている。『厭芸術反古草紙』を刊行。翌月、それまでの詩を捨てて小説を書き出す、そのターニングポイントになるようなソビエト・アメリカ旅行に出る。七六年五月に出た「現代詩手帖」の臨時増刊「富岡多恵子」の巻末の年譜によれば、この一九七〇年に「八月、菅木志雄とソビエト、アメリカをそれぞれ鉄道横断旅行し、九月末に帰国。シベリア鉄道の車中で西ドイツの青年と知り合い、以後二年間文通」とある。

富岡さんは、この西ドイツの青年とのシベリア鉄道での出会いとその後の文通について、これまでも『ボーイフレンド物語』などの中で紹介していた。それによれば、その青年は「ヒッピー風というほどではないが、まあ外国を貧乏旅行している若者風である。クリ色がかったブロンドの髪。うすいセーターに、コールテンのズボンのたいへん思慮深い、落着いて礼儀正しい感じのする青年である」。

青年は大変なはにかみ屋なのだが、一方では「そばにいる亭主に遠慮することもなく、わたしをじっと見つめつづけ、時折、今夜はたいへんきれいです、なんてさりげなくいったりする」。富岡さんはこの時、三十五歳。ドイツ青年は二十一歳。「現代詩手帖」の臨時増刊号にはイルクーツクの駅での、ズボンのポケットに両手をつっこんだその青年と頭からストールを被った富岡さんが並んで微笑んでいる写真も載っている。

シベリア鉄道では何もないまま青年と別れるのだが、彼はドイツに帰郷するとすぐ、予想されていたとおり徴兵の命令を受ける。そして軍事裁判所の法廷で、人を殺すとは自分の良心に反するという理由で兵役を拒否し、それが認められて、かわりにシヴィル・サーヴィスという義務を一年半やらされる。途中から青年はアメリカに渡り、シヴィル・サーヴィス義務の終わった後、ドイツへ帰る途中、南米を旅行。「リマの空港で待っている」という手紙もきて、富岡さんのこころも「南米をかけめぐる」。だが青年からの手紙は彼が帰郷したであろう時からぷっつりと途絶えてしまうのだ。しかし、「わたしは時々、街であの青年に似た外国人に出会うとドキリとすることがある」と富岡さんは『ボーイフレンド物語』の中で書いている。

そのシベリア鉄道から十八年後、「一九八八年五月中旬、東京新宿局のスタンプがはっきり読みとれるEからの葉書が舞いこみました」という書き出しで、『水上庭園』は始まっている。そしてドイツ青年EとA子の二十年前の「未遂の恋」に「落し前」をつける物語は、かつてEから情念の塊のように次々に届いた手紙を引用しながら、東京から、壁の崩れた九〇年のベルリンへと漂うように進んでいく。この小説を読みながら、Eと私の年齢がほぼ同じであることも影響してか、Eの底にあるものと私の中のどこかが通底してきて、「全共闘世代のみなさん。その後、いかがですか」という富岡さんの声が強く響いてきたのだった。

その富岡さんに、この作品のこと、物語論のことなどを聞いた。

「結婚して、詩をやめたいんだけれど、どうしようもない。とにかくきっかけを作るために、外国へ行こうということになった。ちょうど彼がジャパン・アート・フェスティバルでグランプリをとってその賞金が百万円入った。それを全部使おうと思って旅に出た。だからシベリア鉄道も一等でした。スポンサー付きですから、E君といくら仲良くなっても、スポンサーに悪い。『義理が重たい女の世界』でした。でも二十年も経って、ベルリンの壁が壊れるころに手紙がきた。このチャンスを生かさないと、今度は『女がすたる』と思ったのかなあ、たぶん」

この小説は歴史の大ニュースであるベルリンの壁が壊れたことを逸速く取り入れた作品だが、このため未知のドイツ青年が何となく近しい感覚で読者の前にある。かつてのように小説のスタートラインを作者も読者も暗黙のうちに共有しているという時代ではないため、いま作家の人たちは、作品のスタートラインを自分の読者と開かれた形でどう共有するかということでとても苦心している。だが、富岡さんにとっては、このベルリンの壁崩壊のニュースはそんな意味でも朗報だったようだ。

「こういうドキュメンタリー風な世界状況をフィクションの中にノンフィクションのようにして利用するには昨年はチャンスでした。利用しなくては損やと思った。ネタはあるのやから。ベルリンの壁崩壊というシンボリックなイベントの前に、恋愛事件をもっていったら、わかり易いと思ったんですね。壁が崩れたことで、日本にはない徴兵制や、良心的徴兵拒否のことなども小説の中に入れ易いし、二十年前の状況も書き易い」

そんな富岡さんに、物語論についても聞いてみた。

「物語るというのは、無意識のうちにも、自分の戦略ですよね。ありのまま言ったら絶対その通りには信じないから、それを信じさせるように、料理をして持っていくわけですよ。それを利用して本当はすっぱいものを絶対甘いと思わせるように料理して、食べた人が本当に甘くておいしいと思ってくれればいい。自分がこういうふうに理解してほしいというふうに作るわけですから、戦略的なわけですよね。ベルリンの壁とかノンフィクション的なシチュエーションを偽装したり利用したりして、たとえ実際の体験があったにしても、それをこういうふうに読んでほしいという、その料理の仕方が物語というものです。その時に私のメッセージが届かなければ、私の料理の仕方が下手なのであって、文句のいいようがないですね」

その物語に乗せて富岡さんが発したメッセージのうち私に届いたものは、作中のこんな会話のところにあった。それはドイツにいるEを訪ねたA子が、Eの運転する車でアウトバーンをベルリンに向けて高速で移動中、壁の無くなったベルリンに先月行って来たというEに、A子が感想を聞く場面だ。「とにかくヒトが多くなった。地方から壁のなくなったベルリンを見にくるから」と言うEに対して、A子が「Eだってそのひとりだったじゃない？　あ、わたしもそのひとりだ――」と言う。その後、Eは直接A子の「Eだってそのひとりだったじゃない？」には答えず、「それで、ベルリンに住んでいる友だちがボヤイていた」と会話を前に進めるのだが、私は読みながら、A子の「Eだってそのひとりだったじゃない？」という問いに一瞬うなずいてしまった。そして、すぐ「あ、わたしもそのひとりだ――」と言葉を付け加えたA子にとても近しい感情を覚えた。私はE君もA子の「Eだってそのひとりだったじゃない？」という問いに、きっとうなずいていたと思うのだ。

この何げない会話の中に私はE君に国の違いを越えて、同世代に共有する何かを感じる。A子とある情念を共有しあったE君の感情の源泉を感じる。そこにはE君もA子も、自分がいる場所に対して、自分が立っている場所からの眺めと、逆の角度からみている視線という二つの視線をいつも持っているような感覚世界がある。その逆の視線は、ともすると自分の立っている場所を崩しかねないほど強く、その強い力は外に向かっていくというより、自分が外に出ることを望めば望むほど、逆に内へ内へ強く深く食い込んでくるような性格を持っている。

私はこのEやA子のように自分の中にいつも二重の視線を持つ者にある共感を覚える。私の大学生時代に「大学解体」というスローガンが学生たちの中に広がってい て、当時、自分の前に、この「大学解体」という言葉がとても不思議な言葉としてあった。つまり、大学という集合の要素である学生にとって、このスローガンは自分の中の〝敵〟と〝味方〟を、外側と内側、向こう側とこっち側というふうに、二分法で分離できない言葉だったからだ。本当に大学の解体を望むならさっさと自分から大学をやめればいいという声も自分のなかに響いてくるのだが、それもまた、この言葉を真とするものでもなかった。

あのクレタ島の予言者のように、ノンシャランにこの言葉をさかんに発していた人も多かったが、外側にではなく自分の中に〝敵〟と〝味方〟を二重に生み出してしまうこの言葉のパラドックスをいろいろなかたちで突き詰めていった人たちも私の周囲に少なくない。

自分の中に根拠地を信じて、そこから外に向かっていくということのできない、E君はある場所に定住することができない。アメリカにいても、ドイツにいても、タイにいても、日本にいても、それを突き崩す別な新しい力を自分の中に持っている。だからどこか夢想的で「成熟拒否」の人のようにも見える。一カ所に留まることなく、舟のように水上を漂う人で、同じように二重の視線を持つA子にもその漂う人の一面が強い。

そのように、自分の内側にそれ自体を崩しかねないものを持った者にとって、外側から自己の内側の不定形に形を与えてくれる異質なものの存在は魅惑の源泉である。性が違い、年が違い、民族も違い、言葉も違うA子とE君が、お互いに引かれ合う。舟のように水上を漂うものが、互いに異質なものを通して、つかの間のあの空を見ることができるのだ。

内側に二重の視線を持ち、外側の異質なものによって導かれていく世界は、勿論、私がともに育った世代だけのものというわけではない。A子の存在自体がその証なのだが、やはり私には、富岡さんが「その後、いかがですか」と声をかけた人たちの中に、その感覚が深く内包されていると感じられてならない。そのことがこの世代の最大の困難であり、同時にその可能性だとも私は思っている。

ついにA子とEは壁の崩れたドイツで、二十年の歳月をかけた「共寝」をするのだが、その部分は富岡さんは『あの時のE』と昨夜『共寝』をした」としか書いていない。

「ずるい。これではもの足りないですよ。とってあるのですか?」と聞くと、

「とってある? そう、まさに、とってある。ちょっととったる。もったいない。出し惜しみ。読みたい人は期待しておいてください。必ず続編を書きますから」という返事。

またA子五十五歳、E四十二歳の関係の中で、Eを見るA子の少しざらざらした感触や、A子の中で自覚された「悪意」によって、単純な恋愛小説とは読めなかったことを言うと、

「そう。五十五歳の女の性欲という問題をきっちりと書きたいという気持ちはある。一日二日を拡大して、これでもかこれでもかと書かなくてはいけないでしょう。観念的にやらなくてはならないところがかなりあるし、年齢の違い、外国人と日本人の違いということもある。おもしろい

問題です。なかなか力わざで、三十代では絶対書けないでしょう」

女性の性欲の強さと男性の性欲の弱体化。だがその事態は女性たちにとって、新たな困惑と困難を生み出すだろう。A子とEは、その中でどう「共寝」をするのか。富岡さんの話を聞きながら、私は続編のEにエールを送りたかった。「E君、頑張れ。もっとしたたかに」と。

サド・マゾへの志向——1992年2月

「私、いまSM（サディズム・マゾヒズム）に関心があります」。昨年の十月二十二日、「海燕」新人文学賞の贈呈式のあと、倉敷から上京していた小川洋子さんと話をする機会があった。小川さんが初めての長編「余白の愛」を「海燕」（十一月号）に発表したばかりだったので、しばらく新作について話をした後、「この後、どんな作品を……」と質問すると、小川さんのその答えがサディズム・マゾヒズムへの関心だったのだ。

「どんな理由からですか?」

——記者としては、当然そんな質問を重ねていくべきだったのかもしれないが、その時はそんな具合にならなかった。しかし、小川さんの言葉から自分のなかに広がっていくものがあった。

一年間を振り返って、自分がインタヴューしたものでも河野多恵子さんの『みいら採り猟奇譚』、村上龍さんの『コックサッカーブルース』、沼正三さんの『家畜人ヤプー完結編』など、それぞれに作風が異なりながら、サド・マゾを扱った話題の作品が多かった。村上さんの『トパーズ』や山田詠美さんの『ひざまずいて足をお舐め』も文庫化されたばかりで、確かにジャーナリスティックな意味でもサド・マゾが出てくる作品はいま多い。小川さんの言葉から、そんな事に気づかされて、いかにも記者らしい反応が自分の中に起きたのかもしれないのだが、自分の中に残ったものは、それだけでもなかった。

そんな時、たまたま立ち寄った古本屋で手にした河野多恵子さんのエッセイ集『文学の奇蹟』を立ち読みするうちに、自分の中に広がってきたものの姿がはっきり見えてくるような気がした。

『文学の奇蹟』は河野さんの初の文学的エッセイ集で一九七四年刊行。その中の「小説の役割とは、それを読む人のこの世の人間および人生への愛着を更新あるいは増加させることにある、と私は信じている」という言葉や、「文学を含めて芸術作品の価値の如何は、人間の精神的歓びを触発する度合の如何にかかっている」という言葉を読みながら私が思ったのは、それぞれに作風も、舞台となる時代もまったく異なりながら、サド・マゾを扱ったこれらの作品の主人公たちに、不思議なことにコンプレックスというものがないことだった。主人公たちが悲しみや淋しさを抱えて在るのではなく、生の強さのようなものを持ってこの世に生きて在ることで、どこかつながるものがあることに気づいた。

そこで河野さんに、『みいら採り猟奇譚』などの作品やサディズム・マゾヒズムのことについて話をうかがった。前記のように、同作品をきっかけにしたインタヴューは二度目のことである。インタヴュー取材の楽しみは、取材対象の個性的な話を通して逆に、ある広がりの中に出ることができたときにある。また相手の思わぬ答えに、こちらが質問の反対側へ投げ出されてしまうという楽しみもある。

例えば、小川洋子さんに「ダイヴィングプール」について話を聞いた時にこんなことがあった。主人公の女の子が、リエという一歳五カ月の子供に腐ったシュークリームを食べさせ、リエが死にそうになるという少しサディスティックな場面があって、「どうして腐ったシュークリームなんか食べさせたんですか」という質問をした時の小川さんの答えだ。それは「主人公がリエに愛情を持ちはじめたためだったのですけれど……」というものだった。私は、どうしてもその言葉をインタヴュー記事の中に生かすことができなかったが、驚きとともに、その答えは長く自分に残った。

また河野多恵子さんが、三つの空想殺人を描いた『不意の声』で、母親を第一番目に殺したことについて、あるインタヴューの中で、「〝母が受ける悲しみ、苦しみをなるべく少なく〟と思ったから」と答えている。その記事にも、河野さんのその答えの引用の仕方に、取材記者の驚きの感じが伝わってくる。

ところが、河野さんへの一年前のインタヴューで、私は少し緊張していたのか、何か大切なものを受け取り損ねていて、そのことが気掛かりとなって自分の中に残っていた。そこで『文学の奇蹟』に触発され、河野さんに無理を言ってもう一度、話を聞かせてもらったのだ。

恋愛は猜疑心と信頼のその振幅の中で、一致を目指す。サディズム・マゾヒズムの関係はその一致が前提である河野さんはまず語った。

「実際に一致しているかどうかは、別なのよ。一致している、永遠に一致しているという意識を意識的に成立させているることが前提なの。別の言い方をすれば、もっともっと大きな一致を目指しているとも言えるかもしれない。冷静に考えたら心変わりもあるし、自分の方から愛想が尽きることもあるかもしれない。でも、絶対的に永遠に一致し得るという意識が刺激になるし喜びになる。そういう意識がなかったらああいうことはできない。いわゆる恋愛小説とは違うし、でも男と女の愛の話にはまちがいない。普通のセックスでしたら、精神的な要素が極めて希薄でも可能かもしれないけれど、サド・マゾの場合はかなり精神的な要素がないと成り立たない世界」

サド・マゾによって、意識下のものを極限まで追い詰めると、それまで意識の下に隠れていたものが表面に現れてくる。『不意の声』の〝母殺し〟に対する河野さんの答えには、そんなふうにして現れた慈しみの感覚がある。

「私は頭で考えたことはない。〝母親を殺す〟のもそう。親と離れて東京にいるとき、かなり重い結核にかかった。親に言えばすぐ帰ってこいというに決まっているので、内緒で治した。抗生物質で顔がものすごく腫れて大変だったの。そのとき、親が死んでいてくれたらどんなに幸せかと思った。これで、私が死んだらどんなに親が悲しむかと思った。両親が生きていることが恨めしかった。私はこんなに親孝行だったかなあと思った。それが基にあるの、あの〝母親を殺す〟には。私に即していって、不思議なことがあるので、それで書くのよ。例えば『幼児狩り』だって、サド・マゾから書こうとしたのじゃなくて、私は本当に男の子の幼児がたまらなくかわいくて好きなのよ。日記に『男の子を好きな話を書こうかしら』と書いてある。そこから始まっている。その男の子の幼児がたまらなくかわいくて好きなのはなんだろう、と書き始めてあれができた。結局、小説家というのは、自分の中から生まれてくるものに忠実に書かなくては駄目。新しがっても、老けづくりしようとしても駄目。自分が関心のあるものを忠実に書くこと、それを一番よく表現するにはどうしたらいいかを考えることだと思う」

『みいら採り猟奇譚』では昭和十六年の戦時下、数え年十九歳の女主人公比奈子が、三十八歳の内科医尾高正隆と結婚。マゾヒストの正隆に比奈子がしだいにサディストに育て上げられる。正隆のマゾヒストとして最高の願望である、相手に殺され、しかも死後の自分の姿を見たいという不可能な望みの実現を描いている。

「作品の中の時代は戦中であっても、私専用の時間の中では現代を書いたつもりです。何もあの時代にとらわれなくても、ああいう男女が一組くらいはいてもいいはずだし、いるはずだと思う。マスコミや商業主義によって型にはまった人間像しか見えない時代だが、みんな男は会社人間で、おかみさんはパートに出て、パート先で浮気をしたり、カルチャーセンターに通っているという、そんな男女ばかりではないはずです。もっと面白い男女がたくさんいるはず。非常な、大きなところで人間肯定するうえで比奈子と正隆の二人を書いたという面もある。人間というのは、そのくらい強いものではないか、人間というものはもっと豊かなものなんじゃないか、と思う」

この肯定力に富む発言には、この世は至上の楽土であるべきはずだという信頼と自信をもっていた谷崎潤一郎に、肯定の欲望の〈起動力〉を見た河野多恵子さんの『谷崎文学と肯定の欲望』の考えも反映しているようだ。

そして、いま小説を書く難しさと可能性については、こんなふうに語ってくれた。

「今の世の中を書くのは非常に難しい。全体的な自然の動きではなくて、どこかで何が起こったというのが、たちまち影響する。それに商業主義が非常に活発で、世の中を書いているつもりが、商業主義を書いているということになる場合が多い。私自身も気をつけなくてはいけない。ところが、昔と比べればやはり、人間の中まで浸透して変化している部分はある。サディズム・マゾヒズムだけじゃなくて、いろんな性的な部分でも基本的な性衝動は変わらなくても、随分、変わっていると思う。昔は、女は処女を失うとその時関係した男のことを忘れられないなんて言われたけれど、あれ嘘だったじゃない。ところが、女が肉体を征服されても執着しない、なぜ女が執着しなくなるかという小説は無いんじゃない？　男が前の女から次の女へ移るときのことも、私はほんとうに知りたい。女が執着をしなくなったのは、やはり世の中の変化。その前は女の本質というのが、いろんなことで埋もれていたわけです。執着するというのも、絶対的なことではなく、歴史的なことに過ぎなかった。サディズム・マゾヒズムだけじゃなくて、女から女へ次々に移る男。男に執着しない女。どちらもまだ書き表されていない、たいへんな人間性の秘密よ」

小川洋子さんにもサディズム・マゾヒズムへの関心を電話で聞いてみた。

「普通の恋愛や肉体関係は繰り返し書かれてきた。もうその裏や先に何があるのか、書きたい、読みたいというところに来ているのではないでしょうか。サド・マゾの世界はまだ私たちが見ていないものを隠しているような気がするのです。人間はみなサドかマゾのどちらかでしょう。本人は意識していないのに、無意識的に登場人物がいろいろなことをやって、ふと考えるとサド・マゾになっているという作品を書いてみたい」

　昨年の十二月十七日夕、東京・日比谷の帝国ホテルで、『みいら採り猟奇譚』で野間文芸賞を受けた河野さんに対する贈呈式があった。そこで挨拶に立った河野さんは、十九世紀後半の「歌の女王」アデリナ・パッティが吹き込んだレコードをパッティ自身が聞き惚れたという話をした。このパッティの話は河野さんがたいへん気に入っているようで、「THIS IS 読売」一月号の随想「オペラの周辺」でも書いている。私に対する話の最後もやはりパッティについてだった。

　それはこんな話である。蓄音器とレコードは発明当初、高級な玩具のようにしか考えられてなくて、有名な音楽家たちが吹き込みに応じ始めたのは、二十世紀に入る頃からだった。その中で、一番腰を上げなかったのがパッティで、やっと吹き込んでいいと言った時には、六十歳を過ぎていた。しかしパッティは、「フィガロの結婚」のケルビーノのアリア「恋の悩みを知る君は」を素晴らしい出来栄えで歌ったという。そして出来たばかりのレコードをすぐに聞きたがり、ラッパから歌が流れ出すと彼女は我を忘れて聞き惚れたのだ。

　人間は、肉体の構造上、自分の声をそのまま聞くことができない。つまり自分の口の中の音響が混ざってしまい自らの声を聞くことができないのだ。「歌の女王」たちも蓄音器とレコードが発明されるまで、それを聞くことができなかった。パッティは初めて自分の美しい声を聞いて、夢中でラッパに何度も投げキッスをして、「なぜパッティであるかが私は初めて分かった」と言ったという。

「私はこのエピソードが大好きなの。『みいら採り猟奇譚』の最後で、殺されて死んだ後の姿をせめて十秒でも自分で見たいと願う。そんなこと絶対に不可能なことなんですよ。蓄音器とレコードが発明されるまでは、どんな素晴らしい歌手も自分の声を聞くことはやはり不可能だったように」

『文学の奇蹟』のあとがきにも「厳密にいえば、自分自身の本当の肉声というものは聞くことができないという。（略）意外な声でありながら、自分の知っている肉声以上に自分の肉声に近いことだろうとおもわざるを得ない自分自身を感じる」という一文がある。パッティのエピソードとこれがどう関係あるのか不明だが、河野さんは長く忘れていたこの大好きなパッティのエピソードを思い出した時、この書き下ろし作品が今度こそ完成すると思ったそうである。

　サディズム・マゾヒズムの世界を通して自分という闇の中から初めて見えてくる世界。それを作品というモノとして自分から分離したいという強い希求とその実現。レコードという複製のモノを通して初めて聞くことができる自分の声、作品というモノを通して、初めて見ることができる自分の中の世界。河野さんの話を聞きながら、河野さんの作家としての創造と発見の源泉が見えるようだった。そして、それを語る河野さんも見えないラッパに向かって何度も投げキッスをしたのだった。

「性の反転」の意味——１９９２年３月

ここ数年、若い世代の作家たちによって書かれる現代文学の大きな特徴に「性の反転」という顕著な現象がある。
つまり作品の中の登場人物が自分の属する性と反対の性の言葉を使うことが、頻発しているのだ。例えば、それはこんなことだ。

第九十九回芥川賞を受けた新井満の「尋ね人の時間」の中に、主人公の一人娘で月子という女の子が出てくるのだが、彼女は幼稚園に入園する前日に突然「ぼくは、行かないよ」と自分を〈ぼく〉と呼び出して、以来、自分の性とは反対の人称代名詞を使い続けている。またＮＨＫのテレビドラマにもなった干刈あがたの『黄色い髪』の中学二年生の主人公夏実も「あーあ、学校を離れるとホッとする。ボクは広ーい地平線が見たいなあ」と自分と反対側の性の言葉でしゃべり続けている。

この反対側の例、つまり男の登場人物が女性の人称代名詞を使う場合も多く、島田雅彦『未確認尾行物体』の中の高円ルチアーノ（この人物はゲイ）が憧れの産婦人科医に会ったとき、「あたし、きょうのためにワンピースを新調したし、香水も変えたんですよ」と女言葉でしゃべっているし、吉本ばななの実質上の処女作である「ムーンライト・シャドウ」の中では、主人公さつきの死んだ恋人の弟の柊も「その天ぷら屋、ワタシん家《ち》のすぐそばだから、少し歩くよ」とやはり自分の性と反対側の言葉を使っている。

三年ほど前、私はここに挙げた例を引きながら、この「性の反転」の意味について一度考えてみたことがあるのだが、その時も、若手の作家たちの中にある、この一連のことはさらに様々なかたちで出現してくるような予感があった。だが、その一年後、松村栄子さんが「僕はかぐや姫」で第九回「海燕」新人文学賞を受賞し、その作品を読み出して、本当に驚いてしまった。それは私の漠然とした予感を超えて、その作品が「僕はかぐや姫」というタイトルも含めて、この「性の反転」の問題に最も自覚的に、そして初めて真正面から挑戦して見せた作品だったからだ。

「僕さ、十七歳なんだよね、今」

「知ってるよ、あと一週間だけね。僕の場合はあと半年間は十七歳」

「僕はかぐや姫」は、冒頭そんな会話から始まる。自分たちを〈僕〉と呼ぶ、女子校の生徒たちの一人、千田裕生《ちだひろみ》を主人公にその〈僕〉を通して、自分の内側に生まれるものの姿とその〈僕〉との静かな葛藤、そしてその〈僕〉からの離脱を描いているのだが、その中には、「どうして千田さんって自分のこと〈僕〉って言うの?」「男の子になりたかったの?」という友人の問いや、「よくわからない。きっと女の子は嫌だったんだと思う」という〈僕〉の答え。また「ふうん……それってつまり、男とか女とか言う前ののっぺらぼうな人間ってこと?」「えっ、うん、そう」という応答もあって、松村さんはこの問題について、何故主人公は自らを反対側の性の言葉〈僕〉と呼ぶのかという問題を中心に置いて繰り返し考えているのだった。

その松村さんが、「至高聖所《アバトーン》」で第百六回芥川賞を受けた。芥川賞作品は松村さんの母校、筑波大学に似た新構想大学を舞台に、鉱物的なイメージのあるその新しい大学の中で、新しく学ぶ女子学生を主人公にして、さまざまなことで傷つき悩む彼女が、癒しを求めて深い眠りにつくまでを描いた作品だ。私には、やはりこの「至高聖所《アバトーン》」も「僕はかぐや姫」の延長線上に感じられる点もある。松村さんに「僕はかぐや姫」の「性の反転」のことから聞いてみた。

「私自身、高校時代は途中ぐらいまで、やはり〈僕〉って言ってましたから。それほど珍しいことではないですよね。中学生ぐらいからそういうふうに〈僕〉という人が周囲にいましたね。作品の中で『僕』と書くと、何か生身の自分と離れた自分になれるのじゃないかと思います。わずらわしい生みたいなものを離れて、自分になれる視線。またそういうふうになれるように錯覚する視線みたいなものかもしれませんね」

松村さんは、直接的な動機としては、同世代の俳優の黒木瞳さんが詩集『長袖の秋』などでやはり〈僕〉を使ってたくさんの詩を書いていたこと、また詩の雑誌に、若い女の子が書く詩に〈僕〉と書いているものが多いがそういう詩にかぎって面白くないという文章が載っていたことについて、「ちょっと物申してみたくなった」のがきっかけのようだ。男性の中にも女性性があり、女性の中にも男性性があるというユングの有名な説があるが、そんな「内なる異性」というような考え方もどこかにあったのだろうか。

「アニマとアニムスですか。ユングは好きで大学時代よく読みました。そういうことは絶対あると思います。うまく処理できているかわかりませんが、『僕はかぐや姫』を書いた時も、意識はしていました」

「僕はかぐや姫」のように作中の登場人物の性と反対の性の人称代名詞を使うというほどのはっきりした「性の反転」ではないにしても、文学の作品の周辺にさまざまな形で反転した性が現れ続けている。女主人公の語りを全編男言葉で通した吉本ばななの『TUGUMI』。オネエ言葉による橋本治の一連の仕事。そして、山田詠美『ぼくはビート』、高橋源一郎『文学がこんなにわかっていいかしら』など著者の性とタイトルの反転もある。また女性の作家に顕著なことなのだが、小説の中で男性を主人公や語り手にする作品も目立つのだ。村田喜代子が「ぼくたち」のオートバイの疾走シーンを見事に描いた処女作「熱愛」や学校のトイレをピカピカに磨きあげる「僕」と「彼」の世界を描いた「盟友」。第十一回すばる文学賞を受けた桑原一世『クロス・ロード』も人生の交差点で立ち止まって考える十六歳の「ぼく」の世界を描いているし、デビュー以来、ほとんど男の子を主人公にしか小説を書かない鷺沢萠もいる。さらに、増田みず子『シングル・セル』、荻野アンナ「スペインの城」。また今回「至高聖所《アバトーン》」と一緒に芥川賞候補になり、最後まで残った藤本恵子「南港」も女性が若い男性の青春群像を生き生きと描いた作品だった。

やはりここに今たいへんな変化が顔を覗かせているとは言えないだろうか。つまり、ここには自分の側からの延長ではなく、反対側からつかもうとする多くの意志が現れている。そして、松村さんの「僕はかぐや姫」に続く第二作「人魚の保険」の語り手も、オーストラリアの男性となっているのだ。

「異性を主人公にしたほうが書けるという感じ、どこかありますよね。あの作品に出てくる女性は自分の男性との関係をあえて他人に自分から説明しなくてはいけないほど難しい問題とはとらえていない人と設定しましたからああいう形（男性の側から語る）になったのかもしれません。私自身、一人称〈私〉で書くのが苦手で、〈私〉で書いていると私になってしまうのじゃないか。小説中の〈私〉と本当の私が重なって読まれてしまうのじゃないかという変な恐怖みたいなものがある。わりと三人称で書いたほうが楽に書けるのじゃないかという感じで、それと似たことかもしれない。それと関連するのですけれど作家が自分のことを自己表現したいのか、と言われると、何か隠したいのじゃないかと思う面もある。自己表現という部分がまったくないわけではないでしょうけれど、作家なら自己表現しないことを許されるという側面もあると思う。だから、何者かになろうと思って小説家を目指したのかと言われるとそうじゃなくて、何者でもないような存在でいて、なお生きていても許される存在が小説家かなあとも思います。つまり松村栄子を認めてもらいたいのじゃなくて、松村栄子は何もしないのだけど、何かと何かを結び付ける存在としてあって、なお許されるものとして在りたいような」

「女になること、おとなになること、さまざまな知恵をつけること、何かに馴染むこと」――それに対する防波堤だった〈僕〉を捨てて、もう泣いたり笑ったりしない水晶のような魂を持つために、「僕はかぐや姫」の〈僕〉は〈わたし〉になる。主人公にとって、それは女性も男性も使う中性的な人称代名詞への移行なのだ。

「主人公は、自分の目標と違うことに気付いたわけです。〈僕〉と言っているほうが反対に女性性を意識しているわけですから。女性性を意識しないということは〈僕〉ではなくて〈わたし〉だというふうに思ったわけです。十代の感性としては〈僕〉よりも〈わたし〉のほうが過激に女性性を否定していると思います。ただ書いてみて、そこですめば幸せだけど、すまないかもしれないと感じた。でもちょっとそこで終わらせておいてあげたかったんです」

ついに〈僕〉はかぐや姫のように、「男のものになんない」で、性に回収されない中性的な〈わたし〉となる。そして、その中性的な〈わたし〉が、「至高聖所《アバトーン》」の冒頭に出てくるのだ。入学試験が終わって窓の外を見た女性の主人公沙月の目に、雪の積もった世界の中に、毛糸の帽子をかぶり、膝ぐらいまである白いセーターを着て、おそろしく細みのジーンズを履いた「性別の知れない人影」が映る。その人影はじっと動くことなく、〈わたし〉は淋しそうだと感じる、そのところからこの小説は始まっている。

「何もない広いところへぽつんといるイメージをあそこに作りたかった。男性か女性かと限定してしまったら、ぽつんとした感じがそこなわれてしまう気がしたんです。人間関係で、夜を徹して話したりすることで生まれる親しさというのもあると思いますけれど、そうじゃなくて、向こうのほうを歩いていて、特に話す話題もないのだけれど、何か感じる親しさというのはありますよね。そんなことを書きたかったのかなあ」

沙月は、この「性別の知れない人影」、実は同級の女子学生真穂と寮で同室になるのだが、真穂は寮の中で延々六十時間も眠り続ける。母親の死んだ悲しみに、泣く代わりに眠り続ける。そして、沙月は乾いて鉱物的な大学の中で、鉱物研究会に入って鉱物に入れ込む。こうやってこの作品は真穂の眠りと沙月の鉱物的世界への関心が二重になって進んでいく。

石や鉱物への興味は大学の卒論のテーマであったフランスの詩人イヴ・ボンヌフォワに石をめぐるたくさんの詩があることとも関係しているようだ。

「ボンヌフォワの石の詩は凄い。四大元素の地水火風みたいな感じなんです。学生時代ボンヌフォワとバシュラールみたいなものが大好きでした。単純で素朴な言葉を使いながら、言葉の強さがある。ただ風とか木とか、石が出てくるだけなんですけれど、もの凄く強い力がある。だから、そこに石という言葉があると、もうそれは石みたいな感じなんですね。そういうものに近いものを書きたかったということはあります。だいぶ違っちゃったけれど」

そして、眠りの方は大学時代あまり授業に出ずに寝てばかりいた時期があって「眠っている時の世界のほうがリアルで、たまに起きても、現実のほうが非リアルだったから」という。

「至高聖所《アバトーン》」というタイトルも、夢解釈書の集大成の本である『夢の王国』（M・ポングラッチュ／I・ザントナー著、種村季弘ほか訳）の中から取ったようだ。それによると、古代ギリシャの医神アスクレピオスの神殿の奥で睡眠治療の行われる所が「至高聖所《アバトーン》」（Abaton）。そこには健康回復の三体の神、睡眠の神、夢の神、健康の女神が祀られてあったという。

「夢の解釈の本を読むのも凄く好きです。なんか気になる夢を見ると調べたりもします。割りと両極が好きなんです。自然科学のような割り切れるきれいな世界は気持ちがよくて好きです。でもそれだけじゃないなあと思う。学生時代もやれボンヌフォワだ、バシュラールだ、ユングだと読みました。そういう少し神秘的なことも好きでしたが、一方でヴィトゲンシュタインみたいな論理詰めの世界も面白かった。その両極のバランスみたいなところに自分の本当の興味があるのだと思う。筑波の町がすごく好きなのも、とても学術的でモダンな面も好きですが、ぼーっとしていると麦畑なんか見える。その両極があるからですね」

松村さんは〈僕〉ということで、男性に所有される女性を切断しようとした。そして、男性と女性の間に空白をつくり、お互いの距離を拡げてみせた。またそういう関係の外側に出て、自分にとって不自由な言葉の流れも、断ち切ろうとしたのかもしれない。

第二作「人魚の保険」は、恋愛にも〝絶対安全な保険〟をかけないと生きられない現代人の淋しさを描いた作品だが、その中心に地震のことが出てくる。それは、「日本人なら心のどこかで数千分の一ぐらいの確率でいま住んでいる家が壊れて無くなってしまうかもしれないと思っているはずなのに、すっかり地震に慣れ切っている自分を発見した」からだという。つまり社会の下にある土地のあやふやな根拠を問うているわけなのだが、この土地への安心感からの切断は、まったく新しい土地に突然出現した学園研究都市が舞台となった「至高聖所《アバトーン》」にも受け継がれている。

現代社会の大きな特徴は個人と個人とのお互いの距離の拡大だが、松村さんの作品の主人公たちにとってもさまざまなものとの距離が拡大していく。〈僕〉と〈わたし〉によって男性と女性の距離は拡大する。新しい言葉と古い言葉との距離も拡大する。土地との距離や空間もやはり拡大する。何かかつて密接で連続的だったものはすべて切断されて、すべてのものとの距離が拡大し、それぞれが一人ひとりになったところで、登場人物たちは生きている。

沙月にとっても友人たちとは距離感があるし、恋人とも距離感がある。自分の家族との悩みにもやはり距離感がある。あんなに好きな青金石ともやはり石の内部に触れることができず距離を残している。そんなすべてのものとの距離感の中に在る沙月は独りになるのだが、その独りになったところから、沙月は真穂自身にではなく、真穂の淋しさに接近していくのだ。ここにも独りになって外側に出た沙月を通して描き出される真穂の微かな内面があって、逆にそれを通してはっきりと浮かび上がる沙月の根源的な淋しさがある。

「そうする間にも硝子の向こう側の決して触れることのできない場所で、綺麗な砂はただざわざわと落ちていった」という描写が「僕はかぐや姫」にある。主人公の裕生の胸の中のその硝子はある時は、お互いに触れ合うように、透明できらびやかで、それでいて脆く哀しい響きの音を立てるのだ。そして、この硝子こそが〈僕〉なのだが、裕生が学校の校門を通過する時、校門と、黒い制服と、胸の硝子と、裕生と、〈僕〉が横一線に並んでいる。この時のそれぞれの微妙な力関係は、裕生の中でいったいどう働いているのだろうか。

赤外線を発光して、被写体までの距離を測るオートフォーカスカメラで写真を撮った経験のある人なら知っているだろうが、ときたま出来上がった写真の中に、ピントがまったく合っていなくて、像がボケているものがある。それは、撮影者が被写体とカメラの間に、硝子があることに気付かなかったためなのだが、また気付いていてもすべてがそこを自由に通過すると思っているためなのだ。そのことは、その存在に気付かぬもの、またその存在を苦にせぬものにとって硝子は透明だが、その存在をはっきり知るものにとって、硝子は決して透明ではないことを教える。

その透明さと不透明さは気がつかないほどほんとうに

僅かな差だ。だがそんな僅かな不透明さの中にあるのは「淋しいかもしれないが、淋しさは淋しさであっていいと思っているような淋しさ」なのだと松村さんは言う。

そんな現代人の微妙な淋しさは内側から語ってしまったらすぐ壊れてしまうようなものだろう。今さまざまな〝性の反転〟が、現れているのは、そのような淋しさを作品の中に定着するために、反対側からの、外側からの視点をある距離感の中に作家たちが必要としていることの証なのかもしれない。

最後に、少しのニュースを。松村さんは、受賞の知らせがあった時、眠っていたそうである。私はこういう受賞者は初めてではないかと思うし、いかにも小説そのままのエピソード。「体調が悪くて電話のそばで横になっているうちに眠ってしまった。でも、発表まで待つのは、つらいものでしょうから意外と待つ方法としてはいい方法かもしれないですよ。夢の中で、選考委員の頭に一人ひとり語りかけたりして」。もう一つのニュース。松村さんは今秋、結婚する予定だそうです。小説の主人公と、実際の松村栄子さんとの間にはやはり少し距離があるということです。

（追記）

干刈あがたさんは一九九二年九月六日、胃癌のため東京都渋谷区の病院で死去。四十九歳。干刈さんについては「1992年12月」の項も参照。▽鷺沢萠さんについては「1993年9月」の項と、その追記を参照。

現代小説とアニミズム――1992年4月

「『ギンギラギンにさりげなく』なんていう歌があるけど、『ギンギラギンにさりげなく』ってどういう意味ですか？　もし外国人にそう聞かれても、とても説明できないでしょう」――もう五年半くらい前のことになるのだが、開高健さんと木村尚三郎さんに対談をお願いして、それを取材する機会があった。その時、マッチ（近藤真彦）の歌った『ギンギラギンにさりげなく』の話から、日本語に多いオノマトペ（擬音語・擬態語）のこと、その背景にあるアニミズムについて話が発展していくということがあった。開高さんは以上のような発言に続けて、さらにこんなことを言った。

「ネバネバとかヨチヨチとか、日本語の中にはオノマトペが非常に多い。しかもオノマトペで抽象的な精神世界のことまで表現する。オノマトペの描写は自然描写だが、それを抽象の世界にまで持ち込んでしまう。だからこれは日本人だけにしか通じないということになってしまう。善かれ悪しかれ、これが我々の大変な特徴である。これは幼稚さなのだろうか。でも時には大変強力なプリミティブな力を発揮することもあるのだ。精神の健康さなのか、また精神の植物化ゆえなのか、考えてみてもそこのけじめがうまくつかないのですよ」

この開高・木村対談を取材してから一カ月後、たまたま筑波大学名誉教授小西甚一さんの『日本文藝史』の第Ⅳ巻が刊行され、小西さんをインタビューする機会があったのだが、その小西さんの話もまた日本の文芸作品とアニミズムのことになっていったのだった。日本の文化・芸術をめぐるこの二度の体験はよほど印象的だったのだろう、その後、現代文学を取材しながら、これはもしかするとアニミズムの力ではないのかと思えることにしばしばぶつかった。私はその度に開高・木村対談のことや、小西さんの

『日本文藝史』のことを思い出してきた。

その『日本文藝史』（本編全Ⅴ巻、別巻Ⅰ）が二月二十日発行の第Ⅴ巻で本編が完結したのだ。第Ⅰ巻四九一頁、第Ⅱ巻四九四頁、第Ⅲ巻六〇一頁、第Ⅳ巻五八九頁、そして今度刊行されたばかりの中世から近現代までを集めた第Ⅴ巻はなんと、一一四〇頁。小西さん自身が「ともかく枕にはなりますね」という大部なものである。総計すると三三一五頁もある大著だ。

勿論これほど大部な文芸の通史を一人で書いた例はこれまでにない。気宇壮大、前人未踏、瞠目すべき……、どんな表現をしても本当にオーバーではない仕事なのだが、やはりこの『日本文藝史』の最大の特徴は、小西さんがスタンフォード大客員教授などの経歴を通して学んだ欧米の比較文学の理論を取り入れて、古代から現代までの日本文芸の歴史を一貫した概念によって、ダイナミックに論じてみせたことだ。そして、最後に日本とは何か、日本的特徴はあるのか、それは何か、ということを文芸の歴史の上からとらえてみせたことだ。英訳本がアメリカのプリンストン大出版局から同時並行的に刊行されている国際的な仕事でもある。別巻を残して、ようやく本編を完成させた小西さんに、再び聞いた。

小西さんは『日本文藝史』の中で、古代から現代までの日本の文芸作品の歴史を貫く概念として「雅」と「俗」と「雅俗」という三つの概念を提出している。「雅」とは、同じ考え方、同じ感じ方をするようなグループがあって、そのグループの中だけでやりとりができるような表現の仕方が成り立っている場合。これに対して表現者と鑑賞者が別なグループの場合を「俗」と定義した。日本人はこの「雅」を価値のあるエレガントなものと感じ、「俗」を価値の低いものと考えてきた。

例えば、「雅」の典型は古今和歌集などの和歌。和歌に対する「俗」の典型が俳諧だ。

「和歌ですと非常に資質の同じような人たちの中での表現ですから、ちょっとした違いがすぐわかる。だからほんの少し新しいところがあればいい。それ以上新しさがあると、かえってうるさい。しかし民衆の間に伝わっていくものは、笑いとか、よほど強い刺激を出さないと相手の雑多な人間には通じない。そういうのは『雅』の人からみると騒がしくて価値がない。ところがその『俗』なるものは莫大なエネルギーを持っている。そのエネルギーと『雅』が対抗できなくなると、『雅』が『俗』をある程度吸収しないと生きていけないので少しずつ変わっていく。そして和歌から連歌ができていく。連歌というのはもともと非常に『俗』なものだったが、だんだん連歌が『雅』に吸収されていくと、ほとんど和歌と違わない世界になってしまう。そうすると『俗』の連中がこれじゃいかんと、俳諧というものを作る。しかし、今度はその俗っぽさにあきたらない人たちが、『雅』の人たちの持っている非常に細かいものの感じ方を『俗』の中に生かしたらどうなのかという事で芭蕉が蕉風俳諧というのを作るんです」

その「雅」と「俗」が拮抗している状態を小西さんは「雅俗」と定義しており、芭蕉の蕉風俳諧を小西さんは、「雅俗」の典型として挙げている。そして「雅」と「俗」の緊張関係のある「雅俗」の状態の時が、日本の文芸作品では一番いいものが生まれると考えている。

そして、この「雅」というのはもともと中国からきたもので明治まではその考えが続いていたが、明治で「雅」と「俗」の大きな逆転が起きる。中国文化系統のものから、西洋文化のものが「雅」となるのだ。そしてその時、それまで「俗」なものであった「小説」が逆転して新しい「雅」となっていくのだ。

「近代小説のスタートは、西洋の第一芸術と同じものを書くのが『雅』なる小説なのだ、ということだった。坪内逍遙の『小説神髄』の主張もリアリズムの小説がいま西洋では第一芸術だから、我々もリアリズムでなくてはならぬというもの。リアリズムの概念だけ頂戴してその中身をよく知らなかったけれど、理念としては西洋のリアリズムと同じものを書けば、これは『雅』なんだという意識はできた。それが非常に誤解されて、自分の生活を赤裸々に書けば、これがリアリズムなんだという考えのもとに、貧乏で飯も食えない生活を書けば立派な小説という考えが一時期あった。何でそんなものを書くのかといえば、それが『雅』という思いがあったからでしょう」

こうやって小西さんは、中国や西洋に源を発する「雅」の姿を明らかにする。また、『日本文藝史』のためにハングルも勉強して、朝鮮との関係も克明に探り、アイヌ、沖縄の文化についても大きな量を割いている。そして、この中国、西洋、朝鮮などの一つひとつを慎重に取り除いていって、最後に残る日本的なものは何かということになるのだが。ここにアニミズムの考えが出てくるのだ。小西さんは、日本人の根底に連綿と続いてあるのは、自然と人間が全く対立せずに、人間と自然がどこかで交感しあう感覚だという。

「日本書紀には、草も木もよくもの言う国だ、と書いてある。我々の語彙と文法とは違う言葉で、人と草木が語り合えた。これが我々にあるアニマティズム（アニミズムに先行する信仰で、自然現象の非人格的な霊力を信じる。言霊はその標本）です。海に行くと海が語っていると感じる。その時、語っていることはわかるが、それを翻訳するものがないという感じなのでしょう。その自然と語りあえるアニマティズムが日本人の根底にある『俗』のほんとうの姿だと思います。これが中国の文化が入ってきて、『俗』として下の方に押しやられた。しかし連綿と生き続けてきた」

そして、小西さんはこの日本人にある根底の「俗」としてのアニマティズムの考え方から、志賀直哉の『暗夜行路』や夏目漱石の『明暗』に実にユニークな指摘をしている。

「サイデンステッカーが『暗夜行路』は小説ではないと言った。ほかにも欧米の批評基準からみるに三流の作品というほかないという欧米人の意見もある。西洋の小説というのは詳しく説明すればわかるということ。志賀のものはいくら説明しようとしても、説明できないんですよ。日本人は志賀の作品から人間の行為の描写が周囲の景色の描写に自然に移って行くところに、アニマティックな感動を受けるのですが、欧米人には、ちゃんと説明できないものはだめなんだということなんです。たとえばヘンリイ・ジェイムズの晩年の作品は精密を極めた作品だけど、分析すれば説明が可能で、いまでもリアリズムの最高の作品として尊敬されている。漱石の『明暗』はヘンリイ・ジェイムズの『黄金の盃』という作品を意識的にまねたものだと思います。登場人物の配置が全く同じだし、遊動視点という技法はほとんど同じです。『明暗』は日本で初めて、この技法を試みた実験小説ですが、日本人にとっては非常にわかりにくくて発表以来あまり評判がよくない。なぜなら志賀直哉的な要素が一つもない。アニマティックなところが全くない作品です。でも逆に翻訳で読んだアメリカ人にはそれほどわかりにくい小説ではないようですよ」

このアニマティズムは日本ばかりではなく、オセアニア地域の特徴で、小西さんの結論も「いわゆる言霊と言われるもの、それは非常に日本的であると同時に、オセアニア的なるものの日本的現れにすぎない」という。

そして『日本文藝史』の最後は三島由紀夫で終わっているのだが、それ以降の現代は『雅』と『俗』がはっきりしなくなってしまった。両方がぼけてきて何かさまよっている感じです。『俗』が失われているのか。別な『俗』になっているのか。混沌としています」。

小西さんの結論はそういうものだった。だが、現代の作家たちの作品を取材していると、この力はアニミズムではないだろうか、と思える場面にしばしばぶつかるのだ。例えば、中上健次さんの「火まつり」の中で主人公たちが山仕事しているところにこんな描写がある。

「鎌で切り進み足で払っていると、目の前の草が風を受けていちどきに身を起こし、逆襲しかかる気がする。単に風が吹いて斜面の草を波立たせ、渦巻きをつくらせているのだと分かりながら、刈られるチガヤやススキに知恵があり、鎌を振り上げる良太に幻術を使っている気になる。疲れと熱で青い草の匂いも息苦しい頃になると、風で渦巻く草は暴風《しけ》た海の波のような気がする」

ここには、「草も木もよくもの言う国」という感覚がどこかにあるし、主人公が物語の最後で、「岩」の前に立つシーンにも、「岩」と語り合うような感覚がある。

さらに若い作家たちにはモノと交感する作品が目立つ。吉本ばななさんの処女作「ムーンライト・シャドウ」の冒頭で主人公が恋人に小さな鈴を渡すと、それを受け取った恋人は大切そうにその鈴をハンカチに包むという場面がある。著者はしばらくして「鈴は心を通わせた」と書いているが、この間、鈴が鳴るだけで恋人たちは無言である。日本語の語彙や文法以外の言葉で、無言の二人の話が鈴というモノを通して成り立つような描写になっている。

山田詠美さんのデビュー作「ベッドタイムアイズ」も黒人の恋人の持つ銀のスプーンに主人公の感情が入って行き、最後に感情がスプーンから出てくるような小説だったし、俵万智さんの「フリスビーキャッチする手の確かさをこの恋に見ず悲しめよ君」や例の「『嫁さんになれよ』だなんてカンチューハイ二本で言ってしまっていいの」という歌にも、沈黙し、フリスビーやカンチューハイに閉じ込められ、そこから溢れ出てくる別な言葉の力をはっきり感じることができる。

そして、風や草や雨や大波などの自然から、空き缶やボールペンなどのモノ、さらに怒りや嫉妬などの精神世界まで千のものに変身、宇宙的な世界と交感しようとした丸山健二さんの新作『千日の瑠璃』も、アニミズム的な力を強く感じさせる。また、そう言えば開高健さんの最後の作品『珠玉』も三つの宝石を中心に語られる話だった。

ここに挙げた作品の中で、作家たちは自然やモノと交感することで、自らは沈黙し、モノに言葉を託して、再びそのモノから溢れ出てくる言葉ならざる言葉によって、感情の形を表現しているように思えてならない。

梶井基次郎「檸檬」など、モノに託す作品の系譜を辿っていくことは可能かもしれないが、いまここに「玩物喪志」というかつての「雅」の国の言葉を置いて見れば、より事態ははっきりするかもしれない。無用なものを愛玩して大切な志を失うこと。その「大切な志」とはまさに「雅」だが、この言葉を「無用なもの」、つまり「俗」の方から見たらどうだろう。それらの人たちは、いま「大切な志を失うこと」によって、「無用なモノや自然」と、言葉ならざる言葉を通して交感することで、私たちの中にある、〝大切な感情〟を伝えようとしているとは言えないだろうか。このことが私にはどこか、アニミズムの反映のように思えるのだ。

(追記)

開高健さんについては「1990年2月」の項を参照。▽木村尚三郎さんは二〇〇六年十月十七日、肝細胞癌のため東京都新宿区の病院で死去。七十六歳。▽小西甚一さんは二〇〇七年五月二十六日、肺炎のため東京都西東京市の病院で死去。九十一歳。

日本の中の外国人――1992年5月

「アミーゴ」

「毎朝、まずそう呼びかけないと仕事が始まらないようだよ」

――昨年夏、久しぶりに帰郷した際、兄から田舎の町工場で働く人たちの中に外国人が激増していることを聞いて、やはり新聞の報道どおりなのかと思った。こう記すと通信社の記者としては自分たちの同僚の仕事を真に受けないようで少し変な感想だが、やはり自分が生まれ育ったところで聞く、町の変貌は強烈な印象である。

松本健一さんの短編集『エンジェル・ヘアー』の中に、北関東の地方都市で、黄銅や銅を磨いて錆びを落としたり輝きを出したりする固形の研磨剤を探して歩く少年の日々を描いた「真鍮磨き」という作品がある。私の田舎もその舞台となった町とあまり離れていない同じ北関東の町なのだが、そこに点在するメッキ工場や溶接工場などから出る

「真鍮磨き」やカーバイドを手にするのは、確かに松本さんの描くように、それらの町に住む少年たちにとって大きな楽しみのひとつだった。子供たちが工場の廃棄物の山の中で宝を求め探していると、ときたまそれに気付いた工員たちが工場の窓を開けて、子供たちを叱りとばした。私たちは一斉に逃げ出すのだが、その時ちらっと見える工員たちの姿は、ピカピカにメッキされた金属のあの輝きや光りとは対照的に驚くばかりに汚れていた。

そんな具合にメッキ工場はかつての子供たちにとっては宝島だったが、そこで働く者にとっては、まさに3K（きけん、きたない、きつい）の仕事で、今そこにトルコ、フィリピン、バングラデシュ、ブラジル、ペルー、アルゼンチンなど実にさまざまな国の人たちが働きにきており、そんな町工場に勤めている私の兄の友人も、仕事仲間として彼らの国々の言葉を勉強して、例えば「アミーゴ」と話

しかけているというのだ。

たしかに、東京の飲食店に勤務する人たちの中に外国の人たちの姿はもう珍しくないし、私の勤務先のビルの地下にある飲食店で働く人の中にも中国系の人たちの姿が目立つ。さらにエレベーターで、欧米系の人たちと同乗するケースもとみに増えている。

文芸記者としての面から見れば、外国の作家たちも次々に日本を訪れてくるし、外国文学の特集なども各文芸誌に珍しくなくなった。いま文学の世界も含めて、社会全体に、何か大きな否応もない変化が、急速に訪れてきているという感じなのだ。それは、外国の人が日本人の日常の中にいるということが普通であるという時代の始まりなのだろう。

そんな変化の中で、人はどう生きているのか、どういう試練が待ち受けているのか、それをどうやって超えていくのか。そんな新しい時代の問題を考えさせるパーティーに続けて出席する機会があった。

それは三月十二日、東京・市ケ谷の私学会館で行われた佐藤洋二郎さんの第一小説集『河口へ』の出版を祝う会と、その六日後の同十八日、東京・駿河台の山の上ホテルで開かれた坂上弘さんの『優しい碇泊地』の読売文学賞と芸術選奨文部大臣賞のタブル受賞を祝う会のことだ。『河口へ』の表題作は、建築現場で寝泊りしながら一緒に働く外国人労働者の姿を、独特の低い視線で描いた短編。『優しい碇泊地』は企業相手に外国語を教える語学会社に勤める若い青年を主人公にした連作小説。いろいろな国籍の外国人教師とのふれあいの中で、大学を出たばかりの主人公が、言葉の壁にぶつかったり、それを克服していったりしながら外国人ばかりではなく、日本人も含めた他者というもの、社会というものを理解して、成長して行く姿を描いている。

どちらも、否応もなく急速に国際化する社会の中で、その動きを外側から描くのではなく、その真っ只中で生きざるを得ない若者を主人公にして、内側から主人公の新しい生の姿を浮かび上がらせている。坂上さんが「三田文学」の現編集長であり、佐藤さんが「三田文学」出身であることもあってか、二つの会には両氏の顔も見えた。その二人に新しい時代の文学について聞いた。

「この『優しい碇泊地』の主人公にとって他人、他者の一部がもうアメリカ人であるし、ユダヤ人であるし、ドイツ人であるということになっています。今の若い人にとって、母親が自分たちに伝え生かしてきた言葉と同じように、英語というものが否応もなく入ってきていて、彼らは血を流して生きている。英語と一緒に生きて行かなくては、お互いに生きていけないという現実の中にある。最初は英語が満足にできなくて、次第に英語と通じあっていく。しかし、その伝えられることは日本の意味内容でしかない。言葉には向こうの国のロジックや歴史が全て入っているから、触れれば触れるほど分からない。だから非常に孤独なものがある。この作品では、主人公の若い柔らかい心を書いていこうとしたが、当然若い人にはその中身というのはあまりない。主人公の中を占めているのは外国人を含めた周囲の人たち。その周囲の人たちが何であるのか、しだいに分かってくる。でも、その他人とは何か、隣人とは何かというのは、やはり言葉を通してしか理解できないのです」

そして、その言葉とは、「自分の肉体、感覚と、はかり合える言葉」であり、そういう言葉を通してしか、他者や隣人を理解することはできない、と坂上さんは言う。その他者や隣人が日本人であろうが、外国人であろうが、「自分の肉体、感覚と、はかり合える言葉」を通して理解するしかない。それは血みどろの闘いだ。そんな血みどろの闘いをこれからの若い人は外国人との関係の中でもしていかなくてはならない。

さらに坂上さんは、これから、日本人がぶつかる問題として、二つのことを指摘した。

作品の最後の方で、若い主人公が、周囲に受け入れられれば受け入れられるほど、逆に孤独感を感じるようになるのだが、そこに出てくるのは個人主義の問題だ。

「周囲に個人主義というものがある。自分もそれを持たねばならないという時に、主人公は一番孤独を感じる。自分を生かすには個人主義が必要だ。しかし、それなら周囲の個人主義も認めなくてはいけない。そして個人主義になれば、その個人主義の代わりに淋しさが一番入ってくる。その淋しさが若い人を成長させ、成熟させるのだと思う」

そして、もう一つの問題は差別についてだ。

「社会生活の中で人間は差別する動物であることははっきりしている。違いをすごく問題にする。アメリカは、あれだけ多人種の人たちを包含しながら社会を作る上で、差別は絶対いけないということを上位概念に置いた。だから、常に差別に関する問題を解決していかなくてはいけない。黒人との差別、マイノリティーの差別、男女の差別、ハンディキャップによる差別……。ことごとく法律と罰則を作ってやっていく。それでも差別は無くならない。だが、アメリカがいろんな意味で活性化していて魅力ある国であるのは、一番上位の概念に人間は差別をしてはいけないということを置いたからです。もともと人間は生まれながらに平等じゃない。それを生まれながらに平等だと言った以上は、それに対する大きな実験として、あらゆるところで血を流さなくてはいけない。それに比べて日本は非常に差別の多い国なのだが、表に現れない。そういうことを言葉という面からもっともっとはっきりしていくことは我々の仕事だと思う」

佐藤洋二郎さんは昭和二十四年、筑豊の遠賀川の河口付近に生まれた。上京して中央大を卒業、証券会社に三日だけ勤めて、退社。以来三十以上のありとあらゆるアルバイトをしながら生活してきた。二十六歳の時、初めて書いた小説「湿地」を「三田文学」に送ってそのまま掲載されたこともあり、「三田文学」との関係はそれ以来。今回の『河口へ』の中にも二編が同誌掲載の作品だ。

そして四、五年前、勤めていた基礎工事会社がうまくいかなくなってオーナーが逃げ出して行った後、友人とその会社を引きついだ。「やくざが日本刀を持ってやってきたけど、当時の僕は寝泊りするところもなかったので、失うものは何もなくて別に怖くはなかった」

土方時代には、六本木のアークヒルズや浅草のＳＫＤ跡のホテルなど大きな工事現場を幾つも体験したという。表題作「河口へ」はそれらの体験を通して知った肉体労働者の世界を舞台に、江戸川の河口の千葉県浦安付近で働く人たちを十九歳の「おれ」の目を通して描いた。一緒に働く下請けの外国人労働者にはエフちゃんと呼ばれるフィリピン人、パキちゃんのパキスタン人、フセインのイラク人、シーちゃんの中国人がいるし、黒人はクロちゃんだ。「おれ」の仲間には在日朝鮮人もいる。

「昔は日本からブラジルやペルーやハワイ、アメリカ本土などへ移民した。戦後でも筑豊の炭坑の離職者たちもパラグアイやブラジルにたくさん渡った。実際そういう〝出稼ぎ〟というのはあったわけです。世界的に見れば目新しいことではないのだけれど、これだけたくさんの国籍の違う人が入ってくるのは開国以来初めての体験で、それがここ五年くらいの間にパーッと拡がったからあたふたしているんですね。パキスタン系日本人とか、フィリピン系日本人とかできておかしくないし、日本の中にパキスタン街やフィリピン街ができて全然おかしくない。そういう労働者をたくさん知っていたので、書いてみただけです」

そして、佐藤さんの話も坂上さんと同じように差別の問題に自然と進んでいった。

「日本人は、欧米系の白人は認知しますけれど、東南アジア系の人たちは認知しませんね。これはほんと差別ですね。確かに人間は基本的に差別で成り立っているとも言える。太っているとか、痩せているとか。いい大学でているとか、いないとか。全部差別しあっていて、ある意味ではそれが文化なのかもしれない。その差別を意識するか、しないかです。多少は意識して書いたつもりです。昔、混血の子どもを〝合いの子〟なんて呼んでいじめましたけれど、いまハーフなんて呼んで、価値観ががらっと変わったでしょう。黒人に対しても差別があったけれど、今、たくさんのナウイ女性たちが黒人と付き合っていて、やはり価値観が変わりつつあると思う。だから東南アジアの人たちに対してだって認識や価値観は変わるかもしれないんですよ」

坂上弘さんの『優しい碇泊地』、佐藤洋二郎さんの『河口へ』はそれぞれに作風も登場する主人公や外国人たちもかなり違う人たちなのだが、その二つの作品を読んでいると、ある一つの共通した感覚が伝わってくる。

それは、外国人を含んだ他者を理解し、その他者を通して自分を理解するという力の働き方が、決して一つの中心に向かうような求心的なものになっていないことだ。他者を理解する際に、他と自分の違いを消し去って同一化しようとするのではなく、また逆に自分を特殊性の中に置いて、理解できない他者を排除するのでもない、そのどちらでもない関係が描かれている。それぞれが、独立した他者として、ある距離感の中にあって、かつ何かがつながっていく感覚が共通してある。

『優しい碇泊地』の主人公「ぼく」が事務所に泊まり込みで仕事をした翌朝、出勤して来た先輩の女性社員加寿子が「ロー、ロー、ローユアボート」を歌っているのをたまたま聞いてしまう場面がある。何げなく彼女の歌を聞いていると彼女が歌の最後を「ライフ　イズ　バッタ　ドリーム」を「ワイフ　イズ　バッタ　ドリーム」と歌っていることに「ぼく」が気付く一瞬がある。また奇形で腕の短い教師ベティがアフリカに旅立ち、写真を「ぼく」に送ってくる。牝ライオンが一頭だけ倒木のワキに座っているだけの写真なのだが、その写真は彼女が自分の孤独をみつめているのだと思っていた「ぼく」が、「あれは、彼女が、ハンディがありながら、自分で写真が撮れたっていうことをいいたかったんだ」と思いなおす一瞬もある。他者が持つそれぞれ固有の淋しさに気付く瞬間に、「ぼく」の中には、ある距離感とともに、とても優しい感情が生まれてくるのがわかる。

また『河口へ』には「やがて、おれ達と仕事をとり合う筈だ。金の卵はあいつらだ」という言葉や「今度はおれ達のほうが追い出されるかもしれんたい」という声があって、外国人労働者に対する安易な同情が全くない。肌と肌を接し、臭いでお互いを嗅ぎ分けるような距離に生きながら、その同情の無さがかえって、ある距離感の中にそれぞれの存在を認め、平等という優しい感覚で貫いている。

これらを人の持つ原初的な優しさと言ったらいいのか。

外国人が日本人の日常の中にいる新しい時代の中で、そんな優しさが差別を超えて、それぞれに他者をも生かし、自分もよく生かす力となっていることがよくわかる。

（追記）

冒頭の兄は、私の異母兄で詩人・俳人だった小山和郎。小山和郎は二〇一一年四月七日、肝臓がんのため群馬県伊勢崎市の病院で死去。七十八歳。

〝覆面作家〟桐山襲の死——1992年6月

一九八四年七月五日の読売新聞夕刊に、この三月二十二日、亡くなった桐山襲さんの「消えた喫茶店」という短いエッセイが載ったことがある。桐山さんはこのとき、「スターバト・マーテル」での芥川賞候補が発表になったばかりか、または候補発表直前で内定段階だったか、そんな時だったと思う。それは桐山さんにとっても初めての芥川賞候補だったが、その二カ月前に文芸記者になったばかりの私にとっても初めての芥川賞取材だったので、どこか緊張しながら関連の取材をしていた。

そんなとき、何げなく開いた読売新聞の夕刊の下隅に桐山さんのエッセイが眼鏡をかけていない顔写真入りで掲載されているのを見て、「あれっ」と思ったことをよく憶えている。その前年の「文藝」十月号に桐山さんの「パルチザン伝説」が発表になり、その作品が天皇の特別列車の爆破をはかって失敗する青年の軌跡を描いていた内容のため、発表直後に出版元の河出書房新社に右翼団体が押しかけたり、八四年三月には、著者の意に反して第三書館から『パルチザン伝説』の海賊版が刊行されるなどの動きがあったのだが、そのため桐山さんは本名を明かすことができず、〝覆面作家〟だった。その桐山襲さんの文章が、著者の顔写真入りで新聞に載っていたのだ。

「読売は本人に会っているのか……」。——おそらく記者独特の競争心を刺激されたのだろう、桐山さんのその短いエッセイを読んだときの、私の反応はそんなものだったと思う。今から振り返ってみれば、自分が記者としてこの問題への認識がいかに足りなかったかと思う。その後、何度か私はこのエッセイのことを思い出すことがあった。

桐山さんが亡くなった日の夕方、ようやく知ることができた自宅の住所をたよりに、「古屋和男」という桐山さんの本名の表札の掛かった地番通りの家の前に立って、私は家の呼び鈴を押したのだが、何度押しても中からの応答はなかった。困っているところに、桐山襲さんの本の多くを出版している河出書房新社の人たちも来て、彼らも呼び鈴を押したが結果は同じだった。私たちが困り果てていると、近所の人が、近寄ってきて、桐山さんは別棟の家に住んでいたことを教えてくれた。

「担当編集者ですら実際に桐山さんが住んでいた家を知ることはなかったのか……」。案内してくれるその女性の後を歩きながら、そんな思いが胸の中を過ぎったのだが、その時もやはりあの文章のことを思い出した。

その中で桐山さんは、かつては〈ざわめき〉と〈静けさ〉が共棲していた喫茶店の変貌を記しているのだが、私がその短い桐山さんのエッセイのことを時々思い返すのは、そこに書かれた内容ゆえのことではない。それは、その文章を紙面に載せようとした記者、あるいは記者たちの意志、覆面作家を〝強いられている〟桐山襲さんに紙面を提供して文章を書かせた記者たちの無言の意志に、あるとき気付いて強く動かされたからだ。「パルチザン伝説」は昭和五十七年度「文藝賞」の最終選考に残って落選したが、前述のように翌年の「文藝」十月号に掲載された。そしてほとんどの文芸時評で取り上げられ高い評価を受けたが、「週刊新潮」が「パルチザン伝説」の雑誌発表をセンセーショナルに報道したこともあって、その直後に、出版元に対する右翼団体の抗議行動が始まり、「パルチザン伝説」掲載の「文藝」は回収され、また河出書房新社からは単行本としては刊行しない旨が右翼団体に伝えられ、著者にも通知された。

しかしその後、桐山さんと「パルチザン伝説」刊行委員会の粘り強い追求の結果、それから八カ月後、作品社から正式に単行本として刊行された。表現の自由という問題を考えるとき、深沢七郎「風流夢譚」、大江健三郎「政治少年死す」などの作品が単行本収録されていない中で、「パルチザン伝説」の単行本が刊行されたことの意味は、やはり大きい。

そしてそこまでの経過を見ると、河出書房新社が単行本化を断念したその直後に「早稲田文学」（一九八四年一月号）に桐山さんの「亡命地にて」が掲載されており、第三書館からの『パルチザン伝説』のゲリラ出版の直後には「日本読書新聞」（同年四月十六日号）に「『パルチザン伝説』の海難」という著者の〝手記〟が載っている。この二つの手記で、南の島に逃亡したというのは桐山さんのフィクションだが、読売新聞にあのエッセイが載ったのも、作品社の『パルチザン伝説』単行本刊行から一カ月以内のことだった。

「文藝」(同年六月号)に載った「スターバト・マーテル」が発表の直後に、芥川賞候補となったことも大きかったかもしれないが、桐山さんが普通の作家と同じように書き、同じように発表できるようになることに関して、読売新聞の桐山さんの写真つきエッセイの掲載は、ジャーナリズムの側からの何か大切なものを回復しようとする無言だがはっきりとした意志表明として、あったのだと思う。きっと「早稲田文学」や「日本読書新聞」に載った手記も同じ延長線上にあったことだろう。

そのことを深く考えさせられたのは、四年前、桐山さんを『亜熱帯の涙』でインタヴューした時のことだ。この時、私と桐山さんとは初対面だったが、桐山さんにとっても初めて素顔をさらして自分の小説について語るという体験だった。正直、私も桐山さんも少し緊張していた。「眼鏡とろうかな。眼鏡とった方がいい男かな」「ふだんは眼鏡をかけてはいないのですか」「ええ」。冒頭に桐山さんとカメラマンのそんなやり取りがあって、インタヴューは始まったのだが、取材が終わると、また眼鏡をかけた桐山さんが、やっと私の顔が分かった、と笑った。このインタヴューの後、あまり月を置かず、今度は桐山さんは「すばる」で、富岡幸一郎さんと対談。昭和六十一年には文藝家協会に推薦入会。そして一昨年の文藝家協会の総会にも出席、桐山さんが最初の発案者である〝永山則夫の入会問題〟で発言していた。こうやって、ある意味では〝なし崩し的に〟、桐山さんは普通の作家と同じように、書き、発表できる状態に少しずつ近づいて行ったのだった。

桐山さんのデビュー時の担当者である高木有「文藝」編集長はこれまでの経過を振り返ってこう言う。「文藝賞で落選はしたが、作品の力は圧倒的に感じられた。何とか新人として世に出したいと思った。しかし、二百枚以上もの新人の作品を載せるにはなかなかページがとれず、掲載まで時間がかかっているうちに、彼が『風のクロニクル』を書き上げて持ってきた。手元に『パルチザン伝説』と『風のクロニクル』の両方があって、そこでどちらを出そうかという話になったのですけれど、彼は〝『パルチザン伝説』で出たい〟と言った。右翼からの言論への弾圧は勿論問題だが、ジャーナリストたちの自主規制こそが必要以上にその弾圧の力を強めてしまうのだと思う。だが、『パルチザン伝説』が単行本として出せたということには、彼の意志を助けようとする有形無形の支持者がいろいろなところにいたということだと思う」

しかし、二年前の暮れ、桐山さんは悪性リンパ腫を発病して闘病生活に入り、抗癌剤治療でいったんは退院したが、昨秋再入院、最後は白血球が数百まで下がり、感染症に勝てず、三月二十二日午前九時二十六分、肺炎のため東京都千代田区の日本医大第一病院で死去した。まだ四十二歳の若さだった。

ちょうど一年前、入院中の桐山さんをお見舞いに行くことになって、私は初めて桐山さんの本名を知ることになったのだが、感染症にかからないように手を消毒して口にはマスクをしての面会にもかかわらず、冗談やユーモアを言うのは、まず桐山さんの方だった。それは昨夏、一時回復した桐山さんに会えたときも変わりなかった。

東京都の近代文学博物館に勤務しながら、小説を書いていたが、夫人も働いていたため、夕食は帰宅の早い桐山さんがすべて作っていたという。食事がすめば、幼いお嬢さんとしばらく遊んだあと、自分の部屋にこもって深夜まで作品を書く日々だったようだ。夫人に桐山さんのことを聞いた。

「みなさん何か怖いイメージを持っていらしたようですけれど、家ではとても優しくて、しっかりした人でした。私が病院に行っても娘のために、すぐ帰らなくてはならなかったのですが、彼は病院で見たテレビの料理番組から、簡単に作れて栄養のある料理をメモしてくれていて、よく帰りに渡してくれました。病院で苦しくて、吐きたい時も看護婦さんを呼ばず、自分で口の中に指を入れて吐いてしまう。今は看護婦さんになる人が少なく、人手不足で彼女たちは忙しいからと言って、どんなに苦しくても自分でできることはひとに頼らなかった。面会謝絶になる度に、娘に心配しないようにという葉書を欠かさなかったし、その間、一度も気弱なことも言わず、本当に強い人だなあと思いました。葬儀の時の写真も自分で決め、最後も私と娘にちゃんと手紙を残していきました。

『パルチザン伝説』の時も、もしもの時は、私と生まれたばかりの娘は私の友人のところへ避難することを決め、彼は別に避難しようと話していましたが、そこまではなりませんでした。彼は一人っ子で小さい時に実母を亡くして、父親も三年前に死にました。義母はまだ元気ですが、義母も私の親やいとこたちも、彼が桐山襲だということは彼が死ぬまで知りませんでした」

桐山さんは亡くなる直前、遺作となった「未葬の時」(「文藝」夏季号掲載)を病床で、夫人にも黙って書き上げた。

「手がしびれて書けないと言っていたのに、本当によく書いたと思う。身近の人を書くのは好きでないと言っていたのに、『今度はあんたのことや子供のことを書いたよ』と言うので、『へえ、なに書いたの』と私が言うと、彼は『ちょっと出来過ぎかなあ』と言ってました」

桐山さんは全共闘運動の中で受けた体験を背景に作品を書き続けた作家だったが、『風のクロニクル』には、その同じ時代に生きた若い人たちのさまざまな生の入れ替わりが描かれている。理論家のような口ぶりの学生が、昔を平気で懐かしめるような人間となり、何も知らない普通の学生が過激な方向に走り、植物人間になってしまったり、死んでしまったりする。

桐山さんにはこの入れ替わりの感覚がとても強かったのだろう。『亜熱帯の涙』の最後にも、シャム双生児のように手を繋いだ双子の子供の姿が出てくる。これもあの時代に、片方は死に、片方はそれ以降を生きているものの象徴としてあったようだ。

一方で桐山作品を読んでいると、樹木やビルや空気や影が小さな微粒子となっていっぺんに降り下りてきて、自分の立っている場所が別のものに感じられてくるようなリリカルで超現実的な世界にしばしば出合うのだが、その桐山さんの叙情的な資質は、自分たちの生きたその時代への思いと、そこからの現在への強いメッセージ性の中に、覆われがちだった。

しかし、私は桐山さんのこの遺作「未葬の時」を読んで、自分が火葬にされる時を描いた内容にもかかわらず、これまでの桐山さんの作品にはない明るさを感じて、この作品の持つ不思議な力に動かされてしまった。

この作品にも、死んだ男の二人の小さな娘が出て来る。二人の娘は父の遺体が焼かれるまでに、焼き場の中庭に出て、秋の匂いがする金色の枯葉をかき集め、（いいお父さんだったよね）、（天国……行けるといいね）と姉妹が言い合って枯葉を空に投げ上げると、金色の枯葉が空いちめんに散る場面がある。桐山さんにはお嬢さん一人しかいないのだが、ここでも桐山さんは未生と後生の世界を姉妹の二人に託したのだと私は思っていた。

だが、夫人の話を聞いているうちに、私の考えが間違っていることが分かった。桐山さんのお嬢さんは、きょうだいが欲しくて桐山さんによく話しかけていたそうである。その注文に桐山さんは「それはね。コウノトリがねえ……」などと答えていたようだが。

桐山さんのお嬢さんの名前は秋の風にちなんだものなのだが、恐らく桐山さんは、秋の小さな風に吹かれて金色の枯葉が空いちめんに散る、そのとき、お嬢さんの望みを作品の中でかなえてあげようとしたのだろう。この時、桐山さんは作品の構造やメッセージ性から逃れて、何かを作り出そうとする意識すら持つことなく、本当に書き残したいことのみにしたがって最後の作品を書いていたに違いない。この作品がまるで天使たちがたわむれるような、明るい慈しみに満ちているのはきっと、そんな力によるものだろうと私は思った。
　桐山さんの葬儀では「未葬の時」にも使われたブラームスの「クラリネット五重奏曲」が流された。私は桐山さんが大好きだったその曲のこと、この最後の作品のことを忘れることはないだろう。あの呼び鈴にも応答のなかった家の深い沈黙とともに。

（追記）
　『未葬の時』（作品社）は一九九四年刊。その後「講談社文芸文庫」に入った。

『男流文学論』をめぐって——1992年7月

「女流」。この言葉を私は、七年ほど前からなるべく使わないようにしてきた。でも、絶対に使っていないということではない。自分ではほとんど使っていないはずだと思いながら、念のためこれまで書いた原稿を調べてみたら、一つ二つ「女流」という言葉を使っている記事があった。驚いたし、ほんとうに無意識とは怖いものだと思った。

だが「女流文学賞」のような固有名詞、または意識的に使う場合以外、一般的な女性作家の呼称としては、なるべくこの言葉の使用を自分としては避けてきたつもりではある。それは七年前に女性作家の発言に立ち止まって考えることが相次ぎ、どこか自分の中に、その声に頷くものがあったからだ。

なるべく「女流」を使わないできたことを他人に表明したこともこれまでなかったが、そうやってさまざまな文章を読んだり、話を聞いたりしていると、やはり「女流」という言葉を一般的な女性作家の呼称としては使わない作家や文芸評論家はいるし、新聞記事などでも「女流」という呼び名は減ってきているように思う。また新人賞をとったばかりの若い女性の作家を「女流作家」と呼んでみても、そのイメージと呼称に明らかな乖離がある。この「女流」という言葉はしだいに衰退期に入っていると自分には感じられるけれど、だからといって、「女流」という言葉を使う作家や評論家が目立って少なくなっているということでもない。そして私自身、絶対に使っていないという状態でもなかった。

一九八五年の「群像」五月号に、佐多稲子さんが『たけくらべ』解釈へのひとつの疑問」を発表。『たけくらべ』の主人公美登利が吉原大鳥神社の酉の市の日から急におとなしくなるのは、その日、遊女としての初店、つまり身売りがあったからではないかという考えを示し、従来の美登利初潮説に異議を申し立てたことがあった。それに対して、亡くなった前田愛さんが同誌上で反論。さらに佐多さんが「学燈」で再反論という展開になって話題となった。私にとっては、佐多説の方が説得力があったが、その正否はともかく、近代文学の出発点の一つである『たけくらべ』を通して、女性に対する男の考えの死角を女の側から突いた佐多さんの考えは驚きだった。

またその年の夏、当時の西ベルリンで開かれた東洋文学のシンポジウムに富岡多恵子さんが出席。富岡さんは、女性の作家がひとまとめに「女流作家」と呼ばれることがもともと嫌いな作家だったが、ドイツでも「ジョリュウブンガク」というのは、そのまま日本文学研究者の用語になっていて、ヘッドホンから伝わってくるのは、「ジョリュウ、ジョリュウ」の連呼。だんだん不機嫌になってきた富岡さんは、ついにマイクに向かって「私は女流文学という言葉を使ったことがない。女流というのは男の作家が作った特殊な手垢のついた言葉で、単なる女の文学者という意味ではない。私はそういうのを壊すために闘っているのです」と言ってしまったようだ。

それから二カ月ほどして富岡さんをインタヴューする機会があり、「〝闘う〟なんて野暮な言葉、生まれてから使ったことないのに。あとで後悔してます」と富岡さんは笑っていた。「女流」という言葉には反対側に対になる言葉がない。「対等でなければお互いが楽しくない。男も女も反対側を抑圧して、幸せになれるはずがない」とその時言っていた。

佐多さんや富岡さんの考えに頷く自分があって、個人的にはそれ以降、一般の女性の作家を意味することでは「女流」をなるべく使わないことにしてきた。

「男流」。ついに出てきた「女流」の対語をタイトルに持つ富岡多恵子、上野千鶴子、小倉千加子の『男流文学論』を書店で初めて見つけたとき、そのタイトルに込められた思いが伝わってくるような気がして、その三人のフェミニストが吉行淳之介、島尾敏雄、谷崎潤一郎、小島信夫、村上春樹、三島由紀夫の六人の男性作家を「斬捨御免」にするこの座談をすぐ読み始めた。そして、その過激な語りぶりに驚き、楽しみ、また少し複雑な思いを持った。

それは、個々の作家論・作品論に同意できない部分もありながら、そのことで、この本を通り過ぎてしまうと、この座談を生み出そうとした著者たちの思いに触れ得ないという気持ちも強かったからだ。

ここで三人の女性たちが、それぞれの作家、作品について語ることを通して、いま、男の女に対する関係の仕方について、女の側から大きな異議を申し立てていることは明らかで、個々の作家論作品論の是非を超えて、その全体を通して言いたいことに大きな力点があるように感じられたのだ。

この『男流文学論』についての書評や時評などさまざまな反響について、再び、三人が集まって「斬捨御免」にする座談会が「中央公論」七月号に掲載されるという。それを機会に『男流文学論』のことを富岡さんと上野さんに聞いた。

『男流文学論』の呼びかけ人である富岡さんは、この座談の動機についてこう言う。

「女性の表現者にはいろいろな人がいるのに、男性たちはそれを『女流』というものの中に囲い込んで、個人として対決しなくていいようにしてしまう。『女流』というのは『本流』ではないという意味でしょう。女の作家が小説を書けば、〝女らしい文体〟と言われ、女の画家が絵をかけば〝女らしい色調〟などと言われる。決して個人では言われてこなかった。その中に、はまった方が楽なんです。でも対等の付き合いでなかったら、やっぱり楽しくない。今回のことで、多少嫌われてもいい。覚悟してますから。でも個人攻撃だけはしなかったつもりです。また批判されるべき点、不満な点があることも分かっています。でも、これは花火なんです。花火が上がれば、それを見る人がいる。それを見て少し自由になったという人もいる。そういう花火のかけらに当たった人が、もっと自由になって、またこの後をやるでしょう」

座談形式をとったのは何故なのだろうか。

「日本の学者が日本語でどれだけ素晴らしく考えても、それを国際会議などで英語で発表しなくてはならないときには、苦痛と抑圧を感じる。女性が批評をするとき、男性のエクリチュールを過度期的に使って批評しなくてはならず、それは英語を母国語としない人たちが英語でしゃべらなくてはいけないときと同じような苦痛と抑圧を感じる。女は男に対して過度期的に、共通語として男の言葉でしゃべっているのに相手はそうは思っていないんです。ところがしゃべりなら女の母語でできる。書けば男の抑圧を感じるが、しゃべりなら女の思う自由な批評ができるんです」

社会学者である上野千鶴子さんの意見はこんなことだった。

「なにも文学だけではなく、テレビドラマも映画も同じですが、端的に一言で言うと〝人間と人間との関係というものがない〟ということなんです。相手を自分と同じように、能力も、意志も、欲望も持った存在として見ていないということなんです。ならば関係は成り立ちませんよね。男は男に対してこんな鈍感な振る舞いはするまいというような、自分の欲望や願望の押し付けを女に対してはする。あ、これは人というカテゴリーから、ポイと蹴っ飛ばされておるなあ。少し敏感な女ならそう感じずには生きていけません」

『男流文学論』の中にはエロティシズムについて、「カテゴリーとして女を描く」とか「カテゴリーとカテゴリーのあいだに成り立つ関係を洗練させてきた文化の精髄のことをエロティシズムと呼んでいる」という上野さんの発言もある。エロティシズムというものについて、上野さんはこう言う。

「社会学者なので身もふたもない言い方をしますけれど、エロティシズムとは一種の文化装置だと思います。エロスを感じる発情装置です。これは学習するものです。何がエロティックで、何がエロティックでないか、どのようなとき条件反射的に発情するかを学ぶんです。だからエロティシズムは教養のない人にはわからない（笑）。その学習の最大の媒体が文学なんです。こうすれば男に受けるとかね。だから文学の罪が特別深いと思う。男たちはこの装置のシナリオに女がうまく乗ったら、あの女はエロティックだといい、乗らない女は全然エロスを感じないと勝手に言ってきた。これは長い歴史をかけて作り上げられた屈強で、洗練度の高い装置で、新しい文化もこの上のヴァリエーションとしてできてくる。もちろん女もそれを演じたり、サポートしたり共犯してきたわけです。近代の男たちはロマンティックな女性像を作り上げたが、その中での男と女は常に対等ではなかった。男は常に落差のある関係の中でしか発情してこなかった。しかし、歴史が変わってきた。その変化が最初に女性の方にきて、こんな文化装置では自分は発情できないよ。感じたふりをしているのはいやだよという異議申し立てが最初に女の側から出てきた。それが、フェミニズムだというのが私の了解です」

また、「男流」作家たちを決してないがしろにして論じたのでもないと言う。

「想像力よりも現実の方が豊かだ。リオタールがレヴィ＝ストロースを論じた中で、そんなことを言っている。私も全くそうだと思う。作家の想像力がどんなに豊かだといっても自分の枠を踏み越えることは難しい。でもその自分の枠を踏み越えたときの違和感の手応えというのが小島や島尾の本にはあります。女という性を持った他人がぬーっと立ち上がってくるところがある」ということだった。

『男流文学論』が、本屋の店頭に平積みになっているとき、ほぼ同時に英文学者の宮田恭子さんの『ウルフの部屋』という本が出て、やはり新刊書として平積みに置かれていた。たまたま書店で、その刊行されたばかりの二冊を手にしたとき、ある感慨におそわれ二つの本の表紙を何度も見較べたことがある。

それは、『ウルフの部屋』の内容とは全く関係のないことなのだが、このヴァージニア・ウルフ論の本の帯のなかに「堅固なるリアリティを求めた閨秀作家の精神と文学を明示する……」という文章があったからなのだ。この帯の中の「閨秀作家」という言葉にどうしても引っ掛かってしまった。

ウルフには巧みな比喩とユーモアセンスで、「女性と文学」について語った『私だけの部屋』という有名なエッセイがある。『ウルフの部屋』というタイトルからその『私だけの部屋』のことを思い浮かべ、ウルフと「閨秀作家」という言葉が、私にはあまりにかけ離れているように感じられたのだった。

「女性が小説とか、詩とかを書こうと思えば、年五百ポンドのお金と、ドアに鍵のかかる部屋を一つ持つことが必要である」

——そのあまりに有名な言葉とともに、私はこのエッセイで初めて「フェミニズム」という言葉を知った。そのウルフ論の帯に「閨秀作家」という言葉があったのだ。『男流文学論』の三人が「そやから、こういう本が必要やねん」と言っているようでもあった。

その「閨秀作家」は何となく「閨（ねや）に秀でた」とも読めるイメージの悪さからか、最近ではほとんど使われなくなった。今、自分を「閨秀作家」と呼ばれて違和を感じない女性の作家はいないだろう。「閨秀作家」は、夏目漱石の『三四郎』にも、田山花袋『蒲団』にも出てくるし、「女流文学」も樋口一葉の日記の中にある。そして一葉の小説「十三夜」は「文芸倶楽部」の臨時増刊「閨秀小説」号に発表されている。

だから、「閨秀作家」と「女流作家」は、一葉が作品を書いた明治二十年代には既にどちらの言葉もあったことになる。おそらく両方とも、それまで表現者としてはほとんどゼロの存在だった女性たちに光を当てる言葉として、または外国の女性の表現者を紹介する言葉として生まれたのだろう。

それから百年近い時が流れ、「閨秀作家」の命運はほぼ尽き、「女流作家」の方も『男流文学論』の出現でいま大きく揺れている。

また最近の本では、『男流文学論』ほど多くの文学関係者に読まれたものはないのではないかと思う。読み、それぞれが揺振られたのだろう。私の周囲の人々もしばしば話題にしていた。「面白い」「分かってない」から「こういうのは必要」「男と女の違いというのは〝最後に残った違い〟ですね」というのまで、肯定にしろ否定にしろ、率直かつホットな感想が多かった。しかし、表に現われた評、特に男性によるそれは、どこか不自由なものが目立った。

率直さと不自由。その二つの間にあるものこそ、『男流文学論』が撃とうとしたものの姿なのかもしれない。私もまた、その二つの間に挟まれた者の一人に違いはない。だが、少なくとも、この『男流文学論』を「女流」「男流」といった言い方の息の根をとめる呼びかけとして、受けとめたいと私は思うのだ。

（追記）

前田愛さんは一九八七年七月二十七日、小腸腫瘍のため神奈川県相模原市の病院で死去。五十六歳。▽佐多稲子さんは一九九八年十月十二日、敗血症のため東京都新宿区の病院で死去。九十四歳。

李良枝さんの最期――1992年8月

李良枝《イヤンジ》さんが急死した。まだ三十七歳の若さだった。執筆に専念するために韓国から帰国、初の長編に挑んでいた最中の死で、驚きとともに残念な気持ちでいっぱいだ。五月二十三日夜、東京・大久保の全龍寺で行われた通夜の席で、最期の様子を編集者の方々にうかがったのだが、話を聞くうちに李良枝さんの東京女子医大病院への入院から死に至るまでの経過には、病院側の対応にどうしても納得いかないものが残った。急死のため、身近にいた者にしか分からないことが多いので、妹のカマーゴ・李栄さんに聞いた。

栄さんはこの六月に日本語、中国語、英語、韓国語の四カ国語の月刊情報誌「We're」を創刊したばかり。李良枝さんも編集顧問として巻頭に「わたしたちのＤＩＳＣＯＶＥＲＹを求めて」を書いている。

「姉は巻頭の原稿の書き直しをしてくれたり、ハングルへの訳をすべてチェックしてくれたりした。潮出版社の『ゲーテ全集』の月報の原稿を編集者に渡して、十八日の午後六時ごろ編集部に戻ってきた。いつもはスタッフとご飯を食べるのですが、その日は風邪っぽいからと言って、自転車で北新宿のアパートまで帰った。十七日までは本当に元気だったんです。行きつけの焼肉屋で焼肉や冷麺を食べ、ビールを飲み、オールディーズの音楽で韓国の舞踊を踊ったり、田中泯の真似をしてみんなを笑わせていました」

十九日も「We're」の韓国語の再々校を見てくれることになっていたが、午前七時ごろに「やはり風邪っぽいからいけない」という電話があった。昼ごろに母親がおかゆをもって見舞いにいき、薬を飲ませたら、熱が下がり安心して帰宅。しかし、やはり夜になってまた熱が出て、明日こそ病院に行こうということになった。二十日の朝十時ごろ、栄さんや父親がかけつけると、熱があって苦しいというので、救急車を呼んだ。

「救急車の中で、姉は自分の病状を隊員に話していた。東京女子医大病院についてからも姉は寒い寒いと言っていた。内科で点滴を受け、四時半くらいになって、医師からレントゲンも異状は無いし、今日は薬を出しますから、帰ってくださいと言われた。仕方がなく、タクシーで私のアパートに帰ってきた」

いったん四十度の熱を出したが、薬で平熱まで下がり食事もとり、午後十一時ごろ就寝。しかし翌二十一日の午前六時半ごろ、栄さんが李良枝さんの呻き声で目を覚ました。実は二時間前から苦しんでいたという。すぐ東京女子医大の当直医に電話して、タクシーで午前八時に同病院に到着。

「いまベッドがないと、とにかくベッドがないことばかりを言われた。そして一日二万円から二万五千円くらいの差額ベッドならあると言われた。それでもいいから入れてくださいと頼んだ。もう一度確かめますから待ってくださいと言われた。その間、姉は点滴を受け、心臓のモニターもつけていた。『私はどこが悪いの?』とも言っていたし、苦しいのに、看護婦さんの香水について『貴女、香水クリスチャン・ディオールね』なんて言っていた。こういうところ実に姉らしい。医師が戻ってきて、今度は『ベッドはあるけれど、看護婦がいない』と言う。何を言うのですかと私が言うと、いい病院を紹介しますということで、荻窪の城西病院の名をあげた。救急車で十一時ごろ城西病院に着き、入院手続きを済ませ、やっとほっとして昼ご飯を食べ戻ってくると、医師が『ちょっと、待ってください。とっても危険な状態です。大きい病院に移さないと危ない。手配しますから、病院が見つかるまで、待っていてください』と言う。そうするうちに東京女子医大の集中治療室がとれ、救急車でまた女子医大まで戻った。集中治療室の中で、李良枝さんは『なんでこんなところにいるの』『いろいろな声が聞こえるので小説のねたになるわね』などと言ったりもしていた」

医師の説明では、最初は突発性の肺の病気ということだったが、六時になると、原因は肺ではなくて、心臓だということになって、今度は心臓の集中治療室(CCU)に移されることになった。心臓の肥大がすごいということだった。

「CCUでの担当医師は心臓の不整脈が激しいという。二十二日の午前二時か三時かになって尿がよく出るようになり、これはいい兆候だというので喜んだのですが、明け方、六時半ころ医師がペースメーカーを付ける手術の承諾を家族に取りにきた。そして、午前八時ころ、医師が一人一人入ってくださいということで治療室に入ると、『もう駄目です』と言うのです。私は医師に何をやってるんですか、と何度も言いました」

遺体はその日の内に、病院側の希望で病理解剖された。一カ月後の六月二十二日付けの同病院の診断書には「病名急性心筋炎。平成四年五月二十二日午前八時四十二分死亡。同日行った病理解剖の結果、心筋間質にびまん性炎症性細胞の浸潤を高度に認めた。上記結果より急性心筋炎と診断した」とある。

この診断書にも、結果は書かれているが、その原因は記されていない。今回私は病院側の話を聞いていないし、医師の予測を超える病状の激変だったのかもしれない。李良枝さんは処女作「ナビ・タリョン」でも書いた通り、長兄をクモ膜下出血のため三十一歳で、また次兄を脳脊髄膜炎のため三十歳で亡くしている。そのためもあって自分の健康はいつも気にしていて、女子医大の初診の時も、二人の兄の死のこともちゃんと申告しているようだ。初診で、帰るときも「こんなに苦しいのに何もないわけがない」と医師に訴えたという。

城西病院へ転院のため、救急車出動要請が東京女子医大病院から、一一九番の通信指令にあったのは五月二十一日午前十時十四分。城西病院に着いてまもなく「危険な状態である」ことが家族に告げられているし、翌二十二日午前八時四十二分には李良枝さんは亡くなっている。その間は二十四時間もない。

そのまま女子医大に入院していたとして助かったのか、それは神のみぞ知ることだろう。だが、大きな大学病院に行けば助けてくれると思って苦しい体で再び病院を訪れた患者に対して、女子医大病院は命を救うために最善の治療行為をしたとは言えないのではないだろうか。

栄さんのメモには初診から亡くなるまでに李良枝さんを診断した五人の医師の名が記されている。「これだけたくさんの医師がかかわっているのに、何で分からなかったのか。ベッドが空いているのに、看護婦がいないという理由で入院させてくれなかったことについてもくやしい気持ちは抑えられない」——栄さんの言葉は落ち着いて控えめながら、強い憤りを表現していた。

李良枝さんは、長かったソウルでの生活を終えて、今年一月に帰国した。巫俗舞踊の先生である金淑子さんが昨年亡くなり、舞踊理論や舞踊史を学んでいた梨花女子大大学院修士課程も後は、論文だけを残すだけとなったので、執筆に専念するため帰国を決めた。

ワープロを買い、一から習いながら、手書きで数百枚あった次の小説をワープロに入力して仕上げ始めたという。

「活字の魅力にとりつかれたのか、ものすごく熱中して、一日十時間以上も向かっていた。ワープロには関係ないというのに、凝り性の姉らしくOA眼鏡と電磁気から体を保護するOAエプロンを買って、それらを着けながらやっていた。〝OAエプロンが重い重い〟と言いながら、ワープロに向かっていました。十章仕立てのすごい大作の長編よ、と言っていました」

第百回芥川賞を受けた「由熙」の後の作品となるはずだった「石の聲」は、詩を書くことで自分の生の根拠を探るソウル大学に留学中の在日の若い男性と踊りを習い韓国から帰国した若い在日女性の二人を主人公に章ごとに視点を入れ替えて進んでいく長編で、完成すれば千五百枚にもなる大作だった。

音で踊るのではなく、音を踊る。言葉で何かを言うのではなく、言葉が何かを生み出す。「由熙」の「ことばの杖」の世界を発展させたそんな作品のようで、二人の自分の分身を通して、その世界をうねりながら縫っていく李良枝さんらしい作品になるはずだった。「石の聲」第一章に当たる二百二十枚弱が「群像」八月号に掲載される。

四年前、ソウルオリンピック直前にソウルで国際ペン大会が開かれ、私も取材のため一週間ソウルに滞在した。そのとき各国の作家たちをインタヴューする機会があり、日本でも『客地』で知られる韓国の著名な作家黄晳暎《ファンソギョン》さんに取材したのだが、そのときの通訳を李良枝さんがやってくれたのだった。

私と黄晳暎さんの挨拶が済み、「私は通訳の李良枝です」と彼女が自己紹介すると、「お前が李良枝か!」という具合になり、二人はかなりの時間、韓国語で話し合っていた。

興奮して話す黄晳暎さんの口ぶりから韓国で李良枝さんが有名人であることは、なるほどと納得できたし、「韓国文壇の人とは付き合いを持たないことにしています」と語っていたことも、その通り納得できた。そして始まったインタヴューの通訳は見事というしかないものだった。日本語から韓国語へ。韓国語から日本語へ。どんな微妙なニュアンスの質問をしても、さらに微妙なニュアンスで答えが返ってくるという感じで、一度も淀むことがなかった。

その取材へ行く途中、李良枝さんの作品では『刻』が一番好きだ」と私が言うと、彼女は「いやなんです『刻』は。『刻』だけは自分の作品から消したい」と言った。『刻』には在日を超えて、強く伝わってくるものがある」と私が言っても、ほかのことは柔軟に受け答えていた李良枝さんが、そのことには譲らない感じがあって、話は中断したままになった。そして、あまりに早い死でその中断は永遠のものとなってしまった。

　しかし、今回彼女の作品の幾つかを読み返し、これまでのインタヴューを読んで、自分なりに考えることがあった。李良枝さんは芥川賞を受けたあと、芥川賞を得たことを後悔していたという。また少女時代を過した山梨・富士吉田で三年前、韓国の巫俗舞踊を踊った時も、人前で踊ったことを悔やんでいたという。だが、これは芥川賞が欲しくなかったということではない。「刻」で芥川賞を逃したときの怒りは激しいものがあったようだし、同賞の贈呈式のあと、二次会の席でそこに居た人のために幸せを招く歌を歌った彼女は本当に幸せそうだった。

　デビュー作「ナビ・タリョン」のなかに、年上の日本人の愛人に「先生、早く来て、早く」という言葉があり、そのすぐ後に「私、韓国に行くつもりよ」という言葉がある。そして、そのすぐ後には、さらに「どこに行っても同じ、逃げても逃げても逃げられない」という言葉がある。また「オンナであることの心地良さに対する怯え」という言葉もある。そんな具合に、安定や成就してしまったことに対する怯え、それへの反発。そこから反転して、すごいスピードとエネルギーで前に進んで行く自意識の運動の中にこそ、李良枝さんの原像があるようだ。

　左右に高速で揺れるものが、さらにスピードが増してくると、高速で動くものの像が真ん中に停止して浮かび上がってくることがある。その独特に折れ曲がる自意識のダイナミズムが、李良枝さんの文学の特徴の一つだったと思うが、おそらく『刻』だけは自分の作品から消したい」と私に言ったとき、李良枝さんの手の中では、その反発力の向う側に、もう既に「由熙」が形になっていたからではないかと、私は思う。そして伽耶琴や巫俗舞踊にひかれたのも、そこに自意識の反転のない無言の世界があったからなのだろう。

　黄皙暎さんへの取材を終えて道路の反対側に出るために、私と李良枝さんは歩道橋を渡っていた。なぜかそのときも文学のことを話していて、彼女は武田泰淳の「全作品を読んでいる」と言い、現代作家では「中上健次さんが好きです」と言った。私が当時担当の文芸時評を在日の評論家竹田青嗣さんが執筆していることを知って、「とても懐かしい」と言った。中上さんは李良枝さんに小説を書くようにすすめた人。また李良枝さんは、冤罪事件として騒がれた丸正事件の救援会に顔を出していたことがあったが、その会に竹田さんも出ていた。竹田さん二十七歳。李良枝さん二十歳の時のこと。その会の中で二人だけが文学の道に進みながら、それ以後二人は会うことがなかった。

　そして歩道橋を向う側に渡り終わるころ、「中上さんと竹田さんによろしく」と李良枝さんが言った。

ただそれだけの記憶なのだが、李良枝さんの死について書こうとして忘れがたいものとして浮かんできた。その日はとても暑い日で、歩道橋の上は尚更だった。ソウルの歩道橋の下を車がかなり早いスピードで走っていた。そのときの遠くを見るような李良枝さんの静かな姿は、私の中で今も生きている。

〝食べ物小説〟は語る――1992年9月

「慈姑《くわい》を擦りおろしたものを、焼海苔でくるんで、油で揚げる。昔それを食べて美味しいとおもい、もう一度食べたいとおもっているうちに、五十年たってしまった……」

これは吉行淳之介さんの『暗室』の冒頭だが、この書き出しには自分の中に強く残っていて忘れられないものがある。自分は慈姑を食べるたびにこの小説のことを思い出すし、誰かと話をしているうちに『暗室』の話になると、慈姑のことを必ず思い出す。食べ物に関する話の中には、そんな具合に深く自分の中に残るものがある。

この小説は、慈姑のことを考えているうちに五十年たってしまった女性作家の随筆が印象的だったという主人公の思いから始まって、ホテルのバーでの幻聴かどうかはっきりしない女の声のような朧げな音、映画館でのいま一つはっきりしない自分の少年時代の思い出、そして十年ぶりにかかってきた友人からの電話と彼とのやりとり、という具合に動いて行く。そして、主人公が実際の行動を起こし作品が動き出すのは、この電話でのやりとりからなのだが、電話の場面、またそこに至るまでの場面も闇の中をさまよっているようでこれもまた印象的だ。

『贋食物誌』という本まである吉行さんらしい関心を示した『暗室』の書き出しともいえるが、慈姑という食べ物が強い印象を残すのはどうしてなのだろうか。人は電話で話す時、視覚を遮られているため無意識のうちに感覚のレベルを一段階あげて話していることが多い。だから電話の場面で読み手の感覚が高まり印象に残るのかもしれない。だが食べ物が持つ力とは、いったいどんな力なのだろう。

そんなことを思ったのは、世の中のグルメブームというのを直接反映したわけではないが、ここ数年、食べ物のことが出てくる本の出版が目立つからなのだ。林望さんが食べ物を通して、英国の暮らしや文化を語り第三十九回日本エッセイストクラブ賞を受けた『イギリスはおいしい』は今、話題の本だ。

文庫本でも村上龍さんの『村上龍料理小説集』が昨年集英社文庫になり、映画化されアカデミー賞を受けたイサク・ディーネセンの『バベットの晩餐会』（桝田啓介訳）も今年ちくま文庫に入った。岩波文庫からは五年前の柳沼重剛編訳のプルタルコス『食卓歓談集』に続いて、同じ編訳でアテナイオス『食卓の賢人たち』が今春出た。

また若手の小川洋子、吉本ばななさんたちの仕事の中にも、いくつか食べ物が重要なものとして出てくるし、さらに今回の芥川賞の候補になった塩野米松さんの「昔の地図」（文學界五月号）も登場人物たちの会話の間に酒のつまみのような食べ物がたくさん出てくる作品だった。また先頃の来日に合わせて角川文庫になったエィミ・タンの『ジョイ・ラック・クラブ』の中にも、同じように会話の間に、たくさんの変わった点心が出てくるのだ。そして食べ物や酒の話では欠くことのできない吉田健一さんの著作集も来年には新潮社から刊行が始まるという。

そんな中で、いま食べ物のことを扱った連作小説が二つ進んでいる。一人は「群像」で二年程前から、食べ物が頻出する作品をとびとびに発表している森内俊雄さん。もう一人は「文學界」で、七月号から隔月で連作「食べる女」を発表している荻野アンナさん。著者の二人に、なぜ今、食べ物小説なのか、食べ物と作品の関係について聞いた。

森内さんは一九九〇年「群像」八月号に、「極楽」を発表して以来、今年の同六月号まで「影の声」「煙草を吸う女」「冷たい夏」「真珠婚式」と〝食べる〟連作短編を書き続けている。

「酒に飲まれる小説はたくさん書きましたけれど、ものをこれだけ食べる小説を書いたのは初めて。食べる話を書いていると生きていることの切なさに触れるような気がするんです。その感覚は小さいときから持っているような何かにつながっていくようなものです。グルメの料理や山海の珍味には興味が全くなくて、普通の家庭の日常の料理について書きたいのですが、家庭で妻や子どもたちと、おしゃべりをしながら御飯を食べていると、切なくて何か気が遠くなるような感覚に襲われます。ひところ大酒を飲んだ時、その底にあるようなものにどこかつながる切なさです。みなさんはもっと楽しんで食べているのじゃないかと思います。私もよく味わって食べているのですが、やはり切なさを感じてしまう」

ものを食べると言っても、森内さんの作品中の食べ物の登場の仕方は並のものではない。例えば「極楽」では、スッポンのスープから始まってサバ、カツオ、アジフライのこと。中落ちの澄まし汁に、シソチリメンと梅肉を少々載せたお茶漬、レアのステーキの冷凍をビーフジャーキー風に薄く切って、タマネギをたっぷり擦りおろしたショーユにつけてシャリシャリと食べる酒の肴……。ボリュームたっぷりの朝食のメニューもすべて記してあるし、ソーメンの付け合わせの具までこと細かに列挙してある。「影の声」には、おでん種屋で買った、ガンモ、イカ巻きなど二十一種類のおでん種の名前がすべて書いてある。

「失われていく感覚というのがあって、どんどん食べることで何かを取り返そう、失うまいとして食べるのでしょうね。自分に残されている時間の感覚というのが、割合はっきりする年頃をいま生きている。食べる話を書いていると、そういうものがはっきり出てきます」

「影の声」の冒頭では、家のそとを子供が泣きながら、父親らしい男に何やらしきりに訴えている。泣きながら歩いて行く。「煙草を吸う女」では主人公は自分の老けたことを気にしている。そんな生と死の入口と出口のことがたくさん出てくる。

「食べ物を味わっているときは、あらゆる感覚が敏感になっている気がします。生命に対する感覚が敏感で、人間の存在の危うさなどが全部引き出されてくるような気がします。高校一年のころ室生犀星全集を読んだことがあって、犀星がお菓子のことを書いていて、とてもよく覚えています。みなさんあまり甘いもののことを書きませんけれど、人間の味覚の根本にあるのは甘みを味わい分ける能力で、それは三、四歳から少年にかけてできる感覚です。甘みの味が本当に分からない人は、大人になってどんなに美食してもごちそうの味が分からない。それは終生つきまとうことで、大人になっても子供のころに出来上がった甘さの感覚を探りながら食べている。過去に食べた甘さの遠い記憶が現在食べているものの美味しさを決定している。だから、食べ物のことを書いていると本当に生命のもとのところへ帰って行くような切なさがあるんです」

昭和二十年の七月四日の夜。疎開先の徳島で森内さんは空襲を受けている。森内さんの母親は、八歳だった森内さんと森内さんの兄を連れて、近くの眉山へ逃げた。同年三月に大阪で空襲を体験している母親は防空壕に入っても、川に逃げても酸欠で助からないという判断をしていたからだという。山の上から火の海を見ながら過ごし、夜が明けて山から下りてくると、一晩、逃げまどっていたので、森内さんはとてもおなかがすいて、「おかあさん、おなかがすいた」と言ったという。

「母親が涙をぽろぽろこぼしましたよ。眉山のふもとにお寺があって、そこまでくると海軍のトラックがとまっていて、乾パンを配っていた。それを兄がもらってきて、寺の井戸の水をもらって飲みながら、食べました。寺の境内は死んだ人たちの収容所で、まだ煙りをたてている焼死体がどんどん運ばれてくる。それを間近に見ながら、乾パンを食べた。とても美味しかった。焼死体に囲まれた中でパクパクと天真爛漫に乾パンを食べ、水を飲んでいた八歳の自分というのが何か不思議な感じがしたのを覚えています。ああいう食欲ってなんだろうなあ」

荻野アンナさんの連作「食べる女」は第一話が「きゃーも」。横浜に住んでいるらしい女性フリーライターの「わたし」が、恋愛感情がないわけでもない名古屋出身の出版社社員や別の出版社の社員と三人で名古屋を訪れ、豚のモツを赤味噌で煮込んだ「どて焼き」とか、カツに味噌をつけて食べる「味噌カツ」などをはじめ名古屋の味噌文化にどっぷりとつかるという話。

「谷崎潤一郎の『美食倶楽部』とか、吉田健一さんのものは勿論、食べ物に関する本はやたらと読んでいます。吉行さんの『贋食物誌』は好きですし、『村上龍料理小説集』の中で、トリュフの味が大きな欠落感、虚無の味だというところはとても好きです。鮮やかに食べ物や味覚の置かれた状況を描くというのなら、開高健さんがなさっている。

さて、そこで私に残された道は何か。私の場合、人間同士のことを書いていても奇妙にずれてしまったり、どこか素直には行かない人間を主人公にする場合が多い。食べ物について書くときも、ただ高くておいしいものではなくて、まずいけれど味わい深いとか、変だけれど何か捨て難い味があるとか、そんなものに集中的に目を向けようとする。第一回の場所を名古屋にしたものですから、自然と味噌あじとなってしまいました」

かなり目茶苦茶な〝味噌料理〟が次々に出て来る。味噌煮込みのきしめんパイ、わさびの代わりに味噌を塗った握り寿司、ハーゲンダッツのバニラアイスに味噌を塗ったもの、出し汁も入れずに味噌をお湯で溶いただけの味噌汁のブラック……。

「好奇心が強いのでいろいろやってみました。アイスクリームについているのが味噌だと思うといけませんが、味噌だと思わなければなかなかいけますよ。本当に。ミルキー・コークの試飲会というのもやってみましたが、これは人気なかったですね。でもミルクとコークだと思わなければ、存在してもいいのだと、飲むうちに思ってしまう。以来自分の味覚に自信がなくなりました。食べ物のおいしさにただ感心するというのではなく、食べ物というのはモノですから、その即物力というようなもので、モノとして量として迫ってくるものがあります。ラブレーにもそんな力が凄くあります」

荻野さんの作品には、必ず一箇所、その周辺の喧噪やズレから逃れて、というよりそのズレてズレて行った、その果てに行き着く静かな風景のようなものがいつも出てくる。この連作にも「名古屋や横浜のほうがそれに自らを似せようとしている原型の街」のことが出てくる。さびれていくアーケード、時間に埋没していく商店街をさかのぼっていけば、いつかたどり着ける、だが見果てぬ夢の街だ。

「この作品の主人公は街と食べ物といってもいい。両方とも個人の人間とは違いますが、人間が作り出していくものという点、集合としての人間が作り出していくという意味では、何か人格のようなものが、食べ物にもあるし、街にもある。二つをクロスさせてその人格のようなものを浮かび上がらせることができたらと思います」

連載第二回の今月号掲載の「馬鹿鍋」は横浜の街と食べ物のクロスとなるはずである。

名古屋と食べ物と言えば清水義範さんの『蕎麦ときしめん』がある。その清水さんの『国語入試問題必勝法』の中に、「ブガロンチョのルノワール風マルケロ酒煮」という奇妙な料理を作り上げる短編がある。

その中で、男性と女性の味覚の違いについて論じたくだりがあって、男性は未体験の味に臆病であり、「一般にある男性が好む味は幼少期に体験したものの範囲にとどまっていることが多い」という。それに対して、女性は「大胆と言おうか、怖いものしらずと言おうか、食い意地が張っていると言おうか、割に平気で目新しいものを食べる。そして、おいしいわ、などとすぐに認める」とあって、未体験の味に対して、「その度胸たるや蛮勇と呼ぶに足るものがある」と記している。

この清水理論は、そのまま森内さんと荻野さんの作品の主人公たちに、どこが適用できる部分があるかも知れない。

いや、『暗室』の慈姑を揚げたものをもう一度食べたいと思っているうちに、五十年たってしまったという女性作家には、どこか食に関して保守的な感じもあるから、その「保守性」と「蛮勇」は一概に男性と女性の違いとは言えないかも知れないが。

清水理論の正否はさておき、最近の食べ物がたくさん出てくる小説に出合うたびに、共通して感じることが一つだけある。それは、食べ物が多く出てくる小説では、なぜか、登場人物たちの内面の描写が極力抑えられているということだ。

内面と言われるものは、食べ物というモノの中に封じ込められ、作品を動かす力は、そのモノの持つ力に託されているということなのだろうか。今、いろいろな〝食べ物小説〟が生まれてくるなかで、内面描写の抑制という共通したものにぶつかるとき、一連の、その〝食べ物小説〟には単なる流行りではない、何か別な問題が潜んでいるように思えてならない。

（追記）
吉行淳之介さんについては「1994年2月」の項と、その追記を参照。

中上健次逝く——1992年10月

「すごいね。中上に見せてやりたいね」。八月二十二日午後一時から、東京・信濃町駅前の千日谷会堂で行われた中上健次さんの告別式が終わりに近付いた頃、告別式を手伝っている編集者の人たちから、そんな声が漏れた。作家や文芸評論家の告別式を手伝うことの多い編集者たちがそう感じたように、四十六歳の若さで亡くなった中上さんのこの日の告別式は参列した者たちに作家中上健次の力を強く感じさせるものだった。

参列者の数、八百人。そう発表されたのだが、記帳した者だけでも約七百人。献花が始まってしばらくしても、会場に入りきれない人の列が長く続いていて、その実数はもっと多かったのではないだろうか。記帳せずに千円、二千円の香典を置いていく若いファンの姿も目立った。

弔辞を読んだ安岡章太郎、水上勉、川村二郎、都はるみ、渡部直己、葬儀委員代表を務めた柄谷行人の各氏は勿論、河野多恵子、大江健三郎、黒井千次、田久保英夫、日野啓三の各氏をはじめ、中上さんが第一回から四年間、選考委員を務めた三島賞の高橋源一郎、大岡玲、久間十義、佐伯一麦の四受賞者がすべて顔を揃えていたし、「月刊ポスト」連載の「熱風」の挿画を担当している池田満寿夫、佐江衆一、島田雅彦、岩橋邦枝、中沢けい、松浦理英子、鷺沢萠さんたちの姿もあった。

参列者の数だけならこれを超えるものはたくさんあるだろうが、上の世代から下の世代までの現役の文学者たちが多く顔を揃えたこの告別式からは、作家中上健次の存在感とその空白の感覚が重く伝わってきた。

この三年間、中上健次事務所員として中上さんの近くにいた落合広寿さんから聞いた中上さんの闘病と死までの経過、さらに生前、私が中上さんにインタヴューしたときの発言から印象に残るものを書き留めてみたい。

この四月末に突然、落合さんから電話があって、「中上が故郷でやっている熊野大学の出版局から牟婁叢書という叢書が始まるので、中上がインタヴューに応じるから、取材してくれないか……」ということだった。このため五月一日の午後、中上さんが入院中の慶応病院前の喫茶店で、二時間近く中上さんから話を聞いたことがある。

その時の中上さんの話では、体の変調に気付いたのは、昨年六月ごろ。熊野で酒を飲み、腹が痛くなって、押えるとシコリがあった。「肝臓かなと思っていた」。九月ころから次第に悪くなって、酒を飲んでも普段の二日酔いと違う感じになった。これ以降、酒を断った。朝日新聞の「軽蔑」連載を終え、体調の不良をおして、シンポジウム参加のため十月二十八日にフランスに発ち、ドイツを回って十一月十八日に帰国。十二月二十一日、正月休暇のためハワイへ向かった。

このハワイ滞在中に中上さんは、「群像」に連載している長編「異族」を一挙掲載で完結させるため五十五枚を執筆した。残り約百枚を書き足して中断を挟んで八年がかり一千枚を超す長編を完結させるつもりだった。この五十五枚は遺稿として「群像」十月号に発表される。

さらに俳優原田芳雄さんの監督第一作に『日輪の翼』が予定されており、「自分でシナリオを書いてプレゼントするため」、ハワイ滞在中に第一稿を仕上げている。しかし、ハワイ滞在中に二度ほど血尿が出た。

一月十八日に帰国、同二十三日に原田さんの紹介で目黒区の厚生中央病院に行き、腎臓の腫瘍を指摘された。精密検査まで三日の余裕があったので、翌二十四日の朝一番の飛行機で熊野に帰った。それは新宮高校の同級生日比紀一郎さんが院長の日比記念病院があったからだ。二十六日に日比さんから腎臓癌を告知され、肺への転移も知らされた。慶応病院を紹介され、翌日、朝一番の飛行機で羽田着。そのまま同病院に入院した。

「熊野に向かう時は、不思議なことに普通は通らないルートを飛んで行った。普通は海岸線の上を通って行くのに、その時は熊野の山の中を飛行機が入って行った。本宮とか、新宮とか、那智の滝が下に見える。不思議な感じだなあと思っていた。東京に帰る時は海岸線を飛んだが、ずっと霞んだ向こうに熊野が見える。幻じゃないけれど、非現実的な風景で、一種、心にしみるような奇麗な風景だった。覚悟というものはそんなふうにするものですよ。一番考えたのは身内のことだ。一番自分の生涯で悲しかったのは兄貴が死んだことだった。その兄貴の二倍生きているんだ、何が不服なんだと思った。でも同時に夜中考えると不安なんだ。いつも死ということを考えてきたはずだったのに……」と中上さんは語った。

　二週間の精密検査の後、二月十四日、左腎臓の摘出手術。摘出された腎臓は十倍近くに腫れていた。だが中上さんは手術の前日まで、「SPA!」連載の「大洪水」の原稿を書いていたし、手術の二日後には自分で立って歩いていた。

　その後、抗癌剤による化学治療を三クール行ったが、思うような効果が出ず、免疫療法に切り換えるため六月十六日に同病院を退院。横浜の病院に通院しながらリンパ球による免疫療法を受けていたが、治療の合間の七月七日、熊野に帰郷した。

　新宮の実家では日比医師の往診を受けていたが、七月二十日に日比記念病院に入院。すでに全身への癌の転移が認められ、ついに八月二日の四十六歳の誕生日を十日過ぎた八月十二日午前七時五十八分、死去した。死因は腎臓癌だった。

　その死で「異族」「大洪水」「熱風」のほか「すばる」連載「鰐の聖域」の四長編の連載が永遠に中断することになった。

　落合さんは「七月に入って容態が激変した。熊野に帰る日も左半身がきかず、自分で立つことができなかった。いきなり手足をもがれ音を立てて崩れ落ちて行くような感じでした。天人五衰のようでした。中上が、熊野に帰りたがったのはたぶんお母さんに会いたかったからだと思います。お母さんは足の具合が悪くて、東京にお見舞いにくることができず、お母さんだけ会っていなかったですから。たとえ十日でも四十六歳になって良かったと思う。七年前、肝炎をやった時、四十五歳で死んだ三島由紀夫のことについていろんなところでしゃべっている。三島の四十五歳の死を随分と意識してましたから」

　その七年前、やはり日比記念病院に通院しながら、肝炎を治療していた中上さんを紀伊勝浦の仕事場まで訪ねたことがあった。芥川賞が創設されてちょうど五十年という年で、中上さんに『岬』や『枯木灘』について聞く仕事だったが、その時の中上さんはいろいろなことをフランクに語ってくれた。

　例えば、土方の仕事はかなりやったのですか、と聞けば、少し笑いながらこう答えた。

「いや専門的な土方はやったことがない。僕の実家は土建屋で中学時代からたまに手伝いをするくらい。みんなに言わすと、自分が一所懸命に働いたみたいによくあんな嘘が書けるなって。手伝いにきても何もやんなくて、邪魔ばかりしていたじゃないか、なんて言われますよ」

　主人公の複雑な人間関係について聞くと、

「普通は両親がいて、兄弟がいて、そこに主人公がいる。

そしてどこかに友達を作っていく……。書く方も読む方もそういうシンプルな関係に慣れている。でも僕の場合は、おふくろが三回夫を選んでいるので、単に父といっても誰を指すのか。きょうだいと言っても母の最初の夫との母方のきょうだいと、実父（浜村龍造のモデル）方のきょうだいと、母の三度目の所帯を持った夫との母違いのきょうだいと三種類くらいきょうだいがいる。またほかにも出くわしてないきょうだいもあるという。しかも、僕と両親が一緒のきょうだいはいないんです。そういう複雑な形ですから、普通の小説の形では、それを書けないわけですよ」

『枯木灘』はギリシャ悲劇に通じる世界という評価もあるけれど、という質問には、

「文芸誌に初めて書いたのは二十二歳くらいの時、その作品に『一番はじめの出来事』というタイトルを付けて、兄の自殺のことを書いた。俺はそこから言葉を使って書くような気持ちになったんだ。これが最初に俺には起こったんだという気持ちでタイトルを付けた。その後も東京を舞台にした作品を書いているけれど、やっぱり〝紀州に題材をとった関係の世界〟を絶対書こうと思ってスタートした。でも『一番はじめの出来事』は子供の視点で書いているし、それでは大人の複雑な人間関係の世界は無理ですよね。だから自分の力が蓄えられて、スキルがみなぎったとき、絶対書いてやる、と思って書いた『岬』で芥川賞をとれたことを本当にラッキーだと思っている。『岬』で芥川賞をとったから『枯木灘』を書くことができた。東京を舞台にした作品で芥川賞をとったら全然違う方向に行っていたのじゃないかと思う。それでもいずれ『枯木灘』を書いたでしょうけれど、ずっと後になっていたかもしれませんよね」

「『一番はじめの出来事』を書いた翌年に同じテーマで書き始めて二百枚くらいになった作品があるんです。タイトルは『エレクトラ』。これはギリシャ悲劇なんだという気持ちで書いていた。でも力が足りなくてボツになった。ある抽象度を持たないと僕みたいにドロドロした世界を持った人間は読まれないという意識だったのかなあ。一本、筋を通すためにも神話的な世界や古典的な世界との緊張関係を絶えず意識してました。でもそれを整序だてて書いていったら嘘になってしまう。『岬』ではポリフォニックなこともまだ常態にとどまっていますけれど、スキルを積みながらやむにやまれぬ気持ちで書いて行って、『枯木灘』まで行けたんです。やっと」

これらの発言は中上さんの書きたい気持ちと技術と方法と関係認識のそれぞれのたかまりが交差するところに『岬』『枯木灘』があったことがよく伝わってくる言葉で、

今でも印象深く記憶している。

また、今年五月のインタヴューの際には、自作の中心的主人公秋幸についても語った。

「『地の果て　至上の時』を書いて急激にああいう書き方を止めた。あれが失敗したとは思わなかったが、あの書き方では日本では受け入れられないと思った。ものすごく失望感があった。迂回作戦を取ろうと思って『地の果て　至上の時』の中のテーマを一つひとつ絵解きのように書こうと思った。『日輪の翼』や『千年の愉楽』『天の歌』『奇蹟』『讃歌』もみなそうです。その中で『奇蹟』は思い入れが強かったからちょっと抜き出た作品になったと思うけれど。『地の果て　至上の時』から十年。不思議なことにここにきた。自分はこの十年間の現実に対してもっと絶望した。秋幸がそこをどう考えるか。そこを考えさせたいですね」と。

そして落合さんは、『鰐の聖域』を始める頃、〝本当は秋幸を書きたい。でもまだちょっと早い〟と言った。〝秋幸のことをいつから考えていたんですか〟というと〝『地の果て　至上の時』のときからだよ。あれで終りだなんて嘘に決まっているじゃないか〟と言っていた。あれだけ手を広げていたのは秋幸をもう一度浮上させるためだと僕は思います。『鰐の聖域』は『枯木灘』の、『軽蔑』は『鳳仙花』の、『大洪水』は『地の果て　至上の時』のそれぞれ続編のように感じます。そうやって外堀を埋めて、秋幸がせり上がってきた時、秋幸のその後を書こうとしていたと思います。だから、それらを終わらせないと秋幸は出てこなかったような気がします」という考えだった。

昭和天皇が亡くなったとき、中上さんに評論を書いてもらったことがある。西新宿の喫茶店に中上さんは約束の時間に現れたが、「まだ何も書いてないよ。どうする？」と言う。「今日は何時間でも待ちます。でもしっかり書いて欲しい」「ああ」。そんなやりとりの後、「じゃあ、ここから見える道の向こうのハンバーガーショップの二階の窓際に座って書くから、待っていて」と言って中上さんは、道を渡って行った。言葉通り窓際に座った中上さんはそれからトイレにも立たず書いていた。最初は本でも読みながら待とうかと思ったが、ときどき頭を掻き毟るだけでほとんど動かずに書いている中上さんの後ろ姿に私もずっと見とれていた。

六時間が経って、ようやく上体が動き出したので、私も道を渡ってハンバーガーショップの二階に上がっていくと、ちょうど書き終わったところで完成したばかりの原稿を渡してくれた。天皇と被差別部落を日本社会の二つの外部として考えた評論で、「ここまで書いたことはありまか」と聞くと、中上さんは「ないよ」と答えた。

それはその中で中上さんが、〝路地〟という言葉を使わず、自分も「被差別部落民である」とはっきりと記していたからなのだが、そのときの目を細めてはにかむような表情になった中上さんの気負いのない顔が忘れられない。


（追記）

『中上健次全集』（全15巻、集英社）が1996年に完結。

安岡章太郎さんについては「1991年10月」の項と、その追記を参照。▽水上勉さんは二〇〇四年九月八日、肺炎のため長野県東御市の仕事場で死去。八十五歳。▽川村二郎さんについては「1990年4月」の項の追記を参照。▽田久保英夫さんについて「1990年11月」の項の追記を参照。▽日野啓三さんについては「1991年1月」の項と、その追記を参照。▽原田芳雄さんは二〇一一年七月十九日、肺炎のため東京都内の病院で死去。七十一歳。

「複数の視点」について——1992年11月

この夏、中上健次さんが亡くならなかったら、佐藤春夫の『田園の憂鬱』を読み返すということはなかったかもしれない。七年前のやはり夏、取材で中上健次さんを紀伊勝浦の仕事場まで訪ねた日の翌日、せっかくここまで来たのだから那智の滝や熊野大社を見ていこうと思って、紀伊勝浦の駅前から半日コースの観光バスに乗ったことがある。

発車時間までにかなり間があり、バスの中にいるのも暑いので、駅前のロータリーの縁に腰掛けて待っていた。その小さなロータリーの中はあまり手入れされてなく、雑草が高く茂っていて、ゴミも捨てられたままという状態だった。だから中に碑のようなものが見えたのだが、すぐには目がいかなかった。

だが、しばらくしてよく見ると、それは佐藤春夫の「秋刀魚の歌」の詩碑だった。そのあまりに有名な詩を読みながら、「中上健次、佐藤春夫は同郷なのだ」と思ったことをよく覚えている。

中上さんが病気になってから、中上・佐藤両氏が同郷であることを言われることも多かったのだが、八月、中上さんの死亡直後に岩波文庫『田園の憂鬱』の久しぶりの新刷が出て、「大正四年十二月故郷新宮市の父の家で執筆」という後書きを立ち読みするうちに、またあの詩碑のことが思い出されてきた。

思わず買ってしまったその文庫で『田園の憂鬱』を読んだのだが、それを読みながら現代小説の作品が成立している場所や空間のこと、作品の中の複数の視点という問題について考えることがあった。

「広い武蔵野がすでにその南端になって尽きるところ」の村に、主人公の「彼」は妻と二匹の犬と猫とを連れて移り住む。都会の生活に疲れ、柔らかに優しい平凡な自然の中に溶け込んでしまいたいという「彼」の願いとは裏腹に、むしろその田園の中で見出された純化した病める憂鬱だった。そこに至るまでの世界を描いていくのが『田園の憂鬱』だが、その冒頭のところで、主人公「彼」の視点と「彼の妻」の視点が、何度か切り替わるところがある。

自分達が住む家が見えてくると、美しい渓《たにがわ》と呼びたいような川が流れているし、とんぼが微風に乗って彼らと同じ速さで追うようについてくる。「彼」はそのとんぼを呼びかけて祝福したいような子供らしい気軽さが、心にわき出るのを知る。

しかし、その後にはすぐ視点は「彼」から「彼の妻」に切り替わって、彼女は「二人は二人して、言いたい事だけは言い、言いたくない事は一切言わずに暮らしたい住みたい。そうすれば、風のように捕捉し難い海のように敏感すぎるこの人の心持ちも気分も少しは落ち着くことであろう」と考えている。その二人の視点の切り替わる前後には、武蔵野の南端の自然が描かれている。ただし武蔵野といっても『田園の憂鬱』の場合、現在の横浜市港北区あたりだが。この視点の切り替わりは、作品の冒頭部分に多く、その後「彼」がしだいに幻想の世界に入っていくとほとんど「彼」の視点になってしまうが、それでも本当に僅かながら「彼の妻」の視点は最後まで残されている。

「やっと、家らしくなった」。作品のはじめの方にそんな言葉があるのだが、読む者にとって、それが「彼」の言葉なのか、「彼の妻」の言葉なのか、一瞬、宙ぶらりんになる。何故、著者にとって視点の切り替えが必要だったのだろう。そんなことを考えながら、この作品を読んだ。

現代小説でも、やはり作品に複数の視点を持ち込んで展開していく小説があって、例えば黒井千次さんの『捨てられない日』は作者ができるだけ多くの視点を作中に置いて展開させることに挑戦した小説のようにも読める。

『捨てられない日』は中上健次さんの『軽蔑』が朝日新聞朝刊に連載されていた時期と重なって、読売新聞夕刊に連載された。お互いに結婚を意識して付き合い始めた若い二人の前に、それぞれの過去や家庭の問題が次々に迫ってくるという恋愛小説だが、ここで黒井さんはほとんどの登場人物の視点を持ち込んで、多視点の作品としてこの小説を仕上げている。それも章ごとに視点を変えるという形ではなくて、人と人が出会っているその場面の真ん中で、視点を変えるという作業をしている。

特に光子と静男という若い二人が、接近するときの視点の変換は激しい。二人が夜の東京湾一周の船上で食事を一緒にするデートから二人が結ばれる日の章は、静男の誠実さを頼もしく思う一方で、そのひたすらな姿勢の裏になにか気になるものがあった光子の視点から始まって、光子の表情が何か切なげな影を湛えているのに驚く静男、そしてまた光子、さらに……とわずか二十頁足らずの間に五回も視点が入れ替わる。黒井千次さんにこれほどの多視点で書くことについて聞いた。

「多視点には物語の必要上の多視点と物語の必要とは違う意味での多視点とがあると思う。前者は『一方、そのころ日比谷では……』という切り替えで、ストーリーの展開の必要上のことです。これは世界の見え方とか物事の感じ方がどう違うかということではない。近代小説の中では多視点というのがストーリーに従属したものじゃなくて、それ自体一つの意味を持つものとして出てこなくてはいけないと思う。章ごとに視点を変えるという作品もあるけれど、これもどちらかと言えば物語の必要上。多視点で一番難しいのは、幾つかの視点を設定するだけではなくて、もっと短い場面で、一つの場所に別の視点を持った者たちが集まって、誰かがこう言ったことを別の者はそうは受け取らなかったということをお互いに幾つもの形でやっていくことです。しかも混乱なく、全体がふくらむような恰好で。一つのものがああいう姿にもとれるし、こういう姿にもとれるというところまで広がった多視点はなかなか難しい。でも素朴に言うと小説書くならそこまでやりたいですね。だから長篇はなるべく一つの視点だけではなく書こうとしています。最近特に。いま書き下ろしを書いているんですけれど、それも多くの視点で書こうとしているんです。非常に苦労していますね」

黒井さんが言うような意味では多視点の作品は現代小説に必ずしも多くはない。とくに若手の作家の作品は、一つの視点で書いているものがやはり多い。

「多視点というのは、もともと日本の近代小説は、全く物語風の作品を別にすれば、得意じゃない。私小説が典型的です。確固とした多視点というのは日本の場合まだないのではないかなあ。第一次戦後派の人たちは意識としてはあったでしょうけれど。書きやすくてそれなりのリアリティーをある限られた範囲で純度を保とうとすれば、やはり単一視点が一番できやすいと思う。今みたいに世の中よく分からない時代に、何か書きたいことがあって、それにぶつかっていく時の作業としては単一視点が一番適しているのかもしれない。でも、もう一つ外側からみると、多視点で書くと、より高次の分からなさというか、分からなさの構造みたいなものが、もしうまくいけばつかめるかもしれない」

そんな黒井さんが、多視点を使いながら作品がなだらかで自然な感じを受ける現代作家は大庭みな子さんだという。

大庭さんの多視点はデビュー作の『三匹の蟹』以来のこと。主人公の女性の視点のほかに、ホームパーティーの場面で、彼女以外の人間の内側の声が記されている。また『啼く鳥の』では、最初に「みずき」という女性の視点から書かれているが、次の章になると、そのみずきの視点のほかに、みずきの死んだ母の従妹「百合枝」の視点が加わってくる。さらに次の章になると、その二人の視点に百合枝の夫「省三」の視点も加わるという具合になっている。それらの視点はまさに鳥が樹から樹へ啼きわたるように自然に入れ替わっている。大庭さんにも、多視点のことについて聞いた。

「視点が移動するということは、最初のころから言われた。当初から視点のことは念頭にあって『浦島草』なんか非常に考えながら、この章はどの視点、この章はどの視点と自覚的にコンポジションを考えながら書いた時期もあります。視点が動くと言われるのなら、もっとラディカルにやった方がいいのじゃないかと思って、反発を持ってやった時期もありました。でも今はそういう段階を過ぎたというか、あまり考えないことにしている」

なぜ大庭作品に多視点を持つ作品が多いのかについては、

「違う人の視点になるというのは、何も難しく考えなくても、日常生活の中にある。他人の気持ちをくんだり、瞬間他人の気持ちになって考えたり、みなごく自然にやっている。それは錯覚でしょうけれど、でもそれが想像力というものでしょう。そのことが大きい人ほど自由で人間的だという評価を受ける。また私が視点が変わる問題に興味があるのは、たぶん自分が自然界みたいなものに興味があったからでしょう。昔からある民話や神話の中に人間と動物の交感の話がたくさんある。いままで熊の話だったものが、あるところから人間の話になったり、その逆の場合もある。そういう民話や神話が好きでたくさん読んでいた。みな勉強して分かることに興味がありますが、自分はフィクションの衰退は、そういう分かるものに向かったところからきていると思う。誰でもロジックを弄ぶことは好きですが、ロジックとリアリティーは全く違うもので、人間が実際に生きている内部世界はどこにあるかと言えば、ロジックの通用しないところにある。〝視点〟の考え方も西欧的な絶対統一者のような理念的なものにどこか、かかわっている。〝視点〟というのも、とりあえずそう言っているくらいのことで、人間の内部世界はそういうものではとらえきれるものではない」

「武蔵野短篇集」という副題もある『たまらん坂』をはじめ、『眼の中の町』以来、黒井千次さんは現代作家では最も武蔵野という場にこだわって書いている作家だ。『捨てられない日』の冒頭も静男と光子が夜の中央線電車に乗ったまま、東京・西郊を西へ西へ、〝武蔵野〟の中を移動していく空間から始まっている。勿論かつての武蔵野の面影はないが、光子の家のある国分寺近くには、庭木でも育てているらしい広い土地もある。

「都心から放射状に分れていく街道筋が田園に入る、そのぶつかり合いの所に詩境を呼び起こすものがあると独歩が考えた武蔵野は、その質自体が変わってきている。ぶつかり合いの異質性がどんどん無くなってきて、〝郊外〟というものも成り立たなくなってきていると思う。それでも栗林とか、庭木を育てる園とか、芝の畑など衰えながらも都市近郊の一種の地場産業としてまだかなりある。そういう〝土地〟に少しでも近いところで書きたいという気持ちはある。でも〝土地〟にぴったりと着かなくて、浮上しているという不安がありますね」

「東京・西郊の小金井に住んでもう三十年ですが、土着的な感じではなくて、むしろ今でもその土地を訪れてきた者の目で見ている自分がある。子供のころ訪れて見た昔のイメージと重ね合わせて眺めている感じなんです。荷風もそうですけれど出掛けて行く土地の方が、眺めたり、調べたり、よくその土地が見えるような気がしますよ」

このように語る黒井さんの武蔵野や郊外に対する思いと、単一でない視点で作品を書くこととの関係は、簡単に推論できるようなものではない。ただこんなことは言えないだろうか。

たくさんの視点を使って書かれる小説にとって、一つの視点から別の視点に移るとき、それぞれの視点の周囲に、場所や空間、そして自然のようなものが必要なのではないだろうか。

『田園の憂鬱』も視点の切り替えがあるうちは主人公の目は周囲の武蔵野南端の自然に対して開かれている。『捨てられない日』の中で、庭木を育てているらしい広い土地の木々の下で、若い二人の視点の切り替えがある。そして『啼く鳥の』も比叡の地を舞台に展開していく。

さらに例えば金井美恵子さんの『道化師の恋』も幾つもの視点を持ち、独特の文体を駆使して書かれた作品だが、ここにも『文章教室』以来の目白という空間がちゃんとある。

これらの場所や空間が視点の変化の外側で、変わらないもの、または緩やかに動いていくものとして、多くの視点の存在を支えているのかもしれない。しかも、これらの作品は、黒井さんの言う、訪れてきた者によって描かれる空間や自然ばかりで、土着の視線とも違って、土地や自然に対する距離感を失っていない点でも共通している。
今、自分の生まれた土地でそのまま生活している人はとても少ない。ほとんどの人たちが移動し訪れてきた人であり、自分を包む場や人は既知のものではない。ならばその分からなさを探るためにも、今、多くの視点を持つ作品がもっと書かれてもいいのではないだろうか。周囲の場や空間を描きながら。

(追記)
大庭みな子さんについては「1990年8月」の項の追記を参照。

警察官を父に持って――1992年12月

第一回「海燕」新人文学賞の受賞者で、この九月六日、胃癌のため四十九歳で亡くなった干刈あがたさんの長編『黄色い髪』の中に、自らのことを「ボク」と呼ぶツッパリの女の子が出てくる。そして、同じ「海燕」新人文学賞の第九回受賞者松村栄子さんの受賞作『僕はかぐや姫』の中にも、やはり自分を〈僕〉と呼ぶ女の子たちが出てくる。なぜ、主人公たちが自分と反対の性の人称代名詞を使うのかについては、以前このコラムでも考えてみたことがあるのだが（「性の反転」の意味――1992年3月）、この両作を読むうちに気がついたもう一つ別な共通点がある。

それは双方の作品の最後に、警察官が登場してくることなのだ。それぞれのツッパリたちが自分の世界を押し広げていったとき、社会の境界線のようなものに触れる。そのとき両作とも境界線上に警察官が登場して、その後、主人公たちにある変化が訪れ、彼女たちが「ボク」や〈僕〉の世界から離脱する形で小説が終わっているのだった。

『黄色い髪』の夏実は中学生なのに、学校にも通わず、夜の原宿を彷徨している。でも「今日こそ原宿で夜を明かさずに帰ろう」と思っている時に、自分より幼い危なげな女の子を見付け、その子を護るようにして行きつけのライヴハウスに行く。カンパリを一緒に飲み、心配なその女の子を自分の家へ連れて帰ろうとした時に、婦人警官に補導されてしまう。

『僕はかぐや姫』のほうの主人公裕生《ひろみ》は女子高の文芸部の部長。文芸部の部員たちが校内で合宿をするのだが、校門が閉まり外では雨が降り出しても一人の部員がやってこない。夜中の十二時を回るころになって、ようやくその部員が警察官二人に伴われてやってくる。学校の塀を深夜乗り越えようとしていたのを見回り中の警察官に見つかったのだ。内緒でビールを飲んでいたこともあり、彼女たちは警察沙汰になったことは、先に眠った顧問教師に知られたくなかったのだが、自分たちだけでは処理できずに教師を起こさざるを得なくなってしまう。

そして、これらの警察官との出会いの後、それまで自分の母親のことを「ねえ、親！」と呼んでいた『黄色い髪』の夏実は、「お母さん、お願いがあるの」と母親に優しく呼びかける。また警官に鼻であしらわれたような無力感を感じて眠れない夜を過ごした『僕はかぐや姫』の裕生も〈僕〉を離れて、〈わたし〉という中性的な自分を見つけるという展開になっている。

このように両作はとてもよく似た構図を持っているとも言えるのだが、実はその警察官が登場する時に、この二つの作品では警察官に対する主人公たちの視線の描かれ方が対照的と言えるほど異なっていて、そのことに強い印象を受けた。

『僕はかぐや姫』の裕生は、深夜にやってきた警察官の「雨合羽の陰に見え隠れする警棒や拳銃から目が離れない」し、「実物の警官にアドレナリンの分泌を促されて、興奮が冷めなかった」。そんな具合に警察官は、境界線の外側の存在としてあるのに対して、『黄色い髪』の夏実を補導した若い婦人警官の方は、その境界線の内側で、夏実の母、史子と大切な対話を重ねる人間として在る。

「補導の目的は罰することではなく、そういう子供たちが自分のことを考えて、道を探る手伝いをするのだと私は考えています」と語るこの若い婦警は、相手の立場を思いながら自分で考え悩み仕事をする存在として描かれているのである。

つまり社会の境界線近くにいる警察官が、『僕はかぐや姫』では境界線の外側に存在しているのに対して『黄色い髪』では境界線の内側に立っているように描かれているのだった。警察官に対するこの視線とその位置の違い、それは恐らく干刈あがたさんが警察官を父に持つ家庭に育ったことからきているのだが、そのことに改めて気づき、驚きを感じる自分があった。

「海燕」十一月号の干刈あがた追悼特集の年譜によれば干刈さんが生まれた時、父は青梅警察署の警部補とあるし、九歳の頃、家にあった法律書や法医学の本で縊死体や溺死体の写真を見て夢でうなされたとある。

一人の文学者が誕生する時、警察官の家庭に生まれ育ったことがどんなふうに影響するのか。干刈あがたさんの死に接して、幾つかの作品を読み返して、そのようなことを思った。

また干刈さんの亡くなる直前に刊行された清水邦夫さ

んの『華やかな川、囚われの心』を読んだ時にも、やはり同じような思いが浮かんできた。清水さんは警察官だった父の世界や、警察官の家庭に育った自分を探る作品を発表し続けている作家だが、この中編集でも同じようなシチュエーションに主人公たちを置いて作品を展開していたからだ。

そして干刈さんや清水さんばかりでなく、いま何故か警察官を父に持つ文学者たちが多い。例えば加藤典洋、川村湊、菊田均という世代の近い三人の文芸評論家の父たちもまた警察官なのである。警察官の家庭に育った文学者たちが、どんな思いを内側に抱えているのか、清水邦夫さんたちに聞いてみた。

「父は新潟県の巡査でした。上の学校に行きたかったのに、農家の三男で警察官になるしかなかったようです。ものを読んだり書いたりするのが好きで、ちょっと変わった警察官だった。父のピストルが押し入れの小さい金庫の中に入っていて、子供の頃それを持たせてもらって、凶器というのはこんなものかと思った。父は定年の直前には巡査部長までなったが、一生刑事畑を歩いて平刑事で終わった。戦後は出世を諦めて一切の異動を断り、骨董なんかに興味を持っていましたね」

そんなふうに清水さんは警察官だった自分の父のことを語る。芥川賞候補にもなった短編「月潟鎌を買いにいく旅」の中に父親が警察の道場で容疑者を拷問しているのを小学生時代の主人公が目撃する生々しい場面があるが、それは清水さんが実際に目撃した父の姿のようだ。

「勿論いろいろなことを誇張しても書いているのですが、戦前は威張っていた父でしたが、戦後は悩んでいる父の姿をよく見かけました。父の警察官人生の途中で、がらっと刑訴法が変わった。戦後になって尋問の仕方が変わり、自白だけでは証拠にならなくなった。威張っている父の姿と悩んでいる父の姿を通して、戦前と戦後の変化というものを典型的に見てしまった。後になってみれば、その父の姿の変化は人間的だったのだと思う。父が出世を諦めてしまったことも恐らく戦後、自分の仕事上の方法論を失ってしまったためだと思う。僕の芝居は家族劇が多いが、出てくる親父は必ず父のイメージが入ってきてしまうのでダメ親父が多い」

また同じ警察官の息子という共通点があった寺山修司さんとこんな思い出もある。

「二十六、七歳の頃だと思う。新宿の喫茶店風月堂で初対面の寺山修司が『お前も警察官の家なんだってなあ』と話しかけてきた。寺山修司とは作風も違うし、顔を知っているくらいだったが、同じ警察官の家庭というだけで共通感覚があってよくしゃべりました。お互いの芝居のことは一言もしゃべらずに」

さらに六〇年安保体験についても、やはり警察官の息子であることは反映していたという。

「警察官の家庭というのは正義というものに敏感な家庭です。正義ということに関して敏感に針が振れるという面がある。六〇年安保の時、国会前までデモに行った。でも警官に追われながらも捕まったら父は困るだろうなあというとが、いつも頭をよぎった。デモに行っても捕まりたくない思いは切実だった。そういう感覚はあの家庭にいたから持てたのでしょう。その割り切れなさがあったから物書きになったのでしょう」

「キミのオヤジさん警察官なんだってね」と言って去って行ったボーイフレンド。「私の父は警察官だったの」「父は機動隊ではなく、国会周辺に召集されていたわけでもない。けれど私は、デモ隊が警官隊に向って〈イヌ!〉と罵倒する時、一緒に言えなくて、石を投げることも出来なかった。私は家庭人としての父に親しまない娘だったけれど」という語りかけ。

干刈あがたさんのデビュー作であり、第一回「海燕」新人文学賞を受けた『樹下の家族』にはそんな言葉がたくさん出てくる。干刈さんは十七歳の時、六〇年安保のデモや集会に参加、樺美智子の死に衝撃を受けた。受賞作の終章はその樺美智子への呼びかけで終わっている。

だが一方で、父親と同じように奄美の沖永良部島出身の警察官が多く、沖縄や奄美の人たちが東京では就職が難しかった時代に、警察官になることが数少ない開かれた道であったこと。だから、「そういう人達が石礫を受けているんだと思ったら、私は彼らの方から私の方を見ている風景が見えるようで、こちら側の人と一緒に石を投げられなかったの」という言葉も記されている。十七歳でデモに参加することと、同時に父たちに対して、そのような気持ちを持つこと、そこに干刈さんの一つの苦しみの原形があった。

その干刈あがた、加藤典洋、井上ひさし、西部邁の四氏が七年前の秋、朝日新聞で座談会を行ったことがある。座談会の後、二次会に流れて、干刈、加藤両氏はそこでお互いが、警察官の家庭に育ったもの同士であることを知ったようだ。加藤さんはこう言う。

「その時、干刈さんが父親が警察官であるというような話をしたので、僕の親もそうですよ、と言うと干刈さんが、えっと驚いて、しばらくお互いの家の話をした。学生運動やデモなどの場では父親が警察官の人間と、そうではない人とでは、何か決定的に違うところがある。みんなが右の方向を向いているときに、逆の方向を向いているようなところがある。子供のころ釣りに連れていってもらったり、世話になった人たちは機動隊の隊長をしているような人が多かった。だから、学生運動などの場での複雑な感情は、ほかの人に説明できるようなものじゃないですね。干刈さんは六〇年安保、僕は七〇年安保の世代ですが、お互いにそんな感情が通じるものがあったのだと思う」

寺山修司の年譜をみると、青森県弘前市で生まれた後、四歳まで父の転勤に従って一年に一度ずつ引っ越しをしている。あまり転勤のなかった清水さんのケースは例外的。ほかの職業には見られない引っ越しの多さが、共同体的な感情から距離を置くような異邦人的な感覚を生み、それが文学的な素地となることもあるのだろうか。

「小学校を五回、中学校を二回変わっているし、高校の時は山形市内で、五回引っ越ししている。当然友達はできないし、いじめられたりする。転校して新しいクラスに顔を出す時の緊張感というのは今もよく覚えています」と加藤さんは言う。

二年前に亡くなった佐藤泰志さんを偲ぶ会が十月十日、東京・国分寺であり、川村湊さんと隣りあわせて座る機会があった。そこでも干刈さんの話になり、警察官の家族の話となった。

「僕も北海道を何カ所も引っ越しした。父は殺人など凶悪犯の担当の刑事だった。だから死体の写真など、生々しい写真をたくさん見て育った。警察官の社会というのは、勉強につぐ勉強みたいなところがあって、父はよく勉強していた。事件に追われてあまり偉くはならなかったけれど。本をたくさん読むようになったのも、父が勉強している姿を見て育ったことの影響は大きいと思う。それに、お父さんのしていることは世の中のためになることなのに世間では何となく受け入れられていない、という気持ちが小さいときから強くあって、それについては未だに割り切れないものが僕にはある」と川村さんは語った。

七年前、文化部の記者として、まだ文芸評論家の方々をほとんど知らなかった頃、新進の文芸評論家五人に頼んで評論特集を試みたことがあった。しばらくして、そのうちの三人、つまり加藤、川村、菊田の三氏がともに警察官の父を持つことを知った時の驚きは忘れることができない。その三人が私と年齢が比較的近い人たちであったことも、驚きを倍加させていた。

勿論、ひとの苦しみの形や喜びの所在は職業や家庭の形態だけで、とても割り切れるものではない。だが警察官の家庭にある者は、子供の時から社会の境界線上でその境界線の内と外に起きることを生々しく目撃して育ちながら、一方でいつも社会の側からは、境界線の外側に自分たちを押しやろうとする力をどこか感じながら、それに抗して生きているという苦しみを抱えているのかもしれない。

　そのような人たちが、ある情況や生活の中で自分の父親たちと向かい合う時、内側に抱える思いはさらに複雑に折れ曲がるのだろう。その時、家族からも、社会からも、土地からも離れて、どこにあっても独りという人たちが誕生するのだろうか。

　軍人を父に持った人たちが戦後社会を生きる中で、安岡章太郎、色川武大、阿部昭という作家たちが生まれた。いま現代社会の中で警察官を父に持つ人たちの中から、作家や文芸評論家が生まれているのである。


〈追記〉

　干刈あがたさんについては「1992年3月」の項と、その追記を参照。▽寺山修司さんは一九八三年五月四日、敗血症のため東京都杉並区の病院で死去。四十七歳。▽井上ひさしさんについては「1991年5月」の項の追記を参照。▽佐藤泰志さんについては「1990年12月」の項を参照。▽安岡章太郎さんについては「1991年10月」の項と、その追記を参照。▽色川武大さんについては「1991年2月」の項の追記を参照。▽阿部昭さんは一九八九年五月十九日、急性心不全のため神奈川県藤沢市の病院で死去。五十四歳。

「平安五人女」をめぐって――1993年1月

菅原孝標女作といわれる『夜半の寝覚』は、幾つかの大きな欠巻を持った作品だが、大事なところが欠落しているということが、作家の想像力を刺激するのだろうか、円地文子『やさしき夜の物語』、津島佑子『夜の光に追われて』など、この平安古典の再創作に挑んだ作品は多い。読売文学賞を受けたその『夜の光に追われて』について津島さんにインタビューして、平安の王朝文学の世界を舞台にした理由を聞いたことがある。

「近親相姦とか三角関係とかに興味があって、これまで現代を舞台にしてずっと書いてきた。しかし訴えたいこと以前の道徳、不道徳の次元だけで読まれることが、いつもあってもどかしかった。いっそあの時代に時を移してしまうと、そんなふうには読まれないのではと思った」

津島さんはそんな具合に語った。女性の作家が作品の中で登場人物たちを自由に生かしたい、考えさせたいとした時、現代の社会を舞台にすると、ある不自由さをともなう。それは何故なのか。インタビューが終わってしばらくしても、そんな思いが自分の中に残っていた。

そして欠落のある作品ばかりでなく、ほとんど名前もはっきりしない平安の女性作家たちの欠落した人物像にも作家の想像力は刺激されるのだろう。彼女たちの姿に迫ろうとする作品も近年、女性の作家によって書かれ始めている。

杉本苑子さんが紫式部の生涯を描きベストセラーとなった『散華』もその一つ。「婦人公論」連載中に、杉本さんを電話取材する機会があり、なぜ紫式部を主人公にした作品を書くのか、やはり聞いてみたことがある。

「紫式部と言えば、歴史上の日本の女性では世界で最も知られた人なのに、これまで紫式部自身が小説化されたことはほとんどなかった。資料が本当に少ないからかもしれないが、不思議ですね。紫式部の人生は一見単純だが、当時の複雑な政争と彼女の生涯を絡ませて考えると、とてもそうとは言えない。そんな先入観を打破したい」

そして著名な作品を描きながら作者の姿のほうは、ほぼ空白に近かった、この平安の女性作家たちを描いた極めつけともいうべき仕事がこのほど完結した。それは、三枝和子さんが清少納言、藤原道綱母、和泉式部、紫式部、小野小町の「平安五人女」の恋の物語を書くと宣言して、言葉通りやり遂げた五冊の書き下ろし小説だ。

三枝さんはこれまで名前さえはっきりしなかった各作家たちをさまざまな資料に当たりながら命名。まず一九八八年に『清少納言「諾子《なぎこ》の恋」』を刊行。その後も精力的に毎年一冊のペースをまもって『かげろうの日記「道綱母・寧子《やすこ》の恋」』、『和泉式部「許子《もとこ》の恋」』、『紫式部「香子《かおるこ》の恋」』を刊行。この十一月十四日には『小野小町「吉子《よしこ》の恋」』を出して、ついに五年間に五冊(各読売新聞社刊)、「平安五人女」の生涯を書ききった。

三枝さんは最終刊の『小野小町「吉子の恋」』のあとがきの中で、「当時の男女の関係のありよう、つまりは結婚の形態を浮かびあがらせたかったからに他ならない。日本の、とは限らず、世界中の女性たちにとって、日本の平安時代の結婚形態は実に興味あるものと思えたからである」とこの五冊全体を貫くテーマを明らかにしており、さらに続けて「天皇といえども遵守しなければならなかった通い婚の形態が、どのように崩れ、どのように温存されたか、古代の祭祀の中心であった天皇と巫女との関係が官女となり後宮を作るプロセスのなかで、どう変容され、後年の結婚の形態にどのような影響を与えたか、等々、私はそれらを物語のなかで生活の実態として描こうとした」とも記している。

三枝さんに「平安五人女」執筆のことや現代社会の中での男と女の関係について聞いた。三枝さんには八六年にやはり読売新聞社から書き下ろし刊行された長編『女たちは古代へ翔ぶ』がある。これは世代の異なる三人の女がギリシア旅行をする中で、自分の女の原理のなかに積極的な力を見つける現代小説だが、これが「平安五人女」の誕生につながっているようだ。

「これを書いたときにテーマが出来上がりつつあったのだと思う。今の結婚制度だけが、女たちにとって絶対の生き方ではないということを、日本の問題として普通の女性の読者に読んで欲しかった。だから平安の女性たちの生き方を通してそれを書こうと思ったのです」

また「平安五人女」の仕事を進める一方で、ギリシアの母系社会から父系社会への移行と成立をフェミニズムの観点から論じた話題の評論『男たちのギリシア悲劇』も刊行しており、その中では太古ギリシアでの一妻多夫のありようは平安初頭頃まで名残を残していた妻問い婚のようなものではなかったろうか、という考えも示していた。

「ギリシアの母系社会、とくにスパルタではBC五百年くらいのポリス国家となっても、母親を中心に父親の違う二系列、三系列の兄弟を持っていたようです。それは日本の平安時代とかなり似ています」

そのギリシア神話と平安時代の関係についてもこう言う。

「ギリシア神話と日本神話が共通点があることは学問的にも証明されているのですが、ギリシア神話の勉強をしていると、やはり結婚制度は絶対的ではないことを痛感します。今からほんの千年前の時代ですら、日本では結婚制度は固まっていなかったことが分かる。今の女性は結婚している人も、結婚していない人も結婚制度に縛られていて、どこか自由な恋愛ができない。ただ平安時代の自由な恋愛と言っても、受胎して生むという女性の本能的なものでしょうが、女性の場合は相手はそんなにたくさんはいない。普通は二、三人。多情といわれる和泉式部でも五、六人ではないでしょうか。いきずりは別として」

そしてテーマである平安の妻問い婚と、天皇の後宮、さらに結婚の変化については、

「通い婚といっても、女の場合はどんな場合も訪ねてこられたら、よっぽどの場合以外は、だいたい受け入れたのだと思う。しかし天皇にかぎって、本当は訪ねて行かなくてはならないのに相手の家を内裏に持ち込んで、そこへ訪ねていくようになった。相手の家の代わりですから、内裏の中の設えはみな女の父親がした。妻問いを天皇家に限り、中に持ち込んだんです」

この結婚への移行期の中で、三枝さんは和泉式部や道綱母をかわいそうであったと見ている。

「和泉式部はたまたま東宮候補みたいな親王と恋をしちゃったので、和泉式部の所へ誰が通ってくるか分からない状態は困るんですよ。だから親王は和泉式部をさらって自分の家に連れていってしまったんです」

天皇家だけが他の男が通ってきては困るということを初めて打ち出した。そうすると天皇家に連なる人達、偉い人たちがみんな真似をする。

「それを嫌った人が道綱母なんです。『蜻蛉日記』でそれを書いている。兼家は天皇の真似をして自分の家へ連れていこうとした。道綱母はそれは嫌だと言って、ずっと待っていた。ところが兼家は権力者ですから、みんな恐れをなして他の男たちが通ってこないわけですよ。兼家が

もっと下の位の者なら平気で通ってくるのに、かわいそうだと思う。ともかく、天皇家や偉い人たちが、自分以外の男が来てもらっては困るといって、女を囲い始めた。これが今の結婚制度の始まりですね」

またそのような問題を少し離れて、「平安五人女」を書いてみての印象を聞くと、

「性格的には清少納言が好きです。でもその人の複雑さの面白いことでは紫式部ですね。とにかく隠す人ですね。和泉式部だったらポロンポロンしゃべってしまうようなことも、すべて隠そうとする。杉本苑子さんも紫式部と道長は関係があったという説ですが、私もそう思う。それを必死に隠そうとするのが面白い。『紫式部日記』を読めば道長が自信を持った形で紫式部にものを言い、それを紫式部がずっと受け止めているところがある。その対等な感じは女が読めば〝あっ、これは関係のあった男と女だな〟とすぐ分かります」

そんな三枝さんの話をうかがっているうちに、当然のように行き詰まった現代の男と女の関係に話が及んでいった。

「とりあえず今の結婚制度をやめることだと思う。やめたところで、男性たちが言うような過度な〝性的紊乱〟はないと思います。これまでは経済的な理由で、子供を父親の家系に送りこんでいたわけです。だから結婚制度をやめたら、子供を育てる費用は子供の人数に応じて、国が面倒を見る。出産期間中はしっかり休めるように国がお金を出す。そうすれば、女たちが働きに出ます。先に制度を崩したときにしか、女が働ける社会は出てこないと思う」

フェミニズムについても、三枝さんはこんな考えだった。

「女たちが、ああだこうだ言っていても、そのざわめきを男たちは聞かなければいいのです。聞くということは男性論理に矛盾している。男は男同士で戦うべきで、フェミニズムについても、ただウンウン言っていればいいんです。女が男の論理の裏返しのようなことを言うので、気になっちゃって、男もフェミニズムについていろいろなことを言うのでしょうが、男は男同士で論を戦わすべき。どこにオスがメスに向かって、何を言っているの？と聞く動物がありますか。相手を間違っているんです。女の言っていることは、男にとって本来、外的なことなんです。女も男の考えをマスターして女の論理展開が、男に巻き込まれちゃっていると思う。女は別の論理展開をしなくてはいけない。男性が構築してきた男性社会に出ていって、その社会の上部を乗っ取るということは本来できないんです。自分たちがかかわっていて、いま不自由だと思っている結婚から、社会の下の方から壊してしまえばいいのです。壊し

てみれば女が生きられる社会が見えてくる」

『女たちは古代へ翔ぶ』の中に、ギリシアを旅する日本の女性が、相手は誰でもいいと思って、子を孕もうとする場面があるのだが、その誰でもいいと思う女性の心の在り方は妻問いを待つ平安の女性の心の在り方と通じるものがあるようだ。

「男の人が女性に対する意識は征服意識です。男に征服意識がなかったら、一対一の関係が成り立ちません。そのとき女の方が、征服してもらったら困るといったら、これも性的関係が成り立たない。男が征服意識で来たものを一対一の関係で受け止めているのだと女のほうが思っていればいいのです。女の方が、征服されたら困ると思ってしまうのは男の哲学に惑わされて、〝受容〟というのをマイナスの能力と思っているからです。〝受容〟というのは、すごい積極的な能力なんです。向こうは征服意識で積極的、こっちは〝受容〟ということで積極的なんです。一対一の関係もそう考えることのほうにリアリティーがある。平安の女たちが待っているというのも、とても積極的なことなんです。待つということは女にとって非常に積極的なことなんです。子供を孕みたいという願望で待っているんです。積極的に待っているという受容の形態として、相手の男は誰でもいいということもあるんです」

そんな、三枝さんの話を聞きながら、自分の中でしだいにはっきりしてきたことがある。

男は問題のある今の社会を壊すのはいいが「その壊した後に、次にどういう社会の展望があるのか」という発想をする。ところが女性は「それは壊してから考えればいい」と思考しているようだ。ここに男の思考と女の思考の非対称性の一つの特徴があるのだろう。

三枝さんが『男たちのギリシア悲劇』の中で述べているのだが、戦争に負ければ、負けた側の男とその男の子供はすべて殺されたが、女のほうは殺されたことはなかった。女は戦利品として奪われるが、殺されることはなかった。相手の男を変えればいいのだ。女性の、壊してから考えればいいという思考の下にあるのは、その変動に強いことの記憶なのだろうか。

さらに、一頭のオスが何頭ものメスを連れているライオンのオス社会を見ても、メス社会であるハチの世界を見ても、見方を変えてみるとメスは多いのに、オスは極端に少ない。「戦いながら、戦いを避ける」という人間のオスが造った世界だけが、ともかくすべてのオスに一人ずつメスがいることが可能な世界となっている。

必死に作り上げたその世界を失うのが怖いから、男たちはしきりに「それで、次の社会はどうなるんだ」と聞くのだろうか。それを聞くと、三枝さんは聞こえないほど声をひそめて、「そうなんです。今の男性社会が壊れると、男性はこんなに多くはいらない社会になっちゃうんです」と言った。その怖い話に三枝さんは「でもヒトのメスは自分の生んだ弱いオスにも優しいから、そういう社会にはならないと思いますよ」と付け加えることも忘れなかったが。

（追記）

三枝和子さんは二〇〇三年四月二十四日、亜急性小脳変性症のため東京都大田区の病院で死去。七十四歳。

現代中国文学の輝き——1993年2月

昨年の九月はちょうど日中国交回復二十年にあたったため、秋から冬にかけてたくさんの中国関係の本が刊行された。勿論そのような動きと直接つながっているわけではないだろうが、ここ一、二年、現代中国文学の紹介や特集が相次いでいる。

「中央公論文芸特集」(1992冬季号)が「残雪　現代中国の異色作家」の特集をしているし、「文學界」(92年3月号)も「中国文学の現在」という特別企画を立て、王蒙、残雪、李暁の短編を掲載した。さらに「海燕」も同4月号で莫言を特集、同11月号では台湾の作家李昂を取り上げていたし、「早稲田文学」(同8月号)には中国回族の作家張承志の作品も掲載された。

また単行本ではJICC出版局から「発見と冒険の中国文学」(全8巻)が九一年からスタートして全巻完結。その後、九二年十月には、「海燕」に掲載された表題作を含む莫言の『花束を抱く女』が同出版局から刊行されている。さらに八九年に『蒼老たる浮雲』が翻訳された女性作家残雪は、その後も同じ河出書房新社から『カッコウが鳴くあの一瞬』を刊行、昨年十一月には彼女の処女作である『黄泥街』が刊行されたばかりだ。毎年のようにノーベル文学賞の有力候補として外電で名を挙げられる亡命中国詩人北島の短編集も「発見と冒険の中国文学」シリーズに入った。

しかも単なる翻訳のブームだけではなく、それぞれの作品の評価も高い。例えば、「文學界」(新年号)の恒例のアンケート「わたしのベスト3——一九九二年・文学の収穫」をみても、川西政明さんが莫言『花束を抱く女』を挙げ、「日本の現代作家の作品よりはるかにおもしろい」と書いているし、清水良典さんも「文學界」の特集で掲載された残雪「帰り道」を挙げ、「世界文学の秘宝である」とコメントしている。さらに、宮内勝典さんは「早稲田文学」に掲載された張承志「三叉戈壁」について、「現代文学は先進国にだけあるという思い込みを一撃します」と記している。

莫言『花束を抱く女』や鄭義『古井戸』の翻訳者で東大助教授の藤井省三さんや残雪の翻訳者である中国文学研究家の近藤直子さん、そして残雪を高く評価している日野啓三さんに、これらの現代中国文学作家と作品について聞いた。

「一九三〇、四〇年代は魯迅や巴金、茅盾たちがほぼリアルタイムで訳され、魯迅なんか日本文学そのものに大きな影響を及ぼすという状況があった。それが人民共和国が成立した四九年以降ほぼ断たれるんですね。文学に限らず、文学に近いものはすべて共産党の政策を宣伝する道具になったし、政治経済も遠くなるし文化も違ってくる。それが七六年に文革が終わって、日本やアメリカと国交を回復して中国が国際復帰してくる。そして経済的にも国際市場に参入して政治経済において、日中関係や欧米との関係が接近してくる。それにようやく文化状況が追い付いてきたんじゃないかという感じです。それがはっきり出てくるのは、文学の場合は八〇年代の半ば、八四、五年に莫言や鄭義、残雪が一斉に出てくるルーツ文学の季節なんです」

藤井さんは、ここ六十年の中国文学と日本への紹介の歴史を振り返ってそう言う。そして新しく出てきたルーツ文学の特徴については、

「その一つの出方は共産党のイデオロギーは一切使わずむしろ拒絶する形で出てくる。共産党が描いているような一見、非常に合理的な科学信仰に基づいた世界では全くなくて、さまざまな歪みとか、神話的な意識とか、共同体の意識とかをさまざまな地域でそれぞれが持っていて、その中で実際に地域の人々は暮らしているんだというふうに作家たちが気が付き始めたんですね。それはみんな気が付いていたんですけれど、書いてはいけないことになっていた。でも共産党の描く絵空事ではなくて実際に人が生きている現実とか、心に思っている世界観、そっちの方がはるかに重要なんだということを言い出したのが八〇年代半ば。それを共同体の単位に広げて書いたのが鄭義であり、莫言です。残雪は、むしろその中で非常に個人的なところから中国の世界というのはこうなんだと言って出てきた」

魔術的な描写力で中国のガルシア＝マルケスと呼ばれる莫言。その代表作『赤い高粱《コーリャン》』は張芸謀監督により映画化されベルリン映画祭のグランプリを得た。鄭義の『古井戸』も呉天明監督で映画化され、東京国際映画祭でグランプリを得ている。映画の成功も大きいのでは。

「勿論、凄く大きい。中国ではまず文学が先に出てきたが、国際的には映画の方が早く中国の新しい考え方の表現として認知された。文学で一番早く国際的に認められたのは莫言ですね」

『古井戸』の主人公の恋人となる巧英という女性は、両親が都会に住んでいたが、五九年から三年続きの大飢饉で人減らしのため小説の舞台となる老井村に帰り、生まれた子であるということが明かされている。この大飢饉では中国全土で約二千万人が餓死したという。

「都会にいる者と農村にいる者では全然、違います。その飢饉での死者は中国の大学教授と話していると、実感では六千万人くらいではないかという。そうすると中国の当時の人口の一割が飢え死にしていることになる。その餓死した者は全て農村にいた者です。都市にいるものには、食糧から衣料、職業、医療まで保証されているが、農村にはそれらが一切ない。日本も程度の差こそあれ、五十年前まで、農村人口が半分以上あり、僕の小さい時にだって、まだ農村的な感覚が残っていた。それが消えていくのが、六〇年代、七〇年代以降。それまでは日本人が引きずっていた同じような感覚の記憶が呼び覚まされるのだろう」

「一言で言うと惚れ込んじゃったんですね」――中国のカフカとも言われる残雪の紹介者である近藤直子さんはそう言う。東京外大の英米語学科から、都立大の中国文学の大学院に進んだ近藤さんにとっても、文革後に出てきた、文革時代の人間関係崩壊の悲劇を扱った傷痕文学という作品群も全く面白くなかったという。ところが、八六年に残雪の作品に出会いショックを受けてしまったという。

「これほど奇っ怪な小説は初めてだった。月並みなことが、何も書いてない。完璧に通俗性、常套を排している。その強い意志に驚いたんです。私が読みたい小説はこれだと思った。既知のものを反復するようなものが嫌いなんです。人間の想像力はどこまでいけるか。常套をどこまで破れるか。興味の中心はそこにしかない。それを最も激しい形で満足させてくれた。残雪は月並みなことを書かないということではカフカ以上です」

なぜ、カフカ以上に通俗性や常套を排することができたのかについては、「カフカは西洋人として、どこかで合理性を求めている面がある。でも、中国人には西洋近代の整合性への欲求というものが、あまり強くない。だから残雪は常套を全く排しながら、最も土着的で、同時に最も普遍的な作品を書くことができるのだと思う」

残雪の作品の中では時間が潰れ、空間が崩れ、記憶が廃れ、全てのものが腐って溶け出し、あらゆる境界がはっきりしなくなる。そして、処女作『黄泥街』や『蒼老たる浮雲』などに顕著だが、全くあてにならない噂や覗きの世界が横行する。

「万人が万人の敵である。お互いを抹消したい。この地球上に生まれたら、誰でもが例えどんな状況にいたにしても至りつく構図。そんな凄まじい理不尽を生きている。それを恐ろしいまでに突き詰めて書いている」

それらの残雪の強さの一つはその生い立ちにある。古参革命家で、革命後は湖南日報社の社長だった父親が、五七年、残雪が幼稚園児のとき、「右派」として粛清され、一家は極貧の生活を強いられる。野生の麻の葉で団子を作り飢えをしのぎ、彼女は「右派」の娘として小学校は出たものの、中学校へは進学できなかった。六六年に文革が始まるとまた、「右派」への迫害が始まり、父は監獄へ母は強制労働施設へ送られ、兄弟たちは全員農村に下放された。孤児となった残雪は、父のいる監獄近くの小屋に暮らさざるを得なかったという。

「強い意志の子どもだったようで、小学校時代も教師から指されたとき以外は、一言も口を開かなかったと本人が語ってました。でも十三歳での孤児の境遇は、別の面では自由も得た。抑圧的だった父母もいないし、学校に行く必要もない。良い子になる道も〝右派〟の子どもにはない。彼女には強制するものや迎合する価値観が全くない時期だった。この時代にディケンズやトルストイなど面白そうな本を濫読したようです。また文革が終わって、翻訳書が一斉に出てきたときに、サルトル、フロイトから、ロブ＝グリエ、ホワイト、カフカなどを濫読したようです。カフカは短編が好きだと言ってました。今の日本では、誰も孤児になれない。だから、目も眩むような自由も体験できない」

「文藝」の九〇年秋季号で、来日した残雪と対談したことのある日野啓三さんは、残雪の魅力についてこう言う。「ここ数年の外国の作品の中で、および難いと感じたのは残雪だけです。初めて読んだとき、驚き、書評でノーベル賞級の才能だと書いたことがあります。今度出た『黄泥街』を読めば、文革の影響がはっきりうかがえる。一般民衆のいやらしさがよく出ている。リアリズムではないし、幻想的と言っても不正確。凄く土着的で尚且つ前衛的。アニミズムのようなものを感じますね。書くことのなくなっている世界の文学に、書くことをもった人が出てきたという感じです」

同じ作家として感じる残雪の魅力については、「物語を壊しながら作品を進めていくのに、最後までそのエネルギーが落ちない。また近藤さんの指摘ですが、時制のない中国語の世界だという指摘にも同感です。老荘の思想に近い世界も感じます。文革中に受けた被害は想像を超えますが、文革が残雪という作家を世界に生み出したとも言えますね」ということだった。

これらの現代中国文学の翻訳が出てくる前に、中国で刊行間もなかったそれらの作品について、藤井さんから何度か聞いたことがある。農村に下放された青年が学校で子供達に勉強を教える。その青年が簡単な辞書をもっているのだが、村に辞書はその一冊しかない。省都にすら他に辞書がない。だから、勉強熱心な子供がその辞書を一頁目から写し始める話（阿城「孩子王」、陳凱歌が映画化した「子供たちの王様」の原作）。最新の科学的な営農法を取り入れることで、トウモロコシの収穫を何倍にもしてしまう女のことを狐憑きと思っている農民たち。そして女自身も自分のことを狐憑きだと思っているという鄭義『古井戸』の話。それらの話を聞きながら、神話の世界と現代がそのまま交錯している世界の存在を強く感じたのをよく覚えている。

八九年六月四日の「血の日曜日」事件以来、地下に潜っていた鄭義が、昨年五月香港に脱出。潜伏中に書いたエッセイ「歴史の一角」をぜひ翻訳してほしいと最近、藤井さんに連絡してきた。『古井戸』初版の翻訳には、潜伏中の鄭義に代わって夫人のメッセージが寄せられていたが、最近届いた手紙によるとメッセージを書く直前まで夫人も入獄していた可能性が高いことが分かったという。

「『古井戸』翻訳についての僕の手紙に返事を書かせるために夫人を獄から出したようです。翻訳が獄中にある人を外に出す力もあったのかと思うと嬉しかったですね。中国文学関係の人は何故か、中国政府に遠慮してか、翻訳した本の著者が獄中にいることや、地下に潜っていることをあまり触れたがらない人が多い。しかし、その作品を愛するからこそ翻訳をするのだから、その著者の苦境にこちらにいるものが何も触れないということがあっては恥ずかしいと思っています」

中国文学者として気骨のある藤井さんの言葉が印象深く残った。その鄭義はいまアメリカ亡命を希望しているという。そして残雪は、アイオワ大学の招きによる三カ月の滞米生活を終えて、中国に帰国する予定だ。

「日本にも土着的なところから、普遍へ突き抜けた作品があります。深沢七郎さんの『楢山節考』はそんな作品だと思う」

残雪の作品にも動物がたくさん出てくる。『楢山節考』の「おりん」の家に這ってくるあの蟹の姿が重なって感じられてくるほど、近藤さんの言葉も深く響く言葉だった。

（追記）

日野啓三さんについては「1991年1月」の項と、その追記を参照。

安部公房の試み――1993年3月

一月二十二日に亡くなった安部公房さんに「多摩丘陵のドライブ」というエッセイがある。『安部公房全作品』(全15巻)の最終巻の最後、つまりその全集の最後に収録されたものだが、あまり個人的な生活のことを書かなかった安部公房さんには少し珍しいエッセイだ。

安部さんが仕事の気晴らしのために調布市の自宅から、車を飛ばして出掛ける多摩の丘陵地帯のドライブコースを紹介した文章で、何種類かの自分の好きなコースが書かれている。

午前四時頃に出発して、夜明けの甲州街道を走る。府中を越えて左折し多摩川の関戸橋を渡り、そこから多摩丘陵に入る。直進して鎌倉街道に出て道が鶴川に出る直前に左折して鶴川街道を抜け、読売ランドの近くを通って矢野口に至る。見渡すかぎりの自然の中を行くこのドライブを安部さんは第一コースと呼んで、最も愛したようだ。

しかし、当時そこでは既に丘の頂きがブルドーザーで無残にえぐられ、土を積んだダンプカーが動き回っていたようだ。安部さんはいずれは「ここも灰色の空間に変えられてしまうのだろう」と記しているし、ある日、安岡章太郎さんとその辺をドライブした時も自然のままに残っている風景に感嘆した安岡さんとともに、間近に迫る破壊の予感に憤然としたことを紹介もしてある。ただし安部さんは、「それもまあ仕方のないことだ」とも書いているのだが。

安部さんが「ここも灰色の空間に変えられてしまうのだろう」と予感したその場所、現在の多摩ニュータウンに私は住んでいるのだが、安部さんが亡くなった日の夜、安部さんのかつてのドライブコースをタクシーで走りながら帰宅した。関戸橋で多摩川を渡り、道を直進して鎌倉街道と交差する辺り。今は三車線の道路となったその両側の丘の上にコンクリートの団地群が黒い影となって次々現れる。

それは、今でもかなり不気味な風景である。

そのニュータウンの道路が鎌倉街道と交差する少し手前に日本医科大付属多摩永山病院があって、この病院で安部さんはその日の午前七時一分、急性心不全のため息を引き取った。六十八歳だった。最近はほとんど箱根の仕事場で作品を書いていた安部さんだったが、一人娘で産婦人科医であるねりさんの母校が、日本医科大であることから、同病院に入院したようだ。心不全は安部さんがかつてドライブに出発した時刻、亡くなった日の午前四時ごろに起きたそうである。

安部さんが昨年末、軽い脳出血の発作を起こしたことは聞いていたのだが、「新潮」新年号、二月号には次の長編の冒頭にあたる「さまざまな父」が発表されており、その死には現役作家の突然の死の印象が強い。

芥川賞作「壁――S・カルマ氏の犯罪」のことから、『方舟さくら丸』『カンガルー・ノート』まで、これまでに五度のインタヴューを安部さんにしている。自分の中に今も深く残るその発言の幾つかを紹介したい。

芥川賞決定の時、安部さんは工場街で寝泊りしていて、受賞はラジオのニュースで知ったようだ。『安部公房全作品』最終巻の付録の年譜を見ると、芥川賞を受けた昭和二十六年のところに「生活困窮のなかで工場街の文学サークルの組織に奔走する」とあり、『新潮日本文学辞典』でも、「二七年には『人民文学』に参加し、工場街に文学サークルを組織した」とある。だが当時の自分の活動や共産党への接近について安部さんはこう語っていた。

「文学サークルじゃないんだ。僕は文学サークルというのは好きじゃない。実際に共産党の組織のオルグをしていたんだ。『壁』を書いたころは僕自身としても作品が唐突に変わった時期。何に触発されたかというと、本当を言うと『不思議の国のアリス』だね。イメージというのが、あそこまで自由でもいいんだと思った。徹底的に自分を言葉やイメージで解放して行こうとした。共産党に接近したのも、僕にとっては同じことで、後で共産党に非常に失望して行くんだが、ともかく僕は普通の人とは接近の仕方がちょっと違ったんだな。だいたいあの当時は、人民文学とか新日本文学とか言って騒いでいる時期なんだよ。ところが、僕はそれさえよく知らなかった。でも僕としては、その時に文学の手段だけでなくて、全部を変えてみたいという希望があって、突然共産党に飛び込んで、現場に行っちゃった。それまでの『終りし道の標べに』とか、変な言い方だけど哲学小説的なコースをきていた僕自身が、『壁』で急転換した。今考えてみると、それと同じように外部に対する拒絶も捨ててみようとしたんだろう」

「壁――S・カルマ氏の犯罪」は芥川賞史上、全く特異な反リアル小説だが、安部さんは先駆的作品として石川淳「普賢」を挙げた。受賞をきっかけに知り合い、長く親交を持った石川淳、安部公房の二人、さらに歴史家萩原延寿さんを加えた三人が同じ誕生日（三月七日）であることを明かしたこともある。

最後の書き下ろしとなった『方舟さくら丸』は、核シェルターを作って生き延びようとする人間の物語だが、安部さんは「生き延びよう」とする者は実は「生きる」ことができないことや、弱い者が死滅することを前提にして強者がシェルターの中で「生き延びよう」とする発想自体が、きな臭い終末的な虚無とロマンチシズムであることを鋭くえぐろうとした。

作中にユープケッチャという愉快で奇妙な虫が登場する。時計のように同じ所をぐるぐる回りながら糞をして、その自分の糞を餌にして食べるため、足が退化してただ一点を中心に回転するしかないという円環と自己充足の虫、ユープケッチャは一般には日常から脱出できない、哀れな存在の象徴と受け取られたようだ。だが安部さんは、一見哀れなその虫に「生きる」力を託している。

「サバイバルという考えからすればこの虫は監獄みたいな世界。でも円環に保障されているということだけが日常なんです。あるシステムが毎年必ず反復されるという保障を摑もうとして我々は暦を作り、天体を観測して来た。一日という円環、一年という円環。この保障でまず人は安心する。その安心を前提に不安や危険への旅立ちがあり、精神文化が始まる。その絶望の客体化が絶望を超えている」

谷崎賞を受けた戯曲『友達』についてもインタヴューしたことがある。『友達』は世界中で上演された。旧ソ連でも計画された。アメリカで好評を博し、パリでは今一つの評判だった。

「チェコ事件の直後に、モスクワ芸術座の卒業公演でやることが決まったが、圧力がかかって中止になった。翻訳はあったようだが、翻訳時は、あの善意の闖入者はチェコでのソ連軍ではなくて、これはベトナムの話だと言って通したようだ。でもこれはたぶん冗談」

何故、よく外国で取り上げられるのかという質問に対しては、「こういう言い方は厭味になるかもしれないが」と前置きして、「外国で取り上げられるのが不思議なのではなくて、日本で評判があるのに、外国でちっとも取り上げてくれないほうが不思議だ。今は芝居にしても小説にしても地域的なものじゃない。国際的というと日本人は誤解していて、外国を舞台にとか、外国人が出てこなくてはとか、思いがち。でもそんなものではない。僕なんか外国語はできないし、日本のことしか書けない。でも別に気張って外国のことは関係ないんだという必要もないし、また特に外国との関係を強調する必要もないと思う。国内で普遍性を持てば、どこでも同じじゃないかなあ。ミルウォーキーで上演した時は、ミルウォーキーを話の舞台にしてくれと頼んだ。それで成功した。でもパリのときは、演出家が駄目でエキゾチックな日本の話にしてしまった。上演前に随分抗議したんだが駄目だった。案の定、評判も悪かった」

自ら「安部公房スタジオ」を持つほど、入れ込んでいた演劇から離れて行った理由も語ってくれたことがある。

「演劇の水準が低すぎる。劇評家、観客を含めてそう思う。この中で仕事をしたら無理だ。僕が最後に作った『仔象は死んだ』はアメリカでは凄い反応だった。ニューヨーク・タイムズなんか、これは必ずアメリカの舞台に影響を与えるだろうという反応だった。その通りになったと思う。でもその影響をはっきり受けている劇団が来ると、劇評で〝さすがにアメリカの前衛は〟なんて……。なんとも空しい。小説なら時を経て後で勝負ということができるけれど、芝居はそういうことが言えない。あんなに苦労して、こんなふうに空しく地面に吸われてしまうのでは、やってられないと思ったんだ」

安部さんは必ずユーモアを挟みながらしゃべる。意見の違うものに対しても決して激しい調子で非難しない。でもこの発言の時だけは少し語気が鋭かった。余程の事だったのだろう。

『方舟さくら丸』で一九八四年十一月に初めてインタヴューして以来、八年余の取材を通して一貫して伝わって来たものがある。それは安部さんが最後まで格闘していたものだが、私にはそれは、〈国家や祖国、愛国心といった理念に対して、遺伝子や言葉の発生のレベルまで戻って人間の力を考え直し、その国家や祖国、愛国心といった理念を超えていこうとする試み〉だったのではないかと思う。

例えば、『方舟さくら丸』や翌年刊行の『死に急ぐ鯨たち』のころから、アメリカの言語学者N・チョムスキーやD・ビッカートンの仕事に刺激を受けて、安部さんは言語の問題を考え続けていた。特にD・ビッカートンの仕事を通してクレオール言語というものに大変な関心を寄せていた。それはこんな考えだ。幾つかの異民族が、ある事情で急に一カ所に集まった時、各民族の一世たちの言語は、文法はそれぞれの民族の文法を使い、単語だけ支配上層部の言語を借用して意思疎通する。この言語をピジンという。ところがこの次の世代の子供たちはピジン言語を使わない。

「子供たちは独自の共通文法を自分たちで作り出してク

レオールという言葉を作る。しかも、ピジンからクレオールへのプロセスは、親の教育ではない。なぜなら、親はクレオールを使えないんだ。子供たちは誰からも教えられずに、クレオールを作っている。このことから分かるのは、言葉の基本構造が遺伝子レベルで刷り込まれているということ。だから、本当の教育というものは既成の文化や伝統、イデオロギーの習得ではなくて、伝統よりも古い、遺伝子に組み込まれているものを開いていくことをすべきだと思う」

完成した最後の安部作品である『カンガルー・ノート』の最終章「人さらい」の冒頭に「むかし人さらいは／子供たちを探したが／いまは子供たちが／人さらいを探している」という歌が出てくる。この歌には、クレオール言語を作り出した子供たちへの関心につながっていくものがある。それは「親は要らない」という思いだ。この章を一番最初に書いたと語っていたことからも、私には安部さんの一貫した思いが感じ取れる。

二年半ほど前、安部さんが入院生活をした時、次の作品になる筈だった「スプーン曲げの少年」が百枚ほどのところで放棄され、それは「飛ぶ男」として全く新たに構想し直され、一部が「新潮」（新年号、二月号）に発表されたばかりだが、安部さんの死でその長編は永遠に中断することになった。

そして安部さんが周囲の人たちに「どうしても書きたい。そうとう厚いものになるはずだ」と語っていたアメリカ論は全く姿を見せないままとなった。だが、この「アメリカ論」についても一年前にうかがった。そのモチーフも、やはり言語や遺伝子への関心と重なるものだった。

「アメリカの文化は伝統で形成されてきたものではなくて、親がいない文化だ。言語のクレオール形成と似た文化だから、それだけに教育を媒介にしていない文化だから、それ自身は歴史が浅いけれど、感染力は猛烈に強い。ジーンズとか、コーラなどというものは伝統の経路を通らずにモスクワ、日本、北京の青年に、横広がりで強力にぱっと広がる。文化というと独自文化と考えがちだけど、潜在的に本当に広く機能しているのは、普遍文化じゃないか」

安部さんは、日本にも同じ現象があることを秋田蘭画の例を挙げながら、さらに具体的に話し続けた。そんな具合に、いつも日常のことがらから、分かりやすく、だが意外な角度から、世界像の変革につながる話を展開した安部さんだった。

安部さんの死に接して、五本のインタヴューテープを全て聞き直し、最も印象的だった言葉は、最後の作品『カンガルー・ノート』に対するものの中で、「自分がだんだん子供になっていくような気がしているね。書いていて。どういうことだろうなあ」というつぶやきのような安部さんの発言だった。

既に通夜の席で安部さんにお別れをした後なのに、なぜか、まだ安部さんの死の実感は薄い。秋のノーベル賞シーズンになれば、その死の実感が増してくるのだろうか。もう外電に「Kobo Abe」の名を見つけることができないのだから。


（追記）

安部公房さんについては「1990年6月」の項も参照。▽安岡章太郎さんについては「1991年10月」の項と、その追記を参照。▽石川淳さんは一九八七年十二月二十九日、肺がんのため東京都新宿区の病院で死去。八十八歳。▽萩原延寿さんは二〇〇一年十月二十四日、肺がんのため東京都中野区の病院で死去。七十五歳。

書き言葉と話し言葉――1993年4月

勿論これは偶然だろうが、「文學界」二月号の二つの欄で、日本語の書き言葉と話し言葉について論じているものがあった。

一つは「文學界」が今年の新年号から始めたリレー対談の二回目で池澤夏樹さんと富岡多恵子さんによる「書き言葉を超えて」。その中で、富岡さんは、かつて「言葉による芸能」に対して、日本人の庶民的な耳の能力がすごく開かれていたが、しだいにその耳がつぼまっていってしまったこと。さらに「小説の朗読」のために招待されてオーストリアに行ったときの体験、つまり「では自作を朗読してくださ い」と言われて、ウッとつまってしまうような日本人作家独特のギクシャクぶりを披露もしている。

また池澤さんも耳で育て上げられた言葉という面が強い沖縄の言葉を具体例に挙げながら耳で聴く言葉の重要性を指摘。だが作品を書くとき、読者に目で読んでもらおうと思っているという現代作家の姿を自らも含めて率直に述べていた。さらに、自分にとってワープロはしゃべり言葉に近いという、現場の実作者らしい実感の紹介もあった。

もう一つは、解剖学者の養老孟司さんの連載「臨床読書日記」の中の「書評と日本語」だ。月刊「Ａｓａｈｉ」の匿名鼎談書評に触れ、「談」という書評形式の楽しさを認めながらも、「会話の面白さと、書かれた文章の面白さは、かなり違う。若い人たちの書くものが、会話調になってくるのは、書きことばとしての日本語の利点を殺している。そう思えないでもない」と書いている。さらに、日本語では書き言葉と話し言葉の関係が諸外国とはやや違っていること、世界の言葉の中で、書き言葉として最も複雑に発達したのが、日本語ではないかという考え方を披露している。

言葉の問題は単純に割り切ることはできないが、話し言葉に近いか、書き言葉に近いかという関係で考えると、池澤・富岡対談の方は、どちらかというと話し言葉の持つ力を見直そうとする面が強く、養老さんは日本語の書き言葉について、独自な考えを述べようとしている点が強く感じられる文章だった。

この二つの日本語論を読みながら自分の中に浮かんできたことがある。それはこんなことだ。よく言われるように、若い人の書くものが会話調になってきているのも勿論事実だが、その一方で話し言葉から書き言葉へ戻る逆転現象のようなこともまた起きているのだ。

一番典型的な例は、橋本治さんの桃尻語訳『枕草子』とこのほど全十四巻が完結したばかりの『窯変源氏物語』の全く対照的な二つの〝訳〟だ。桃尻語訳『枕草子』は一九八七年八月に上巻が出ているが、冒頭の「春は曙」を「春って曙よ! だんだん白くなってく山の上の空が少し明るくなって、紫っぽい雲が細くたなびいてんの!」と話し言葉で訳して大きな話題となった。ところが、九一年五月に刊行の始まった『窯変源氏物語』の方は「桐壷」の冒頭を「いつのことだったか、もう忘れてしまった」と書き言葉で書き出しているし、「若紫」の冒頭などは「春だった。思い出となるべき年は終わり、訪れた春ももう終わろうとしていた」と原文にない文章を書き言葉で書き出しているのだ。

さらに、この『窯変源氏物語』の刊行開始と同じ九一年の「群像」五月号に掲載された加藤典洋さんの「これは批評ではない」という不思議な評論の中にも「わたしは『語らない』だろう(語っても声は聞こえないから)。わたしは、『書く』だろう」という言葉が記されていた。これは直接、書き言葉と話し言葉の関係を言っているわけではないが、私には書き言葉の方向に戻る橋本治さんの仕事とやはり重なって感じられる言葉だった。

勿論、明らかに話し言葉を意識的に作品の中に持ち込もうとしている作家たちはいて、俵万智さんの歌もその一つだし、八八年刊行の『トパーズ』以降の村上龍さんの仕事もその代表的なものだろう。

このように、ここ数年の新しく生まれる作品を読んでいると、今、日本語の文章の中の話し言葉と書き言葉はせめぎ合っていて、しかも上の世代が書き言葉寄り、下の世代が話し言葉寄りという単純な図式に必ずしもなっていないように思えるのだ。

私がこのようなことをはっきり意識し始めたのは、一年半ほど前、文芸評論家の清水良典さんから、現代人の話し言葉と書き言葉の問題について、逆転現象もあることを指摘されて以来のことだ。話し言葉、書き言葉の問題について、清水良典さんと養老孟司さんに聞いた。

「かつて権威的な言葉、知識人の言葉としてあった書き言葉に対して、それを窮屈に感じる若者達が自己主張して、書き言葉の世界に話し言葉が侵入してきて、それを押し広げているというのが従来の一般的な考え方」と清水さんは前置きして逆転現象についてこう言う。

「話し言葉の中に書き言葉が逆侵入した例も目立つ。一番いい例は、赤塚不二夫の『天才バカボン』の『これでいいのだ』という言い方。書き言葉の中で、話し言葉が世界を切り開いてきた末に、今度は、話し言葉の中で書き言葉が復権してくる。話し言葉の中で書き言葉が演技している。そういう逆転現象が起きている」と語る。

なぜそのような逆転現象が起きているかということについては、「それはあらゆる言葉がメディア化してしまったからでしょう。自分が用いる言葉をメディアから受け取って、それを選んで使っている。テレビ、ラジオ、新聞など、それらのメディアからの言葉をお互い吸収しあって家族の話題にする。そういう時代に生きている。実はメディアから学んだ言葉なのに、自然の言葉だと思ってしまう。その時点で、話し言葉と書き言葉の区別の根本的な差はなくなってしまった」

そんな日本人に起きている事はこんなことだと言う。

「『愛している』『好きだ』。日本人には全てどこかから借りてきた言葉で、実は自然な愛情表現の言葉ではない。日本人は、もし戦争すれば、相手の国の女を強姦してしまうようなものをまだ内側に持っていて、その一方でいろいろな言葉を使って愛情の表現をしたり、口説いたりしている。そんな具合に言葉と肉体が自分の中で乖離したままどこか結びつかないままだ。しかも、自然でない言葉を自然だと思っている。その不自然さにも自覚的でない」

本郷の東大医学部の養老研究室には、高橋留美子の漫画『うる星やつら』の中の登場人物である旅の僧「錯乱坊《チエリー》」が、悪魔祓いのため叫んでいる場面の絵がパネルになって置いてある。その絵では「錯乱坊《チエリー》」の吹き出しの中の声は〝喝〟の代わりに「揚豚《カツ》!!」と書かれている。この漫画こそが、日本語に関する日本人の脳の特徴をよく表していると養老さんは言う。そこに到達するまでは少し長い説明が必要だが、養老さんの説明はまずこうだ。

「一般には言語は音声が先だという考えが非常に強い。そうじゃないんですよという考えは、なかなか受け入れてもらえない。道具や火を使うというレベルではネアンデルタール人と現代人ホモサピエンスは区別がないんです。両者の大きな違いはシンボル能力の差です。アクセサリー、ゲーム、お守りの類いが原人や旧人の遺跡からは出ないんです。出るのは実用品ばかり。だから何に使っていたかがすぐ分かる。でもホモサピエンスの遺跡からは、アクセサリーや、お守りみたいな類いが出る。例えば囲碁というゲームが失われて、後で宇宙人が碁盤と碁石を遺跡から発見しても、何に使っていた道具だか分かりませんよね。そういうシンボル能力が、まさに言語なんです。ある仮定の体系を作ってルールを動かす。実際のものを見なくても、何が起こったかを伝えることができる。だから、言葉を使うという能力が現代人に発生した段階で、書き言葉が前提にされているということなんです。書くには道具や紙が要るから、当然、書き言葉の方が歴史的には遅れてくる。でも話し言葉の方が歴史的に早いからといって、それが根本だということは言えませんよ、というのが私の考えなんです。ソシュールから始まって、日本で言うと本居宣長、小林秀雄という系列は、純粋な言語は音声言語であるとまず言いますね。でもそうではなくて、音声が中心の社会では、音声言語というのが重要であって、それが文化をかなり強く規定していますから、音声言語が本当のものと思えるのは無理がないけれど、全然それとは違った観点からすれば、そもそも視覚言語は音声言語というものと同時に能力として発生しているんです」

日本人には、ほかの国の人とは違って失語症に二つのタイプがある。脳の後ろの方のある部分に障害が起きると、その人は漢字が読めなくなってしまう。また脇の方の脳のある部分にダメージを受けると、今度は仮名が読めなくなってしまう。このことから、視覚寄りの言語と音声寄りの言語の違いについて、非常に興味深いことが分かるという。

「人間は文字を二種類発明した。一つは仮名とかアルファベットとか音声寄りの文字。もう一つは象形文字、エジプトのヒエログリフや中国の漢字などの視覚寄りの文字。耳寄りの字と目寄りの字ができちゃったんだけれど、ともかく人間は両方使えることは間違いない。ところが日本人の場合は第三のカテゴリーになるんです。音声言語を使っているところへ出来上がった象形文字が入ってきちゃった。そこで困って音訓読みという目茶苦茶な読み方を始めたわけです。これはとんでもない発明であって、こんなことをした人間はいなかった。そういう読み方を始めたというのが、日本語の非常に大きな特徴で確かに本居宣長じゃないけれど、そのとき日本語は変わった。ほかの国の人とは違って、脳を二か所使って、漢字と仮名を読まなくてはいけなくなってしまった。そして千何百年もそれで訓練している内に日本人の脳が変わっちゃった。アルファベット圏の人たちは、脳の中で日本人が仮名を読んでいる部分、つまり聴覚寄りのところで読んでいるが、日本人は、さらに視覚寄りの場所で漢字を読むという具合に脳を広く使うように非常に特殊な形で発達してしまった。また、よく言われる言語の論理性についても、

「理を尽くして諄々と説くというのは、耳の特徴です。目は一目で見てとるのであって、画面が変われば前とは違う画面、違わなければ同じ画面だと思っている。目にはロジックはないんです。英語で論文を書くと、カチッといくのに、日本語だとずるずるとなってしまうのは、これは論理の聴覚性と関係がある。英語など聴覚寄りですから、順序立てて説明するには強い。だから彼らは演説するし、我々は演説が得意じゃないんですよ」

そして我々の得意なもの、好きなものとして、「斜め読み」やあの研究室で教材としてパネルにもなっている「漫画」があるのだという。

「視覚寄りの言語は、字面にかなり大きな情報がある。だから斜め読みが可能で、漫画に近いんです。日本で漫画がよく売れるのは、日本語の持つ特徴と大きな関係がある。漫画の絵を漢字と考えて、吹き出しを漢字の読みにあたるルビと考えると、日本人にとっての漫画というものがよくわかる。『うる星やつら』の絵の吹き出しに『揚豚《カツ》!!』と全く違うルビがふってあってもいいんですよ。漢字を音訓読みするとき、一つの象形文字に幾つもの読みを許した日本語では平気なことなんです」ということだった。

昨年秋、第十一回「海燕」新人文学賞を受けた村本健太郎「サナギのように私を縛って」に、延々百七十行近く、読点だけで改行もなしに、会話体をつないでいく文章が出てくる。「嫌いなんだけど」「知らないけど」と「けど」という言葉を多用してつないでいくのが特徴だが、おそらく村本さんが最も書きたかったであろう、主人公の女性が裸で縛られる場面や体に残ったその縛りの跡を見る場面には、その「けど」という話体がほとんど使われておらず、むしろ書き言葉の側に作品の世界を止めようとしているのが印象的だった。ここにも自覚された微妙な話し言葉と書き言葉のせめぎ合いが感じられた。

自分たちが、その中に生きている言葉の問題を考えるということは本来難しいことだが、今、書き言葉と話し言葉のせめぎ合いには、ある必然があること、そのことに日本人が自覚的に向かわなくてはならないところに来ていることだけは確かだろう。

(追記)

赤塚不二夫さんは二〇〇八年八月二日、肺炎のため東京都文京区の病院で死去。七十二歳。

「海燕」のリニューアル——1993年5月

「〝せっかくうまくいっていたのに、それを自ら否定したみたいだ。〞そういう声もあるようですね」——文芸誌「海燕」が、四月号からリニューアルした。表紙には山藤章二画による作家の似顔絵、その第一弾は島田雅彦さん。雑誌名も「海燕」から、新しくローマ字の「Ｋａｉｅｎ」を前面に打ち出した。「海燕」から「Ｋａｉｅｎ」へ。そのリニューアルについて同誌の根本昌夫編集長に話を聞いたのだが、大きな変貌ぶりに対するリアクションとして、そんな声すらあがっているという。しかし、そんな反響も紹介する根本編集長からは、むしろリニューアルに手応えを感じている余裕すら伝わってきた。

「新しい小説の書き手を求めて」という特集では吉本ばなな、山田詠美、島田雅彦、高橋源一郎、田中康夫の五人の若手人気作家たちへのインタヴューと新人賞選考委員をしている文学者二十四人に対するアンケート「新人作家の条件」。それに「月刊カドカワ」小玉圭太、「小説新潮」校條剛、「文藝」長田洋一の各編集長による座談会「小説雑誌の現状と未来」もある。

さらに連載以外の創作欄には清水義範「シナプスの入江」(三百枚一挙連載)、荻野アンナ「マドンナの変身失格」と椎名誠「みるなの木」。それに気鋭のロシア・東欧文学者沼野充義さんの文芸時評もスタートした。

「海燕」はこれまで、干刈あがた、小林恭二、佐伯一麦、竹野雅人、吉本ばなな、村上政彦、小川洋子、松村栄子、角田光代さんらの各「海燕」新人文学賞受賞者や島田雅彦さんをはじめとする若手作家を数多く育てる一方で、長老の井伏鱒二さんから、戦後派、第三の新人、内向世代、中堅作家、また評論にも力を入れるというバランスのとれた誌面作りの文芸誌としての評価を得てきた。

しかし今回の誌面改革で、若手を中心とした誌面作りとさらにエンターテインメントの作家たちも積極的に起用していく編集方針をはっきり打ち出した。

冒頭の反響には、その大胆な変化に対して、従来の誌面への評価が表れているし、同時にまた新誌面の改革ぶりに対する驚きもよく出ている。

だが、雑誌がある一定の評価を受けている段階で、自らその雑誌の編集方針をがらりと変えていくということは、大きなリスクが伴うし、それを覚悟しながらなお誌面を変えていくには強い独自の判断があってのことだろう。リニューアルした「kaien」の新編集方針や、そこにある同誌をめぐる情況について根本編集長はこう語る。

「僕らが学生のころはコモンセンスみたいな感じで、例えば大江健三郎があったり、吉本隆明があったりしたと思う。ところが今の若い人たちは小説を読まなくなっている。村上春樹や吉本ばななは売れているのだけれど、それがコモンセンスかというと、そうでもないんです。早稲田の文芸科の学生に聞いてもそうではないんですよ。随分そういうことは変わってきていると思う。例えば『海燕』の新人賞を見ても応募の数は増えているんですけれど、『海燕』という雑誌は読んでなくて、公募ガイドとかそういうものを読んで応募してくる人たちが多くなっている。それでは何か逆じゃないかと思うんですよ」

この根本発言を裏付けるように編集長座談会「小説雑誌の現状と未来」で「文藝」の長田編集長がこんな発言をしている。

「昨年の文藝賞の応募数は、八百八十です。年齢別にみますと、大体、十代から三十代までが七五%ぐらいを占めています。それでは読者層も比較的若いのかというと、そうではなくて、書くことは書くけれども、決して『文藝』を読んでいるわけではない。特に受賞者の方々にそれを確認しますと、こうした現状ははっきりわかります。公募ガイドをみたとか、たまたま『文藝』を手にとって開いたら、百枚から四百枚という応募規定だったからとか……」

さらに根本編集長は「昔だったら文学の中心、サミットというのがあって、その書き手たちが文芸誌の書き手であった。今もその中心はあると思うし、思ってないと文芸誌なんてやってられないのだけれど、でもその中心というのが非常に曖昧になってますよね。昔はいい作品さえ載せておけば、ヒエラルキーみたいなものがあって、そのサミットの作品が読者まで届くという感じをみんな持っていたと思う。それが、今、ちょっと崩れている。『海燕』に載った作品がいろいろな文学賞を取る場合も多く、一定の評価を受けていたことは事実だと思う。しかし、その一方で読者数が漸減していた。読者からすると専門的で、敷居が高いというイメージがあるのでしょう。今後、いろいろな特集をしながらその敷居を少し低くしていきたいということなんです」と言う。

フロントに置かれた五人の若手作家たちへのインタヴューは、実は村上春樹・村上龍の両村上にも声をかけたが、それぞれの都合で実現しなかったようだ。誌面上は両村上が入っていないが、実際は村上春樹、村上龍を含んだそれ以後の若い世代の作家たちに重点を置いた雑誌を志向しているようだ。その理由はこんなことにあるという。

「吉本ばななさんがインタヴューの中で、リアリティーより現実感のあるものを書きたいというようなことを言っていた。そのリアリティーというのは、文学的なリアリティーということかもしれない。確かにいろいろ変わってきたから、現実感も変わるはずだし、変わってきているはず。文学的なリアリティーには普遍性があるという考えも確かにあるのだが、でも少し前の文学的なリアリティーと今の現実感というのが、違っちゃってきているというのは、読者の方も思っているし、若い人が小説を読まないというのも、その現実感の問題があるのじゃないかと思う。そういう変わるものに敏感であってもいいのじゃないかと」

「昨年、リニューアルを考えていたときに『文藝』の文藝賞特別号が出て、この三十年間の目次が載っていた。それをずっと見ていると、目次があまり変わらないんですよ。勿論、そのころ三十代、四十代で活躍していた人たちが、みな実力があるからなんですが、ずっと残っている。後半の方になって徐々に若い人たちが入ってきたりしてますが基本的にはあまり目次が変わっていない。あまりにも戦後体制を出たところから変わっていない。だから一誌くらいは、そういう若い世代の文芸誌を作ってもいいのじゃないかと思って」

エンターテインメントの作家たちの作品も大きく取り上げて行くことも、新編集方針の一つのようだが。

「純文学というのはジャンルじゃないと思っている。新しいものとか、本当に高度なものは絶えず文学を革新していく。その革新して行く場所が純文学だと思っています。ある新しいスタイルを持っている、非常に面白いエンターテインメントの作品、例えばそれが推理小説だろうが、トリックというものを技術的に高度に突き詰めていったものも、やっぱり文学だろうし、そういうものが併存して載っている文芸誌もいいのではないか。ただ純文学の土壌にエンターテインメントの人を引き込んで、例えば私小説みたいな作品を書いてくださいというようなことはやりたくない。その人が本当に書きたいことを書いてもらいたいだけです」

具体的な特集では、五月号では「〈笑い〉を書く」をテーマに、読んで無条件に笑える掌編、短編小説の競作。執筆陣は赤瀬川隼と尾辻克彦兄弟、辻原登、三木卓、清水邦夫、小林恭二、山本昌代、景山民夫、泉麻人さんたち。その次の号は定期購読者と新人賞応募者の全員の計二千人にアンケートを出して「読者を読む」を特集。さらにその次の号では、「漫画」を特集するという。

随筆欄に随筆漫画を三本、創作欄に小説漫画を五本、それに批評漫画一本というような具合に考えているようだ。創作欄は荻野アンナさんと吉田戦車さんとか、島田雅彦さんと岡野玲子さんとか作家と漫画家のセッション。例えば吉田戦車・荻野アンナの場合は吉田戦車さんが四コマ漫画をかき、それを受けて荻野アンナさんが書いて、またその後を四コマ漫画、さらにそれを受けて荻野さんが……という具合になるようだ。

「〈笑い〉の特集も今まで論が多かったが、論はもうほぼ言い尽くされているし、論ではなくて、読んで誰でも無条件に笑えるものを頼んでいます。みなさんたいへん苦労しているようです。〈漫画〉も論ではありません。漫画が多く読まれているのは日本とフランス。小説が袋小路に陥ったらそういうことになるということでしょう。漫画はイメージですから、情報性とか風俗性という面では、小説はかなわない。その点では中間小説の方が、漫画に対してはつらいと思う。意外と純文学の雑誌というのは併存できるし、怖くないと思っているんです。漫画は面白いと言われるけれど、実際どう面白いのか同じ雑誌の上で見てみたら何かが見えてくるのじゃないか」

「漫画」の後には、「全共闘」を特集する計画もあって、それは「戦後の後に、現実感が変わってきた起点が、あの全共闘の時代だと思うからなんです。多分あそこからが第二の戦後だと思う」ということだった。

また特集とは関係ないが、五月号には吉本隆明さんの「吉本ばななをめぐって」が掲載される予定。これは父吉本隆明による初めての吉本ばなな論として大きな話題となるだろう。さらに掲載月は決まってないが、少女小説の旗手、氷室冴子さんの二、三百枚小説の一挙掲載。ノンフィクション作家沢木耕太郎さんの小説掲載予定も。

根本編集長の話を聞いていると、四月号の特集などはまだ穏健な方で漫画の特集号などが出てきたとき、その過激な全体像が浮上してくるように感じた。

その根本編集長が、一度だけ言いよどんだときがあった。四月号の特集「新しい小説の書き手を求めて」の〈新しい小説〉について話しているとき、「『新しい』というのは、『新しい』という言葉しか使えないから、『新しい』という言葉を使っちゃうんですけれど……」と言って、それから〈新しい小説〉について語りだしたのだ。

また高橋源一郎さんへのインタヴュー欄でも、高橋さんが「『新しい』という言葉は、絶対的な用語として使われやすいけれど、そんなもの相対的な言葉に決まってます。単に歳が若いとか、そんな意味しかないんですよ」と答えている。さらにインタヴュアーの竹野雅人さんの「相対的なものに過ぎなくても、高橋さんは今一番、その『新しさ』に見えるものを作家の中でも求められておられ、また書かれてもいらっしゃいますよね」という質問に対して、「たとえば自分の中で今度は違う試みをしようと思う時、それは新しいという言葉でもいいわけです。今度は新しい試みをしてみましたと言ったときに、お前、それは昔、誰々がやっていたと言って、人の出端をくじくことはない(笑)。そういうふうなものだと思って使えば、僕は別にかまわないと思うのです」と述べている。ここにも「新しい」という言葉を使用するに際しての微妙な慎重さがある。

さらに各新人賞選考委員たちのアンケートの回答の中にも「『新しい小説』という概念は私にもわかりません。明治の文体で、明治の風俗を描いても新しい場合があると思うから」(安野光雅さん)、「小説の『新しさ』は、魚の鮮度を測るのとは違って、さう簡単に定義づけられるものではないでせう。その作者でなければ描けない人間が作中に現れるとき、その作品は新しいと言へる筈です」(高井有一さん)、「〝新しい〟小説は〝新人〟にだけ、期待するものでもありません」(津島佑子さん)、「『新しい小説』というものは、有りやなしや。『新しいもの』をと鼻息荒げて書く人を考えると、ゾッとする」(吉行淳之介さん)という回答があって、これらの中にも、「新しい」という言葉では指し示すことのできない何かを言おうとする意思がはっきりと表れている。

「新しい」という言葉をめぐる、これらの一瞬の言いよどみや、慎重さや、反発を通して、それぞれが指し示そうとしている、ある共通した何かが伝わってくる。それは単なる「新しさ」とは異質な何かだ。

根本編集長の言葉を借りればそれは「絶えず文学を革新していく何か」ということになるのだろうか。そして、そのことの実現は容易ではないことの感覚が、それぞれの発言者の短い言葉からも伝わってくる。その困難さは若い世代に焦点を当てたこの文芸誌に、今後登場してくる作家にとっても同じだろう。

最後に根本編集長は、「勿論、載る作品がいいものでなくてはだめなんです。前の方がいい作品が載っていたというのではだめなんです。でもこの新編集方針について僕は確信犯ですから」と明快に語った。

　幸い、リニューアルした「Ｋａｉｅｎ」は若い世代の読者によく売れているようである。


（追記）

　景山民夫さんは一九九八年一月二十七日、自宅の火事によるやけどのため東京都内の病院で死亡。五十歳。▽吉行淳之介さんについては「１９９４年２月」の項と、その追記を参照。▽氷室冴子さんは二〇〇八年六月六日、肺がんのため死去。五十一歳。

　「海燕」については「１９９１年３月」の項の追記も参照。

幸田文ふたたび——1993年6月

三年前の十月に亡くなった幸田文さんのブームが続いている。一昨年の没後一周忌に合わせて出版された『崩れ』を始め、昨年出版された『木』、『台所のおと』、そして今年になって刊行された『きもの』と出版されるたびに、話題になり、書評などで取り上げられてきた。

「新潮」(5月号)に中野孝次さんが「幸田文の再生」というエッセーを書いているのだが、それによると、中野さん自身も出ているNHK衛星放送のブックレビュー番組で幸田文さんの死後刊行された『崩れ』『木』『台所のおと』『きもの』の四冊がそれぞれ別の人によって取り上げられたことが紹介されている。ほかにもたくさんの書評が書かれたり、新潮社のPR誌「波」(1月号)では『きもの』の出版に合わせて、水上勉、村松友視の両氏による対談「幸田文の世界」も行われている。

このように既に亡くなっている作家の〝新作〟が次々に刊行され、評判となったのは女性では向田邦子さんの例が思い当たるくらいだ。だが、向田邦子さんの場合は、バリバリの現役作家の突然の事故死だったし、幸田文さんのように、八十六歳で亡くなるまで十数年間も新しい単行本が刊行されないまま死亡、その死後、〝新作〟が続々刊行されるという女性作家の例をほかに知らない。

しかも、それら全てが出版されるたびに確実に多くの読者に迎えられており、数字がそれを証明している。各出版社の担当者の話によると現在『崩れ』が七刷、二万二千部。『木』が十三刷、四万六千部。『台所のおと』が五刷、二万五千部。今年一月に刊行された『きもの』も七刷、三万八千部も売れている。

『きもの』の読者カードから推測すると読者層は五十代から七十代の人が多いが、次第に読者層は四十代、三十代にまで広がってきているようだ。やはり女性の読者の方が多いが、男性読者もかなりいて、その比率は六対四くらい。

幸田文さんが亡くなった後に出たこれらの本について、少し変わった視点から書評を書いた二人にインタヴューして、幸田作品の魅力について聞いた。まずその一人は「マリ・クレール」(5月号)に『きもの』の書評を書いた水村美苗さんである。

明治末の東京の下町の家の三女に生まれた「るつ子」を主人公に着物にまつわる話が展開していくこの小説の冒頭は、幼いるつ子が胴着を引きちぎるところから始まる。水村さんは書評の中でこう書いている。「そもそも、胴着の片袖を引き千切るところから始まるこの小説は、女が着物を着る話ではなく、女が自分の気に入らない着物を脱ぐ話なのである」。そしてこの作品はるつ子が結婚初夜に男に着物を脱がされる場面で終わっているが、それは後の不幸の予兆で、「自分で着物を脱ぐ女として規定されているるつ子がこの男との結婚を脱ぎすてずにいられるはずはないのである」と書評を結んでいる。

かなりフェミニズム的な読みとも言えるが、この未完の小説の主人公るつ子の持つ強さには、この解読のほうがあっているような気がする。

「男からみると女性と着物というのは、同じ側にあるように見えるのでしょうけれど、作家になるような女性にとって、着物は彼岸、向こう側にあるものです。そこを見ないでどうして女・着物を円環としてとらえるのだろうと思います」

米国のプリンストン大などで、日本文学を教えていた水村さんは、幸田文がとても好きで、必ずテキストに取り上げていたという。その水村さんは、西洋小説と日本小説の違いを幸田文の作品の中に感じるようだ。

「単に着せ替え人形でいるのはいやだという女の子の話ですよね。主人公は、あれが西洋小説ならば、親の反対、周囲の反対を押し切って、自分が気に入った人を選び、それでハッピーエンドというのが本当だと思う。そうじゃないでしょう。それが面白いなあと思う。自分が着たくない着物は絶対に着ないという主体性を持ちながら、一方で女性が生物学的みたいなものでとらえられていて、単に盛りがついてくると、見境なく恋してしまって、間違った人と結婚してしまう。ああいう人間についてのすごい突き放して面白おかしく見る見方は西洋小説にないものなんです。人間ですから女の子がある年になると、みんなが色情狂みたいになり始める。そういうことを書くという文化はないですよね」

しかも幸田文の主人公にはある倫理がちゃんとある。西洋小説とは違った形で自我と倫理があって、それがこの小説を現代的なものにしているという。

「倫理の形がとても独特です。西洋小説では、若い女の子が正しい倫理的選択をするというのが、だいたい女性の小説のパラダイムです。このパラダイムが典型的に発揮されるのが結婚において。分かりやすい例をだせば、『お金はないけれど、心のいい人を選ぶ』とかね。でもこの『きもの』の場合は全然違う。結婚相手を選ぶということが一番大きな倫理性とはなっていない。新婚の夜の甘さがゼロだし、これではきっとまたやめるだろうと思えるように書いてあります。結婚は一時の血の迷い。単なる盛りがついただけ。むしろ倫理性については、例えば親のめんどうをどうみるかというようなほうに大きな比重がある」

西洋小説と幸田作品を、結婚について考えるとかなりはっきりその差が分かるという。

「もちろん西洋小説は一つではないけれど、西洋小説というのは結婚で終わって、その後のヴィジョンがないというのが多い。でも幸田文の作品を読むと結婚してその後のヴィジョンがないという感じを受けない。その後もながながと人生が続くという感覚があるでしょう。年を取るという問題を西洋小説よりも、より長いスパンで考えている。アメリカのエアロビクスなんか象徴的ですけれど、若さというものが具象化されて、それをどこまで維持できるかということだけに尽きるようなことをしている。若い女というものにしか意味を持たない社会なんですね。バレエと日本舞踊を比べてみれば分かりますが、日本舞踊には年をとったらこういう踊りがあるということを知っている文化ですよね。幸田文はよく『形がつく』とか『おさまりがいい』という表現を使いましたが、人間のライフサイクルの中でこうなればおさまりがつくという感覚をもっていた。西洋小説は若さを失っていくことに対してのあがきみたいなものを書くことはできますが、年ごとのおさまりがつく小説は書けないですね」

水村さんはもう一つ別な角度から、幸田文学の持つ意味を教えてくれた。

「いま西洋ではメノポーズ（閉経期）のことがすごい大きな問題になっている。そのときいつも話題に出るのは、日本の女性にはメノポーズ症状（のぼせ、落ち込み）が非常に軽くしか現れないということ。それは恐怖を持っていないからという。日本人は、還暦なんかも含めておさまりよく年をとっていく。ただし、今のところはね。でも、アメリカ文化はテレビや映画なんかを通して支配的。これからは分かりませんけれどね」

そんな幸田文作品をアメリカの日本語学科の大学院生に読ませた経験について水村さんは、「幸田文は作家になりたくて作家になった人ではない。そのことがとても重要なことだと思っています。だから彼女は普通の女の人と自分は同じなんだという気持ちを最後まで引きずって書いていたひとだと思う。だから幸田文は読まれるんです。女の人の生活に四十年付き合ってきてから作家になったんですから。『きもの』にしても、包丁で刻む音で健康状態や精神性まで考えてしまう『台所のおと』にしても、とても翻訳できませんよ。でも外国人がこれを日本語で読んで、もし分かったら、ああ日本語を勉強して良かったなあと必ず思うでしょう。英語にすぐ翻訳できるような作品は何も世界を広げない。簡単に訳せない幸田文の作品のようなものこそが世界を広げるんだと思いますよ」ということだった。

もう一人、話を聞いたのは、昨年の「文學界」（9月号）で『木』『崩れ』の書評を書いた松山巖さん。松山さんは、その中で体の崩壊の予感と日本各地で起きている地滑りや土砂崩れを現場まで見に行った記録である『崩れ』に、むしろ痛切な生《せい》の声を聞き取っていた。

「自分の肉体の崩れと大地の崩れを二つ重ねて考えるというのは、そういう読みはできるかもしれないが、違うと思います。自分の体が崩れる以上に、それよりも、もっとぶち壊すものと対峙したい。生きているものの神秘さみたいなものを見たくてしょうがなかったんだろう。逆の見方をすれば、崩れの場所というのは、地球と大地が噴出して、更新する世界でしょう。それが見たかったんだと思う。変な言い方だが、ずっと矜持を書いてきた人とも言える。年をとって体の調子も少し悪くなって、自分もそれを感じていたんだろう。だから逆に崩れることによってもう一度矜持を取り戻したかったのではないかと思う」

山に上るのでズボンにはきかえると、ガスがたまっておなかがポンポンになって苦しむ。がまんしながら「老いたりといえども、自分は女性である」とも記してある。またこんなところもある。林の中に入って「若いころは、好きなひとに逢ったあとは、気持ちがしっとりして、我ながら気恥ずかしく思うほど、物事にやさしくうち向ったが、いま木に逢えば、それとは違って、もっとずっと軽快なやさしさになる」とも書いてある。『崩れ』にはそんな華やぎとエロティックな感覚がほのかにある。

松山さんは、「昔の幸田さんだったら、おならのことなんか、自分をさらけだすようなことは書きませんよね。木の中に浸ると若いときの華やぎを思い出す。そういうことを平気で書く。そんなこともなかなか書けませんよ。七十二歳。体重五十二キロ。ものすごく自分の体のことも意識している。そして若い男の背中に背負われて行くわけですよ。とてもセクシャルな感じがしますよね。男の僕が考えてもそう感じるのだから、女性の読者ならもっと感じるのじゃないかと思う。幸田さんはそれが楽しみだったんじゃないかという点、無きにしもあらずと思うなあ」

松山さんが、とてもエロティックに感じるところがあるという。それは背負われて崩れを見て、帰りながら崩れを振り返って、あまりのおそろしさに「こわあい」と声をあげる場面だ。

「ここには老人というより、非常に華やいだ感じがある。たとえばあすこで、自分がずうーっと気を張ってきた娘さんが、ある時点で、崩れ、セクシャルな意味で崩れ、男女のことの自分のなかの規範が崩れてしまって、そっちにいってしまい、もう一度戻ってきたときに、〝こわあい〟けれど、もう一度行って見たい。そういう感情がものすごく感じられますね。だって崩れの現場には男しかいないでしょうから」

最後に男性にも幸田文の作品がたくさん読まれている理由についてうかがうと。

「町っ子ならすぐ分かるんですけれど、その辺にいたおばさんの声やお母さんの声が、幸田作品の中から聞こえてくるんですよ。すごく懐かしい感じがしますね。男たちで読んでいる人たちはそういう人が多いんじゃないかなあ。〝巌。おまえ、なんだ。もうちょっと、しっかりせい〟というように叱咤されるような感じなんですよ。僕の伯母で砂利屋をやっていた人は、ものすごく多くの語彙を持っていた。幸田さんの文章を読むとその人を思い出します。丁々発止の会話、華やぎがすき、若い男に囲まれているのも好き、町にはそういう人がたくさんいたんです」ということだった。

『崩れ』を編集者の方からいただいて読み、ひとの背に負われてでも、崩れの現場を自分の目で見にいくそのエネルギッシュな姿に圧倒された記憶が、今もある。その書評を勝又浩さんにお願いして、出来上がった原稿の問い合わせをした際、勝又さんも「いやすごいです。本当に素晴らしい」と語っていたことも思い出した。正直、そのときにはこれほどのブームになるとは思わなかった。勝又さんも同じ気持ちだったかもしれない。

だが、その翌年の「文學界」恒例のベスト3に勝又さんを始め、小松伸六さんが『崩れ』を挙げ、さらに翌年の同じアンケートでは中野孝次さんと桶谷秀昭さんが『木』を、さらに松本道介さんが『台所のおと』を挙げていた。

今年は『きもの』のほかに、「ちくま日本文学全集」の「幸田文」が四月二十日に刊行されたばかり。さらに『季節のかたみ』と『雀の手帖』の二つの〝新作〟が刊行される予定。少し気が早いが、もしかすると、すでに亡くなっている著者の作品が三年連続で、ベスト作品のアンケートに登場する場合も有り得るのではないだろうか。

（追記）

幸田文さんは一九九〇年十月三十一日、心不全のため茨城県石岡市の病院で死去。八十六歳。▽小松伸六さんは二〇〇六年三月二十日、肺炎のため東京都世田谷区内の病院で死去。九十一歳。▽中野孝次さんについては「1990年4月」の項の追記を参照。

倉橋さんのユーモア——1993年7月

しばらく休筆していた倉橋由美子さんへの久しぶりのインタヴュー「この三年」(「すばる」6月号)が目にとまった。そして、それを読むうちに倉橋さんの言葉に思わず爆笑してしまった。

それによると倉橋さんは三年ほど前から、頭の左耳の後ろの方から絶えず、すごい音が聞こえるようになり、何カ所も病院で調べてもらっているうちに、耳の後ろのほうにある静脈に穴があいている病気か、そうでなければ脳動静脈の奇形と診断された時期があったようだ。その時、医者から即入院を言われ、家族全員が呼び集められるという事態となった。そのところを倉橋さんはこう語っている。

「目からもすごい音がして、目玉が飛び出るって言われたんです。目玉が天井まで飛んだ人もいますよなんて言われたから、もう目の玉、押さえてね」

そして倉橋さんは、そのまま入院するように言われた故障したテレビ画像のように、自分の視野が横長に数センチ単位の同じ像となって、一斉にものすごいスピードで下に流れていく。思わず目を閉じて、じっと我慢して耐える。しばらくして、恐る恐る目を開けると、視野は正常な姿に戻っていた。

ある朝、突然、そんな発作に襲われたのだが、数分でおさまった眩暈が、翌朝は一時間近くも続いた。経験のある方なら分かってもらえると思うが、ほんと、死ぬかと思った。慌てて、知り合いの紹介で大学病院に駆け込み、いろいろな検査をしてもらった。聴力、内耳のバランス、脳波、頭部のCTスキャン……。さまざまな検査が進んで行く中で、やはりいま流行のストレスが原因ではということになった。だが、まだときどき眩暈のような感覚は残っていて、以来、軽い精神安定剤のお世話になっている。

そんなことで、少し気分が滅入っている日々。病いでが、「どうしても家に帰りたくて、帰ってあれこれ片づけまして、ビニールの黒いごみ袋に四つぐらい捨てて、夜明けに入院したんです」と語っているのだ。

人は危機に陥っても、どこか変な行動や考えをするようだ。すごいスピードで流れていく自分の視野に大慌ての状態なのに、これと似た像をテレビのCMで見たことがあるような気がして、そのCMのことを思い出そうとしたり。まだ眩暈があるのに、やはり不要なものを部屋のゴミ入れに捨てたりもした。

ストレスによる眩暈ぐらいではそんな程度のものだろうが、緊急入院を申し渡されたその時、倉橋さんは何を思って家に帰ったのだろう。

身辺整理をしたのだろうか。片目を押さえて、黒いゴミ袋を四つ捨てている倉橋さんの姿を思い、失礼ながら、その命がけのユーモアに大いに笑ってしまった。それを面白おかしく語ったであろう倉橋さんの語り口も聞こえてきそうだった。

その倉橋由美子さんの『大人のための残酷童話』がいま売れ続けている。現在までに四十八刷、ついに四十万部を超えた。初版は一九八四年だから、九年間にわたって、じわじわと売れ続け、最近になってむしろ売れ行きが伸びているようだ。特に東京の三省堂本店はこの『大人のための残酷童話』の販売に力を入れており、この数年、特別コーナーが設けられ、常に百冊近くが平積み状態。いや山積み状態である。この本はここ数年同店のベストテンに必ず入っているそうだし、昨年は第二位、文芸書ではトップだった。おそらくこんな長い時間をかけてベストセラーとなった文芸書はこれまで例がないだろう。

「この三年」では「病気については、書かないし、書けない」と倉橋さんは〝宣言〟しているが、倉橋さんにお会いして病気のことも少しと、近況や『大人のための残酷童話』のことなどについて聞いた。

まず倉橋さんの病気のことを本人からはっきり聞いて、この三年間に倉橋さんに起きたことが本当に大変なことであることが分かった。「すばる」のインタビューでははっきりと語っていないが、倉橋さんの左の耳近くから聞こえているのは、本人の心臓の鼓動である。そして倉橋さんの心臓は大変な不整脈。調子が良くないときには、一つ、二つ、三つ、四つと、四つ数える間、心臓が鼓動しない。それを過ぎると反対に心臓が、慌ててとても早く動きだす。その心臓の異常ぶりが常に左耳の近くから聞こえてくる。やはりこれは不安でたまらないだろう。まして不整脈は父親譲りで、歯科医だった父は心臓病で五十一歳で急死しているという。

「音がつらいということもありますけれど、不安なんですね。キーンという音や、蟬の鳴き声のような音が絶えず聞こえるというのも大変でしょうけれど、それだったら検査して、脳と関係ないと分かればまだ耐えるすべがあると思う。私の場合は心臓の音が絶えず聞こえていて、その心臓がちゃんと働いていないということを常時認識しなくてはいけないわけですから」

ウォークマンで音楽を聞いても、「音楽の合間にドラムの音みたいに、心臓の音が入る」。どんな薬を飲んでも効かず、不安とストレスで、一時期、完全な不眠症となったようだ。眠らないでいれば、四十時間くらいは眠らない。ストレスで心臓はさらに拍動しなくなり、一時期は心拍数が一分間に二十九にまでなったという。

倉橋さんの病気に対するもう一つの悩みは、その心臓の鼓動が聞こえる原因が未だに全く分からないことだ。耳鼻科や脳外科、心臓の名医たちを計十一病院もたずねて、さまざまな精密検査をしてもらったが、ついにその原因は分からずじまい、音も消えたわけではない。

血管に穴があいて動脈と静脈がそのままつながってしまって、そこで血流が渦巻いて音がするという医師。血管を圧迫しているものがあって、それで音がするという医師。心臓が悪いので、心臓の手術をすれば治るという医師。耳の病気だという医師。さらにストレスで実際は聞こえないものが聞こえているという医師と説はさまざま。ただし最後の単なるストレス説は本人を激励するためのもので、実態とはだいぶ違う。静かな環境で倉橋さんの左耳に、ほかの人がぴったりと耳を重ねてみると、倉橋さん以外の人にも倉橋さんの心臓のゆっくりとした鼓動がはっきり聞こえてくるという。

「病院を十一も行ってしまったのは、一人ぐらい私と同じ病状の患者がいるのじゃないかと思ってなんです。結局、同じ症状の患者さんがいないというのが不思議なんです」

倉橋さんのこれらの話を聞いた後、「目からもすごい音がして、目玉が飛び出るって言われたんです。目玉が天井まで飛んだ人もいますよなんて言われたから、もう目の玉、押さえてね……」という言葉を読み返すと倉橋さんの中での病気とユーモア精神のすごい闘いが伝わってくる。

なぜなら、つまりこの三年間、倉橋さんにとって「もう死ぬ。まもなく死ぬ」と思ってきたことだけが、そうならなかっただけで、病気の状態は基本的に消えていないし、原因も分かっていないという中に今も倉橋さんはいるからだ。

こういうことを倉橋さんは決してじめじめとは語らな

い。冗談やユーモアを連発しながら語る。とりあえず医者のどの説を自分としては信じているのですか、と聞けば、「私は血管に穴があいているという説が一番納得が行く。その説の医師に、ストレスで一晩で胃に穴があく胃穿孔と同じですか、と聞いたら、下等動物は消化器に穴があくけれど、高等動物は血管に穴があくとおっしゃったんです」と。

倉橋さんはグランマ・モーゼズの絵本『サンタクロースがやってきた』(宝島社)の翻訳を昨年暮れに刊行している。この絵本の担当者がある事故で大怪我をした際、必死に生きようとした自分の体験を倉橋さんに語り、励ましてくれたことに動かされて精神安定剤や睡眠薬から離れていくことができたという。この五月二十五日には同社からアメリカ・インディアンの民話の絵本『イクトミと大岩』の翻訳を刊行したばかりだ。三月には「週刊新潮」の創刊1900号記念号に短いエッセー「夢幻の宴」を発表しているし、「ぼつぼつ本も読み始めた」という。現在読んでいるのは、『柴田錬三郎選集』と中野美代子さんの孫悟空の話など中国物である。

倉橋さんが、まだ書き始めて間もないころ、「私と森茉莉さんが一緒にされて、〝密室の妄想にすぎない〟と柴錬さんから一刀両断に切り捨てられたことがあるんです。そのことは忘れていたんですが、何か面白いものはないでしょうかと話していたら、ある人が『柴田錬三郎選集』をどかっと贈ってくれたんです。その方はそういう事情は知らなかったのでしょう」

早速、自分が批判された昔の文章を探したが見つからず、代わりに三浦哲郎さんが柴錬さんの剣の犠牲者になっている文章に出合ったりして、まずエッセーから読み出しているという。

「私が滅多切りにされてから、かなり経ってからのことなんですが、クリスマス・イブに高輪プリンスホテルで子供達の好きな縫いぐるみのショーがあったので、小さかった娘二人を連れて一泊して、それを見せてやったことがあるんです。その翌朝、柴錬さんとエレベーターの中で、ばったり会った。無論、向こうは全然お分かりにならないんです。でも私はすぐ分かった。こん畜生と思って。だいぶ経っていましたけれど、お会いしたらやっぱりむっとしました。でも市川雷蔵が好きだったせいもあって、眠狂四郎が好きでしたし、いまエッセーを読むと痛烈で面白いです。やっぱり、ちゃんとお会いして、お話しをおうかがいしておけばよかったなあと思いますね。中野さんのものを読むと、やっぱりアカデミックな勉強をしている方はすごいです。オタッキーですね。本当に感心して読んでいます」

さて、大ロング・ベストセラーとなりつつある『大人のための残酷童話』については、「みんな笑って読み飛ばしてくだされぱいい。知っているお話しが多かったことと、絵が入っていて、大きさがハンディーだったこと。売れているのはそんなことでしょう」と恬淡とした感想だった。

そして、「当然、たくさんの方が読んでくださると思った本は、そうでもなくて。世の中って、そういうものなんですね」と、むしろ『スミヤキストQの冒険』以来、十七年ぶりの書き下し長編だった『アマノン国往還記』などの方へ倉橋さんの話は広がっていった。だが、それに対しても自分だけを是とする言葉は、倉橋さんの口から漏れることはなかった。

「シリアスとか、まじめだったら、出来がまずまずでも評価されやすいところがありますよね。ふざけたり、笑いを誘うようなものを書くと、それだけで何か良くないように言われる。私としては、そういうところをもう少しうまくやりたいなあと思っている。例えば、本当はこれは毒草なんだけれど、すごく甘くコーティングして読者に呈して、〝ああ、甘いわねえ。おいしいわねえ〟とニコニコして食べたら、実は死ぬほどの毒薬だったという感じ。笑い転げていて、気がついたら心臓が止まっていたとか。今度小説を書き出すのなら、そういうふうにやってみたい。やはり〝甘いお菓子ですよ〟と著者が言っているのに、毒草が見えていたらいけませんよね。でも『アマノン国往還記』については広島のノートルダム女子大の学生が、笑いが止まらないほど楽しく読んだと書いてきてくれたので、それはすごくうれしかった」

その『アマノン国往還記』の出版直後に、私も倉橋さんをインタビューして記事を書いたことがある。究極の女性化社会へ布教のために派遣された男性宣教師Pの冒険譚であるこの長編には、終盤に天皇らしき人が登場する場面がある。Pがアマノン国の皇帝、エンペラ・アマゴン三世に会う場面が、それなのだが、Pに向かって年とったエンペラが独特の話し方でしゃべる。「有難う、折角来てくれたのに何もなくて御免、まあ水でも飲んでいってくれ……」と。これは井上陽水の「御免」の歌詞そのままで、少し緊張して読み進めるうちにエンペラのこの言葉に出合い、その声と陽水の歌声とが重なってきて、大きなユーモアに包まれた記憶がある。

『アマノン国往還記』刊行後、たくさんの書評やインタビュー記事が出たが、私の知る限りでは、作品がこの天皇制に触れているところを論じたものはなかったと思う。自分が書いたインタビュー記事もそのことには触れていない。

ほかの方々のことは分からないが、私に関して言えば、著者の願いとは違って、記事を書く私のほうが、何故か、どこかシリアスで、どこかこわばっていたからなのだろう。『アマノン国往還記』のことを思うと、いつもこのことを思い出すので、最後に記して置きたく思う。倉橋さんの新作を待ち望む者の一人として。

（追記）
倉橋由美子さんは二〇〇五年六月十日、拡張型心筋症のため東京都内の病院で死去。六十九歳。

イタリアの吉本ばなな――１９９３年８月

「吉本ばなな。変わった名前でしょう」。イタリアのローマ大学で、学生たちと話していたイタリア文学者の須賀敦子さんが、そんなふうに語ると、日本語学科の女子学生の一人が、「でも先生、松尾芭蕉も同じでしょ」と言ったそうである。

芭蕉はバナナの類いの総称で、英語で記せば「banana tree」だが、それを聞いて、話している須賀さんの方が「ぎょっとしちゃって。彼女があんまり、しらっとして、そう言うもんだから、ほんと驚いてしまって……」、しばらく次の言葉が出なかったそうである。

私も吉本ばななというペンネームを初めて聞いた時、驚き、笑い、よくもこんな変なペンネームをつけたもんだなあと思った。その感覚は『キッチン』が刊行された時にも続いていた。

まだ当時は、『キッチン』の装丁を手掛けた増子由美さんと一緒に浅草の団子屋でウエイトレスのアルバイトをしていた吉本ばななさんを、仕事の合間に店内でインタヴューしたことがあるのだが、「ばななさんは……」という質問を発する度に、どこか言いづらいような、引っ掛かるような感覚があった。

だが慣れというものは恐ろしいもので、最近では違和感を感じなくなっていた。そんな時に須賀さんから「でも、芭蕉も同じでしょ」というローマ大生の発言を知らされて、同じようにぎょっとしてしまった。松尾芭蕉も現代を生きていれば「松尾ばなな」なのだ。その国の文化に浸りきってはいない外からの目というものは、意外な盲点を突いてくるものだと思った。

その「吉本ばなな」の『キッチン』がイタリアで大変なベストセラーとなっていることを知ったのも、須賀さんからだった。二年前の秋、須賀さんが『ミラノ　霧の風景』で講談社エッセイ賞と女流文学賞をダブル受賞した際、上智大学の研究室で須賀さんをインタビューしたのだが（1991年11月の項を参照）、話が一段落したところで、『キッチン』がイタリアで驚異的に読まれていること、そしてイタリアへの『キッチン』紹介に須賀さんが一役買っていることも話してくれたのだ。

三島由紀夫作品の翻訳もあるミラノのフェルトリネッリ社から一九九一年四月末に刊行されたイタリア版『キッチン』（ジョルジョ・アミトラーノ訳）はオリジナル版よりやや大きなソフトカバー本で、表紙には映画「キッチン」に主人公桜井みかげ役で出演した川原亜矢子さんが十二人も立って微笑んでいるという、いかにも若い人にアピールしそうなデザインだった。

その時、須賀さんの研究室にはイタリア・トリノの新聞「スタンパ」が置いてあったが、そのどの週の読書欄を開いてみても「外国フィクション」部門のベストセラーリストに『キッチン』が載っていた。つまり刊行直後の九一年五月には同欄に載り始め、私が確認しただけでも翌年の二月になってもベストセラーリストに残っていた。現在イタリア版は八刷、十万部。読書人口が日本ほど多くはない同国では、いわゆる純文学の外国作品としては驚異的な数字で日本の現代小説としては勿論、欧米圏以外の現代小説に枠を広げてもイタリアでこれだけ爆発的に読まれている作品はない。

書評や評論も途絶えることなく続いていて、「スタンパ」紙ではイタリアの著名な評論家で詩人のフランコ・コルデッリが「アラン・フルニエの『モーヌの大将』とサリンジャーの『ライ麦畑でつかまえて』と吉本ばななの『キッチン』の三つが今世紀の最も重要な青春小説だ」と最大級に評価。日刊紙「コリエーレ・デラ・セーラ」やイタリア共産党の「パエーゼ・セーラ」紙なども、「紫式部の国でまた新しい偉大な作家が生まれた」などと紹介した。

また今年に入って、アメリカとイギリスで英語版が刊行され、グローブ・プレス社から刊行されたアメリカでは一月の発売と同時に各紙の書評が取り上げ、同月中にサンフランシスコ・クロニクル紙のベストセラーの八位まで入った。吉本作品の海外出版のエージェント、日本著作権輸出センターによれば、このほか『キッチン』の翻訳があるのはドイツ語版とスペイン語版で、七月にはオランダ版も刊行予定。フランス、ギリシャ、スウェーデン、ポルトガル、ブラジル、デンマーク、香港でも翻訳の話が進行中だ。

こんな具合にあの〝ばななブーム〟が、海外にも広がりつつあるのだが、最初に『キッチン』の翻訳が出たそのイタリアで吉本ばななさんが「スカンノ文学賞」という賞を受賞するというニュースが入ってきた。

イタリア・アブルッツォ州の文化振興と国際交流のために作られたタンツーリ財団主催の映画、演劇、建築、医学、市民運動などの分野まである総合的な賞で、一九七五年から始まった文学賞は二十一回目。一種の村おこし的な賞のようだが、過去の文学賞受賞者はミヒャエル・エンデ（八五年）、ソール・ベロー（八八年）、マリオ・バルガス・リョサ（八九年）、ジョン・アップダイク（九一年）など国際的に著名な作家ばかり。日本人、東洋人としても初受賞だが、二十八歳の若い作家の受賞も初めてだ。

賞金が変わっていて金二キロ。選考委員にはイタリアの作家・映画監督のアルベルト・ベヴィラクアやローマ大のイタリア文学史の教授で文芸評論家のワルター・ペドゥラら一流の人たちが顔をそろえているという。

このイタリアの〝ばななブーム〟について須賀さんや翻訳者のジョルジョ・アミトラーノさん、また授賞式に出席、帰国した吉本ばななさんに聞いた。

『キッチン』の翻訳者アミトラーノさんはナポリ大卒、中島敦「山月記」の翻訳もある若手日本文学研究家で、吉本ばなな『N・P』の翻訳もある。ローマ在住のアミトラーノさんは吉本作品の人気と魅力について、「イタリアではこの春、『キッチン』が文庫本になって、またベストセラーになっています。『N・P』も三万部が売り切れました。読者には確かに若い人が多いが、でも決して若い読者だけではないですよ。今度の文学賞の選考委員はみなイタリアでは名の知られた作家や評論家たちですが、いずれも年をとった人ばかりです。イタリアでは『吉本ばなな』という名前は日本文学を読んでいる人たちだけが知っている名前ではなくて、彼女と直接関係のない場所でもごく普通の形で彼女の名や『キッチン』のことが出てくるんです。例えばたまたま今日（六月十二日）のイタリアの新聞に、メキシコの作家の新しい小説の書評が載っているのですが、どうもその小説のテーマが料理みたいで、『キッチン』に触れながら書評が書いてあります」

『キッチン』翻訳の動機については、「言葉の選び方や表現の方法が新鮮で、新しいと思った。具体的には家族のイメージがとても新しい。最近イタリアでは『家族の死（破壊）』ということをよく言います。でも吉本ばななの場合は、『家族の死』というより『家族の変化』ですね。主人公の『みかげ』も両親とか、みな死んでしまって彼女は独りだけれど、でも自分のために適した家族を選んでいる。そういう考え方は新しい。男と女の関係もニュートラルで新しく、面白いと思う」

さらに吉本作品の文体にも新鮮なものを感じるという。

「彼女の文体は印象的なイメージを使いながら、非常に自由な感じで書いている。最近のポストモダンの傾向にある作家はすごく〝文学的〟な意識を持っている。例えばウンベルト・エーコも、ストーリーを作る際にすごく意味というものを持つように作品を作っている。それに対して吉本ばななはマンガなどの影響もきっとあるのでしょうが非常に自由な形にストーリーを作っている。いろいろなものからインスピレーションを得て、新しい話を作る。だから彼女の作品には『引用』というものが非常に少ない。もっとナイーブに感じているけれど、同時に新鮮で新しい世界のある文学だと思う。イタリアの小説は今、ある行き止まりのところにある。これまでとは違う方向も見えてきているが、吉本ばななのように書いたものがなかった」

アミトラーノさんは須賀敦子さんが、以前ナポリに六か月間、教えに行っていたときの教え子であり、友人だが、三年前にイタリアを須賀さんが訪れた際、『キッチン』を持参して、アミトラーノさんに紹介、その後『N・P』も彼に薦めたようだ。その動機について須賀さんは「抒情性が知性によって別なものに処理されている『キッチン』に新鮮で乾いた抒情を感じたんです。伝統的な文学とは離れたところで静かに新しい文学を作り上げていることに感動した」と言う。

イタリアでのブームの背景について聞くと、「イタリアでは若い人向けの良い小説が意外と少ない。そういう中で、伝統的な小説から離れた『キッチン』が若い人たちに新鮮に受け止められたのだろう。アミトラーノ君は日本にいるときも〝京都に行くより六本木〟という新しいタイプの日本文学研究家で少女マンガもたくさん読んでいた。ばななさんは良い訳者を得たし、彼は自分にぴったりの著者に出会ったということかな。アミトラーノ君のイタリア語は若い時から本当に抜群という評判でしたから」と語った。

「きっとイタリア語への翻訳がうまいからでしょう」。一年半ほど前、イタリアでのベストセラーぶりについて吉本ばななさんに取材した時、彼女もまたそんな言い方でベストセラーへの感想を語った。そして、そのとき最も熱心に話したのは「サスペリア」などで知られるイタリア・ホラー映画の巨匠ダリオ・アルジェントのことだった。

「彼が『キッチン』を読んで、〝面白い〟と言ってくれたそうです。私が十三歳ぐらいからファンだったダリオ・アルジェントが、私の書いた小説を読んでくれたなんて、それを聞いた日は眠れなかった」とその時だけは興奮ぎみに語っていた。

六月十九日、アブルッツォ州ラクイラの授賞式に出席。

昨年十一月『N・P』の翻訳刊行時、ミラノを訪れたことのある吉本ばななさんは、今回が二度目のイタリアだ。授賞式について聞くと、「選考委員の人が挨拶で〝新しい〟と発言していると通訳の人が言っていたのは覚えているのですが……」とこだわりのない、ばなな調の答だ。

イタリアでの読者については「やはり若い人が多いと思う。日本が好きな人、日本に住んだことのある人、行ってみたい人も多いみたい」。また吉本ばななさんは、男言葉と女言葉を意識的に選んで、登場人物に使わせている作品が多いが、そういう意識的な作業が、翻訳では効かなくなってしまうことについては、「男言葉、女言葉が消えることで、逆に作品の内容だけが伝わっていくという面もあるので、プラスマイナスゼロでしょう」ということだった。

そして今回受賞以上に嬉しかったのは授賞式の後、ローマで憧れのダリオ・アルジェントと会うという夢を果たしたことのようだ。「彼は私の作品には誰が悪いとか、良いとか、こういうことが良いとか、悪いとか、そういうことが書いてないところがいいと言ってくれた。念願が果たせて本当に嬉しい」と今度もやはり興奮ぎみだった。

『キッチン』が、良い訳者に恵まれたことも事実だろう。だが日本ばかりではなく、イタリア、アメリカでも刊行と同時にベストセラーとなったという事実には、それだけでは説明できない何かが残る。これは『キッチン』を、吉本ばななという作家を、また別な面から考えるきっかけとなるかもしれない。

『キッチン』がイタリアでベストセラーを快走中、「スタンパ」紙のベストセラーリストの著者名の表記が「Yoshimoto」から「Banana Yoshimoto」に変わるということがあった。おそらくこれはイタリアの読者たちが『キッチン』の著者を「ヨシモト」とは呼ばず、「バナナ」と呼んでいることの反映だろう。

アミトラーノさんに「ばなな」というペンネームについて聞くと、「最初はみんな笑いましたね。でも、すぐに彼女のことをみんな真面目に話すようになりましたよ。日本の作家の名前はイタリア人にとって、とても覚えにくい。でも『吉本ばなな』を間違える人はいない。『ばなな』は国際的な名前ですからね」と国際電話の向こうで少し笑っているようだった。

日本での『キッチン』刊行直後、吉本ばななさんは変わった筆名について、「バナナの木は好きだけど、バナナはそれほどでもないので、あんまり意味はないんです。ただ姓名判断で、平和でのんびりできて、ほっておいてもお金がじゃんじゃん入ってくるという運勢なので決めました。本名の真秀子《まほこ》の方はどうも波瀾万丈で作家っぽいんです。

それが嫌だったから」と語っていた。
　その後の人生を見るとその姓名判断が当たっていたということになるかもしれないが、それでも外国から金塊二キロを持って帰るようなことは思いもしなかっただろう。既にちゃんと手配は回っていて、金塊二キロ（四百グラムの金のプレート五個）を持った吉本ばななさんは税関総出の歓迎を受け、がっちり税金を払わされたそうである。

（追記）
　須賀敦子さんについては「１９９１年１１月」の項と、その追記を参照。

鷺沢萠さんと韓国――1993年9月

韓国語、中国語、英語、日本語の四カ国語併記雑誌「We’re」の編集長カマーゴ・李栄さんは、昨年急死した芥川賞作家李良枝さんのすぐ下の妹である（1992年8月の項を参照）。ボーダレス時代を象徴する雑誌と言われる「We’re」の編集部は、まさに各国の外国人たちが数多く生活する町、東京・大久保にある。私もこの界隈の多国籍化の現状を最近、何度か取材したことがあるのだが、魚屋や八百屋、食堂の中で四カ国語どころか、それ以上の言語が飛び交っていた。

そんな大久保の今を、栄さんにエッセイの形で今年一月から六月までの半年間、定期的に執筆してもらったのだが、私の勤務先の通信社から各新聞社に配信するその連載のスタート時に、栄さんの短い経歴紹介欄にしばし考えた末、「韓国系日本人」と記した。

栄さんは李良枝さんと同様に、父親の選択で幼い時に日本に帰化しているので国籍は日本であるし、第一言語も日本語である。だが実際に彼女と話していると、自分の場所をやはり「在日」として語ることが多い。だが、時たま文脈の中で「韓国人」として語っているように感じられる時もあるし、また「日本人は……」と語る時にでも、その日本人の中に栄さんも含まれているように話していると感じられる場合もある。勿論、大半はお互いに何人《なにじん》なんていうことは意識しないで楽しく話しているだけなのだが。

こういう感覚を持った人を在日という言葉で、紹介することは次第に困難になってきている。だが一方で、栄さんが書く文章を読めば明らかに在日の視点を生かしたものになっているのだ。そこで本人の了解もとって、あえて「韓国系日本人」と紹介したのだった。

それからしばらくして、栄さんのエッセイを連載している地方新聞社から電話があった。栄さんがあるシンポジウムに参加して、在日の立場から発言。それを紙上で知った新聞社の人が「確か、日本国籍のはず……」と尋ねてきたのだ。「法律的には日本国籍。でも彼女の心のうちでは在日ということなんでしょう」と伝えると、その人もすぐ了解してくれた。

その問い合わせにも反映しているが在日韓国人、在日朝鮮人と言えば、これまでは一般的には日本に住み日本に帰化していない韓国人・朝鮮人の人たちを指す言葉としてあったと思う。だが帰化して日本国籍を持ちながら、自分の拠って立つ場として在日を自然な形で語る栄さんのような人たちの出現は、これまでのように単純に国籍の問題だけで判断していくような考え方では、在日という言葉が立ち行かないところに差しかかっていることを示している。今、在日に対して新しい言葉を必要とするか、または在日の意味を広げて考えなくてはならないところにきているのではないだろうか。栄さんの連載を通してそんなことを考えた。

時期的には栄さんの連載エッセイが続いているほぼ同じ期間、鷺沢萠さんが韓国の延世大学に半年間、語学留学。その体験記「ウリナラ日記」を現地滞在のまま「小説新潮」に連載を始めた。それを読みながら、ここにもまた新しい在日の姿があることが伝わってきた。

ある時、ソウルでタクシーに乗った鷺沢さんは、つたない韓国語のため「どこの国の人？」と運転手から聞かれ「日本から来ました」と答えると、さらに「あー、それじゃ僑胞《キョッポ》か」と聞かれる。いつもなら「ハイ、僑胞です」とか「いいえ、ただの日本人です」と適当に答えるのに、このとき鷺沢さんは疲れていたのか「わたしにもよく判りません」と答えてしまうのだ。

そんな鷺沢さんが韓国社会の中で生活しながら、類型的な考え方で一方的に迫る韓国人女性記者や無神経な日本人テレビ・ディレクターとぶつかり、怒る。そのぶつかり合いの中で、自分とは何かを探す鷺沢さんを通して、やはり新しい「韓国系日本人」の姿が伝わってきたのだ。帰国した鷺沢さんに韓国のこと、留学のことを聞いた。

「ウリナラ日記」にも記されているが、鷺沢さんは父方の祖母が韓国人であり、父親が日本人の父と韓国人の母とのハーフ、鷺沢さん自身はハーフの父と日本人の母との間に生まれたクォーターである。そのことを鷺沢さんは成人するまで知らずに育った。それを知ったのは泉鏡花賞を受けた「駆ける少年」を書いている時だという。

「父親が育った家庭が複雑でよく分からない親戚がたくさんいたり、反対に祖母には親戚がなかったり、とにかく自分には分からないことだらけで、『駆ける少年』にも書いたように、実際に過去帳と戸籍をたどって調べてみたんです。それで初めて分かった。自分のなかに韓国人の血が流れていることを知ったときは、びっくりしました。韓国人に対する知識がなかったし、歴史についても知らなかった。だから、ただびっくりしたという感情だけがありました」

鷺沢というペンネームも亡くなった父親が使っていたものだし、萠も父親が鷺沢さんにつけたかったが、制限があって付けることのできなかった名前だ。その父親は鷺沢さんが十八歳の春、「川べりの道」で文學界新人賞を最年少受賞する直前、二カ月前に五十一歳で急死した。

「父自身が自分の中に韓国人の血が流れていることを知らなかったのではないかと、今の私は思っているんです。父は五、六歳の時に、彼の父に新しい女の人ができて、実母の元から離れて育てられた。その後、実母も再婚したので実母と一緒に生活をすることがほとんどなかったんです。父は自分のことを知っていたのかなあ、知らなかったのかなあと、私が思っていた時期もあるんですが。私が小さい時の父の言動などを具体的に思い出すと、やはり父も知らなかったんだと思えるんです」

二十二歳の時、雑誌の仕事で韓国を訪れ、延世大の語学学校のことを聞き、いつか来ようかなあと思ったという。だがそのまま鷺沢さんが留学に向かっていったわけではない。むしろ迷いながら少しずつ韓国留学の方向に進んで行ったように思う。

昨年、韓国留学に向けて東京の語学学校で韓国語を習っている最中の鷺沢さんに会う機会があったが、その時も韓国へ留学すべきかどうか、ちょっと悩んでいるように見えた。韓国へ出発に当たって鷺沢さんからいただいた決意表明のような手紙にも〝考え、感じ、もっといろいろなことを知るために隣の国で勉強してこようと思う〟という言葉とともに〝ちょっと自信がありません〟という不安も率直に述べられていた。だが、この留学は鷺沢さんにはかりしれない大きなものを残したようだ。

「行ってすごくよかった。日本で自分の考えが合っているかどうかと思っていたことが、韓国に行って僑胞の友達と話していると、間違っているのではないように思えたし、自分の考えの間違っているところも直せた。アメリカならメキシコ系アメリカ人とか、日系アメリカ人とか、そういう言い方をしますよね。私の場合も理想的な在り方というのは、韓国系日本人というカテゴリーができれば一番いいと思っていて、そういうことを一緒に日本から勉強しに来ている僑胞の友達に話すとみんな私の考えに頷いてくれた」

在日一世、二世、三世と、鷺沢さんのようにクォーターでは、やはり少し異なるのではという点について、鷺沢さんは

「勿論、全然違います。私は日本人として育てられた。だから外国人登録証を持つ必要はないし、指紋押捺も必要ない。選挙権もある。でも気持ちの問題として、例えば、韓国人、日本人、僑胞、その中でどこに一番近いかと言えば私は僑胞に近いのじゃないかと思っているんです。自分のことを韓国系日本人と思っているんです。韓国の血を持っていて、まるまる韓国人だけれど、日本に住んでいて日本のような風習の中で暮らしている人を僑胞と言う。気持ちとしてはその僑胞に一番近いなあ」と述べた。

韓国へ留学した日本の若い女性作家として李良枝さんと比べられることもあったようだ。

「これは私の考えですが、在日二世の方々はまだ暮らしに経済的なつらさが残っていた時期だと思う。そういうことは人間の考え方にどこか影響するでしょう。三世になって初めて僑胞が豊かなところで生まれ、育った。そういう三世の世代が何かを変えることができるのではないかと思うんです。二世の人は李良枝さんもそうだと思いますが、韓国に行ったら韓国人じゃない、日本にいても日本人じゃない。どうすればいいのというアイデンティティの模索があって、それが普遍的なテーマだったと思う。でも三世の人たちはちょっと違うんです。やっぱり韓国をずうっと祖国だと思って韓国にきたけれど、でも韓国にきたら自分は韓国人とは違う。勿論、日本人とも違う。だから僑胞なんだという思いなんです。仲の良い大阪の友達の言葉を借りれば〝僑胞やからええやんか〟ということなんです」

さらに鷺沢さんは話をこのように続けた。

「三世の人たち、私も気持ちとしてはその人たちに一番近い。その私たちが自分はどこの国の人なのかと、あまり深刻に考えなくていいのは、私たちの生活が豊かさに裏打ちされているからなんだと思う。先日つかこうへいさんと話したら、〝君たちの世代は明るいなあ。俺らの時はすごく差別があったしね。それが少し有名になると、差別がなくなって。俺なんか、もっと差別してよ、なんて言いたいんだよね〟と言っていた。その感じ分かるんです。つかさんの世代やもう一つ上の世代が築いてきた生活の上で私たちは初めてやっと〝僑胞やからええやんか〟と言えるんだと思います」

三カ月の予定で旅立った韓国留学は半年に延び、一級から六級まであるコースを二級、三級と進級。しかも二級はオールA、三級もBが一つあるだけで、「真面目に勉強したんですよ」と自慢できる成績だったようだ。さらに日

本で勉強をして、再び機会を見つけて韓国へ留学することも考えているようだ。

鷺沢さんは「葉桜の日」「ほんとうの夏」と韓国系日本人の問題を扱った作品を留学前にも発表しているが留学体験はどのように生かされるのだろうか。

「作家としてよりも、どっちかというと人間として、やらなくてはいけないと思うことはあります。やろうと思えば文章を書いたり、ものを言ったりできる立場にいるのですから。やはり三世の世代から何かが変えられるのではと思っていて、ブロックを積んでいく、そのブロックの一つにでもなれたらと思うんです。韓国に行く前は在日のことをいろいろ聞かれると、そんなことも知らないのかとイライラしていた。留学後、そういうことがなくなりました。同じことを聞かれても一から説明できるようになりました」

土曜日の午後、都心のホテルの喫茶室、テーブルの上には自分用のペットボトル。そこから水を飲む鷺沢さんは、いかにも現代の二十五歳の女性である。そして新しい世代の人らしく難しい問題をざっくばらんに明るく何でも語ってくれたのだが、鷺沢さんの口から話される言葉は、彼女によって書かれた言葉に追いつかないことを痛感したインタヴューでもあった。例えば、「ウリナラ日記」の中に次のような文章がある。

「やはりわたしは僑胞ではないのだろう。件《くだん》のタクシーの運転手や他のさまざまな韓国人に言わせれば僑胞だけれど、ひと度僑胞の中に入ってしまえば僑胞ではなくなる、わたしは『そういう人』である。なぜなら、在日僑胞の中に混じれば、明らかにひとりだけ異質な自分がそこにいるのだから。それはどう溶けこんでどうなじんでも、最終的には薄い氷の壁でヒヤリと区切られているような部分だ。あたり前の日本家庭で育ったわたしは、僑胞にはなれないのだと思う」

黙して語らずにいる部分が鷺沢さんの中にはっきりとあることをよく伝える文章で、このような思いをうちに秘めて、彼女が語っていることを記して置かねばならないと思った。

これまでの鷺沢作品には、ほとんどの主人公が男性であるという際立った特徴がある。私の知る限りでは『海の鳥・空の魚』という短篇集だけが例外的だが、主要な作品の主人公はほとんど男性であった。ある時、その理由を彼女に尋ねたことがあるのだが、「女性を主人公にすると自分に近寄って来てしまって、作品世界がギザギザになってしまう。突き放した書き方が好きで、男の人が主人公だと、対象と自分が平行線を保てるような気がするんです。でもいつか女性を主人公にして書いてみたい」と語っていた。

私は「ウリナラ日記」の連載を読みながら、〝距離があって自分と平行線が保てるような世界〟とは全く違う場所に鷺沢さんがいるような気がして、その思いをインタヴューの終わりに伝えた。鷺沢さんによれば、「小説現代」(九月号)に発表される「大統領のクリスマス・ツリー」は女性が主人公、そして現在構想中の二つの作品も主人公は女性だという。韓国系日本人作家、鷺沢萠は今、新しい転換期にいるようだ。

(追記)

鷺沢萠さんは二〇〇四年四月十一日、東京都内の自宅で自死。三十五歳。鷺沢さんついては「1990年6月」の項の追記や「1992年3月」の項も参照。▽つかこうへいさんは二〇一〇年七月十日、肺癌のため千葉県鴨川市の病院で死去。六十二歳。著書に在日韓国人二世としての思いをつづった「娘に語る祖国」シリーズなどがある。

指紋押捺は一九九〇年代に廃止された。外国人登録制度は二〇一二年七月に廃止され、正規滞在者には空港や入国管理局で在留カードが交付され、市区町村に住所を届けると住民基本台帳に登録される制度になった。在日韓国・朝鮮人には特別永住者証明書が交付され、在留カードと違い、常時携帯する義務はない。

恐竜熱と文学者――1993年10月

「ペディキュアの真赤にひらく　恐竜展」「脂色の恐竜骨格めぐりつつヒトとヒトの子と頭骨うなずく」――ここ十年程前から続いている恐竜ブームは今年も止まるところを知らず、この夏も全国の遊園地や博物館、デパート、それに今年は何とホテルでも恐竜展が催され、それぞれに賑わったようだ。

新聞の小さな話題として実物大に復元された恐竜が写真付きでときどき紹介される記事を読みながら、巨大な恐竜レプリカが増加中であることも気付いていたが、「週刊文春」八月二六日号のグラビア特集「恐竜時代」で知った現状には、ただ驚くばかりだ。ブラキオサウルス、ステゴサウルス、ティラノサウルスなどの恐竜が日本中に出現していて、和歌山県・小原洞窟恐竜ランドの体長二十五メートル、高さ七メートルのブロントサウルスは一体、約七千五百万円とある。

勿論、スピルバーグ監督の映画「ジュラシック・パーク」の公開もあって、今年の恐竜熱は特別とも言えるのだが、日本人の恐竜への興味は、アメリカでのこの映画のヒット以前から持続している。それは日本各地に出現した恐竜公園が、この映画の公開以前から用意されていることからも分かる。

アメリカの作家レイ・ブラッドベリの「霧笛」や「ティラノサウルス・レックス」などを集めた恐竜SF短編集「恐竜物語」を読めば、また映像化されたそれらの作品の幾つかを観れば、アメリカ人の恐竜好きぶりがよく伝わってくる。だからコンピュータと液圧式作動装置を内蔵したT-レックスのリアルな動きやガリミムスの群れが人間に向って疾走してくるシーンをコンピュータ・グラフィックを使って見事に合成した「ジュラシック・パーク」の人気も理解できるのだが、でも日本人たちもかなりの恐竜好きなのである。

特に文芸の世界では今から五、六年ほど前、小説や俳句、短歌の中に突然、恐竜たちが現れ始めるということがあった。

冒頭に紹介した「ペディキュアの真赤にひらく　恐竜展」という句もその一つで、松本恭子さんのベストセラー処女句集『檸檬の街で』（一九八七年刊行）に収められた作品である。恐竜展で見かけた女性の素足の指に塗られたペディキュアが恐竜の足の骨に重なって感じられたという句。または明日のデートのためか、夜ペディキュアを塗り、足の指を開きぎみに乾かしていると、昼間、恐竜展で見た恐竜の足の指の骨が思い出されてきたという句だろう。いずれにしても、絶滅した動物と同じ場所まで一瞬、人間を引き戻す力のある句である。五年前、京都で松本さんを取材した際、恐竜について彼女は「太古に生きた恐竜を見ていると、時を隔てて私はたまたま人間に生まれついただけという気になるんです」と語っていた。

さらに「脂色の恐竜骨格めぐりつつヒトとヒトの子頭骨うなずく」は、歌人でファンタジー小説の作家であり、翻訳者でもある井辻朱美さんの作品だ。

「藍ふかき都市の夕空クレーンはいつか死にたる恐竜となる」「骨盤の厚き竜らは尾を垂れて夜なる地球の体温となる」。冒頭の歌も含め、これらの短歌を収めた歌集『水族』（一九八六年刊行）は全編、恐竜の歌。短歌界で恐竜の歌人と言えばまず井辻さんのことである。

最初に紹介した歌には、まるで恐竜展に現れた親子と展示されている恐竜の骨を同時にX線照射して、生きた人間の親子と絶滅した恐竜を同じ骨レベルで写し撮ったような像がある。ほかの歌にも人間の欲望を示す都市のクレーンと絶滅の恐竜が重なり、さらに夏の昼の気温で高まった恐竜の骨の温度も夜の地球の温度に触れてしだいに下がって行く。そこには恐竜と人が同じ位置に立つ自然界の長い時間の流れがある。

小説の分野では、まず畑正憲さんの『恐竜物語』が一九八七年に刊行された。そして翌年一月、池澤夏樹さんが「スティル・ライフ」で第九十八回芥川賞を受賞したのだが、翌月刊行された単行本『スティル・ライフ』の中には、「ヤー・チャイカ」という作品が収められていた。

この「ヤー・チャイカ」の主人公は、四年前に妻と別れた鷹津文彦という男とその娘カンナの二人なのだが、そのカンナがディプロドクスという巨大な恐竜を飼っていて、その恐竜を「ディッピー」と呼んでいるのだった。マンションの五階に住むカンナは、ディッピーにマンションのベランダから乾草をあげて餌付けをしている。お昼ごろにぶらぶらとやってくるディッピーの鼻面をカンナがポカポカと叩いてやるときもある。

さらに、この「ヤー・チャイカ」を収めた『スティル・ライフ』がベストセラーとなっている時期と重なって、景山民夫さんの『遠い海から来たCOO《クー》』が刊行された。この『遠い海から来たCOO《クー》』の中にも、六千五百万年前の海を制したプレシオサウルスの子供COO《クー》が登場する。それを海洋生物学者の父子が救って育てる海洋ファンタジーで、同七月には第九十九回直木賞を受賞した。

また同じころ、まだ季刊だった「小説すばる」に連作小説を連載中だった高樹のぶ子さんが同年夏季号に「恐竜たちの夜」（単行本『ゆめぐに影法師』収録）という小説を発表するなど恐竜に関係する小説が集中的に登場したのだった。相次ぐこの恐竜群に驚き、当時、これらブンガクサウルスの足跡を追跡する記事を書いたこともある。

その後、恐竜がこれほどいっぺんに文芸の世界に登場したことはなかったが、その後も恐竜たちは絶滅してはいない。二年前の夏に刊行された井辻朱美さんの歌集『吟遊詩人』にも「どの骨も口ひらくかたちに組まれいて竜盤目の無言の咆哮」などやはり恐竜の歌が多かった。今年の九月には西美代子さんの『恐竜の卵』という歌集まで登場して、その中には「巨大なる骨のこしたる恐竜の前頭葉のすずしき軽さ」という歌もある。

そして池澤夏樹さんがこの七月刊行した長編エッセイ『楽しい終末』の中で「恐龍たちの黄昏」という章を設けて、その後の恐竜学の発達も踏まえながら我々にとって恐竜の持つ意味について考察している。

これら持続する恐竜ブームについて池澤さんたちに聞いた。

「人間社会は絶対であってその中で起こる現象だけを見ていけば人は幸せになれるというのであればいいんだけれど。僕はそうではなくて、自然界全体の中で人間の活動を見るような、つまり人間の世界に相対化の視点をどうしても持ちこみたかったんです。『スティル・ライフ』のときは星や山の写真とか、山の方から見た人間、あるいは全く無視されている人間、そういうものを持ち込んだ。ある意味で、それを徹底して使ったのはあの恐竜だと思う」

池澤さんは「ヤー・チャイカ」の中にディプロドクスを登場させた理由について、そんな具合に語り始めた。主人公カンナは高校生だが、そんな年頃の女の子を主人公に設定したこともこの草食恐竜が登場することにつながったようだ。

「あの年頃の女の子というのは、どうもリアリストとして生きていないふしがあるでしょ。女になる直前の、子供と女の間みたいなね。そのまま大人になったら巫女になれるような。微妙なあわいの年頃です。あの子の生活のリアリティーとしては体操を習っているんですが、それに対してどこか別の方へ、別世界へあの子の回路がつながっている。恐竜を飼うことで、そういう感じをどうしても出したかった。すると不思議と納まりがよかったんですね」

恐竜は温血で動きが早かったというロバート・T・バッカーの『恐竜異説』の翻訳が出たり、絶滅の原因を推理する説が幾つも発表されたり、「ヤー・チャイカ」から「恐龍たちの黄昏」までの数年間に恐竜学は随分盛んになった。それが今のブームにもつながっている。

「一つは彼らが地球の自然界の盟主であったということ。それはやっぱりいま自分たちのことを考えると、いかにも重ねやすい。それともう一つはそれが滅びたということ。みんな滅びたことばかり言っているけれど考えてみれば一億何千万年という非常に長い間、栄えた。その上で滅びたわけてす。人間なんか比べものにならないほど、恐竜は十分に生き、発展してから終わったということのほうが僕には面白い。そういう意味でも自分たちの今の立場を相対化してしっかり見つめるには実にいい素材。畏怖するほどの大きさだったこと、彼らの物語はみんなが知っているということなど、終末論的なことを考えるには実にいいパブリシティーですね」

「週刊文春」の特集のように、確かにここ数年で日本中の恐竜の大型模型は急増した。そのくらい普通の人もそれらの模型を通して、自分たち人間というものを自然の中で、相対化する視点をもつことが定着してきたということだろうか。その視点への最良のパブリシティーを通して我々が知るべきことは、こんなことだと池澤さんは言う。

「僕らがまず知らなくてはいけないのは、つまり自分たちが滅びるかもしれないということを理解することです。それは個人の死に似ていますよね。お前はいずれ死ぬと言われているんだけれど、どうも実感がない。そのときまで分からないこともある。その時になってあわてる。僕はこのところ、死ぬことの準備というのはもっと要るんじゃないかなあと思っている。根も葉もない楽観論でごまかすのはいいかげんで止めて、いずれ自分が死ぬんだということをちゃんと普段から承知している方が楽なんじゃないかと思う。人類全体の死という日がくることは十分ありうる。人間の場合は次の世代に先送りして、自分たちは死んじゃえばいいので、いま一つ迫ってこないのだけれど。人類の死について誰もが概念として、頭で扱えるようにならねばいけない。そのためには実際にあんな大きな骨が出てくる恐竜たちというのは、ものを考えさせる力があるでしょう」

たまたま八月二十三日の芥川賞贈呈式で、高樹のぶ子さんに会う機会があった。六年前、米国政府の招きでニューメキシコの恐竜の骨が大量に発見される地帯を見て回った体験を持つ高樹さんは、「その地帯は樹木の化石も宝石のようになっていて、すごくきれいなんです。あんな大きな恐竜が絶滅したなんて感動してしまいます」と一言。さらに朝日新聞大阪版の八月二十日付、夕刊に「ジュラシック・ポエジー」というエッセイを書いたばかりの井辻朱美さんにも聞いた。

「恐竜を見ていると、滅亡も進化や元素の輪廻でつながっていると思えてきます。恐竜の骨を作っていた原子は、私の骨を作っている原子と同じで、大きく循環して私を作っている。最近、心理学で『過去世セラピー』というものがあります。トロント大学で試みられているものですが、患者たちが自分の前世を思い、その前世とつながっていると考えると心身症が消えるという治療法です。だからと言って、前世があるかどうかの証明にはなりませんけれど、私には恐竜が人類の前世なんじゃないかと思っています」

今や日本の恐竜ブームは本場のアメリカをしのぐ勢い。アメリカ人はもう一つの大きな生物、鯨により夢中らしい。

「友好的な鯨と絶滅していて安全な恐竜というのが対応しているのかなあ。昔はおびえるという形でコミュニケーションしていた。例えばライオンが恐いとか。恐がるということは相手を強く意識することだから。それがだんだんなくなって、気が付いたら自分たちが一番強くて、そうすると随分と寂しいもんだ。誰にも遊んでもらえなくなった。それが人を鯨と恐竜に向かわせているのじゃないかなあ」

――これが池澤夏樹さんの結論だった。

昔、社会部の記者時代、最も事件の多い警察の一つである新宿署を担当した。モダンに建て変わる前の新宿署だが、場所は同じ西新宿の超高層ビル街にあった。ある時、他社の親しい年下の記者とそのビル街を歩いていたのだが、彼が超高層ビルの一つ、野村ビルを指さして「あのビルにキングコングが登っていたらなあ」と言った。恐竜のことについて話を聞きながら、なぜかそのことを思い出した。

そしてもう一つ。私は多摩ニュータウンというとても人工的な町に住んでいる。今度は同じ町に住む、勤務先の先輩と一緒に帰りの電車に乗っていた。その時、彼が「ほんと、棟と棟の間から恐竜でもいいから顔をのぞかせていて欲しいよなあ」と漏らした。それも思い出した。

先日、人工的な町の人工的な丘の上に登ると、遠くの視界の中に奇麗に集合住宅がマッチ箱のように並んでいた。ほんと、キングコングか恐竜が出てきてほしい。彼らに、「やあ！」と声を掛けたい気持ちだった。

そんなとき突然、頭の中に浮かんできた池澤さんの言葉があった。それは「人間なんか比べものにならぬほど、恐竜は十分に生き、発展してから終わったということのほうが僕には面白い」という言葉だ。その人工的な丘を降りながら、「そう、終末論も十分に生きるためにある」と私は呟いていたと思う。


（追記）

池澤夏樹さんについては「１９９０年３月」の項も参照。▽景山民夫さんについては「１９９３年５月」の項の追記を参照。▽レイ・ブラッドベリさんは二〇一二年六月五日、ロサンゼルスで死去。九十一歳。

「あのビルにキングコングが登っていたらなあ」と言っていたのは、後の中日新聞東京本社論説主幹の清水美和さん。清水さんは中国報道で日本記者クラブ賞を受けたが、二〇一二年四月十日、すい臓がんのため東京都港区の病院で死去。五十八歳。

「韓日作家会議」――1993年11月

二十五万七千八百四十五人と六千六百九十二人。これは仕事や留学などで三カ月以上外国に住んでいる日本人長期滞在者の数だ。前者がアメリカ全土に住む日本人の数、後者は韓国に住むそれである。調査時点は平成三年十月で、まもなく新しい数字が出るが、この時点でニューヨークだけでも五万七千三百四十四人の日本人が住んでいるが、ソウルに住む日本人は四千十九人という数字だった。

こんな統計を調べてみたく思ったのは、このほど韓国で行われた「韓日作家会議」に出席したからなのだが単純に計算するとアメリカと韓国に住む日本人の比率は約38対1ということになる。この数字の前には「近くて遠い国」などという表現は実に情緒的に響く。以下はそんなことを調べてみようかと思うきっかけとなった会議の報告だ。

九月八日から十日までの三日間、韓国済州島のホテルで行われた「韓日作家会議」はもともと二年前、韓国の作家金源一氏や「文学と知性社」代表で文芸評論家の金炳翼氏らが来日した際、同一月二十九日の夜に日本側の中上健次、川村湊、島田雅彦、安宇植、栗原幸夫氏らと歓談したことが発端だ。

その夜二次会に流れた日本側の出席者の中上健次、川村湊、島田雅彦氏らの中から、韓国の作家たちと交流の場を持とうという話が持ち上がった。なかでも昨年亡くなった中上健次氏が特に熱心だったという。余談だが、その夜の語らいの中からはもう一つ、当時の湾岸戦争に反対する「文学者の討論集会」への動きも生まれている(「1991年4月」の項を参照)。一方その夜、韓国側でも日本の文学者たちと交流の場を作れないかという話が進んでいたのだ。

自然発生的に日韓両側から持ち上がった文学者交流の話は、まず昨年、韓国側の作家・評論家たちが来日して、十一月十七日から十九日の三日間、東京のＹＭＣＡ青少年センターで「日韓文学シンポジウム」として実現した。それに続く二回目の会議として日本側が韓国を訪問して実現したのが今回の会議だ。

日本側の参加者は川村湊、栗原幸夫、安宇植、関川夏央、岩橋邦枝、高橋昌男、柄谷行人、藤井貞和、津島佑子、北影一、中沢けい、夫馬基彦、久間十義、佐藤洋二郎、河林満、宇野淑子、南雲智、井手彰、高木有、高橋至、滝川修、西岡一正、藤井久子らと私。

韓国側も「李文烈現象」の流行語まで生んでいるベストセラー作家李文烈をはじめ、金源一、李清俊、呉貞姫、金香淑ら韓国で最も著名な文学賞である東仁文学賞を受けている実力作家たちが顔を揃え、『アダムが目覚めるとき』が日本で翻訳された若手作家の蒋正一まで三十人近い作家、評論家が参加した。

日韓両国文学における「進歩主義思想の動向」と「家、家族、そして個人」の二つがテーマだったが、私にとって興味深かったのは後者のテーマで語られた作家や評論家の意見だった。

「加害者の顔」という短編小説をこのテーマのために提出した李清俊氏は自作について解説しながら、被害者の視点ではなく加害者の視点の重要性に触れて、「被害者は失ったものを補償せよという要求、自己回復したいという要求が相手に対して続いてしまう。しかし被害者意識からは加害者の意識が見えない。加害者意識を持っていることに気がつくと、お互いの立場を補完して、お互いを理解することも可能だ」と述べた。

この小説は朝鮮動乱のさなかに義兄が連れ去られるという幼い主人公が経験した事件と、歳を重ねた主人公に急進的な民族統一論を展開する大学生の娘との意見対立を描いているが、主人公は朝鮮動乱の中で幼かった自分も無罪の被害者ではなくて、義兄の事件への加害者であったという自責の念を持っている。

作中には、民族の分断下では受難意識を共有することで統一を早めることができると説く娘に対して、主人公が「加害者のおらぬ被害者などありえないのだから、そこでは必然的に、生け贄としての加害者が必要となる」「一方が別のもう一方に対して恨みと報復の新たな借りを背負いこむことになる」という加害者と被害者の悪循環の危険性を指摘する場面がある。

さらに、「そのことが判っているものだから、実はおまえも、その加害の張本人を外国の帝国主義的な勢力やイデオロギーなど、なるべく外部や遠いところに求めて彷徨っておるのかもしれんが、おびただしい実際の対立や争いなども現実の私たちの暮らしの中から生まれてきておるのだし……」と受難者より加害者の姿勢で臨む自分を娘に説く場面が続いている。

南北に分断されている国情の下での作品だが、この「加害者の顔」を韓国と日本の文学者との会議の場に提出した李清俊氏の思いには、深いものがあるに違いない。当然、日韓の歴史の中にある、加害者としての日本、被害者としての韓国という関係を踏まえての作品提出であり発言であろう。だが李清俊氏は国と国との関係としては語らず、この加害者と被害者の関係を人と人との関係として語った。その姿勢がかえって、作家李清俊の立とうとする場所の広さと思いの深さを感じさせた。

この李清俊氏が投げかけた問題と対応する日本側の地点はどこにあるのか。ユーモアも交えながらあくまでも穏やかに語る李清俊氏の姿を見ながら、その場所を見つけることはそう容易なことではないと感じた。

その李清俊や呉貞姫、金香淑らの作品について「伝統的家族観の変化と世代間の葛藤」というタイトルで論じた若い女性文芸評論家朴恵鋧氏は李清俊「加害者の顔」の中の世代間の葛藤が父親と息子という線では描かれず、父親と娘の関係の中で描かれていることに注目。

「おそらく、これは父親から息子へとつながる線が家父長的な権力の世襲という力の力学から自由でないとすれば、父親と娘の関係はそうした権力への意志に汚染されていない、従って世代間の対立がもつ社会的意味をより純粋な形で表現できるという作家の判断によるのかもしれない」と述べ、日本側の参加者の中からも「女性の批評が面白い」という声があった。

さらに朴氏は「実際に家父長的な家族制度のもとで父親と息子の反目と対立は、権力を享受する者同士のそれに過ぎない。伝統的な家父長制度のもとでの父親に対する息子の絶対的な服従は、権力の移譲を前提とするものであった。権力を一つの求心点として集中させる家父長制度は、当然のことながら権力を持たざる集団には深刻な抑圧として作用した。その代表的な例が女性集団である」と語った。

韓国におけるフェミニズム批評の事情を私は知らないが、韓国社会の中にいない者にとっても、朴氏の指摘は、儒教的な考えの中心を女性の側から揺さぶり、ズラしていく可能性を感じさせるものだった。

また日本側の岩橋邦枝氏が表現者としての女性の立場から韓国の女性作家の作品と日本の女性作家の共通性について述べたが、「家、家族、そして個人」というテーマに李清俊氏とともに、短編「闇の家」を提出した女性作家呉貞姫氏は「日本の女性作家と韓国の女性作家ではやはり少し差異があると思う」と冷静に受け止めて語り始めた。

「日本の女性作家の方が、性に対する表現などが私たちよりも遥かに自由です。やはり韓国の方が遥かに儒教的な伝統があって、韓国の女性たちは家庭の中でも夫の地位や母の役割、子どものことなどにとらわれて来てしまった。韓国の女性たちは女性として、個人としての自由を捨てざるを得ないところがあった。家庭の閉鎖性の中で、それが内へ内へ入っていってしまった。韓国の女性作家の書くものは日本の作家の書くものに比べて暗くなると思う」と述べた。

しかし、その呉貞姫氏の「闇の家」は夫や息子、娘の留守中にあった仮想敵機を想定した不意の灯火管制の中、独りで過ごす「彼女」の闇の中にあった痕跡、不安、憤りを描いている作品なのだが、その中で彼女の娘は男と外泊するために嘘をついて出掛けており、彼女も娘の嘘を知っていて、その状態を耐えていることも書かれてある。

確かに呉貞姫氏の作品の主人公は、女性としての自由を捨てざるを得ないように描かれているが、個人としての自由を追求する女性の世代は、自分のすぐ近くまできているることを十分知っている存在でもある。韓国の女性作家たちが、個人としての自由を追求する文学はすでにどこかで始まりつつあるのではないか。朴氏の指摘や呉氏の作品からはそんな印象を受けた。

日本側の報告者で韓国の文学者たちに反響を呼んだのは柄谷行人氏の発言だった。柄谷氏の発言は全文が雑誌「月刊金曜日」（九月二十四日号）に「文学の政治学」というタイトルで掲載されているが、その報告の中で柄谷氏ほ『日本近代文学の起源』で論じたことと最近の「ネーション」に対する考察を関連させ、発展させて語った。

柄谷氏は日本の近代文学の誕生と言文一致の運動が日清戦争後に日本のナショナリズムと結び付いて生まれてくることを指摘。近代のネーションもヨーロッパの場合、ラテン語に対して俗語で書くこと、つまり言文一致で始まったことを、ダンテの書いた文章が後のイタリア語になったことやルター訳の聖書がドイツ語の規範になったことなどを挙げて述べた。このため「書く」ことと「話す」ことという異質なものが結びつけられ、あたかも結合できるような感じが起こった。それが「帝国」の中で、それぞれのネーションを作り出したことを指摘した。

「ネーションは古い宗教や身分、血縁、地縁といった共同体ではなく、むしろそれらが実質的に崩壊した後に想像的に形成されたもの。それは他の何よりも『文学』によってなされた。人々を魂から揺すぶるような同一性をもたらすことができるのは、国家機関が与えるイデオロギーではなく、それはまさに文学によってなされた。いま文学者に可能であり、かつなすべき仕事は『文学』に対して自覚的であることです。それは批評的であり、政治的なことです」と述べ、政治的な本質に無自覚な文学はナショナリズムを拡大していくことを指摘した。

また、韓国では「民族」という言葉が肯定的な意味を持って語られてきたことに触れて、柄谷氏は日本の植民地下にあったことや南北に分断されていることなど、「民族」という言葉が肯定的な意味を持つ経緯に理解を示しながらも、この点についてもかなり踏み込んで語った。

「韓国において民主化が達成され、さらに高度な産業資本主義の段階に入って行った場合、『民族』という言葉がこれまでのように肯定的な意味を持つという保証はないと思います。なぜなら、現実に、韓国の資本主義経済は、アジア諸国との関係において存在しているからであり、そこで『民族』の同一性を主張することは排外主義になるほかないからです。日本やアメリカを相手にしているときに意味を持つ『民族』概念は東南アジア人を相手にしたときは差別的なものになるでしょう」

柄谷氏のこの言葉をメモにとる韓国側の参加者が目立った。だが柄谷氏の発言は、日本の60年安保世代である自分と同じ世代でこの会議の中心メンバーたちの世代、李承晩政権を倒した韓国の4・19世代への共感とともに、一方で、根底に「漢字の廃止」という動機があった日本の言文一致運動の持つような問題をさらに進めて文字通り漢字を廃した韓国のハングル、その推進者である4・19世代の文学者への強いメッセージもまた当然、含んでいるはずである。

「進歩主義思想の動向」のテーマでは、進歩主義それ自体への疑念が何人もの日本側の参加者から出されるなど、この会議に向けての気負いのようなものは日本側にはなく、文学者らしい率直さで話す姿が目立った。

また韓国側からも、一人一人が個人の資格で語っていることがよく分かった。例えば、歓迎レセプションで挨拶した韓国の韓日文化交流基金理事長の一時間近くにわたる常識を超越した長い歓迎の挨拶がようやく終わりかけたとき(まだ通訳は終わってないのに)、嵐のような大きな拍手で理事長挨拶を終わりにしてしまったのは韓国側の参加者たちだった。おそらく話の長いことでは韓国でも知れ渡っている人なのだろう、ある韓国側の発言者が話しはじめると(そしてなるほど話が長かったのだが)、会議の最中なのに後ろにいる韓国側の若い女性参加者にカメラを向けて、写真を撮り始める男性の参加者もいた(女性たちもニッコリとカメラの方を向いていた)。発言を求められた一番若い蒋正一氏が一言も発言せずに、頭を抱えたまま会場を出て行ってしまったりした（会場は爆笑の渦だった）。

　儒教的社会と言われる韓国も随分変わってきているのだろうか。これらの光景を日本側の多くは好感をもって眺めていた。

　五年前、ソウル・オリンピック直前に開かれた国際ペン大会で見かけた韓国の文学者たちはどこか国を背負っているように見えた。だが今回出合った韓国の文学者たちには、いつも微笑しているような余裕があった。ある余裕の中でより広い社会へ動き出そうとする韓国文学者の自覚的な姿を感じさせた。


（追記）

　安宇植さんは二〇一二年十二月二十二日、肺炎のため東京都中野区の病院で死去。七十八歳。▽河林満さんは二〇〇八年一月十九日、脳出血のため東京都文京区の病院で死去。五十七歳。

松浦理英子の企み——1993年12月

　ある日、突然、右足の親指がペニスそっくりに変形する。形も機能もペニスそのままの親指を足に持った二十二歳の女性主人公・真野一実、そのほぼ一年の旅を描いた注目の長編小説、松浦理英子「親指Pの修業時代」(「文藝」冬季号)が完結した。

　「文藝」(九一年夏季号)の連載スタート時には「短期集中連載」と銘打たれていたが、四回目からは、それもはずれて、季刊の同誌に計十一回、ほぼ三年にわたる長期連載だった。

　連載が始まった年、勤務先の通信社で私が担当してラテンアメリカ文学者の野谷文昭さんに文芸時評をお願いしていた。その野谷さんの時評が終わって、次の時評子と交替する時、時評で触れることができなかった作品のうち、気になるものがあるかどうか聞いたことがあるのだが、野谷さんの答えは『親指Pの修業時代』の連載が完結せず残念だ」というものだった。

　また今年の「文學界」(一月号)のアンケート特集「わたしのベスト3——一九九二年・文学の収穫」の中で、辻原登さんが「まだ連載中ですが、先物買いです」と記して「親指Pの修業時代」を挙げていたし、さらにこの八月二十五日読売新聞夕刊のインタヴュー形式の文芸時評でも、富岡多恵子さんがやはりまだ連載中のこの作品を取り上げて、「セックス・ショーの一座を描きながら、いかがわしさがまったくないのが不気味です」と語っていた。

　そして連載完結に関連して小特集を組んでいる「文藝」でも蓮實重彦さんが渡部直己さんのインタヴューに答えて、自分が同誌の文芸時評担当時に連載が始まったこの作品を、ある親しみをもって毎回読んでいたこと、完結したら取り上げるつもりだったが長い連載のため機会を逸してしまったことを述べた後で「同時代に媚びようとしない作風がぼくは好きです」と語っている。

これら作家や評論家ばかりでなく、連載中のこの作品に触れて語る編集者や文芸記者が私の周囲にもたくさんいた。連載完結、十一月の単行本刊行とともに時評や書評をはじめ今後さらに、この長編についていろいろな人が言及する機会が増すだろう。一千枚を超す話題の長編「親指Pの修業時代」について松浦理英子さんにインタヴューした。

この長編は、右足の親指がペニスに変形してしまった主人公真野一実が、自殺した親友彩沢遙子の知人である作家Mのところへ自分の異変の報告にくるところから始まる。

「一昨日、夢をみたんです」。そうやって語り出す真野一実の夢は「短い夢で、全然ドラマティックではないんですけれどね。ふと気がつくと、右の足の親指がペニスになっているんです。夢の中だから、驚きもしなければ、こんな馬鹿な、と疑いもしないんですよ。ああ、私にペニスがあると、そのまま受け入れて感動しましたね……」というもの。そして、その夢の通りの異変が起きたところから物語が動き出すのだが、松浦さんがこの主人公を発想したのにはこんな体験があったと言う。

「自分が学生時代に同じような夢を見たことがあるんです。そのときも主人公が語っているように、面白い夢だと思えるような形で夢を見ていた。なにしろ、そういうところにペニスがあったらいいということを考えたことが無かったので。自分の見たその夢が直接のヒントに、発想の源になっていますね」

一実は夢そのままに、驚きもせずに親指ペニスを受け入れるのだが、恋人の正夫の方は親指ペニスを無視して触れようともせず、次第に二人の仲に亀裂が走りだす。ついにカッターで親指ペニスを切り落とそうとする正夫から逃げ出した一実は、自分を匿ってくれた盲目の音楽家春志と付き合い出し、性への固定観念を持っていない春志とのスキンシップの延長であるような、静かな遊戯に似た性行為を好ましく思い二人は婚約する。だが、その直後に一実は〈フラワー・ショー〉というセックスショーグループに出会った。

シャム双生児の弟の体を自分の腹部に有し、自分のペニスはほとんどが体内に埋もれているせいで、弟のペニスを使ってしか他人とセックスのできない保。ペニスに余分な突起がついている繁樹。他人の体液にアレルギーを起こして体中に発疹が出る亜衣子。性器に歯のある幸江。性転換した政美。これら性器や性行為に伴う体の反応に普通の人とは違った特徴を持つさまざまな人たちがこのグループにはいるのだが、親指ペニスを持った一実も自分と同じような異変に見舞われた友達を求めて、その〈フラワー・

ショー〉に加わっていくのだ。

「精神異常も含めて、制度の側から見れば、少数者とみなされる在り方で生きている人たちのことがすごく自分の中でありました。この作品の中で、身体的に異なった人たちが出てくるけれども、私としては特にそれを畸形としてとらえているわけではないんです。そしてマイノリティーということでは主人公の真野一実という女性も、この世の大きな視点から見れば、見過ごされてしまうような目立たない人物だと思うんですけれども、しかし非常に独特な、この世にあまりいないと言われるような人物像だと思うんです」

例えば、真野一実という主人公の特徴を示すものに「鈍感」という言葉がある。彼女は自分から友達を選んだ経験がないし、友達を選ぶ基準が分からない。そういう面を友人たちは「鈍感」という。だが、この「鈍感」という言葉にも、この世の大きな視点から見れば見過ごされてしまうような、非常に独特な意味が含まれているようだ。

「愛されたいという願いとか、自分はこうありたいという叶えるのがむずかしい高い目標を置いて、それに向かって努力していく人。その目標に近づいて行こうとする人。何か自分が問題意識を持っているというより、時代の文化によって持たされて悩んでいる人々の鋭敏さに比べて、一実は非常に無垢な女性なので問題を押し付けられていても気が付かないで、自分の生理や感性に、忠実に無邪気に生きている人物。問題意識を抱えている人たちからみれば、持っているべきところの問題を持っていない、悩んでいない人物。だから〝鈍感〟なんですね」

〈フラワー・ショー〉の保の恋人・映子に親指ペニスを愛撫されて親指ペニスが勃起するという経験を経て、一実は初めて同性を性の対象に意識し始め、そして映子との性交渉を通してイメージにとらわれることのない性の歓びを経験する。

「常に一級的な性行為のイメージを範として、現実の性行為を実践して来たように思う」「イメージに頼る分、私は自分自身の感受性を開放していなかったのだ」「映子と触れ合ってこんなに敏感になったのも、映子が女で、頭に沁みついた男と女の交わりのイメージから解き放たれ、感受性が裸になったためではないか」――映子との接吻と抱擁の時、心も体も百パーセント満たされ、全身的な歓びを感じる。そのことを一実はこう考えてみるのだが、相手の映子は親指ペニスとの性行為を望み、イメージに支配されている彼女の姿に気づいて、寒々しい気持ちにも襲われる。

「十全なる解き放たれた歓びは主人公だけにしかない。性行為に裸形で生々しく向かって行くが、相手は生々しく向かい合ってくれない。それが不満なんですね。春志は性別にかかわりなく受動的で無垢なタイプで、相手にスルッと馴染んでしまうところがあって、人に異物感を与えるようなタイプじゃない。それゆえに自分と異なった存在に対する驚きと執着を相手にもたらさない。だから春志との付き合いの中では能動的な性欲、強い恋愛感情が生まれなかった。そういう意味で主人公の解き放たれるような歓びに性別は関係ないんです。なぜわざわざ同性愛にするのかと思うかもしれないけれど、私は同性愛と異性愛を分けようとする立場じゃないんで、映子のかわりに不思議な男性を創造するというやり方もありうると思う。でも、わざわざ新しい男性像を作りだす必要はないと思ったんですね」

作品の最後近くに「一生安楽に暮らして行けるだけのお金と、たった一度の理想的なセックスと、どちらかが手に入るとしたらどちらを選ぶ?」と聞かれて、一実が心の中で「理想的なセックス」と思う場面がある。それと同時に一実は流儀が合う春志とも、強い興奮と快楽のあった映子とも理想的な性行為をしたことがないことに気づく。そこで松浦さんが一言、断っておきたいことがあるという。

「最後に理想的な性行為とはという問いが出てくるので、理想的な性行為なる真実を求める小説と読む人がいると思いますが、そういう小説じゃないんです。体裁は教養小説の形を借りているので、〝真実〟を探しているように読む人もいるかもしれませんが、主人公が探しているものは別にないんです。最初に出てきた自殺した友人が何故死んだのかとも考えはするけれど、それを追究する話でもない。友達が欲しいと思って〈フラワー・ショー〉に入って行き、そこで恋愛とは何か、性欲とは何かというような問題にとらわれているようだけれど、それも薄れて行く。だから何かの真実を探す物語ではないんです」

「真実」に関しては、「文藝」の小特集の中で、小倉千加子さんが「幼形成熟《ネオテニー》の復讐」において、主人公の名前「真野一実」を「ただ一つの真実」と解釈しているが、松浦さんはこの解釈に苦笑した。

「真野一実というのは親指ペニスのことを一つ実った果実という意味合いで付けた名前なんです。どうせ、〝真実〟に引っかけて解釈するなら、せめて〝真っ二つに割れた真実〟と、言って欲しかった。他人はこうである、自分はこうであるという平板な真実というのを私は信じていないんです。真実というものは多面的なもので、同じ一つのものごとが、あちらからみれば真実であり、こちらからみれば虚偽であるというように非常に動きのあるものだと思う。何かをある一面から見て真実だとするような、この世に蔓延しているゲームも嫌いだし、真実を告白しようという近代小説のコードも疑問です。だから性についても真実を提出するようなことはしたくないんです」

主人公の右足に実った一つの果実、親指ペニス。その親指ペニスとの性行為を望む映子に失望する一実に対して、小倉さんは「それは、一実が親指Pを映子と出会ったと同時に去勢しておけば免れたことである」と記しているが、この解釈にはさらに大きな疑問と不満があると言う。

作中に一実が眠っている間に、親指ペニスが女性によってレイプされかかるという場面も出てくる。足にペニスを持った若い女性を誕生させた松浦さんはフェミニズムについてどう考えているのだろう。

「私がフェミニストではないことや、女が女を準強姦する場面を書いていることが、小倉さんは気に入らないのでしょう。すべての男女の性交は強姦である、と言いたいらしい小倉さんは、ペニスと見ればすぐに切り落としたくなるのかもしれませんが、一実と映子の性行為が理想的なものにならない原因を親指ペニスに求める、というのは凄まじく趣味的な解釈ですね。普通に読めば、いけないのは映子であって親指ペニスではないのに、去勢せよなどと言いたてる小倉さんは、ペニスにしか目が行かないという点で、皮肉なことに、裏返しになったペニス至上主義者なんです。この人ほどひどくはないにせよ、フェミニストには裏返しになった男性が少なくなくて、私は簡単に連帯する気になれない」ということだった。

そして、二十二歳の女性の足に実った親指ペニスには、こんな思いも込められている。

「男性がペニスを行使するときに、ある種の強権を使用することで、ペニスの悪さがいわゆる男根主義として批判されている。でも本来、生まれつき備わっている器官としてのペニスは決して悪いものじゃないはずで、それを悪いものにしてしまう文化というものが本当は悪いわけですから、悪いものであれと要請する文化の力からペニスを解放して、無垢の状態に戻して生かしたかったという気持ちがあったんですね。だから親指ペニスという設定にして、親指ペニスを無垢なものとして描くことによってペニスを去勢してしまうのじゃなくて、生かそう。断罪するのではなくて無垢の器官に戻してやろうという気持ちが動機にあったんです」

物語の最後で春志の頭が堅い物にぶつかって、そのショックで二十年間、見えなかった目が見えるようになる場面があるのだが、結末へのあまりの突然の移行に大いに笑ってしまった。だが笑っている隙に、そこまで読み進めてきた自分の中のある解読が破壊されていることに気づいた。恐らく目の見えるようになって、イメージの世界に、より晒されるようになった春志にも危機が待っているのだろう。今まで描いてきた世界を軽々と壊してしまって、この小説の中に何かを探す者を松浦さんは嗤っているようだった。

文学全集のない時代——1994年1月

一位中上健次二百二十二点。二位村上春樹百八十二点。三位村上龍百四点。四位山田詠美八十点。五位吉本ばなな七十一点……。「マルコポーロ」（12月号・文藝春秋）が、「大江、開高に次ぐ、ボクらの作家は誰なのか」を求めて、各出版社の文芸編集者への匿名アンケートをして作家に点数をつけてもらい、そのランキングを発表するという過激な企画をしている。

そのアブナイ内容は後で詳しく紹介するとして、「村上春樹、吉本ばななは歴史に残るか？［ボクらの文学］にケリをつける！」というタイトルを持つ企画の前書きにはこんなことが記されていた。

「漱石、鷗外、龍之介を例に引くまでもなく、優れた文学作品は歴史に洗われながら伝えられてきた。しかしこの20年、大きな日本文学全集は刊行されず、文庫もただの廉価版となり、文学が歴史に洗われるチャンスは皆無に等しかった」と。

折しも岩波書店の「よむ」（12月号）が『全集』の現在」を特集。その中で「文学全集の時代——黄金の日々は蘇るか」と題して、紀田順一郎氏が昭和初期の「円本」から、戦後の全集ブーム、最近の文庫サイズの『ちくま日本文学全集』（筑摩書房）までの文学全集の歴史をたどりながら、ヒット企画であるその『ちくま日本文学全集』を「伝統的な文学全集の終焉を意味する一つの企て」と位置付け、こんなふうに書いていた。「過去の文学全集には権威主義が支配していたという見方もあるが、それさえも消滅してしまったいま、知的生産の蓄積の有力な供給システムが失われてしまったのは皮肉というほかない」と。

さらにこんな話題もある。出版文化に尽くしてきた編集者を称えるため昨年制定されたばかりの「青い麦編集者賞」という賞があるのだが、その第二回受賞者に講談社の橋中雄二さんが選ばれた。受賞の理由は『『文芸文庫』の編集に対して」だが、この「文芸文庫」は文学全集なき時代に文庫による文学全集を目指して刊行されたものだ。また候補者の中には『ちくま日本文学全集』の編集担当者である松田哲夫氏も入っていた。

こんな具合に、このところ〝文学全集のない時代〟に触れた仕事や出来事が、私には目立って感じられる。「マルコポーロ」の企画を担当した同編集部の庄野音比古さんと「文芸文庫」担当の橋中雄二さんに、それぞれの仕事と〝文学全集のない時代〟について聞いた。

「マルコポーロ」の匿名アンケートは、文芸誌を出している出版社の文芸関係編集者八十人を対象に行われた。アンケートの内容は、一九四三年以降に生まれた作家で「五〇年後に日本文学の歴史の中で、一九六〇年代、七〇年代、八〇年代が語られる時、かなりの分量をその作家についてで割かれるであろう作家とその代表作」を十名以内であげ、その軽重を評価するため総計三十点以内で点数を配点してもらうというもの。八十人中四十五人の編集者から回答があったが、匿名性を保つために細かい配慮をしたり、アンケート結果にごまかしがないよう、四十五人すべての回答者の配点をこれも表で示し、答えた本人がみれば自分の回答が分かるようなスタイルをとったという。

ちなみに、六位以下の作家名と総得点を紹介すれば、六位宮本輝六十八点。七位池澤夏樹、丸山健二五十点。九位津島佑子四十八点。十位高橋源一郎四十六点。十一位島田雅彦三十九点。十二位青野聡三十六点。十三位金井美恵子三十五点。十四位松浦理英子二十四点など。

現在四十二歳の庄野さんは二十代後半から四年間「文學界」編集部にいて、文学担当の編集に携わった経験もある。

「勿論、文芸雑誌の編集部にいるときは、絶対に将来伸びていく作家を見て行こう、とそれなりに頑張っていたつもりです。しかし、いったん文芸雑誌と離れて一読者に帰れば、その後の本当にすごい作家は誰なのか、どんな作品なのかを詳しい人に教えてもらって、それを読みたいと思う。今そのことを知っているのは、評論家ではなくて、一番無私の精神でやっている編集者ではないかと思ったんです」と庄野さんは小説家に点数をつけちゃうという前代未聞のアンケートの動機を語る。

実際に実施する段になっての心配は、各社の文芸編集者が果たして他社の雑誌のアンケートに協力してくれるかどうかということだったようだ。しかし八十人中四十五人というのは意外なほどの高い回答率である。

「多分、編集者の人達の中には、批評に対する不満があるんだと思います。昔は編集者以上に批評家が戦争をしてくれた。作品をたたいたり、認めたり。批評がもっと顕在化していて、表舞台でいろんなことが言われ、文学の世界は自由だと感じさせるほどにお互い言い合っていた。それが今の批評家の多くが表現のほうに向かっちゃって、作品を自己表現の手段としか扱わなくなってしまった。以前のように〝命をかけてあの作品を俺は認めねえ〟というような批評ではなくなってしまった」

それにしても作家や作品を点数で比べちゃうというのは、なんともすさまじい。日頃接している編集者たちの低い評価に落胆する作家もいるのでは。

「こんなもので上位にきたからと言って、喜んでいるのも作家としてはおかしいと思うんですよ。どっかで裏読みするのが作家だと僕は思う。編集者たちが、何を考えて自分を上位に入れたんだと読むのが、僕の思い描く作家です。点が入らないから自分の作品が歴史に残りそうもない、とがっかりするのもどうでしょうか。僕ら庶民は歴史に残るなんて思って生きてはいません。自分の作品の評価がよくなくて、誰も読まないかもしれない。でもこれだけは言いたい。だれか一人でも分かってくれるはずだと思って書くのが作家だと僕は思っていますから」

庄野さんも小説を読み始めた高校時代にいろいろな日本文学全集や『世界の名著』（中央公論社）などを読みあさった経験を持つという。

「僕の父が売れない作家（庄野誠一氏）だったんですが、現代小説を読み出したころ、その父から文庫になっている日本文学や世界文学を読め。そして早く自分の中に基準を作れと言われた。その基準を作ってから、現代小説を読めと言われ、なるほどそうかと思った経験があります。今は、テレビでもそうですが、身近なタレントが何かをやる話題性が優先してしまう。そういうタレント性のある人が何かをやったり書いたりすると、見たり読んだりするんですが、一方でその同時代の作家についてはみんなニュートラルできちんと評価していかないという感じがありますね」

そのことがランキングで一つの評価を出そうとしたことの動機でもあろうが、その最下位まですべて発表したことにはこんな思いがあるという。

「誰かの作品を素晴らしいから、連載でも何でも載せるということは、一方で別な人の作品を載せないということでもある。ページは限られているんですから。表面的にはあの人の作品は素晴らしいから大きく載せたという面しか見えないけれど、裏を返せば別な人の作品はよくないから載せないということを強いられている。仕事とか、生きるということは常にそうだと思う。そういう面が覆い隠されているると思う。そういう形で誰かを傷つけているのに、そのことが隠されているんです。そういう面もはっきり出したいという気持ちがすごくあった。最初に言った今の批評への不満は、一方でそういう隠れている面に対する編集者のストレスの現れでもあると思う」

この過激なアンケートに触れた時の驚き、何かを踏み破っているような衝撃は覆い隠されて見えない文学の基準線を顕在化させた力によるものだろう。

一九八八年二月に小島信夫『抱擁家族』、黒井千次『群棲』などを刊行してスタートした「文芸文庫」は、この十二月刊行の吉行淳之介『菓子祭・夢の車輪』、瀬戸内晴美『田村俊子』など四冊を合わせるとちょうど二百五十冊に達した。巻末に解説のほかに、詳しい作家案内や年譜がついているなど、構成からしても、文庫による全集を目指していることが良く分かる。

その編集担当・橋中雄二さんは、ほとんど文芸畑を歩いてきた編集者で、特に「群像」には通算十五年以上在籍。同誌の編集長時代は村上龍、村上春樹の両村上を世に送った人である。

「文学全集というのは、二十年くらい前まで編集委員を立てて編集委員の会議で、その時代までの区切りとして何を残すべきか、どのくらいの大きさで扱うべきかまでを含めて、結構シビアにやっていた。そして同時に商売にもなった。なぜ出ないかというと商売にならないからです。だから『文芸文庫』は文庫版の文学全集を志して出発した。まず自社の良い仕事として残したもの、他社のもので絶版状態のものなどを二十年、三十年の単位で残るか残らないかを選んでいる。ともかく『文芸文庫』は絶対に絶版にしないという方針です」と言う。

全集が出ないと言っても、一九八六年には『昭和文学全集』(小学館・全三十五巻別巻一冊)が刊行されているし、前述したように『ちくま日本文学全集』(全六十巻)も出ている。しかし、橋中さんにとって自分が理想とする全集はやはり少し違うようだ。「ある理想主義の下に作られた筑摩書房の『日本文学大系』と講談社の『日本現代文学全集』が、正統派の文学全集の双璧だと自分では思っているし、その後、これらに匹敵する全集は編めていないと思う」

それはいろいろな意味で、この二十年間に、商業主義が文学の世界に入ってきているからだと橋中さんは言う。「例えば版権の問題が大きくからんで来て、『文芸文庫』に収録したくてもなかなかその問題をクリアできない場合もある」とか。

その商業主義の到来とともに、編集者が自社のものだけとか、好きな作家だけとか、売れる作家だけとか、次第に恣意的になっていって、共通の文学や評価の基準を失いかけているのではないかと橋中さんは考えているようだ。かつての文壇がその一つの基準となっていたことを橋中さんは、あるエピソードとともに語ってくれた。

「敬愛する気持ちというか、そういうものの力というのは絶対あると思うんです。同じ孤独な作業をしているときに、本当に真の声援をしてくれる人がいるということはすごく豊かなことですよ。良いですといくら言われたって、いつもの価値基準がめちゃくちゃな人に褒められてもたいして鼓舞されないですよ。旧文壇というのは隠然とそういう役割を果たしていたと思う。もう二十年以上前になりますが、上林暁先生が倒れられて、口述筆記で書かれていた。そんなとき井伏鱒二先生にお会いしたとき、私が上林先生の担当だということを知っていて、『上林さんの最近の仕事は志賀さんより良い』と言うんですよ。僕は若造だったし、何か井伏先生が上林先生に伝えたいことがあるのかと思って、井伏先生がそうおっしゃってましたと言うと、上林先生がさーっと涙を流され、涙が止まらないくらい感動された。本当に信頼し敬愛する文学者がいて、その目の前で仕事をやっているんだ。いいかげんな仕事はできないよというものが文壇としてあった。それが崩れてしまったのですが、その良い意味での文壇が文芸文庫の中に残るようにしたいですね」

それゆえに最近「文芸文庫」は帯に「文学の復権」という言葉を掲げたと橋中さんは言う。「文壇には、良い文壇と悪い文壇があるんだ」と口癖のように語っていたのは、中上健次さんだ。その中上さんが編集者たちの圧倒的な支持を受けて一位となった「マルコポーロ」のアンケート結果を見ながら思い出した中上さんの文章がある。それは死刑囚永山則夫が日本文藝家協会への入会を拒否された問題に抗議して中上さんが同協会を退会した時の弁なのだ。

ある時、中上さんは著者校正のために訪れた文藝春秋ビル内でエレベーターから降りて来る和田芳恵さんや芝木好子さんを見かける。「夜の七時か八時。ゲラは決まって遅く出るから、九時を廻っていたかもしれない。御二方は私の尊敬する作家である。芝木好子さんは同人雑誌の大先輩でもある。あいさつもせず、私は御二方の後姿を見守った。芝木好子さんは和服を着ている。和田芳恵さんは大きく体を揺るように歩いている」

そのとき中上氏は「文學界」の編集者から和田、芝木の両氏が文藝家協会の理事であることや同ビル内に文藝家協会の事務局があることを教えられるのだが、続けて「御二方の姿を思い出して、文藝家協会は、文学者の優しさで集まった団体だと思ったのである」と書いていた。

文藝家協会退会の弁をそうやって、先輩作家への敬愛の念から書き起こした中上健次さんのことを思い、そしてアンケート結果を見て、中上健次の死をもって文壇も本当に崩壊したのではないかと感じられてきた。文学全集のない時代、それはまた文壇のなくなった時代ということなのだろうか。

(追記)

中上健次さんについては「1992年10月」の項を参照。▽小島信夫さんについては「1991年7月」の項と、その追記を参照。▽吉行淳之介さんについては「1994年2月」の項やその追記を参照。▽上林暁さんは一九八〇年八月二十八日、脳血栓のため東京都杉並区の病院で死去。七十七歳。▽井伏鱒二さんは一九九三年七月十日、肺炎のため東京都杉並区の病院で死去。九十五歳。▽永山則夫さんについては「1990年4月」の項と、その追記を参照。永山さんの日本文芸家協会への入会拒否に対しての中上健次さんの同協会退会のことについては「1990年8月」の項を参照。▽和田芳恵さんは一九七七年十月五日、十二指腸潰瘍のため東京都大田区の自宅で死去。七十一歳。▽芝木好子さんについては「1991年3月」の項の追記を参照。

吉行淳之介の視界——1994年2月

「私たちの年代は、一生のうち二度、死について全力で考えなくてはならなかった」。野間文芸賞・受賞作日野啓三『台風の眼』に対して選考委員の一人、吉行淳之介さんは「感想」と題した選評をそう書き出している。

『台風の眼』は腎臓手術後の日野啓三さんが、自分の人生の記憶に深く刻み込まれていることを描いた自伝的な小説だが、吉行さんは同じ戦中世代としての思いも重なってか、そのあとを「思春期・青年期にいる人間にとっては、ずいぶん理不尽なことだった。ぜったい逃げ道のない二度目の死は、六十歳を過ぎればすでに直面しているわけなのだが、追いつめられてみないと、本気に考えられないことが多い」と記している。

その選評が掲載されている「群像」（一月号）の刊行と同じころ、吉行淳之介さんの掌編小説集『夢の車輪』全編を収録した講談社文芸文庫『菓子祭・夢の車輪』が出た。タイトルが示すようにこの文庫には、『夢の車輪』以外の『菓子祭』や『赤い歳月』などからも、幾つかの短編が集められており、冒頭の短編「夢三つ」（『赤い歳月』）から最後の『夢の車輪』全編までが〝夢をめぐる短編集〟というようになっている。だが新しく編まれた文庫として全体を読んでみると、その夢の中からまた、「私たちの年代は、一生のうち二度、死について全力で考えなくてはならなかった」という吉行淳之介さんの選評の言葉が私には聞こえてくる。

人の精神の世界を性の深みを通して描く作家・吉行淳之介。そのような評価は全くその通りだが、吉行さんのそれだけではない部分、「私たちの年代は、一生のうち二度、死について全力で考えなくてはならなかった」という部分について聞いてみたいと思った。幸い同文庫「著者から読者へ」によると病気続きであった吉行さんが、七年ぶりに少し元気な状態を迎えたという。その吉行さんに『菓子祭・夢の車輪』について、夢について、そして、その二度の死を考えることについて聞いた。

「パウル・クレーと十二の幻想」というサブタイトルがついた『夢の車輪』は、十二の短編のそれぞれにクレーの絵がついた美しい本だが、少し大きめの判で百三十五ページ、絵入りという作りのためか、また出版が昭和五十八年の末のためか、あまり書評や年間回顧などに取り上げられる機会は多くなかった。講談社から刊行された吉行淳之介全集（全17巻別巻3）にも出版が全集刊行と重なったためか、同作は未収録。作品に幸運と不運があるとすれば、少し不運の部類に入る作品である。しかし、著者にとってたいへん重要な位置を占める作品であると私には感じられるのだ。

その単行本『夢の車輪』巻末には作中に添えられたクレーの絵の図版解説が付いていて、最後の図版として「Klee」のサインのない絵が置かれているのだが、まずこのクレーの絵について吉行さんはこう語った。

「この絵は図版解説にからんで意図的に入れたわけね。クレーが死んだときに（一九四〇年六月二十九日・六十歳）イーゼルに置いてあった絵で、だからサインがないんです。図版解説にも書いてあるけれど、グロテスクなユーモアを含んだ不気味さがあって、何か黄泉の国からのメッセージという感じを受けた。偶然、自分の仕事を見たらとにかくやらなくてはと思っていた『好色一代男』をやった。これはやり始めたら思いがけなく難しく、『好色五人女』が四とすれば、十くらい難しかった。それに『ヴェニス光と影』。これは沈む都。そしてこの図版解説を書いたら、黄泉の国からこっちを見ているという感じがしたんですよ。自分もだいたい六十歳に近い。ちょうど全集が出て、辻褄が合うなあと。その後もこんなに生きるとは思わなかったなあ。正直な話」

その単行本についていた図版は今回の文芸文庫には残念ながら無いが、絵が付いてない故の別な効用もある。クレーと吉行さんと言えば、当然代表作の一つ『砂の上の植物群』を思い浮かべる。自分も絵が付いているときはクレーの絵に引きずられて『砂の上の植物群』のことを思いながら読んだ記憶があるが今回読み返して別ないろいろな作品との関係が見えてきた。

「影との距離」という作品は「夢の中で、自分の姿が見えていることがある」と書き出されているが、これは『夕暮まで』冒頭の一章に若い女が主人公・佐々に、夢か現実か見分ける方法を教える場面の「たとえば佐々さんが見ている景色の中にね、佐々さんの顔か背中が出てきていたら、それは夢よ」という声に近く感じられる。また表題作「夢の車輪」は知り合いに贈ってもらったカマスの干物を焼いて食べ、「うまい」と思う場面から始まっているのだが、これも「慈姑《くわい》を擦りおろしたものを、焼海苔でくるんで、油であげる。昔それを食べて美味しいと思い……」という『暗室』の冒頭とやはり対応しているのではないだろうか。

さらにモーターボートを操縦して走っている場面から始まる「赤い崖」は、『原色の街』のモーターボートのシーンを思わせる……。勿論、各作品は全く別な作品となっているのだが、この『夢の車輪』が吉行作品の別な形での集大成ともなっているように思えてきたのだった。

「そうなんだね。やっぱり向こうに行っちゃっているわけよ。向こう側からこっちを見ている感じだよね。自分が読み返して、夢のいろんな形を書いているのだが、夢の外にもう一つある夢、覚めたつもりがまた夢、どうしても夢の袋が、ゴムみたいに厚くて現実に出ていけない、そういうことがあるでしょう。そういう夢のいろいろなタイプを書いていると思った」

昭和二十年八月九日。東大の図書館の前庭の芝生に仰向けになって夏の空を見ていると、白い蝶が風に巻き上げられてとめどなく舞い上がって行く。「蝶なんて、あんなに高く飛んでいいものだろうか」。ちょうどそのころ長崎に原爆が投下されていた。そんな書き出しで始まる「谷間」という吉行作品があるが、吉行さんは旧制静岡高校時代の友人を二人、その長崎の原爆で失っている。

「結構、そういうことって大きいんだよね。その連中は一人は評論家としてかなりの線までいけたと思うし、もう一人は戯曲をやっていたかもしれない。これも相当な才能を持っていた。勿論こういうものは分からないけどね。でもある程度は客観的にも当たっていると思う」

「谷間」という作品は、長崎の原爆では死なず、敗戦を跨いで生きた別な友人が戦後、年上の未亡人との無理心中に巻れ込まれ死亡する事件を描いているが、その作品をはじめ吉行作品のバックボーンには戦争というものを馬鹿らしいものとして、戦争の価値を認める側に決して与しまいという思い、戦争をロマンチックにとらえようとする動きに抗する思いが深くある。

「ほんと、戦争が無かったら、あの軍国主義の愚かな感じが無かったら、僕は小説を書いてないですね」

例えばその思いは昨夏、文庫化された短編集『目玉』にまで一貫している。「鳩の糞」という作品にはB29による東京への空襲が数多く記されているし、「鋸山心中」の最後は、海を見つめている主人公の沖の視界を戦艦が横切って行く場面で終わっている。そしてこの『菓子祭・夢の車輪』にも一見、夢とは関係ない「煙突男」という作品が置かれていて、ナチスのユダヤ人迫害の「水晶の夜」や阿部定事件を挟みながら、昭和五年、富士紡川崎工場で起きた事件を描いている。煙突の上に昇った若者が労働争議を応援するのだが、天皇のお召し列車がその近くを通過する時に、お目障りを心配して、急転、争議が解決に向かい、煙突男は一種の英雄となるという話なのだが、〝夢をめぐる短編集〟の中に、この短編がそっと置かれていると感じられた。

「『鋸山心中』の最後に房総半島で避暑をしていると沖を大きな戦艦が通って行くところ。あれはとても意識して書きました。でもそのことは、あまり指摘されませんでしたね。もう戦争を知らない世代が圧倒的だもんねえ。戦争に対する非常にロマンチックな、かっこいいものだというとらえ方は、劇画の影響なんかもあるのかなあ。でも実際にそこに身を置くとたいへんなんです。汚れたって風呂に入れない。頭の上に飛行機が飛んできて、爆弾を落とす。そういうマイナスのところが全部飛んじゃっている。そのことは随分昔から気にしていましたよ」

吉行さんの母、吉行あぐりさんにインタヴューしたとき、吉行さんが戦争で亡くなった静岡高校の友人たちの命日には必ず、故人の家を訪れていたことを明かされたことがある。その時にも「一生のうち二度、死について全力で考えなくてはならなかった」という吉行さんの思いに触れたのだが、そうやって友人を戦争を挟んで失ったことと夢の世界とは吉行さんの中では関係があるのだろうか。

「うーん。少なくとも意識的じゃないですね。『暗室』の中に書きましたが、昭和二十年代なんか、戦車が自分の上を轢いていったりね。寝入りばなにそういう夢を見た」

そしてかつての友人の死が吉行さん自身にとって、次第に現実のものになって行くのだが、その過程で二つの重要な揺らぎが吉行さんにあったと思う。

その一つは『鞄の中身』に収められたいくつかの作品を書いている時期に起きた。吉行さんはデビュー以来、「からだ」という言葉を必ず「軀」と表記してきたことで有名な作家だが、そのころ雑誌掲載時に「からだ」を「躰」と記すということがあった。驚いて『鞄の中身』の単行本刊行を待つと、そこでは「軀」に戻っていた。そしてもう一つはそれより少し前、『暗室』を書き上げた後あたりから、それまでの緊密な書き方を変えて、ぐだぐだと書くのだと発言していた時期があった。

「『湿った空乾いた空』がそうなんだ。横道また横道というぐだぐだなんだけれど。ところが割に整然としているんだよ。その横道が。軀という字はかなり元気じゃないと書けない。あれはやっぱり体調なんですよ。本にするときは前から使っていたんだし、こういうものはまだいいなあと思ってオートマチックに直していったんですね」

それ故か、『湿った空乾いた空』だけが吉行さんの長編では例外的な結構を持った作品となり、その「躰」も「ぐだぐだ」も一過性の揺らぎで終わった。

だが、その揺らぎを経て、戦中、敗戦直後の友人の死が自分の現実の死として、より接近してくる。戦争があり、友人の死があり、それゆえに自分が作家になったかも知れぬ、その死が自分の目の前に近づいてくる。作家として吉行さんは、そのこととどうやって折り合っていくのだろう。そういう中で書かれたのが『夢の車輪』なのだ。

カマスの干物を焼いてひとりで食卓に向かうと、部屋の入り口から大きな車輪が一つ、ゆっくり回転しながら入ってくる。半透明の白い車輪はじつに緩やかな回転速度で近づいてくる。食卓を轢き、魚を轢き、箸も轢いて通り過ぎていく。後には畳のひろがりが残っているだけで食卓も箸も干物も消えていた。

そうやって始まる表題作「夢の車輪」。怪我をした手が腐爛し始めると、刺激臭が漂い、腐蝕されていくような痛みが走る。そのとき、路地にまた夢の車輪がゆっくり現れるのだ。

「車輪がきてくれた」。よろこびの声で叫ぶ。夢の外にまた夢があり、夢から醒めても、夢の車輪の残像に安堵を感じる。このまま日常生活の中に戻れるな。しかし、また恐怖がされば、「いつもの暮らしに戻るのか」という気になってくる。

この『夢の車輪』を読んだとき、言い知れぬ感銘を受けたことをよく覚えている。それは日野啓三さんの『台風の眼』への選評の言葉を借りれば「一生のうち二度、死について全力で考えなくてはならなかった」吉行さんが、「ぜったい逃げ道のない二度目の死」と作家として見事に拮抗して、折り合っていると感じられたからだ。そこには自分の老いや現実に迫りくる死というものに向かい合いながら自分の世界を拓き、深刻という混乱に陥らず、靭くて、広い、不思議な感触があった。

それはどこからやってくるのだろう。私に届いたその答えは吉行さんが静岡高校時代の恩師岡田弘氏に触れて語った言葉の中にあった。

「岡田先生が芸術というのは最終的には楽しみながら書くのが一つの境地だと言っていた。そんなことできるのかなあと思っていた。確かにピカソのエロチカなんか楽しみながら描いている。でもその分だけ少しボケている。これはいろいろ手を入れるのはやっかいな作業だったが、どこか楽しさがある。先生が言ったような形で書いているなあと思ったこともあります」

　楽しみながら死と折り合う。それは並大抵のことではない。久しぶりにお元気そうな吉行さんに、もう少し小説を書いてくださいと言うと、「いやもういいでしょう」「でも、またそんな具合に書きたいと思ったら書きますよ」。「作家である前に人間である」がモットーの吉行さんらしい返事だった。


（追記）

　吉行淳之介さんは一九九四年七月二十六日、肝臓癌のため東京都中央区の病院で死去。七十歳。▽日野啓三さんについては「1991年1月」の項と、その追記を参照。

野間宏のコスモロジー――1994年3月

「あのキッスの描写だって大阪のキッスですよ」――一月二十二日午後、東京・神楽坂の日本出版クラブで行われた「野間宏の会」（代表幹事木下順二）主催のシンポジウム「野間宏のコスモロジー」での中村真一郎さんのそんな発言に、超満員の会場がどっと沸き返った。声をあげて笑う者、拍手する者。でもその後に、ほとんどの者がなるほどという表情をしていた。

〝あのキッス〟がなぜ大阪のキッスなのか、そのことがとても面白かったので、まずそれを紹介したい。〝あのキッス〟とは勿論、「肉体は濡れて」冒頭近くの長い長いキッスシーンのことだが、昭和二十年代の新聞の切り抜きをみても、延々と続く〝あのキッス〟に「読者はみなあきれた」と書いてある。筑摩書房版「野間宏全集」でも主人公たちの「四枚の唇と四つの掌《てのひら》とで」接吻が始まり、二人が離れるまでが、二段組にもかかわらず四ページにもわたって続いている。

さて、〝あのキッス〟がなぜ大阪のキッスなのかの答えに到るまでには少し説明が要る。それはシンポジウムの途中で中村さんが、「ひとはあまり言わないんだけど、野間の小説は大阪人の小説だよね」とふと漏らしたのが、きっかけだった。

「つまり野間の日本語は、大阪の言葉でね。僕みたいに東京育ちの人間が読むと、大阪の人が読むほどには十分わからないのじゃないかという気がする。僕なんかが読むと野間の小説の男も女も非常に大阪っていう感じ。そういう肉感的な読み方もしないとね。あんまり抽象的にばっかり読んじゃうと、野間が一所懸命書いているところが飛んじゃうと思うんだ」

親鸞から環境問題、円相場、分子生物学、最期までかかわり続けた狭山事件。そんな野間さんのグローバルな人間像に共感をおぼえる多くの参加者に対して、この日、中村さんはそうではない野間作品の読み方を繰り返し語っていた。

「野間が苦しみ考えたことを全部忘れて、野間宏という名をも忘れて、野間の書いたものだけを読んで、小説として面白いか、果たして人生のある真実なり、美なりが出ているかどうかという読み方をしなくては。どんな高級な理屈があっても面白くなければ小説じゃないんですから。そう読んでやんないと、野間が可哀想なんじゃないかという気がしているんです」

だから、「大阪人の小説だよね」「抽象的じゃなくて、肉感的な読み方を」という発言もそういう延長上にあった。野間さんの表現が大阪的であることは未完の大作『生々死々』の巻末解説で篠田浩一郎さんも触れてもいるのだが、ところが、この日の壇上には中村さんの隣に小田実さんが座っていて、〝大阪のことなら、私に〟と話が進んで行ったのだ。ここからの展開が面白かった。小田さんいわく。

「大阪の作家の特徴はやたらに説明しますよ。東京の作家は傲慢で〝彼は六本木よりも、新宿が好きなタイプだ〟と平気で言うでしょう。よく言うよと思う。大阪の作家は何でも説明せんといかん。みなさん〝あの人は上六より今里が好きなタイプだ〟なんて分かりますか。分からないでしょう。そうすると上六が何であるか、今里が何であるか延々と説明しなくてはいけない。宇野浩二がそうです。織田作之助がそうです。延々と書いています。私もそうです。『細雪』を読むと非常に面白いのは主人公たちが大阪にいるときは谷崎がものすごく詳しく書いてます。ところがその一族が東京に出てくるとものすごく簡単に書いてありますよ。〝日本橋を曲がって〟なんていうので終わり。でも織田作なんか、ここをこう曲がって右に行って左に行って、そこに何があると書いてある。だって一所懸命書かなくては分からないもん」

小田実さんの話は、ついでに東京のテレビの〝傲慢さ〟にもおよび、「ニュースキャスターが出てきて、あーがどうした、こうしたと言うでしょう。久米宏はまだ買います。彼は地図を出して、〝六本木はここにあります〟とちゃんと説明するでしょう。久米はまだまし。筑紫（哲也）は全然だめよ」

さらに続けて「ところが鹿児島の作家はどうせ分からへんと思うから説明しない。でも大阪の作家は愛国心に燃えているのかしらないけれど、やたら説明する。野間さんも延々と書く。そういうトポスをものすごくやるのが、大阪の作家の一つのタイプ。その延々と書く癖がほかのときにも、うつってしまって大阪の作家はやたらにくどい」

その時だった。「あのキッスの描写だって大阪のキッスですよ」という発言が出たのは。

その見事な合いの手に私も笑いながら、なるほど開高健さんの『日本三文オペラ』にもそういう感じがあるし、野坂昭如さんもそうかな、と頷いていた。

そんな「野間宏の会」は三年前の一月二日に亡くなった野間宏さんの文学や思想を受け継ぐために昨春発足。会員は昨年末までで二百二十人。熱心な会員が多く、同日も広い部屋に椅子をすべて並べても座りきれないほどの参加者だった。大阪のキッスばかりでなくほかにも面白いことがたくさんあったので、以下それを報告したい。

シンポジウムではまず木下順二代表幹事の挨拶の後、中村真一郎、小田実両氏が基調講演。

野間さんが亡くなったとき、「戦後の世界における代表的な作家だ」と発言した中村さんは作家というのは宗教家、哲学者、歴史家の役割を含んだ総合的な存在であり、すべてのものを引き受けて表現するのが作家であることをまず述べた。第二次世界大戦の前には、ジョイスやプルースト、トーマス・マン、ドス・パソス、フォークナーたちがいたが、戦後は時代のあらゆる問題を引き受けて表現することに苦心した世界的な作家は数えるくらいしかいなくなってしまった。サルトルは欲張っちゃった割りにはやりそこなったし、アラゴンは共産主義の理論に引きずられて自由を失ってしまった。フェンテスなど南米の何人かを除いて、野間宏のようにやってきた人は数えるくらいしかいない、と語った。

そして、そのような全体小説を書くうえで最も難しいことは、「常に新しい問題が生まれてくることです。しかもいろいろな問題が提出する世界観に関連性が見えず、非常に矛盾がある。そのようなことを表現しようとするには新しい表現が必要になる。野間は『生々死々』の中でその新しい表現のためにジョイスの『フィネガンズ・ウエイク』と同じくらいの言語的な冒険をやっている。それもジョイスの場合は現実から全く遊離した純粋芸術の戯れにしてしまったのを、野間はそれをもう一度人生の真ん中に引きずり戻すという驚くべきことを、現代の日本語という出来上がってからまだ百年しかたっていない言葉で表現しようとしている。いろいろな問題を比喩で繋いで生け捕りするという不安定な小説は日本の作家が誰もやってない試みだ。野間の提出した社会的な問題だけではなくて、芸術家としての野間がやろうとしたことを読んで、そこからもう一度、日本の文学、人類の文学の脱出口を見つける義務が我々にあるのではないだろうか」と語った。

中村真一郎さんの発言には、一方で現代の文学状況への強い不満があるようだ。

「現在流行の小説は現実に対して部分的な接近をしていて、部分的接近ゆえに小綺麗に仕上がっているものが多い。日本の文学も折角、戦後派がみんな一生かかって大きな川の流れまで引っ張り出したと思ったのにまたちっちゃな小川のせせらぎの方に持って行こうとしている。いったい我々の人生は無駄になっちゃったのかという義憤を感じているんですね。野間が世界的な一流作家だと僕が言うのは現在の文学状況に対する非常に強いプロテストの意味を含んでいるんです」とも語った。

雑誌「群像」に野間さんの「生々死々」と並んで、七千枚の大作『ベトナムから遠く離れて』を延々と連載したこともある小田実さんは野間さんの小説世界について、「全体小説のコスモロジー」というタイトルのもと、このように語った。

「野間さんは人間をとらえるやり方として『心理的』『社会的』『生理的』の三つを言っているが、私は野間さんとの付き合いの中で『生理的』な面を付き合ったと思う。『全体小説のコスモロジー』とつけたのは彼はコスモロジーというものがあってそれを作ったのではなくて自分の内面的な欲求を追求して行くうちにコスモロジーに到達したのだと思うからだ。環境問題にしても生理的な問題を追求していった時に、人間は否応無しに排泄をする。そこから環境問題に突っ込んでいった」

現在、ニューヨーク州立大学客員教授として「日本学」を教えている小田さんは、島崎藤村の『夜明け前』を教えることにしているという。その『夜明け前』とも関連させて野間文学について語った。「『夜明け前』は日本の優れた全体小説だと思う。でも『夜明け前』にはトータルなものとしてのコスモロジーがまずあって、それを作っていったのだと思う。野間さんは自分の中にあるいろいろなものを全部引き出していくことで、書いていったんだ」

自分の生理を追求する側から野間文学を見る小田さん、野間作品の肉感的な面も見ようとする中村さん。両氏の思いにどこか通じるところがあった。

続いて文芸評論家の紅野謙介さんの司会で行われたパネルディスカッションでは、中国人で日本文学研究家の夏剛さんが『東西南北　浮世絵草書』で日本文化の聖と賎、江戸近代説、環境問題の三枚の刃が一枚の刃になることや、「生理的」「心理的」「社会的」として人間をとらえる考え方など三極構造が野間文学の特徴にあることを指摘、「この三という数字は仏教好みの数字です」と付け加えた。

さらに一九五七年生れの若い文芸評論家として戦後派文学を論じた『戦後文学のアルケオロジー』という著書も

ある富岡幸一郎さんが中村さんの発言を受けるような形で、「中村さんのおっしゃる通り、今の小説は日本語、母語というものに非常に透明に平板になっている。言葉の実験なり、その格闘なりが忘れ去られている。一種の鎖国状態のようなところで文化や文学が語られている」と述べた。

そして「野間さんは『東西南北　浮世絵草書』の中で日本の近代文学の出発点を二葉亭四迷と北村透谷のところに置くことによって、現在の日本文学は細い谷間に身を置いているのではないかという問いかけをやっている。野間さんは近代文学の出発点を江戸期まで遡行していく。『生々死々』など野間さんはそういう考えのもとに言葉に対する攪拌をたくさんやっています。しかもそれが江戸回帰、物語回帰には決してならない。野間さんの場合には、江戸文芸への見方と西洋的なものとの非常なぶつかり合いがあって、透谷に対しても二葉亭に対しても否定しているのではなくて非常に両義的です。それが野間さんの歴史意識じゃないかと思う」

その歴史について、「私たちの持っているDNAの中にも長い歴史が入っている。そのことが今、分かってきたんです。今こそ、野間さんと話したいと思う」と語ったのは、野間さんの分子生物学の先生だった生命誌研究館の副館長の中村桂子さん。さらに卓抜な職人芸の語りで野間さんの魅力を表現した俳優の三国連太郎さんと、実に楽しいシンポジウムだった。なかでもざっくばらんに、でも熱を込めて語る中村真一郎さんの姿が私には印象的だった。

その翌日。昨年一月二十二日に亡くなった安部公房さんを偲ぶ会が調布市の安部さんの自宅であった。安部さんの死の八カ月後に安部真知夫人も急死しており、一人娘のねりさんがその会の案内を出していた。そのねりさん一家が偶然、私の隣の家を借りて、隣人同士となったという関係から案内をいただいたのだが、その会もまたフランクで楽しい会だった。

その帰途、野間宏さんの光子夫人と一緒に電車で、都心に向かうということがあった。野間さんと安部さんは昭和二十二年に「夜の会」を埴谷雄高、佐々木基一、花田清輝たちと結成しているが、その二人の交友ぶりを聞いてみた。

「安部さんところのねりさんとうちの次男がチャンバラをして剣を合わせている写真もありますよ。この間、資料を整理していたらAA作家会議かなんかに参加した後の旅行で、みんなが肩を寄せ合うようにして写っている写真も出てきた。安部さんも若いし、野間も若い……」

そんな光子夫人の話を聞きながら、あのシンポジウムの楽しさの理由がなぜか分かるような気がしてきた。

中村真一郎さんの大作『四季』四部作が完結したとき、野間宏さんが実作者のみに可能な、また長年中村さんの展開を見守ってきた者のみに可能な、周到な批評を書き、そのことへの深い感謝の念を中村さんが「野間宏作品集」（岩波書店）の月報の中で記していたのを読んだことがある。中村さんもまた実作者のみに可能な、長年、野間さんの展開を見守ってきたもののみに可能な言葉で野間さんについて語っていたのだ。

（追記）

野間宏さんは一九九一年一月二日、食道癌のため、東京都港区の病院で死去。七十五歳。▽野間光子さんは二〇一二年八月二十五日、老衰のため東京都足立区の病院で死去。九十三歳。▽中村真一郎さんは一九九七年十二月二十五日、急性呼吸不全のため静岡県熱海市の病院で死去。七十九歳。▽小田実さんは二〇〇七年七月三十日、胃癌のため東京都中央区の病院で死去。七十五歳。▽木下順二さんは二〇〇六年十月三十日、肺炎のため東京都文京区の病院で死去。九十二歳。▽開高健さんについては「１９９０年２月」の項を参照。▽埴谷雄高さんについては「１９９０年11月」の項の追記を参照。▽佐々木基一さんは一九九三年四月二十五日、多臓器不全のため東京都新宿区の病院で死去。七十八歳。▽筑紫哲也さんは二〇〇八年十一月七日、肺がんのため東京都中央区の病院で死去。七十三歳。

創作学科の実り——1994年4月

「驚くほど、はやりすぎであるとも言えるほど、人気のあるコースです。映画やテレビなど、これほどまでにビジュアル・メディアにどっぷり浸かっているアメリカという国でこんなにも人気があることは不思議議です」

現代アメリカ文学を代表する作家の一人で、自分の母校のジョンズ・ホプキンズ大の創作学科（クリエイティブ・ライティング・コース）の教授でもあるジョン・バースさんが四年前の春初めて来日した際、彼をインタヴューしたついでにアメリカの作家にとって大学で小説などの書き方を教える創作学科はどんな位置を占めているのか、質問してみたことがある。

どこの国に行っても似た質問を受けるらしく、少し微笑みながら、バースさんはそのコースの人気ぶりをこのように紹介してくれたのだった。さらに、そのプラス面とマイナス面に触れて、こんな風にも語った。

「実際に、本当の作家になる人はほんの数えるくらいしかいない。でも、〝情熱的なアマチュア〟という言い方がいいと思うが、彼らはそういう存在です。ピアニストになるというのではなくて、音楽を知りたいから教養としてピアノ科に通う学生もあると思うんですが、それと同じように、小説なり詩なりをどうやってつくるのかということに対する洞察力を自分の中に深めていくということで、最終的にはよい読者になり得るわけです」ということだった。

さらにその年の冬になって、今度は亡くなったレイモンド・カーヴァーの夫人で詩人・小説家のテス・ギャラガーさんが初来日。カーヴァーと共にシラキュース大の創作学科で教えていたギャラガーさんにも創作学科のことについて聞く機会があった。

「変なことですが創作学科というのは他の文学の学科なんかより、ずっと元気があって、生き生きしている。いい学生が創作学科にくるので、ほかの文学科と創作学科の間には少し摩擦もあるほどなんです」とギャラガーさんもやはりこの学科の人気ぶりを語った。

日本でも早稲田大学の文芸科や日本大学の芸術学部に創作学科に相当するコースがあることを私もバースさんたちに紹介したが、アメリカのようにいくつもの大学に創作学科があるわけではないことも付け加えた。

しかし、ギャラガーさんにインタビューしてまもなく早大文芸科出身の小川洋子さんが第百四回芥川賞を受賞。その直後に小川さんから文芸科進学の動機などを取材しながら、日大芸術学部出身の吉本ばななさんの活躍や近畿大学文芸学部の教授として大阪に移った後藤明生さんや大阪芸術大学文芸学科教授になった小川国夫さんのことなどが脳裏に浮かんできて、日本でも創作学科が新しい展開の時期を迎えつつあるのではないかという思いを抱いた。

その後、東海大学では昨年から辻原登さんが創作指導する授業も始まった。さらに今春からの新しい展開に向けて準備中の後藤明生、辻原登両氏にその現状を聞いた。

近畿大学の文芸学部は一九八九年四月に日本文学科、英米文学科など四学科でスタート。そのうちの日本文学科の「創作」科目が必修になっている。散文創作は後藤さんが、詩歌を塚本邦雄さんが教えており、卒論は論でも創作でも可能だ。

昨春、初の卒業生を出したが、さらに同大学では現在、創作コースも含んだ大学院の四月からの設立に向けて文部省に申請中。計画では大学院の中に日本文学科、英米文学科、国際文化科をつくり、日本文学科の中に創作評論研究というコースも設ける。修士課程同コースの専任の教授には後藤明生と高橋英夫、兼担教授に柄谷行人、野口武彦、客員教授に島田雅彦の各氏という布陣を考えている。もし大学院の設置が認められれば東大や早大からそこに進みたいという学生もいるようだ。

文芸学部長でもある後藤さんはこの間、創作に挑む学生達と教育現場で接触してきて、その弱点と可能性をこう見ている。

「今の若い人は一人ひとりの表現力は豊かなんです。しかし自分の散文の文体を作れない。ナルシズムに陥ったりロマン的になったり、メルヘン的になって、変にメッセージが前面に出てきたり、ヒューマニズムに結局なってしまう場合が多い」

その原因には、散文の持っている批評性の欠落があるのではないかと、考えているようだ。

「昔、文学が持っていた悪の部分がファンタジーのような遊びになってしまって物語がメルヘン的になっていて、それをフィクションだと思っている。〝あれを言うためのこれ〟という散文の批評性としての仕掛けであるフィクションが単なる遊びのようにとらえられている」

だが勿論、才能のある学生も登場していて、後藤さんのゼミの今年の卒業生の中には、「新潮」の学生小説コンクールの二次選考をパスした作品（狭間郁「微笑む扉」）も出ている。

「彼女の作品は一種のサイボーグ的な文体で、いろいろな知識を人工的に詰め込んで比喩的につないでいく文体です。でもこの学生のよいところは、どこか笑いがあるんです。サイボーグなんだけれどロマン派になれない。どこか自己パロディー的なロマン派というか。笑いがあるということは散文の批評性があるということです。笑いがあるかどうかということが、いま新人が出る基準になると思う」

創作評論研究コースの修士論文では創作はやらないという計画で、論も重視している。そこには「書くことと読むことは千円札の裏表」という〝千円札の文学理論〟を持つ後藤さんらしい考えが反映しているようだ。

「学部の学生に才能だけで書くのはよくない。読んで書くのだという創作方法を徹底させてきた。大学院でも勿論、創作をやらせるけれど、修士論文では創作はやらせない。結果的に作家が出てもらいたいと思うし期待してるが、作家を作るための修士課程ではない。創作理論を現役の作家・評論家をスタッフにしてやることで、文学というものを批評的に、理論的に考えていく学生がこのコースから出てくることになればと思う」

さらに後藤さんは「日本文学を支えているのは読者という批評家だと思う。日本文学は読むという読者のレベル、質によって支えられている。このコースを出てもほとんどは作家にはならない。でもそういう人たちによって読まれているということが日本文学を向上させると思っているんです」と強調した。

一方、東海大学では新入生に論文などの書き方を教える「文章作法」という科目があったが、さらに芸術的な文章を創作させる「文章作法Ⅱ」を昨年四月にスタート。辻原登さんを講師に招いた。

「結構、面白かったですよ。中には書きたくてうずうずしているという連中がいっぱいいたんですけれど、書くことより、まず読むことだと思って、前半はマルケスの『予告された殺人の記録』を読みました。今の人達は書くことより、読むことの方が駄目なんです。我々は黙読するときも実は内心の声を出しているはずだ、だから読む楽しみを身につけるにはまず聞く喜びから入ろう、そう学生に言ったら、最初はきょとんとしていました。でも『予告された殺人の記録』を一章ずつ僕が読んで、さらに講義するというスタイルに加え、作品の映画化も観て、活字と映画の表現の違いなども考えたりしてみたらその楽しさが分かってきたようです」

そして、夏休み前には盛りだくさんな試験も実施。さらに夏休み中に噂をテーマにショートショートを書いてくるように命じた。参考として学生に渡した資料を見せてもらったが口裂け女から遠野物語までよく行き届いたものだった。

「九月に集めたら百四十一人中、百三十八人がちゃんと書いてきたんです。それをすべて真っ赤に添削して、次の週に返した。忙しかったですね。それをもとにもう一度書き直させて、十グループに分けて、グループ内で相互に批評をさせた。そこでもう一度、書き直させた。今の若い人は意外と文章になっているんですよ。驚きでした」

授業は受講者百四十一人中、一年間の平均出席人数百三十七人という驚異的な高率で大好評だったようだ。三月にはそのほぼ全員が創作した作品を集めた文集『「うわさ」コレクション——悪魔の戯言・天使の囁き——』が学内の非売品ながら本になる。さらにこの四月からは「文章作法Ⅱ」に加えて、一歩進めた「言語芸術学文芸ワークショップ」という科目を二年生対象に二クラス（一クラス約三十人）オープン、それもすべて辻原さんが直接教えるという。

「創作学科はまだまだこれからのことですが、やるなら僕も真剣にそこまでを考えた方がいいと思っています。一年間付き合ってみると、学生たちの手ごたえは確実にあります。マルケスはすごく面白がっていましたし、〝『親指P』が面白いよ〟と言えば、次の週には〝先生、『親指P』買いました〟という学生がいます。一年生が大人になっていくのが分かります」

実に情熱的な教師像が目に浮かぶが、こんな理由も。

「僕の父親が教師だったので、何かを教えるという癖は父親譲りですね。教えるということに対して、一種、言いようのない興奮があるんです」

さらに。「活字にして本を出すだけだと、自分の作品だけじゃないですか。あとは批評家の人がなんか言うくらい。でもここではまるごと伝達できる。漱石なら漱石がそのまま伝達できるという感じなんです」

辻原さんの情熱的な話を聞いているうちに思い出したジョン・バースさんやテス・ギャラガーさんの言葉がある。それらを紹介しよう。

「テクニカルなところで脱構築とか、構造主義とか、フェミニズムとか言うのではなく、私自身は、なぜこのセンテンスが素晴らしいのか、このメタファーがどういう形であるのか、この短編がアートとしてどこに価値があるのかということ、そういうシンプルなことを教えたいと思っている。その意味でナボコフほどいい先生はいない」

創作学科での授業方針について、そう述べるジョン・バースさんは「自分は作家になろう」と決めた日のことをよく覚えている。バースさんがジョンズ・ホプキンズ大の学生だったときスペイン語の教師だった、詩人のペドロ・サリナスが『ドンキホーテ』のことで学生達に質問をした。「ドンキホーテがキホテスコ（現実と幻想の区別がつかなくなる状態）になる一番初めのところはどこか」と。

「フランコの専制から逃げて来たその先生は金歯を光らせていつも大きな葉巻をくゆらせていた。私はものを書く実物の創作家をみたのはその先生が初めてだったんです。エキサイティングで知的で楽しい先生でした。そのときは先生の質問にいろんな人がいろんなふうに答えた。私としては、まだ小説の初めの方の、この部分だと思いますと答えた。すると先生が、葉巻の灰が長くなっちゃって、もうほとんど私の目の上に落っこってきそうなのに、かまわず私の机の上にぽこっと座って、そうなんだよ、お前。このドンキホーテが一番最初にキホテスコになるのを知っているのは、この世に三人しかいない。一人は私の知らないスペインの有名な評論家の名を先生は挙げた。もう一人はこの自分で、そして最後の一人は、それはお前だよと言ってくれた。そのとき私は作家になろうという決心をしたんだろうと思う」

ギャラガーさんが伝えるカーヴァーも過去にたくさんの素晴らしい先生に出会ったようだ。

「彼は自分の出会った先生である作家たちをとても尊敬していた。ジョン・ガードナーはカーヴァーの一文一文を見てくれた。だから彼はそれと同じように学生の一文一文をみてやっていた。たくさんの宿題を彼らに出し、彼らが何を考えているか、よく耳を傾けていた。そして彼らの書いたものをただ回し読みするというのではなく、チェーホフを読ませて、それを話合うという場も持っていた」という。

カーヴァーの教え子としては『ブライト・ライツ、ビッグ・シティ』で知られるアメリカの若手人気作家ジェイ・マキナニーが有名だが、彼にも創作学科の師としてのカーヴァーについてインタビューしたことがある。（「1990年1月」の項を参照）

そのカーヴァー評は「彼と最初にあったころは、私はニューヨークでクレージーな生活を送っていたんです。彼は自分の隣の部屋にアパートを見つけてくれ毎日書けるようにしてくれた。そして非常に鼓舞してくれた。彼自身が身をもってどういうふうに在るべきかを教えてくれた。彼は本当に彼なくして、今の私はない。恩師であり、恩人です」というものだった。

これらのアメリカの作家たちの言葉からは、作家から作家へと直接、受け継がれていく、クリエイティブ・ライティング・コースの本質的な全体性のようなものが伝わってくる。現役の作家や評論家が自分の創作時間を削って、教育にかかわることは簡単なことではあるまい。いま拡がりつつある日本のクリエイティブ・ライティング・コースの動きも、その困難を乗り越えてこのような豊かな結実を我々の前にみせてほしいと思う。

（追記）

後藤明生さんについては「１９９０年５月」の項と、その追記を参照。▽塚本邦雄さんは二〇〇五年六月九日、呼吸不全のため大阪府守口市の病院で死去。八十四歳。▽小川国夫さんは二〇〇八年四月八日、肺炎のため静岡市内の病院で死去。八十歳。

モデル小説と裁判——1994年5月

二年前の女流文学賞を受けた稲葉真弓さんの『エンドレス・ワルツ』が民事裁判に巻き込まれている。

『エンドレス・ワルツ』は作家で女優だった鈴木いづみ（本名いずみ）とジャズ界の異端児で伝説的アルトサックス奏者・阿部薫の二人の出会いから、一九七八年阿部薫の薬中毒による二十九歳の死を経て、八六年の鈴木いづみ三十六歳の自死まで、その凄絶な生の軌跡を描いた実名小説だが、昨年二月二十三日モデルとなった鈴木いづみさんの遺族からこの作品によってプライバシーを侵されたとして稲葉さんに慰謝料一千万円を請求する民事訴訟が起こされた。

この訴訟の原告は鈴木いづみ・阿部薫夫妻の長女（現在十八歳）が原告で、鈴木いづみさんの弟の鈴木秀秋さんが原告後見人となっており、訴えられたのは稲葉真弓さん。出版した河出書房新社は訴えられていない。

訴状などによると、原告側の主張は次のようなものだ。まず同作品は主人公（鈴木いづみ）が薬漬けとなり、多くの男性と関係を持ち、子を産んで自殺を遂げるありさまを主題としていて一般社会人を標準とした場合、強い不快の念を抱く、としている。さらにフィクションの部分があったとしても読者は事実とフィクションを区別することはできず、すべてを事実ととらえる可能性があると述べ、これは原告や原告の父母の社会的評価を引き下げ、原告自身が好奇心の対象とされる可能性を帯びることであり、原告のプライバシーを侵害している。

これに対して被告稲葉真弓さん側は『エンドレス・ワルツ』のテーマは一九七〇年代という時代と東京という都会を背景として、強烈な個性を有する若い男女が純粋にお互いを求め、衝突もし、激しく燃焼する、その幸福・緊張・葛藤を通した二人の凄絶かつ真摯な生き方にあること。俳優・作家であった鈴木いづみさんが著書や雑誌インタビューなどで、主人公二人と原告をとりまく一連の出来事を自ら公にしており、実名を隠す意味がないほど広く知れ渡っていたこと。かえって仮名にすると純粋性が失われ、かつ読者のモデルに対する興味を引くだけの通俗的なモデル小説に堕ちてしまうことなどを主張。

さらに公刊の資料に基づいて事実を比較的忠実に描いておりそれを歪曲誇張した描写はしていない。それゆえに暴露的、覗き見的な作品でないことは明らかで、第三十一回女流文学賞の受賞作としても高く評価されていることなどを述べている。

この裁判は今年に入って、一月二十八日に原告後見人であり鈴木いづみさんの実弟鈴木秀秋さんの証人尋問が行われ、さらに三月十一日には、被告本人の証人尋問で稲葉真弓さんが証言台に立ち、執筆の経緯や動機、主題などについて証言したばかりだ。稲葉さんから『エンドレス・ワルツ』執筆の経緯、裁判のことなどについて聞いた。

阿部薫一九四九年五月三日生まれ、鈴木いづみ同年七月十日生まれ、そして稲葉真弓一九五〇年三月八日生まれ。つまり学年でいえば稲葉さんは鈴木、阿部両氏と全く同世代で、あるとき自分と同世代の二人の生の軌跡に触れて心底驚いたようだ。

「『阿部薫覚書』（一九八九年出版）を読んでショックを受けたんです。阿部薫と鈴木いづみのことについて、それぞれのことは別々には少しずつ知っていたのですが、それまで二人が夫婦だったことも知らなかった。凄絶な二人の関係の一部が『阿部薫覚書』に書かれていて、それを読んだとき自分の同世代にこんな剥き出しな生き方をした人がいたんだなあと本当に驚いた。私たちの世代というと、何かシラケ世代みたいな、言わば人間関係がつるつるの時代に入っていく時代の入り口にいる世代の感じで、小説を書いていても、人間がなかなか立ち上がってこない状況があった。でもこの人たちの関係を知ったとき、立ち上がるも、立ち上がらないも、そこに何か、ぐあっとあるものがすごい迫力で見えた。脳天を何かで割られるようなショックを受けました」

川崎・京浜第一国道のグリーンベルトの中で周囲の車に負けない音を出して練習したアルトサックス、即興の一回性にかけたフリージャズ、セリーヌとボリス・ヴィアンの愛読者、薬中毒でステージをしばしばすっぽかす……阿部薫。一九六九年ピンク映画の女優、同年「ボニーのブルース」で「小説現代新人賞」候補、翌年「声のない日々」が「文學界新人賞」候補……鈴木いづみ。その二人の出会い。さらに口論からの鈴木の左足小指の切断。ブロバリン九十八錠を飲んでの阿部の死。二段ベッドにパンストをかけての鈴木の自死。そんな激しい二人の生の中にある、社会からより孤立した世界の追求に稲葉さんは強いインパクトを感じたという。

「阿部薫の演奏するCDを聞いていても、音はとぎれとぎれで、メロディーなんかない。もう音が孤立している。鈴木いづみの方もドラッグにしても、阿部薫との暮らしにしても、すごい個と個の向き合いなんです。ヒッピー文化や学生運動のような当時の若者が社会と向き合う形もあった時代ですが、むしろそういうものから切れて、社会がどうであれ関係ないという、本当に孤立した世界を選んでいるのだなあという印象を持った。〝絶対的な愛〟と言うと綺麗ごとの感じを受けるかもしれないが何か痛ましい。もっと社会と折り合いをつけるとか、緩んだ部分があったら、あいう死に方をしなかっただろうに。生真面目で不器用というか、最後まで自分を突起物にしてしまって生きた人たちで、自分たちが突起物であるという自意識、自我がすごいと思ったんです」

そうやって鈴木いづみ・阿部薫に興味を持って鈴木いづみの著作や二人の資料を集め出し、二人が出入りした店や二人の友人知人たちを取材しながら稲葉さんは『エンドレス・ワルツ』の構想を練っていったようだ。

「自伝的と言われている作品『ハートに火をつけて！』など彼女が自分の男性関係も含めて随分書いているわけですが、それがその通り自伝的であるかどうか、当時の彼女と阿部薫の関係を知る人たちから聞いて押さえておきたかったし、私自身は一九七六年に東京に出てきた人間ですので、当時の東京の文化、ジャズ、新宿という街のたたずまいとかを二人の近くにいた人に聞いておきたかった。驚くほど、鈴木さんは生のまま自分のことを書いていました」

書いているときは「集中して熱に浮かされて顔が歪むほど」に打ち込んだこの作品が女流文学賞を受け、読者からも好評で迎えられるのだが、昨年二月突然、通知書と一緒に訴状も入った手紙が稲葉さん宅に届く。

「びっくりしました。あの作品で使った内容は、既に世に出ているものなんです。鈴木いづみさん自身が書いて発表したり週刊誌の対談とか。それに、いろいろな人が既に活字で発表しているものです。私が新たにすごい事実を暴いて書いたという作品ではないんです。基本的なことはすべて事実です。鈴木さんが足の指を切ったとか、性的な関係を何人もの男性と持っていたとか、阿部薫がブロバリンを飲んで死んだとか……」

この作品では語りが「私は」という一人称で主人公の

内面を表現しているが、この点が『エンドレス・ワルツ』をある熱度をともなった成功作に導いた理由の一つでもあるし、一方では原告側にとって、それが持つリアリティーが、書いたことを事実と読者に思わせると主張するところでもある。

「三人称で評伝風に書くことも考えましたが、彼女の痛ましさみたいなものを描くのに、とても冷静な評伝風の文体では書ききれないと思った。彼女の内側の痛ましい光、つぶやきを書くには私が彼女の同伴者となって描くしかないと思った。IとかKとかで書くことも、そうすることが何か二人に失礼であると思ったんです」

遺族側への取材は稲葉さんはしていないが、そのことについては、「二人の関係性について書きたかったから、当時の二人の関係について知っている人たちに取材したんです。遺族の方を取材する必要はなかったんです」という考えだった。

また「速度が問題なのだ」という表現や「ねえ、どーして皮膚がそんなにみどり色なの？」などという表現が鈴木いづみさんの著作にあり、それと似た表現が『エンドレス・ワルツ』にあることから原告側が作品のアイディアの盗用と主張。これに対して証言に立った稲葉さんが「スピードが問題なのだという表現は、ジャン・コクトーの『阿片』の中にも出てくるし、緑色の顔というのはウィリアム・バロウズの麻薬患者の表現の中にしばしば出てくる」と反論する場面もあった。

この裁判は以上のような経過をたどっているが、裁判上のやりとりをいったん離れて別な一面からみると、『エンドレス・ワルツ』のような実名小説やまた大きな事件などを取り込んだ作品が現代小説に登場する背景には、いま作家の人たちが自分の考えている小説というものと、読者の考えている小説というものとが、簡単にイコールと信じて書き出せない時代にいるのでは、という問題も潜んでいると思う。いま小説を作者から読者へ受け渡す共通のバックグラウンドのようなものが壊れかけている。

そんな中で「皆がよく知っている事実」という仕掛けを持った作品が、いま作家と読者を結ぶ強いラインとして現れてきているのではないだろうか。例えば豊田商事事件を思わせる事件を取り込んだ久間十義さんのデビュー作『マネーゲーム』、富岡多恵子さんがベルリンの壁崩壊をいち早く作品の中に使った『水上庭園』などには、明らかにドキュメンタリーな状況が読者を作品に結び付ける力が働いている。両氏をインタビューなどで取材したときも、作家が意識してそのことに取り組んでいることが感じられた。稲葉さんはその事実の力についてどう考えているのだろうか。

「この作品で事実の持っている力に目覚めました。社会と深くかかわっていくためには想像力ではもう担えない部分があると思う。人間のすごさを事実の中に拾っていくということがこれから必要だと思う。セックスレスの社会のように人間関係がフラットになって、ざらざらした関係とかが非常に希薄になっているし、想像力、ファンタジーが一方で人間を綺麗ごとに覆い隠すような力になっている。そういうときに非常に極端な生き方をした強烈な人間の存在が、我々が現実から覆い隠しているものを踏み破ってみせてくれると思っています。逆に私は、そういう強烈な存在の中にこそファンタジーがあると思っています」ということだった。

こんな中で、今この実名モデル小説『エンドレス・ワルツ』が裁判に巻き込まれているのである。先行する作品をリメイクして新しい作品を生み出すことは近代文学の有力な方法の一つだし、皆が知る事実によって読むものを結び付けながら、人の持つ深い世界を探る方法は、昔にも忠臣蔵や近松物などの例があるが、それが現代という時代の中で小説の方法としてより求められているとすれば、この裁判はもっと表現者の間で注目されてもいいのでないだろうか。

この裁判は鈴木いづみ・阿部薫の長女である原告が未成年（提訴時に十六歳）だったため、原告側・被告側のどちらからも原告本人の証人申請はされておらず、訴えられた稲葉さんもその未成年少女に配慮して、記者会見するなどの行為を稲葉さん自らの意思でやめてきた。これまであまりこのプライバシー裁判が知られないまま進んできたのもそのためである。

だがここにきて、この裁判に少し首を傾げざるを得ないことが起きている。それは今年一月二十五日刊行の『鈴木いづみ１９４９―１９８６』（文遊社）という本に原告本人が実名で母との思い出をエッセイに書いているのだ。これは生前の鈴木いづみさんの知人たちが文章や談を寄せた本なのだが、その中には足の指を切ったことも、自殺のことも記されている。荒木経惟さん撮影の写真も掲載されているし、男性関係を赤裸々に語る知人たちの文章もある。原告はそれらの人々と共同執筆者という立場になるが、そのようなものを含んだ本の公刊に自ら参加していくことと、『エンドレス・ワルツ』が刊行されて、それが新聞で発表され「不安でいっぱいです」（原告陳述書）という原告の声との間の懸隔に私は戸惑う。だが矛盾して感じられるこの行為も原告にとっては、ただ母の優しさを書きたかった、という思いだったかもしれないが……。

小説のモデルが作家であるために、自ら多くの刊行物や発言を残し、それらから新しく生まれた小説が遺族からプライバシー侵害で訴えられる。その是か否の判断とその基準を裁判所がどう判断するか、その結論を知りたい。だがそんな気持ちとともに、こんな気持ちもある。

自ら証言台に立ちながら、稲葉さんは未成年の原告のことを気にかけているようすだった。原告もこの春から社会人になったという。原告と被告が直接話し合う場はないのだろうか。

（追記）

この裁判は判決に至る前に原告・被告が和解した。

激流を渡りながら――あとがきに代えて

鷺沢萠さんが、二〇〇四年、三十五歳の若さで亡くなったとき、彼女の追悼記事を書くために、鷺沢さんと知り合いでもあった久間十義さんを取材したことがある。鷺沢、久間の両氏はそのデビュー以来ずっと取材してきた作家で、私にとって、友人と言ってもいい存在だったので、形だけの談話を聞き取るという取材ではなく、久間さんと、ずいぶん話し込んでしまった。

「激流の河を独りで、必死に泳いで渡っていくようなものです。何とか向こう岸に泳ぎ着こうとしてね。ここ十数年の文学の激変の中を作家が生きていくということは、そういうことではないかなぁ……」

その時、久間さんがつぶやいた言葉が忘れられない。

鷺沢さんは一九八七年、高校三年生で書いた「川べりの道」で文學界新人賞を十八歳で受賞してデビューしてきた。その透明感のある文体で描かれる作品世界は実に端正な小説で、選考委員全員の支持を得たのだった。

単に「小説」と言っても、「私小説」もあれば「物語小説」もあるし、「歴史小説」もある。確かにその通りだが、でもかつて「小説」と言えば、その「小説」というものを共通のもののように受け取れる何かが存在していた。作家たちも、どこか共通して在る、そのように感じられる「小説」というものに向けて作品を書いていたのではないだろうか。

でも現在の「小説」はどうだろう。少し極端な表現をすれば、「小説」の数だけ「小説」があるというほどに多様な形に変化している。時たま読書会などに参加していると「これ、昔の小説みたい」という感想に出合う。その「昔」がどれほど昔のことかは分からないが、その人にとって今の「小説」の形は大きく変化しているということなのだろう。

「鷺沢萠も向こう岸に渡ろうと、激流の中を必死に独り泳いでいたのだと思う……」

そのように久間さんは語っていた。

鷺沢さんも亡くなった父親のルーツを、作家として探る過程で自分の祖母が韓国人であることを知り、韓国に留学。昔の小説みたいに端正なデビュー作から、その後、日本と韓国との間に在る自分を自覚して作品世界を少しずつ広げていった。その中での自死だった。

本書『あのとき、文学があった』は文芸誌「文學界」に一九九〇年一月号から一九九四年五月号まで連載した「文学者追跡」をすべて収録したものである。それゆえ、二〇〇四年に亡くなった鷺沢さんの死についてまではもちろん出てこない。

しかし今回、本書を出すにあたり、登場する文学者で亡くなっている人については、その死の事実だけは記すことにした。そして、たくさんの亡くなった文学者の中で一番若い鷺沢さんのことを追記しているうちに、ふと久間さんの言葉が思い出されてきたのだ。

本書のもとになった連載の第一回は村上春樹さんの『羊をめぐる冒険』の英訳本が初めて米国で刊行されたことに関するもの。連載スタートのために村上さんを取材したのは、一九八九年十一月のことだったし、第二回の開高健さんの最期について、牧羊子夫人に取材したのも同年十二月のことだった。その一九八九年という年は世界が激動した年だった。同年六月に天安門事件があり、十一月にはベルリンの壁が崩壊した。また日本では同年のはじめに昭和が終わり、同年末にはバブル経済が頂点に達して平均株価が三万八九一五円と史上最高値を更新。年間二九％も上昇して一年を終えていた。さらに株高は続くだろうという見方もあったが、翌一九九〇年が明けるとバブル相場は急落していった。そして一九九一年のはじめには湾岸戦争が起き、同年末にソ連が崩壊したのだ。つまりこの時代に起きたことは、その多くが世紀を超えて、今の時代に続く問題である。

そんな時代の中を日本の文学者たちは、どのように生き、どのような作品を発表し、どのように発言していったのか。それを追跡し続けたのが本書である。もちろん文学作品は時代の影響をそのままますぐに反映して出てくるものではないが、この時代、日本の文学の形も大きく変化していった。

お互いが見つめ合って語り合う「対向視線」ではなく、二人が同じ方向を向いて静かに話す「並行視線」の男女がしばしば描かれるようになったり、男言葉で話す女性がよく描かれ、男性作家が女言葉による題名を本に付けたりする「性の反転」現象が起きたりもした。鷺沢さんの小説の形も広い意味では「性の反転」の中にあったし、久間さんが一九九〇年に三島由紀夫賞を受けた『世紀末鯨鯢記』も時代の変化を深く考えたものだった。

当然のことだが、文学者たちが時代からまったく離れて存在しているわけではなく、湾岸戦争に反対する「文学者」の討論集会も開かれた。それが開かれるまでの経緯、またその折り発表された声明なども散逸する場合もあり得るので、要約をせずに全文を記録した。さらに、この討論集会への異論についても別の回に記している。

連載中に永山則夫の日本文芸家協会への入会問題ということが起き、これも何度か取り上げることになった。東京拘置所で永山則夫に会って話を聞くなど、できうるかぎり当事者にあたって記すことに努めた。その永山則夫に一九九七年、死刑が執行された。最近は死刑判決があると死刑適用基準に「永山基準」という言葉がしばしば使われるのだが、好きな小説があり、たった一度だけにしろ、直接話したことがある人間についてのことが、そのような無機的な言葉で扱われることに慣れることができない自分がいる。永山則夫を取材して以来、死刑制度については私なりに考え続けている。

「文学者追跡」は「文學界」の一九九二年三月号までのものは連載と同名の『文学者追跡』（文藝春秋）として既に刊行されていたが、後半の部分は単行本としては未刊行だった。今回、そのすべてを収録した本書が出ることで、桐山襲、李良枝、中上健次、安部公房の各氏が亡くなった時のことについて詳しく書いたものも入るようになった。吉行淳之介さんへのインタビューも生前、最後のものではないかと思う。

ちゃんと数えたわけではないが、四年五カ月の連載の中で一番多く登場するのは、中上健次さんかもしれない。戦後生まれの作家たちの中で兄貴分的な存在だったのに、四十六歳で亡くなってしまった。もう少し長く生きていてほしかったと思う。中上さんの葬儀には、二十四歳の鷺沢さんの姿もあったし、三十八歳の久間さんの姿もあった。五十七歳の大江健三郎さんの姿もあったし、六十歳の黒井千次さんの姿もあった。母親の前にいる時の中上さんの姿について述べた七十二歳の安岡章太郎さんの弔辞も心に残る。

「文壇には、いい文壇と悪い文壇がある」と中上さんはよく語っていた。中上さんの死によって、いわゆる文壇というものに、区切りの線が引かれるような死だった。

その中上さんが、なぜか選考委員として授賞に賛成せず、『そこのみにて光輝く』での三島由紀夫賞受賞を逃して、翌年の一九九〇年に自死した佐藤泰志さんの作品が近年再評価されている。そのことはとても嬉しい。

三島賞の選考会で佐藤作品を推した江藤淳さんが「文学は命がけですよ。少なくとも佐藤泰志さんの文学は命がけだったではないですか」と、後の日、私に語ったことも忘れがたい。一九九九年の夏、江藤さんが自死したときにも「文学は命がけ」という言葉が脳裏に浮かんできた。

本書の出版については、論創社社長の森下紀夫さんと編集を担当してくれた高橋宏幸さんに深く感謝している。両氏と同社近くの喫茶室で話し込んでいた際、ここ二十年ほどの文学の変遷の話となり、高橋さんから「できたら『文学者追跡』の完全版を出しませんか」と提案されたのだ。高橋さんの言葉に喜んで応じると、その場で森下さんが刊行を即断してくれたのである。

森下さんとは、私が社会部で新宿警察などを担当する事件記者時代から三十年来の長い交友だが、自分にとっては最初の本だった『文学者追跡』の完全版である本書を論創社から出せたことを喜びに感じている。私の事情ゆえに出版が延び延びになる事態にも、いつも冷静に待ち続けてくれた高橋さんにもお礼を述べたい。森下さん、高橋さん、ありがとう。

『あのとき、文学があった』という題名は、この本の最初の回にも登場する「同僚T」こと、共同通信社の立花珠樹編集委員の連載映画コラム「あのころ、映画があった」をヒントにして付けたことを記しておきたい。

また本書のもとになった連載「文学者追跡」の雑誌掲載を決めてくれた「文學界」の当時の編集長・湯川豊さん、次の編集長・重松卓さん、同誌編集部の和賀正樹さん、大川繁樹さんにも改めて感謝の念を記しておきたい。

なお、本書中に登場する方の肩書きなどは執筆当時のままとした。文章も時事的な内容からして、基本的に手を入れなかった。「文学者追跡」には番外編的なロングインタビューがいくつかあるが、それらは本書に収録しなかったことを付記しておく。

二〇一二年十二月　小山鉄郎

著者

小山鉄郎（こやま・てつろう）

1949年群馬県生まれ。一橋大学卒。73年共同通信社入社。川崎、横浜支局、社会部を経て84年から文化部で文芸欄、生活欄などを担当。現在、同社編集委員兼論説委員。著書に『空想読解　なるほど、村上春樹』（共同通信社）、『村上春樹を読みつくす』（講談社現代新書）、『文学者追跡』（文藝春秋）、『白川静さんに学ぶ　漢字は楽しい』『白川静さんに学ぶ　漢字は怖い』（共同通信社、文庫版は新潮社）、『白川静文字学入門　なるほど漢字物語』（共同通信社）、『白川静さんと遊ぶ　漢字百熟語』（ＰＨＰ新書）など。小山鉄郎監修、はまむらゆう著『白川静さんに学ぶ漢字絵本 足の巻』『白川静さんに学ぶ漢字絵本　人の巻』（論創社）もある。

あのとき、文学があった――「文学者追跡」完全版

2013年2月25日　初版第1刷印刷
2013年3月10日　初版第1刷発行

著　者　小山鉄郎
装　丁　山元伸子
発行者　森下紀夫
発行所　論 創 社
東京都千代田区神田神保町 2-23　北井ビル
電話 03 (3264) 5254　振替口座 00160-1-155266
印刷・製本　中央精版印刷
ISBN978-4-8460-1207-6